LETTRES CABALISTIQUES,

TOME PREMIER.

Theod. van Pee pinxit. J. v. Schley sculp. 1740.

BOYER D'ARGENS

LETTRES CABALISTIQUES, OU CORRESPONDANCE PHILOSOPHIQUE, HISTORIQUE & CRITIQUE,

Entre deux Cabaliſtes, divers Eſprits Elementaires, & le Seigneur Aſtaroth.

NOUVELLE EDITION, AUGMENTÉE de LXXX. Nouvelles Lettres, de Quantité de Remarques, & de plusieurs Figures.

TOME PREMIER,

DEPUIS LA I. JUSQU'À LA XXX.

A LA HAYE,

Chez PIERRE PAUPIE,

M. DCC. XLI.

PREFACE GÉNÉRALE.

LEs deux Editions que le Libraire a faites de ces Lettres en feuilles périodiques, aiant été vendües presque aussitôt qu'elles ont été achevées, j'ai cru que je ne pouvois mieux témoigner ma reconnoissance au Public, qu'en rendant cette troisième Edition beaucoup plus correcte que les précédentes, & en l'augmentant considérablement.

Je ne repeterai point ici ce que j'ai dit souvent ailleurs au sujet du rapport & de la connexion qu'ont ces Lettres avec les *Lettres Juives* & avec les *Chinoises*. Ces trois Ouvrages n'en font réellelement qu'un ſeul, qu'on peut, & qu'on doit même réunir ſous le nom général de *Correſpondance Philoſophique*, *Hiſtorique & Critique* qu'ils portent également tous les trois. Voulant donner une Critique générale des mœurs & des coutumes des Peuples anciens & modernes, je formai l'idée de faire voïager un Juif dans toute l'Europe & dans les principales parties de l'Afrique, un Chinois dans l'Aſie & dans les païs Septentrionaux; mais il me ſembloit que quant à ce qui regardoit les uſages des Anciens & le caractère des grands hommes, morts depuis pluſieurs années, je pourrois donner plus de vivacité & plus d'enjoüement à ce que j'en dirois, ſi je les introduiſois eux-mêmes ſur la ſcène, & les faiſois parler les uns avec les autres comme s'ils avoient été vivans. L'idée de deux Cabaliſtes qui ſont en rélation avec des Eſprits terrestres, aériens, &c. s'offrit à mon esprit; j'en profitai d'autant plus volontiers, que je compris qu'elle me fourniroit aisément, toutes les fois que je le souhaiterois, le moïen de faire des Dialogues dans le goût de ceux de *Lucien.* Ce projet m'a réussi heureusement, & trois Editions considérables que l'on a faites dans un an des *Lettres Cabalistiques*, semblent devoir m'assûrer qu'elles ont trouvé plusieurs Lecteurs auxquels elles n'ont pas déplu.

Je n'ai point cherché dans cet Ouvrage à critiquer, ni les Personnes, ni les Ecrits par le plaisir de médire; j'ôse protester que l'amour de la vérité m'a conduit uniquement. Je puis m'être trompé dans les jugemens que j'ai faits; si cela est, on doit attribuer mes fautes à tout autre motif qu'à celui d'avoir voulu flétrir l'innocence. J'ai été si craintif dans mes critiques, que j'ai même é-

 par-

pargné les gens contre lesquels il semble que j'ai écrit le plus vivement. Il n'a pas tenu aux Réverends Peres Jesuites & à leurs Secretaires les Journalistes de Trevoux, qu'on ne me regardât comme l'homme du monde le plus dangereux, parce que j'ai fait parler dans quelques Dialogues deux ou trois de leurs Peres un peu trop naturellement, & un peu trop véritablement. Cependant, sans vouloir ici apporter tout ce qui pourroit pleinement me justifier, je dirai seulement qu'au gré de bien des Savans j'ai été trop retenu sur le compte des Jesuites dont j'ai parlé dans cet Ouvrage. Qu'il me soit permis de placer ici le jugement qu'a porté un des plus illustres Savans de l'Europe, *des Lettres Cabalistiques* dans la Préface de son dernier Ouvrage; non pas que je prétende tirer vanité des loüanges qu'il a eu la complaisance de me don-

donner, mais pour montrer que j'ai été taxé de trop ménager les personnes contre lesquelles j'ai étendu le plus loin la liberté de la critique. Voici ce que dit Mr. *de la Croze* au sujet de ce que j'ai écrit du Pere *Hardoüin.* * *L'Auteur poli & ingénieux des Lettres Cabalistiques a fait voir dans le troisième Volume de cet Ouvrage l'absurdité & la folie des entreprises de ces Novateurs. Je voudrois qu'il en eût fait voir la malice, personne n'en est plus capable que lui.* C'est là un certificat bien authentique que je n'ai point songé, en critiquant les fautes, à relever le principe criminel qui les avoit causées. Je n'ai jamais cherché à blâmer personne, qu'autant qu'il étoit nécessaire de le faire pour défendre la vérité, & pour empêcher le Public de n'être

* La Croze, *Hist. du Christianisme d'Ethiopie*, Pref.

tre la dupe de l'imposture, de la mauvaise foi, de l'hypocrisie & de la superstition.

J'ai tâché, autant que j'ai pû, de rendre cet Ouvrage utile à tout le monde, & sur-tout aux personnes, qui par leur état sont obligées de vivre différemment que le commun des Savans. Il y a un nombre infini de gens, qui, quoiqu'ils fassent profession d'un métier qui paroît entiérement opposé à l'étude, aiment cependant les Sciences & les cultivent dans les momens que leurs occupations leur laissent. Ils sont bien aises de s'instruire; mais souvent le tems leur manque. C'est donc pour leur éviter la peine d'aller vérifier les faits que j'avançois, & de feuilleter beaucoup d'Auteurs, que j'ai rapporté exactement tous les passages qui autorisoient mes sentimens.

Il est encore une autre espèce de Lecteurs que j'ai eue souvent en vûe.

vûe. L'expérience m'a appris combien il y a de jeunes Officiers, de Gentilshommes, de Seigneurs qui ont infiniment de l'eſprit, & auxquels il ne manque, pour ſavoir autant que bien des Savans, qu'un peu d'amour pour l'étude. Je me ſuis efforcé de leur donner du goût pour approfondir certaines matières, en les expoſant à leurs yeux de la manière la moins pedanteſque & la plus enjoüée qu'il m'a été poſſible. C'eſt cette envie d'être utile à mes anciens Camarades, & à tous les Militaires, qui m'a fait inſerer dans ces *Lettres* les RE'FLEXIONS SUR LE CARACTE'RE D'UN OFFICIER. J'ignore qui en eſt l'Auteur, je ne ſais pas même ſi elles n'ont jamais été imprimées; mais les aiant lûes dans un manuſcrit qu'un de mes amis m'avoit prêté, je crus ne pouvoir rien faire de plus utile pour toute la jeune Nobleſſe que de les publier. J'eſpere qu'en fa-

 veur

veur de mon intention on ne me condamnera pas d'avoir groſſi cet Ouvrage d'un petit Ecrit de quatre ou cinq pages, auquel je n'ai aucune part, non plus qu'aux quinze *Lettres*, renfermées dans le Tome VI. de cet Ouvrage, que je n'ai pû achever. Ce n'eſt pas que je ne fuſſe diſpoſé à remplir mon engagement envers le Public; mais l'intérêt du Libraire ne lui permettant pas d'attendre mon retour, il a cru devoir ſuppléer au défaut par une Plume étrangère.

En travaillant pour la commodité de mes Lecteurs, j'ai auſſi eu en vûe d'arrêter les reproches des Critiques de mauvaiſe foi, dont la République des Lettres n'eſt que trop remplie. On n'auroit pas manqué de dire que j'avançois des faits ſans aucun fondement, que je prêtois des opinions à bien des gens qu'ils n'avoient jamais ſoutenues. Il eſt aiſé sé de voir par les citations, placées au bas des pages, que je n'ai rien dit qu'avec des preuves; si je me suis trompé, ce sont mes témoins qu'on doit accuser de mauvaise foi, non pas moi, qui n'ai fait que juger sur leurs dépositions. On pourroit objecter à cela qu'un bon juge doit savoir discerner le dégré de croiance qu'il doit donner à la déposition des témoins sur la foi desquels il prononce ses arrêts. Je réponds à cela qu'il est difficile d'agir sur cet article avec plus de précaution que je l'ai fait; car ordinairement je ne juge d'une personne que sur les actions qu'elle a faites, ou sur les Ecrits qu'elle a publiés. Je ne pense pas qu'on puisse passer pour condamner aisément les gens lorsqu'on ne les condamne que sur leur propre aveu, & qu'on a soin de mettre dans l'arrêt un extrait exact de cet aveu.

Je n'ai jamais interrompu le texte de mon Ouvrage par aucune citation Grecque ou Latine, parce qu'il est à présupposer que les trois quarts des Lecteurs n'entendent pas ces Langues. Cette bigarure rebute ordinairement les personnes qui ne se soucient guères de savoir où l'on prend ce qu'on leur dit, & qui ne sont ni assez savantes, ni assez critiques pour vouloir discuter certains faits. D'ailleurs, il est certain que c'est à ce mêlange confus de Grec, de Latin & de François qu'on doit attribuer ce dégoût que l'on avoit pris en France tout-à-coup pour tout ce qui sentoit l'érudition; cela n'étoit pas étonnant dans un païs où l'amour de la bagatelle tient son empire, & où un Roman trouve bien plus de Lecteurs que *Ciceron* & *Patru.* Il a fallu que Bayle, l'enjoüé Bayle, ce génie universel qui ſavoit ſi bien mettre à la portée de tout le monde les matières les plus abſtraites, ramenât le goût de la bonne & véritable érudition, & prouvât par l'expérience que des *in folio*, remplis de Grec, de Latin, & de la Philoſophie la plus ſubtile & la plus ſublime, pouvoient être lûs avec autant de plaiſir par les femmes & par les Petits-maîtres, que les œuvres de Madame *des Houlières* & les Lettres de la Marquiſe de *Sevigné*. Actuellement la critique & l'érudition ſont le partage de pluſieurs Savans Académiciens, & tel qui auroit rougi autrefois de jetter les yeux ſur un Commentateur, parle avec éloge de l'illuſtre Préſident *Bouhier*, & rend au mérite de ce ſavant Magiſtrat toute la juſtice qu'il mérite.

Il eſt aſſez ſurprenant qu'aujourd'hui que le goût pour la bagatelle ſemble vouloir diminuer en en France, & qu'on commence de nouveau à ſuivre les traces des *Scaligers*, des *de Thou*, des *Menages*, ceux qui devroient favoriſer cet heureux changement, ſemblent au contraire prendre à tâche de décrier & de tourner en ridicule tous ceux qui veulent chercher dans les bons Auteurs anciens, & dans les modernes qui les ont expliqués, de quoi perfectionner leurs connoiſſances. Les uns agiſſent auſſi pitoiablement, pour ne pas dire auſſi iniquement, parce que certaines gens qu'ils n'aiment point, ou qu'ils n'ont point aimés, ont été partiſans des Anciens; ils haïſſent *Horace*, *Homere*, *Pindare*, parce qu'ils ont eu quelques démêlés avec *Despreaux*, *Racine*, &c. Les autres ſe figurent qu'il eſt du bel air de traiter de haut en bas les Savans les plus reſpectables: ils eſperent apparemment que le Public,

blic, voiant le ton décisif avec lequel ils condamnent les plus grands hommes, jugera qu'il faut qu'ils soient infiniment au-dessus de ces grands hommes; ils se trompent bien, s'ils pensent de même.

Ce qu'il y a de plus étonnant, c'est que parmi ces gens qui jugent si peu équitablement, il y en a quelques-uns qui ont véritablement un mérite distingué, & qui condamnent au fond du cœur ce qu'ils disent autrement. Qui pourroit croire qu'un homme, tel que Mr. *de Fontenelle*, qu'un homme qui fait autant d'honneur à la France que *Newton* à l'Angleterre, fût persuadé qu'il est inutile de lire les Auteurs anciens, même les meilleurs? Personne à coup sûr, excepté qu'il ne soit privé du sens commun, ne se figurera que Mr. *de Fontenelle*, un des plus grands génies qu'il y ait aujourd'hui en Europe, & ſans contredit le plus univerſel, ait pû penſer une pareille abſurdité. Cependant il l'inſinue clairement dans vingt endroits de ſes Ouvrages, & ſans parler ici de ſa digreſſion ſur les Anciens & les Modernes, je rapporterai ce qu'il dit dans l'éloge du Pere *Mallebranche* *. *Il avoit aſſez peu lû, & cependant beaucoup appris. Il retranchoit de ſes lectures celles qui ne ſont que de pure érudition, un Inſecte le touchoit plus que toute l'Hiſtoire Grecque ou Romaine, & en effet un grand génie voit d'un coup d'œil beaucoup d'Hiſtoires dans une ſeule réflexion d'une certaine eſpèce. Il mépriſoit auſſi cette eſpèce de Philoſophie, qui ne conſiſte qu'à apprendre les ſentimens de différens Phi-*

* Eloges des Académiciens, &c. *Tom. I. pag.* 347. *Edit. de la Haye.*

Philoſophes; on peut ſavoir l'Hiſtoire des penſées des hommes ſans penſer. Après cela, on ne ſera pas ſurpris qu'il n'eût jamais pû lire dix Vers de ſuite ſans dégoût. Il méditoit aſſidûment, & même avec certaines précautions, comme de fermer ſes fenêtres.

MONSIEUR *de Fontenelle* y penſoit-il lorſqu'il tenoit un pareil diſcours, qu'il loüoit & qu'il approuvoit l'exemple du Pere *Mallebrănche?* Et que ſauroit un homme, qui ſauroit aujourd'hui ce qu'avoit appris cet ennemi de l'érudition avec tant de peine & tant de méditation? *Que nous ne ſavons point ſi nous avons des corps; que nous ignorons ſi le Monde dans lequel nous exiſtons, n'eſt point une chimère, un fantôme; que nous voions tout en Dieu, & qu'une Courtiſanne y voit les infamies dont elle ſe ſouille, comme le Saint les vertus qu'il exerce;*

ce; *que* Montagne *n'eſt qu'un pedant*. S'il y a de la ſcience à apprendre des opinions ridicules & fauſſes, il faut tâcher d'augmenter cette Science; & les opinions des Philoſophes anciens le fuſſent-elles autant que celles du Pere *Mallebranche*, on gagneroit toujours à les ſavoir, puiſqu'on pourroit mieux juger des travers où l'eſprit humain peut donner. Je ne m'étendrai pas davantage ſur ce ſujet dont j'ai déjà parlé dans deux endroits différens, j'y renvoie mes Lecteurs *.

PUISQUE j'ai ôſé dire avec liberté mon ſentiment ſur un auſſi grand homme que Mr. *de Fontenelle*, pour lequel je proteſte d'avoir non ſeulement un profond reſpect, mais même de la vénération, je crois pouvoir m'expliquer

* Dans la Préf. de la Philoſ. du Bon-Sens, *nouv. Edit.*

quer avec la même ingénuité sur le compte d'un illustre Poëte, dont les qualités du cœur égalent celles de l'esprit. Tout le monde sait assez l'estime & l'amitié que j'ai pour lui. Hé! quel est le galant homme qui puisse s'empêcher de l'estimer & de l'aimer? Laissant à part son caractère personnel, il a tant de talens différens, qu'un seul suffit pour former un grand homme. Avec tant de génie n'est-il pas surprenant qu'il ait décidé quelquefois si mal & si partialement de la bonté de certains Ouvrages? Quel est l'homme de Lettres qui ne soit surpris, en lui entendant dire *.

Là j'apperçus les Daciers, les Saumaises,

Gens

* Dans le Temple du Goût.

Gens hérissés de savantes fadaises.

JUSTE Dieu! quel pitoiable jugement! Il est si mauvais, que dans la même page Mr. *de Voltaire* l'a démenti lui-même. Il dit, en parlant de Dacier, *Son Livre est plein de recherches utiles, & on loüe son travail en voiant son peu de génie.* Et comment un Livre peut-il être plein de recherches utiles, & plein de fadaises? N'est-ce pas ici le lieu de dire que de même que l'infini exclut tout autre être, de même la plénitude ne permet plus d'augmentation? Si un Livre est plein de recherches utiles, où seront les fadaises? Sur les couvertures? qu'on les attribue donc au Relieur. Quant à *Saumaise*, Mr. *de Voltaire* a été obligé de faire aussi une espèce de rétractation. *Saumaise*, dit-il, *est un Auteur*

sa-

savant qu'on ne lit guères plus. Tant pis pour ceux qui ne le lisent plus. Est-ce la faute d'un bon Ecrivain si une foule de sots méprise ses Ouvrages, & lui préfere quelques misérables Romans, & quelques rapsodies écrites dans le goût de celles de l'Abbé *des Fontaines*? Mais où est-ce que Mr. *de Voltaire* a trouvé qu'on *ne lit plus guères Saumaise*? Qu'il consulte les *la Crozes*, les *Leibnitz*, les *Beausobres* dans leurs Ouvrages; qu'il interroge les Savans qui vivent en Hollande, en Allemagne, & même en France, il verra s'ils ne le lisent plus. Il verra encore que bien loin que l'estime qu'on a eue pour *Menage*, soit diminuée, elle augmente tous les jours, & que six pages du Commentaire de cet Auteur sur *Diogene Laërce*, valent mieux & sont plus utiles, que les trois quarts des Ouvrages qu'on a faits en

 Fran-

France depuis vingt ans. L'*Anti-Baillet* de *Menage* eſt un des plus excellens morceaux de critique que nous aions. Mr. *de la Monnoie* en a jugé de même.

AU SILPHE OROMASIS.

AIMABLE SILPHE,

LA reconnoissance, vertu aujourd'hui si ignorée chez les hommes, m'engage à vous offrir cet Ouvrage. C'est vous qui l'avez soutenu contre les cabales & les cris d'une troupe d'Ecrivains faméliques, il ne leur a resté que la douleur d'avoir fait des efforts impuissans.

JE *vous ai encore une obligation bien plus essentielle. Vous Vous êtes chargé de faire connoître au Public quels étoient les personnages qui se déchaînoient contre moi. Votre mémoire m'a servi heureusement, en Vous rappellant que vous aviez vû*

 au-

autrefois un de mes prétendus Critiques Barbier & Vendeur d'orvietan, un autre Bohémien & Vagabond, & un autre Baladin & Domestique. Vous n'avez point été la dupe de la nouvelle forme sous laquelle ils se présentent aujourd'hui dans le Monde; le phäéton antique dans lequel vous apperçûtes le premier, le titre de Médecin dont il est décoré actuellement, n'éblouïrent point vos yeux. Vous démêlâtes au travers de tout cela,* Jaquelin, *ci-devant* Frater *à Toulouse, devenu* Jean Farine *dans les suites. Son Camarade* Pierre-Paul, *de fils de Messager, érigé tout à coup en Baron, ne vous trompa pas davantage; & le troisième, voituré dans un carosse, aussi délabré que ses affaires, acheté à crédit, & trainé par des chevaux privés de l'usage de la moitié de leurs membres, n'aiant entre eux*

* Voiez la *Lettre* XXI. & la XXIX.

eux deux que cinq jambes & un œil, ne vous en a point imposé. Vous avez d'abord reconnu le personnage.

VOUS *ne vous êtes pas contenté, aimable Silphe, d'avoir découvert ce qui étoit caché, vous l'avez appris au Public, en m'évitant la peine de le faire moi-même, Vous m'avez rendu un service considérable & très essentiel; car il n'est rien de si fâcheux pour un homme qui pense, & qui veut plaire aux honnêtes gens, que d'être obligé d'attaquer directement une troupe d'Imbécilles, dont on ne sauroit parler sans courir risque d'ennuier presque tous les Lecteurs, à qui ces Barbouilleurs de papier ne sont non plus connus, que l'est la physionomie du Grand-Mogol aux bourgeois de la rue St. Denis. Par votre moïen ils ont été dépeints tels qu'ils sont, & leurs portraits, rendus vifs & plaisans par vos traits badins,*

 n'ont

n'ont point déplu aux gens de goût.

J'ESPERE *que vous voudrez bien dans les suites me rendre quelquefois de pareils services. Vous savez encore bien des faits amusans que vous avez jugé à propos de conserver pour un autre tems; tel est celui de la parente d'un Chanoine, regardée comme un bien d'Eglise pendant plusieurs années. Mais je ne dois point réveler ce que vous voulez taire encore; je finis donc, en vous assûrant que je suis avec une considération infinie,*

Votre très humble & très obéissant Serviteur,

Le Traducteur des

LETTRES CABALISTIQUES.

PREFACE DU TRADUCTEUR.

L'ATTENTION que j'ai pour le Public, la bonté avec laquelle il a reçu jusques ici les Ouvrages que j'ai donnés, ne me permettent pas de l'ennuier de l'inutile récit des cabales & des efforts que quelques Ecrivains subalternes ont faits pour s'opposer au cours de cet Ouvrage; mais ils ont réussi de la même manière que dans les critiques prétendues qu'ils ont publiées contre les *Lettres Juives*.

LORSQUE je commençois les *Lettres Cabalistiques*, deux autres feuilles périodiques parurent dans le même tems. Leurs Auteurs crurent que leur réussite dépendoit de la chute de mon Ouvrage; ils se déclarerent dès leur première feuille. L'un annonça six Volumes de *Critiques*; l'autre promit un Livre, aussi excellent qu'il prétendoit que le mien étoit méprisable. Les pauvres gens ont éprouvé un sort assez dur: les unes de ces feuilles périodiques ont cessé dès la neuvième;

 les

les Auteur sdes autres, dès le commencement du ſecond Volume, ont eu ſoin d'aſſûrer le Public qu'ils ne l'aſſommeroient point, ainſi qu'ils l'en avoient menacé, de ſix Volumes, & qu'ils finiroient dès que ce Tome ſeroit achevé.

ON ne ſauroit prier plus poliment les gens de vouloir bien ſacrifier une trentaine de ſous à acheter quelque plate rapſodie, leur promettant qu'on ne les importuneroit pas davantage à l'avenir; mais le Public a été aſſez cruel & aſſez avare pour laiſſer pourrir en paix cet Ouvrage, annoncé avec tant de pompe.

CES ſages & ſenſés Ecrivains qui s'étoient promis d'acquérir une gloire immortelle, voiant qu'il falloit renoncer aux belles eſperances dont ils s'étoient flattés, ont voulu ſoulager leurs chagrins en vomiſſant contre moi, qu'ils regardent comme le principal ſujet de leurs infortunes, les injures les plus groſſières. Je les ai ſi fort mépriſées, qu'il a fallu que quelques perſonnes de mes amis m'aient fait violence, pour ainſi dire, pour y répondre. J'avois ſi peu à craindre qu'elles puſſent prévenir les honnêtes gens contre moi, qu'il eſt encore des momens où je me repens d'y avoir fait la moindre attention. En effet, préjugés à part, & regardant les choſes comme n'y étant point intétéressé, je ne crois pas qu'on puisse raisonner si pitoiablement, si follement, & si ridiculement que mes prétendus Censeurs. Quelque stupide, quelque imbécille, quelque prévenu que fût un homme, il ne pourroit s'empêcher de sentir, dès les trois ou quatre premières pages, le ridicule & le peu de bon sens qui regnent dans leur Ouvrage.

Quelqu'un de mes Lecteurs sera peut-être curieux de voir un échantillon de ces impertinences ; & comme il n'y a pas apparence qu'il veuille se donner la peine de les chercher dans le Livre où elles se trouvent, je veux bien en rappeller ici deux, dont l'une regarde mes Ouvrages, & l'autre mon style.

Dans la *Préface* un de ces sages & éloquens Ecrivains me reproche d'écrire comme un *Porte-Faix* & un *Crocheteur*; dans un autre endroit il prétend que mes Ecrits *moisissent dans la boutique de mon Libraire*. On s'attend peut-être que je vais, pour détruire ces faux reproches, parler des différentes Editions que l'on a faites des *Lettres Juives*, des Traductions qu'on en a données en Anglois, en Allemand & en Hollandois. Je ne dirai pas un mot de tout cela, je n'aurai recours pour ma justification qu'à la première feuil-

feuille de mes Censeurs. *Depuis le tems*, y disent-ils (*), *qu'on répand dans toutes les parties de l'Europe les* Lettres Juives *avec tant de succès.*

Il faut avoüer que le bon sens & la justesse dans le raisonnement sont le partage de mes Critiques. Que peut penser, je ne dis pas un homme de goût, mais un homme qui n'est pas entiérement privé de la raison, lorsqu'il voit de pareilles contradictions? Après cet endroit sur le débit des *Lettres Juives*, suit un éloge pompeux de mon style, de ma morale, & de mes critiques; en voici les termes originaux. *Je ne doute point, mon cher Lisandre, que les* Lettres Juives *ne soient tombées entre vos mains. Ces Lettres, toutes pleines d'esprit, écrites dans un style séducteur, ne vous ont-elles point fait d'impression? Ma crainte est légitime, & par conséquent excusable.*

Les Lecteurs qui ont eu le plus de complaisance pour mes Ouvrages, trouveront peut-être ces éloges outrés. Ils auront raison; mais ils seront encore bien plus surpris lorsqu'ils apprendront que mon

(*) *Lettres I. Corresp. &c. pour servir de Réponse aux* Lettres Juives.

mon Critique, dans une autre rapſodie qu'il a compoſée (*), m'a élevé *au-deſſus de Paſcal & d'Eraſme*, & qu'il a préferé les *Lettres Juives* aux *Provinciales*. Je conviens qu'un pareil jugement eſt digne de ſa pénétration; & c'eſt ce jugement ridicule qui eſt la cauſe des injures qu'il a vomies contre moi dans les ſuites. Honteux qu'on voulût m'honorer aux dépens des deux plus grands génies dans leur genre que la Nature ait produits, je plaiſantai ſur les éloges de mon Panégyriſte; & malheureuſement, comme je ſavois qu'avant d'être Médecin & Auteur, il avoit été *Frater* & Vendeur d'orviétan, je m'aviſai, croiant rendre un ſervice conſidérable à la République des Lettres, de l'exhorter amicalement à reprendre ſon ancien métier. Ce conſeil charitable émut ſa bile, il regarda mes avis comme d'odieuſes vérités. Dès ce moment il annonça au Public qu'il avoit cru juſques alors les *Lettres Juives* excellentes; mais qu'il avoit été convaincu du depuis qu'un homme qui l'ôſoit accuſer d'avoir été Charlatan, & de ſuivre toujours les anciennes pratiques de ſon premier métier, étoit incapable de rien écrire de bon

(*) *Anecdotes Hiſtoriques, Littéraires & Galantes.*

bon & de ſenſé. Le pauvre Garçon, s'il avoit ſû qu'on eût païé ſes éloges de tant d'ingratitude, il ſe ſeroit bien gardé de les prodiguer.

Je reviens aux *Lettres Cabaliſtiques*. Mes prétendus Critiques, malgré tous leurs efforts, n'ont pû les décréditer. Leur deſtin a ſemblé au commencement devoir être moins heureux que celui des *Lettres Juives*; mais elles ont vaincu leurs ennemis, elles ont eu le bonheur de plaire à ces mêmes perſonnes, auprès de qui Aaron Monceca & Jacob Brito avoient trouvé quelque grace, & j'ôſe dire quelque eſtime. En dépit des envieux, elles auront le même ſort que leurs Sœurs aînées; déjà on les traduit en Anglois. Quel coup pour mes adverſaires, qu'une Nation des plus ſavantes, des plus polies, & des plus judicieuſes de l'Europe, ne dédaigne point de lire & de s'approprier un Ouvrage qui leur déplait! S'ils doutoient par hazard de ce que je leur dis, ils n'ont qu'à voir le *Wotsweri Journal* du mois de Décembre, & ils y trouveront les *Dialogues de Diogene & de Girard, de Cartouche & de Guignard, d'Hipparchia & de Marie l'Egyptienne, &c.*

Je ſais que les Anglois n'ont point le bonheur de plaire à mes Cenſeurs, & qu'ils qu'ils les méprisent presque autant qu'ils mesestiment les Membres de l'Académie Françoise ; ils ont traité les uns & les autres avec de petits airs hautains tout-à-fait réjoüissans. Les *quarante* (*), c'est ainsi qu'ils appellent les Académiciens, ne sont que des imbécilles & des ignorans, & *Messieurs les Anglois* ne méritent point d'*être imités* (†). Londres, cette ville dont ils font tant de cas, est une *seconde tour de Babel.* Que ce mot de *Messieurs* est spirituel, qu'il a de sel, de finesse & d'enjoüement! *Messieurs les Anglois!* Non, il est impossible de pouvoir rien dire d'aussi joli (‡). Mrs. Buscon & Nicolas mettent de l'esprit par-tout, & du plus fin.

Il est vrai qu'on pourroit objecter d'où vient on fait à la ville de Londres le reproche de tolérer toutes les Religions, & de ressembler par cette confusion à la tour de Babel, tandis qu'on approuve la tolérance & la liberté de la ville d'Amsterdam? A cela je réponds que

(*) *Corresp. Hist. &c. pour servir de Réponse aux* Lettres Juives, *Lettre IV.*

(†) Au même endroit.

(‡) Voiez la *Lettre* XXI. de ce Volume.

que mes Critiques ſont en droit de loüer une choſe, & de la blâmer trois pages après. D'ailleurs, il faut épargner les gens chez qui l'on vit; c'eſt bien aſſez de tuer par de mauvais remèdes les Hollandois, ſans aller encore les injurier.

AVANT de finir cette Préface, je dirai un mot d'un reproche que m'ont fait quelques perſonnes ſages, deſintéreſſées, & j'ôſe dire partiſans des *Lettres Juives*. Ils ſe plaignent que dans le I. Volume des *Lettres Cabaliſtiques* il y a quelques *Lettres* un peu trop ſérieuſes, & même trop abſtraites. Je paſſe condamnation, & je conviens de ce fait; mais j'ai cru devoir travailler pour l'utilité & pour le plaiſir de tous mes Lecteurs. Un Phyſicien penſe bien différemment d'un Petit-maître, un Théologien d'une jeune Dame. J'avoüe que j'ai peut-être un peu trop ſongé aux Savans, je rendrai dans le Volume ſuivant tout ce que je dois au Beau Sexe & à mes anciens Confreres les Petits-maîtres, que j'eſtime beaucoup, ſans pourtant regretter leur état.

La VERITÉ leve le voile qui dérobe à nos yeux l'état apres la mort

LETTRES CABALISTIQUES,

OU

CORRESPONDANCE

PHILOSOPHIQUE, HISTORIQUE & CRITIQUE,

Entre deux Cabalistes, divers Esprits Elementaires, & le Seigneur Astaroth.

LETTRE DU TRADUCTEUR AU LIBRAIRE.

JE suis mortifié, Monsieur, de ne pouvoir contenter votre envie, en vous procurant un nouveau Volume de LETTRES JUIVES. Je vous ai envoié la Traduction de toutes celles que m'avoit laissées AARON MONCECA;

& c'eſt en vain que j'en ai cherché quelques nouvelles dans un tas de papiers que ce Philoſophe Hébreu m'a laiſſés en retournant à Conſtantinople. Je ſens combien cela va vous affliger; car je n'ignore point quelle eſt la douleur d'un Libraire qui voit tout-à-coup ceſſer un Ouvrage, dont le débit lui eſt auſſi agréable qu'avantageux. Mais, une choſe doit vous conſoler, c'eſt de finir l'impreſſion du mien dans le plus haut période de ſon bonheur. Savez-vous ce qui eût pû arriver? Il en eſt des meilleurs Ecrivains, ainſi que des plus grands Généraux. Les premiers ne doivent pouſſer leurs Ouvrages que juſqu'à un certain point; les derniers doivent donner des bornes à leur ambition, & s'arrêter au milieu de leurs conquêtes: ſans cela, ils courent également riſque de perdre dans un ſeul jour la réputation qu'ils n'ont acquiſe qu'après pluſieurs années de travaux & de peines. Si Charles XII. ne ſe fût pas laiſſé entrainer à la fantaiſie de pénétrer juſques dans le cœur de la Moſcovie, il eût évité les malheurs qui l'attendoient à Bender & en Norwege. Combien n'y a-t-il pas eu d'Ecrivains, à qui un neuvième & un dixième Volume ont été auſſi funeſtes, que le furent à ce grand Prince la bataille de Pultawa & le ſiége de Frederikshall?

Il me ſemble vous entendre dire, que vous vous paſſeriez très bien de ces merveilleuſes comparaiſons, & qu'un ſeptième Volume de *Lettres Juives* vous accommo-

deroit

deroit incomparablement mieux que les faits hiſtoriques les plus éclatans que je pourrois vous citer. Hé bien, conſolez-vous. Si vous ne pouvez l'avoir, vous obtiendrez au moins l'équivalent, & un équivalent pour le moins auſſi digne de la curioſité du Public. En feuilletant les vieux Manuſcrits dont AARON MONCECA m'a fait préſent, j'en ai trouvé un qui m'a paru très propre à ſuccéder à ſes *Lettres*; j'en ai d'abord entrepris la traduction. C'eſt un Recueil auſſi rare que précieux, qui contient les *Lettres* de deux *Cabaliſtes*, celles d'un *Silphe*, d'un *Salamandre*, d'un *Ondin*, d'un *Gnome*, & enfin celles d'un *Diable*.

VOILA d'étranges gens, dont la plûpart vous ſeront certainement inconnus; mais leurs Ecrits vous les feront connoître, & ſans doute eſtimer, puiſqu'ils ne ſe vendront pas moins bien que ceux de MONCECA, d'ONIS, & de BRITO.

APRES avoir voïagé avec ceux-ci dans les principales parties du monde, vous ne ſerez pas fâché de faire une courſe avec ceux-là, non ſeulement dans les airs, dans le ſein des mers, des rivières, dans le centre de la terre, mais même dans les abîmes de l'Enfer. Il y a dans tous ces païs-là une infinité de choſes très curieuſes & très dignes de la curioſité des Mortels: les voïages qu'on y fait, ſont non-ſeulement tout-à-fait divertiſſans, mais encore très inſtructifs.

Je ſuis, Monſieur,

Votre &c.

LETTRE PREMIERE.

Le Gnome Salmankar, *au ſage Cabaliſte* Abukibak.

TOUJOURS attentif, mon cher Abukibak, à t'inſtruire de ce qui ſe paſſe dans nos demeures ſouterraines, je croirois manquer à mon devoir, ſi je ne t'apprenois une avanture qui y a cauſé pendant quelques jours des troubles très conſidérables.

UN Gnome, qui s'étoit laiſſé toucher par les charmes d'une jeune Pariſienne, réſolut de ſe rendre viſible à la Belle qui l'avoit charmé. Mais croiant qu'il devoit auparavant examiner ſous quelle forme il ſeroit plus certain de lui plaire, il étudia le caractère de ſa Maitreſſe, & découvrit ſans aucune peine que ſon cœur renfermoit toutes les paſſions; l'ambition & l'avarice dominant néanmoins ſur toutes les autres. Le Gnome en fut ſurpris, & reſta fort embarraſſé. *Si je m'offre*, dit-il, *à la belle Lucinde*, (c'étoit le nom de la Pariſienne) *ſous la figure d'un jeune Seigneur, ſa vanité ſera flattée; mais je ne pourrois contenter ſon avarice, ſans ſortir du caractère que je veux feindre. Rarement un Duc & un Marquis païent bien chérement les faveurs de l'amour: ma profuſion, ou mes riches*

riches présens pourroient faire douter de la grandeur de ma naissance. Si j'emprunte la ressemblance d'un Fermier général, Lucinde rougira des biens dont je la comblerai ; sa fierté sera blessée que ses faveurs ne soient païées que par des trésors arrachés à des peuples infortunés.

DANS cet embarras, le Gnome perdoit déjà l'esperance de pouvoir réünir sous la figure d'un seul homme tout ce qui pouvoit remplir les desirs de sa Maitresse, lorsqu'il résolut enfin de s'offrir à elle sous la figure d'un riche Prélat. *C'est-là*, dit-il, *la seule avec laquelle je sois assûré de réussir : & je réunirai par-là toutes les qualités qu'il faut pour plaire à ma belle Parisienne. Les noms fastueux de* Grandeur, *d'*Illustrissime, *de* Monseigneur, *auront des charmes pour sa vanité. Les revenus d'un grand nombre de Bénéfices autoriseront mes largesses ; & elles seront d'autant mieux reçûes, que ma discrétion, attachée nécessairement à mon caractère, sera un garant assûré qu'elles ne seront jamais connues dans le Public.*

LE Gnome, satisfait de son dessein, ne songea plus qu'à l'exécuter. Il s'établit à Paris, prit un grand nombre de Domestiques, & loüa un hôtel superbe. Tout aussi-tôt, beaucoup d'Abbés, attirés par l'odeur de sa cuisine, s'empresserent de lui faire la Cour : les Poëtes composerent des Vers à sa loüange, & plusieurs Membres de l'Académie Françoise lui offrirent leur voix pour le nommer à la première place qui vaqueroit parmi eux. Le Gnome remercia ces Messieurs de leurs offres, & répondit qu'il ne croioit

croioit point mériter cet honneur, ni posséder les talens qui convenoient à un Académicien. Les Fils d'Apollon lui firent comprendre qu'on étoit toujours assez savant, lorsqu'on étoit excessivement riche. Quelques-uns même allerent plus loin. Ils lui représenterent qu'il en étoit des Académiciens ainsi que des Magistrats; qu'il falloit qu'il y en eût plusieurs des premiers qui n'assistassent non plus aux assemblées de l'Académie, que quelques-uns des derniers aux instructions des procès, afin que les jettons, aussi bien que les épices, fussent moins divisés, & partagés en moins de portions.

Tous ces discours ne firent aucune impression sur le Gnome. Il n'avoit pas fixé son séjour à Paris pour s'amuser à décider de la durée d'un mot: *il vouloit des actions, & non pas des paroles*. C'étoit Lucinde qu'il cherchoit, & non pas de vains honneurs qui lui eussent été à charge. Il pensa donc sérieusement à s'introduire auprès d'elle, & à lui déclarer sa passion. La chose étoit assez embarrassante; car, le *Decorum* attaché à la Prélature l'obligeoit à mille bienséances génantes. Si un Prélat a de grands avantages pour réduire un cœur lorsqu'il peut s'expliquer librement, il a aussi bien des peines à essuïer avant de parvenir à ce point. Le Gnome n'ôsoit aller rendre visite à Lucinde, n'aiant aucun prétexte pour autoriser une pareille démarche. Il ne savoit comment s'y prendre pour la prier de venir chez lui. De quelle excuse eût-il pû se ser-

servir ? Sa Belle auroit peut-être été piquée qu'il l'eût regardée comme une de ces Beautés faciles, chez qui le Rendez-vous précede la déclaration.

DANS cette fâcheuse situation, il eut recours à un Abbé sur lequel la Bonne-chère de sa table lui avoit acquis un pouvoir absolu. *Je veux*, lui dit-il, *vous confier un secret. Je fais plus : j'exige que vous me serviez dans un dessein que j'ai formé. Aussi vous promets-je que vos soins seront amplement récompensés, & que ma liberalité surpassera vos esperances.* A ce discours, l'avide Abbé sentit une joie inexprimable, & crut être dejà nanti de quatre ou cinq Bénefices. *Votre Grandeur*, dit-il, *n'a qu'à parler. Elle doit être persuadée que je suis toujours prêt à exécuter ses ordres.* Le Gnome, rassûré par cette protestation, ne hésita plus à lui découvrir son secret. *Vous ne pouviez*, lui répondit le nouveau Confident, *vous adresser à quelqu'un qui fût plus capable de faire reüssir vos projets; car j'ai de merveilleux talens pour bien remplir l'emploi dont vous me chargez. Si j'avois vécu sous un autre Regne, je n'aurois pas désesperé de parvenir aux plus hautes dignités. Malheureusement, nous sommes dans une maudite conjoncture, où l'art de conduire adroitement une intrigue amoureuse, donne à peine de quoi subsister à ceux qui s'en mêlent. Hélas ! que sont devenus ces tems heureux, où des qualités bien moindres que les miennes, élevoient un Cuistre de Collège au rang le plus distingué, & le rendoient digne d'être honoré de la Pourpre Romaine?*

Mais, je dois mettre fin à mes regrets, puisqu'enfin la Fortune me procure le bonheur de vous être utile. Laissez-moi faire: vous serez heureux dans peu de jours. L'Abbé tint sa parole, & manœuvra si prudemment, que le Gnome fut possesseur de sa chere Lucinde.

Je crois t'avoir déjà dit, sage & savant Abukibak, que cette Belle étoit extrêmement avare. Le Gnome la combla de richesses; & les diamans le plus précieux que nous gardions dans nos demeures, en étoient tirés pour contenter l'avidité de Lucinde. Pendant quelques mois, le Gnome joüit d'une félicité parfaite: il espéroit qu'elle dureroit encore long-tems, lorsque tout-à-coup sa fortune changea. Sa Maitresse devint inconstante: dès que son avarice fut rassasiée par les trésors, elle se dégouta d'un Amant qu'elle n'avoit écouté que pour s'enrichir. Le Gnome fut d'abord fâché de la perte d'un cœur qui lui avoit été précieux: mais il prit dans la suite son parti; & content d'avoir joüi pendant quelque tems de sa Maitresse, il retourna dans le séjour de ses confreres.

En y arrivant, il fit le récit de ses avantures: plusieurs Ames, attentives à son récit, les trouverent assez singulières. Entre autres, celle du Pape Clément VII. condamnée à rester jusqu'au jour du Jugement dans nos sombres retraites, voulut plaisanter le Gnome sur le mauvais usage qu'il avoit fait de ses richesses. *Vraiment*, lui dit-elle, *vous avez parfaitement bien fait d'aban-*

donner Paris: & c'eſt un bonheur pour tous les Gnomes que Lucinde vous ait donné votre congé. Si votre tendreſſe eût continué encore deux ans, vous euſſiez épuiſé tous les tréſors que la terre renferme dans ſon ſein. Les feux que vous inſpirés, ne doivent pas beaucoup vous flatter. Vous les allumez par l'or que vous prodiguez; & vous n'êtes redevable de votre bonheur qu'à l'avarice.

LE Gnome, piqué de la plaiſanterie du Pontife Romain, lui répondit avec beaucoup d'aigreur. „ Il vous ſied bien de condamner „ l'avarice, après que vous & vos Prédéceſ- „ ſeurs avez mis toute l'Europe en feu pour „ contenter votre avidité. Par quel autre „ motif Léon X. faiſoit-il prêcher par toute „ l'Allemagne une foule de vagabonds & „ de fainéans, qui vendoient aux imbécil- „ les de prétendues Indulgences, qui avoient „ ſelon eux cent fois plus de vertus que les „ prieres les plus ferventes des cœurs les „ plus juſtes & les plus innocens? Ces in- „ fames Fermiers, pour faire valoir leurs „ denrées, publioient des choſes dignes „ d'exciter l'indignation de tous les hon- „ nêtes-gens. J'ai lû dans Sleidan, qu'un „ de ces Prédicateurs aſſûroit que la vertu „ de ſes Indulgences étoit ſi grande, que „ ſi un homme avoit même engroſſé la „ bienheureuſe Vierge Marie, il en obtien- „ droit par leur moïen le pardon. Qui doit- „ on accuſer des maux qu'ont cauſés ces „ diſcours, ſi ce n'eſt l'avarice ſordide de „ vos Prédéceſſeurs? Répondez, Clement.

„ Si, ſous le prétexte de vouloir ramaſſer „ de l'argent pour faire la guerre aux Turcs, „ Léon X. n'eût point fait prêcher cette „ foule de Moines mandians, jamais Lu„ther ne ſe fût élevé contre l'avarice de „ l'Egliſe Romaine. Les maux que ce Pape „ a faits au pouvoir Pontifical, ſont abſo„lument inguériſſables; au lieu que les „ tréſors que j'ai ôtés de minières, ſeront „ bientôt réparés, la nature travaillant „ ſans ceſſe à en reproduire d'autres. Vos „ Succeſſeurs ſeroient heureux s'ils avoient „ le même eſpoir, & s'ils pouvoient ſe flat„ter de voir guérir peu-à-peu les bleſſures „ que l'avarice a faites au Papiſme. Mais, „ à leur grand dommage, elles vont toujours „ de mal en pis. „

VOUS *mentez impudemment*, repliqua au Gnome l'Ame du Pontife Romain. *On ne peut ſans injuſtice accuſer* Léon X. *d'avoir été la cauſe du Schiſme qui commença ſous ſon Pontificat. Ses intentions étoient bonnes: il vouloit ramaſſer de l'argent pour s'oppoſer effectivement aux progrès des Turcs; & ſi les Prédicateurs des Indulgences allerent trop loin, & ſortirent de la décence qu'ils devoient conſerver en les publiant, ce n'étoit pas ſa faute. Etant à Rome, pouvoit-il deviner ce qui ſe paſſoit à Wittemberg?* „ Hé! pourquoi, répondit le Gnome, „ lorſque vous fûtes parvenu au Pontifi„cat après la mort d'Adrien VI, pour répa„rer les maux qu'avoit cauſés ſous Léon „ X. la prédication des Indulgences, ne fî„tes-vous pas aſſembler un Concile Na„tional

„ tional que l'Allemagne entière vous de-
„ mandoit avec instance? Loin d'acquiescer
„ à ses desirs, vous envoiâtes Pietro-Paolo
„ Vergerio en qualité de Nonce auprès du
„ Roi des Romains, & vous le chargeâtes
„ d'empêcher par toutes sortes de voïes la
„ tenue de ce Concile que vous appréhen-
„ diez très fort. Vous aviez peur apparem-
„ ment qu'on n'y découvrît les friponne-
„ ries de la Cour de Rome, & qu'on n'y
„ exposât ses larcins au grand jour. „

VOUS *êtes un plaisant Marmouset*, répondit Clément VII, *d'ôser parler aussi insolemment à l'Ame d'un Pape! Convient-il bien au Compagnon d'une Taupe de vouloir pénétrer dans les raisons qui empêchent un souverain Pontife de s'opposer à l'assemblée d'un Concile? Vous auriez dû apprendre dans le séjour que vous avez fait à Paris, qu'il n'y a que des Hérétiques, & qui pis est, des Jansénistes, qui ôsent soutenir l'utilité de pareilles assemblées. On voit bien, petit Guichetier de minières, que vous ne connoissez guères les intérêts de la Cour de Rome. Apprenez donc que chaque Concile général lui arrache quelque chose de son autorité, & sachez que trois Assemblées, telles que celle de Constance, feroient autant de mal que Luther à la Papauté. Ce Concile a décidé qu'il étoit au-dessus du Pape. Un second prononceroit peut-être que les décisions du Pontife Romain ne peuvent jamais établir des Articles de Foi; cas, qui pourroit arriver très aisément, si les Evêques s'assembloient aujourd'hui, & qu'ils se déclarassent pour le sentiment de St. Augustin sur les matières de la Grace. Le troisième enfin pourroit s'aviser de réformer le luxe*

&

& le faste de la Cour de Rome; & que deviendroit alors la splendeur de la Papauté? Considerez la peine que les souverains Pontifes ont eue pendant la tenue du Concile de Trente. Malgré toutes les intrigues qu'ils mirent en usage pour que leur autorité ne fût point endommagée, elle n'a pas laissé de recevoir de dangereuses atteintes. Si j'avois vécu autant que Charles-Quint, jamais il n'y auroit eu de Concile.

„ CELA n'est pas trop certain, repliqua „ le Gnome. Ce Prince eût bien trouvé le „ secret de vous faire faire ce qu'il souhai- „ toit: il savoit vous réduire au point qu'il „ vouloit. Avez-vous donc oublié que son „ armée saccagea Rome sous votre Pontifi- „ cat, & qu'il vous tint long-tems prison- „ nier dans le Chateau Saint-Ange, pen- „ dant que pour se moquer de vous, il „ faisoit faire des prieres publiques pour vo- „ tre délivrance, tant en Allemagne & dans „ les Païs-Bas, qu'en Italie & en Espagne? „ vous ne sortirez de cette prison que „ moïennant quarante mille écus d'or. Se- „ lon toutes les apparences, il y avoit dans „ cette somme considérable bien des pistoles „ qui ne venoient que du produit des In- „ dulgences; & par une juste décision du „ Ciel, elles retomberent ainsi entre les „ mains de leurs premiers maîtres. „

IL *est vrai*, répondit Clément, *que Charles-Quint eut la hardiesse de s'emparer de Rome, & de me tenir renfermé dans le Château St. Ange; mais il n'ôsa m'y faire arrêter, ni m'en enlever, quoiqu'il en fût le maître. Il craignoit, tout vainqueur qu'il étoit, la puissance d'un Ennemi*

nemi vaincu. „ S'il ne vous força point dans „ votre prison, reprit le Gnome, c'est qu'il „ crut que cela étoit inutile à ses intérêts. „ La politique seule, & nullement la crain- „ te, fut la cause de sa conduite. Ce fut „ cette même politique, qui lui fit ordon- „ ner les prieres dont je vous parlois tout- „ à-l'heure; & y a-t-il rien qui ait plus dû „ vous mortifier, que l'étrange comédie „ que joüoit en cela ce Prince?

„ CONCEVEZ donc, orgueilleux Ponti- „ fe, qu'après les affronts que vous avez „ essuïés, & les maux que vous & vos „ Prédécesseurs avez causés, il ne vous „ convient nullement de vous récrier con- „ tre l'avarice, ni de blâmer mes généro- „ sités pour Lucinde. Je suis certain qu'il „ n'est aucun Gnome, qui ne soit persuadé „ qu'il contenteroit plus aisément l'avidité „ de toutes les Coquettes de l'Europe, que „ celle du plus petit Prélat Romain. „ *Tous les Gnomes*, s'écria le Pontife irrité, *sont dignes des foudres les plus terribles du Vatican, s'ils parlent aussi insolemment que vous.*

CES derniers mots, sage & savant Abukibak, ont été comme le signal d'une guerre civile. Le nombre infini d'Ecclésiastiques condamnés à rester dans nos sombres demeures, a pris le parti du Pontife reprimandé; & l'on n'a plus entendu dans le sein de la terre que des injures & des invectives de leur part. Enfin, le grand Orosmakan, qui étoit allé faire un voïage aux mines du Perou, a ramené le calme

par

par ſon retour en obligeant toutes ces Ames échauffées à boire chacune une pinte d'eau de neige. Je te ſalue, mon cher Abukibak, & t'avertirai toujours ſoigneuſement de ce qui ſe paſſera de curieux dans nos antres ſouterrains.

LETTRE DEUXIEME.

Aſtaroth *au ſage Cabaliſte* Abukibak.

IL n'eſt arrivé depuis quelques mois, ſage & ſavant Abukibak, aucun évenement conſidérable dans ces ténébreuſes demeures. Il y vient à la vérité tous les jours un grand nombre de Maltotiers, de Gens d'Affaires, de Procureurs, de Médecins, de Banqueroutiers, de Théologiens de toutes les Communions, de Moines de tous les Ordres, de Courtiſanes, de Meſſageres d'Amour, & de Protecteurs de mauvais lieux. Mais, c'eſt-là une choſe fort ordinaire, & à laquelle nous ne faiſons aucune attention en Enfer. Je n'aurois donc rien de nouveau à t'apprendre, ſi en deſcendant hier dans les abîmes les plus profonds du ſéjour infernal, je n'y avois été le témoin d'une converſation fort vive entre le Voleur CARTOUCHE, & le Jéſuite GUIGNARD. Je la trouvai ſi ſingulière, que je l'écrivis d'un bout à l'autre ſur mes tablettes; je t'en envoie une copie très exacte.

DIA-

DIALOGUE ENTRE CARTOUCHE ET LE PERE GUIGNARD.

CARTOUCHE.

„ EN vérité, Pere Guignard, vous avez „ tort de prendre ces airs de hauteur qui „ vous rendent insupportable à tous les Dam- „ nés. Il semble que vous aïez oublié que „ vous avez été pendu & brulé. Il n'est au- „ cun Voleur de grand chemin, à qui vous „ soiez en droit de reprocher sa mort igno- „ minieuse. Cependant, à vous entendre, „ on croiroit que je ne suis pas digne d'ô- „ ser vous regarder en face. Ma foi, détrom- „ pez-vous, mon pauvre Guignard: je m'es- „ time autant que vous; & je suis assûré „ qu'il est beaucoup de gens sur la terre, qui „ ont moins d'horreur pour ma mémoire „ que pour la vôtre.

„ LE PERE GUIGNARD.

„ VOILA un plaisant Maraut, pour ôser „ se comparer à moi! Ecoute, Faquin, sais- „ tu bien qu'après ma mort j'ai été mis sur „ la terre au nombre des Martirs & que „ plusieurs célèbres Auteurs ont fait mon „ apologie.

„ CARTOUCHE.

JE sais tout cela; mais si vous voulez „ que nous continuions notre entretien, „ tâchez d'adoucir vos expressions. Vous „ conservez toujours quelque chose du sti- „ le Jésuitique: vous ne sauriez parler sans „ inju-

„ injurier les gens. Vous devriez cependant vous être corrigé de ce défaut : il „ vous en a coûté assez cher ; & pour avoir „ répandu sur un morceau de papier une „ partie de cette noire bile qui vous agite, „ le Parlement de Paris vous fit donner une „ leçon bien vive.

„ LE PERE GUIGNARD.

„ On m'a bien vengé de l'affront qu'il „ m'a fait, & on a publié vingt différens „ Ecrits, dans lesquels on accusoit les Juges de ce Tribunal d'être des gens sans „ foi, sans honneur, & qui m'avoient injustement condamné. On ne peut nier cette vérité ; & le Pere Richeome a bien „ ôsé la faire sentir à Henri IV, dans un „ Ecrit qu'il adressa à ce Monarque. *Sire*, „ lui dit-il, *je ne veux ici accuser personne*, „ *ni plaider pour ce Défunt ; il est mesbui hors* „ *de Cour & de Procès, ni demander vengeance, non plus que celui que je crois prier au* „ *Ciel pour ses Ennemis. Je dis seulement, que* „ *Votre Majesté avoit pardonné tout ce qui s'étoit passé de semblable, & ce prudemment,* „ *& roïalement* *. Tu vois bien que ce Jésuite ne se contente pas de faire sentir à „ Henri IV, que j'avois été condamné injustement ; mais qu'il ôse presque assûrer „ ce Prince que je suis dans les Cieux. Dans „ un autre Ecrit, ce sage Confrere m'a cano-

„ nisé

* Richeome, Plainte Apologétique, *pag.* 135, 136.

„ nisé d'une manière plus décisive. *Tu ne*
„ *m'engarderas pas*... dit-il à un de mes
„ ennemis *, *que je ne loüe ce Pere, parce*
„ *qu'il étoit un bon Théologien, & faisoit hon-*
„ *neur à la France sa Patrie, que tu deshono-*
„ *res.* Prens garde aux expressions de ce Jé-
„ suite, & considére qu'il dit que *je faisois*
„ *honneur à la France.* Peut-on rien écrire
„ de plus flatteur? Après cela, est-il extraor-
„ dinaire que je méprise Cartouche, voleur
„ des plus insignes, qui ôse me traiter com-
„ me son compagnon? Pour achever de
„ rabattre ton orgueil, écoute la suite des
„ loüanges qu'on me donne. *Crois qu'il est*
„ *au Ciel, si ce n'est au rang des Martyrs,*
„ *au moins au nombre des Bienheureux; non*
„ *pour avoir été condamné au supplice, mais*
„ *pour avoir quitté la vanité du Monde, pour*
„ *servir Dieu & le Public en Religion, avec*
„ *l'appareil de toutes ses forces; pour avoir vé-*
„ *cu en bon Religieux plusieurs années; pour*
„ *avoir enseigné la Foi Catholique, & combat-*
„ *tu l'Héresie, que tu défens sous le manteau*
„ *de l'Etat; en somme, pour avoir enduré pa-*
„ *tiemment tous les tourmens de la mort, & la*
„ *confusion du supplice, & avoir rendu l'amé*
„ *en bon & ferme Catholique* †.

„ LES éloges les plus fastueux ne sont-
„ ils pas inserés dans ce passage? On assû-
„ re que j'ai *vécu en bon Religieux*, que j'ai
„ toujours

* Richeome, Examen Cathégorique de l'Anti-Cotton, *Chap. XXI. pag.* 182.

† Ibid.

„ toujours *combattu l'Héresie*, que je suis „ *mort en Héros Catholique*, & que je suis „ *dans le Ciel au nombre des Bien-heureux*. Que „ pourroit-on dire davantage d'un Apôtre „ réellement martyrisé pour la Religion? J'ai „ été invoqué comme il le seroit; & voici „ la prière qu'a composée pour moi mon „ cher Confrere Bonarscius. O! *Etoile luisan-* „ *te au Ciel & en la Terre, & dernière Expia-* „ *tion de la Maison qui après cela ne devoit* „ *rien souffrir! Aucun jour pourra-t-il effacer* „ *les traces de ta mémoire? Ta mort sera tou-* „ *jours glorieuse, & toute la France se joindra* „ *à mes vœux* *.

„ CROIS-TU donc que je n'aie pas été „ bien vengé de l'affront que le Parlement „ a voulu me faire? Quelle réparation plus „ authentique pouvois-je esperer, que cel- „ le d'être prié comme un Saint des plus „ renommés? Après que tu eus expiré sur „ la roüe, quelqu'un s'est-il avisé de t'ap- „ peller *Etoile luisante au Ciel & en la Terre?*

„ CARTOUCHE.

„ Si les voleurs avoient été aussi inté- „ ressés à me canoniser, que les Jésuites „ l'étoient à vous placer dans le Ciel, ne „ doutez pas un instant qu'il ne s'en fût „ trouvé quelqu'un d'assez effronté pour me „ placer

* *Tacebo ego te, clarum Cœlo Terrâque Sidus, & ultimum nihil amplius dolituræ Domus innocuum Piamentum? Nullus tui Sanguinis vestigia dies exteret, totaque in hæc vota mea ibit Gallia.*

„ placer parmi les Bien-heureux. Il auroit „ facilement imaginé des menſonges ſemblables à ceux de votre Pere Richeome. „ Car, tout ce qu'il a ôſé avancer en votre „ faveur, n'eſt abſolument autre choſe. En „ effet, comment pouvoit-il avoir l'audace „ de repréſenter à Henri IV. que vous „ étiés dans le cas de l'amniſtie qu'il avoit „ accordée après la réduction de Paris? Ou„ tre que cette amniſtie obligeoit indiſ„ penſablement tous les particuliers qui a„ voient des Ecrits ſéditieux, de les bruler, „ & que vous étiés coupable de n'avoir pas „ obéï à cet ordre, l'Ecrit qui vous fit con„ damner à être pendu, avoit été fait „ long-tems après que Henri IV. eut em„ braſſé la Religion Catholique, & pacifié „ les troubles de ſon Roïaume. La preu„ ve de ce fait eſt viſible par cette Propo„ ſition qui s'y trouvoit inſérée: *Que le* „ *Bearnois, ores que converti à la Foi Catholi*„ *que, ſeroit traité plus doucement qu'il ne mé*„ *ritoit, ſi on lui donnoit la Couronne Mona*„ *cale en quelque Couvent bien réformé, pour* „ *illec faire Pénitence de tant de maux qu'il a* „ *faits à la France, & remercier Dieu de ce* „ *qu'il lui avoit fait la grace de ſe reconnoî*„ *tre avant la mort.* Penſez-vous que lorſ„ qu'il eſt des gens aſſez impudens pour ſou„ tenir à la face de l'univers que vous étiés „ dans le cas de l'amniſtie, il n'y en eût „ pas qui ôſaſſent avancer que je méritois „ d'être exemt de la roüe, s'ils avoient „ les mêmes raiſons?

„ QUANT aux apologies qu'on a faites
„ de votre crime, je pourrois me glorifier
„ d'un nombre d'Ecrits qui ont paru après
„ ma mort, & dans lesquels on a voulu il-
„ lustrer ma mémoire. Votre Pere Bonar-
„ scius a composé un commencement de
„ Litanie en votre honneur. Il vous a ap-
„ pellé, *Etoile luisante*, *Expiation de la Mai-
„ son*, *Gloire de la France.* Vraiment, voilà
„ quelque chose de bien digne d'être com-
„ paré avec un Poëme Epique, que l'on
„ a composé à ma loüange. Un fils d'Apol-
„ lon a cru s'illustrer en me rendant le même
„ service qu'Homere a rendu à Achille, &
„ Virgile à Enée. Je suis devenu après ma
„ mort le camarade des plus grands Héros,
„ & j'ai été chanté comme eux par les fa-
„ voris des Muses. Le Poëme, dont je suis
„ le Héros, a été lû avec plaisir de toute
„ la France; chacun a applaudi aux belles
„ choses qu'on m'y fait dire. Et il n'est
„ rien de si superbe que la Harangue que
„ je prononce devant les scélerats qui s'é-
„ toient associés avec moi, & qui m'avoient
„ reconnu pour leur chef. L'habile Poëte
„ qui m'a fait parler, a trouvé le secret de
„ placer dans mon discours tout ce que Mi-
„ thridate dit de plus beau à ses enfans dans
„ cette magnifique Scene *, qui seule au-
„ roit suffi pour immortaliser le nom de Ra-
„ cine. J'ai même paru avec éclat sur la scé-
„ ne:

* La I. du III. Acte de la Tragédie de *Mithridate.*

„ ne: les Poëtes de théatre ont diſputé aux „ Poëtes Epiques la gloire de célebrer mon „ nom, & tout Paris a couru avec empreſ- „ ſement aux repréſentations de la Comé- „ die de *Cartouche.* Après cela, je vous „ conſeille de faire un parallele des hon- „ neurs que vous avez reçus avec ceux „ qu'on m'a rendus. Allez, allez, mon pau- „ vre Guignard, défaites-vous de votre „ vanité ridicule. De roüé à pendu, il n'y „ a que la main, & votre mépris pour moi „ eſt tout-à-fait déplacé.

„ LE PERE GUIGNARD.

„ ON voit bien que tu n'eus jamais au- „ cune idée du véritable honneur. Apprens „ que le *crime ſeul fait la honte, & non pas* „ *l'échafaut.* Qu'importe que j'aie ſubi un „ ſupplice auſſi ignominieux que le tien, „ ſi je fus toujours exemt de crimes?

„ CARTOUCHE.

„ IMPUDENCE Jeſuitique, puiſqu'il eſt „ vrai que vous en commîtes de beaucoup „ plus grands que les miens. Car enfin, tous „ les aſſaſſinats que j'ai faits, ne ſont que „ de legères *Peccadilles*, en comparaiſon du „ forfait dont vous vous êtes ſouillé. Eſt-il „ de crime plus énorme, que celui de vou- „ loir faire périr ſon Maître, ſon Roi, ſon „ Souverain; & quel Souverain? le meilleur „ Prince de l'univers, l'amour des peuples, „ la gloire de la France, le Pere de la Pa- „ trie. Il falloit que votre cœur fût hor-

„ riblement endurci, pour n'être pas tou„ ché des vertus d'un auſſi grand Monar„ que. Je veux vous donner une preuve „ eſſentielle que j'étois moins fait au cri„ me que vous. Sur les récits que j'avois „ entendu faire des vertus de Henri IV. „ j'avois conçu un ſi grand reſpect pour ſa „ mémoire, que je puis vous proteſter, „ que ſi un homme ſe fût réfugié ſur le „ Pont-neuf au pied de ſa ſtatue équeſtre, „ je n'aurois jamais ôſé l'y égorger, parce „ qu'un certain reſpect m'auroit arrêté la „ main. L'original n'a pu produire ſur vous „ l'effet qu'une foible copie auroit produit „ en moi; & il n'a pas tenu à vous que „ vous n'aiez eu le plaiſir cruel de voir „ couler le ſang de cet incomparable Prin„ ce. *Si l'on eût ſaigné*, diſiez-vous, *la Vei„ ne Baſilique au jour de Saint Barthelemi*, „ *nous ne ſerions pas tombés de fiévre en* „ *chaud-mal, comme nous expérimentons.*

„ LE PERE GUIGNARD.

„ SI j'ai ſoutenu qu'il étoit bon de faire „ périr Henri IV. c'eſt parce que je croiois „ que ſa mort étoit utile au bien de la Re„ ligion. Mon erreur eſt excuſable; mais „ tu n'avois aucun motif pareil qui pût „ te porter à aſſaſſiner. Tes crimes ont été „ commis uniquement par méchanceté, & „ mes fautes venoient d'un bon principe.

„ CARTOUCHE.

„ CE n'eſt pas d'aujourd'hui que je m'ap„ perçois que vous aimez extrêmement à

„ vous

„ vous flatter. Apprécions plus juftement
„ vos motifs & les miens. J'étois conduit
„ par l'avarice, & par l'envie de conten-
„ ter toutes mes paffions; vous l'étiés par
„ le Fanatifme & par l'efprit de rébellion:
„ peut-être auffi par celui de votre Socié-
„ té, du moins l'ai-je entendu affûrer à
„ beaucoup d'honnêtes gens, lorfque j'étois
„ dans le monde. Mais favez-vous, mon
„ cher Guignard, qu'il a été décidé depuis
„ long-tems que le Fanatifme, & la rébel-
„ lion contre fon Prince, font des crimes
„ incomparablement plus grands que l'a-
„ varice & la débauche? Ainfi, avoüez de
„ bonne-foi que vos motifs ne valoient pas
„ mieux que les miens.

„ LE PERE GUIGNARD.

„ EN convenant de ce que tu dis, j'aurois
„ toujours l'avantage d'avoir perfuadé aux
„ hommes que je fuis mort en Héros Chré-
„ tien: c'eft-là un des éloges fur lefquels
„ mes Apologiftes ont le plus appuïé. Au
„ contraire, tu mourus comme un enragé.
„ Lorfque tu vis que tes camarades n'exé-
„ cutoient pas ce qu'ils t'avoient promis,
„ & qu'ils ne tentoient point de t'enlever,
„ tu demandas d'être conduit à la Maifon
„ de ville, où tu fis un teftament d'un nou-
„ veau goût, qui couta dans peu de jours la
„ vie à quatre-vingt perfonnes de tes amis.

„ CARTOUCHE.

„ JE fis ce que vous auriez dû faire.
„ Voiant qu'il falloit que je mouruffe, &

„ qu'il ne me reſtoit plus aucune reſſource „ pour ſauver ma vie, je voulus réparer, „ autant qu'il m'étoit poſſible, les maux que „ j'avois faits, & arrêter ceux que je pou- „ vois cauſer encore après ma mort. Je „ déclarai mes complices: je demandai par- „ don à Dieu, au Roi, & à la Juſtice; & „ c'eſt ce que vous ne voulûtes jamais fai- „ re. Vous conteſtâtes pendant plus d'un „ quart d'heure avec le Sieur Rapin, Lieu- „ tenant-Criminel de Robe courte, qui „ ne put rien obtenir ſur votre eſprit: vous „ ſoutintes toujours avec obſtination, que „ n'aiant point offenſé le Roi, vous n'aviez „ aucune excuſe à lui faire; & vous fûtes „ pendu, ſans vouloir donner aucune mar- „ que qui témoignât que vous vous repen- „ tiez de votre crime. Si c'eſt-là ce que vos „ Apologiſtes appellent *mourir en Héros Chré-* „ *tien*, il vaut mieux pour être loüé d'eux, „ mourir dans les ſentimens du mauvais Lar- „ ron que dans ceux du bon. Vous voiez du „ moins que leurs loüanges n'influent guè- „ res dans le ſéjour infernal, & que vos pei- „ nes ſeront beaucoup plus longues que les „ miennes, puiſque vous êtes condamné à „ reſter ici trois millions d'années plus que „ moi, avant de retourner pour toujours dans „ le néant. Et vous êtes fort heureux que les „ peines des Damnés ne ſoient point éter- „ nelles: car ſans cela vous auriez ſouffert „ ſans doute éternellement, puiſqu'il n'en „ eſt point qui ſoit condamné à d'auſſi lon- „ gues ſouffrances que les vôtres. Que cet-

„ te

„ te réflexion ſerve à vous guérir de votre „ ridicule vanité. „

VOILA, ſage & ſavant Abukibak, un récit fidèle de la converſation dont je fus hier le témoin: je ſouhaite qu'elle te ſoit agréable, & qu'elle te convainque de l'impartialité de nos ſentences infernales.

JE te ſalue en *Belſebut* & par *Belſebut.*

✲✲✲✲✲✲✲✲✲✲✲✲✲✲✲✲✲✲✲✲✲✲✲✲✲✲

LETTRE TROISIEME.

L'Ondin Kakuka, *au ſage Cabaliſte* Abukibak.

TU ne t'es point trompé, ſage & ſavant Abukibak, lorſque tu as jugé que les ames des Ecrivains de Port-Roïal-des-Champs devoient avoir été condamnées à reſter dans le fonds de l'Océan, ſéjour ordinaire des aimables Ondins.

LA Divinité, toujours juſte & équitable, a impoſé à ces ames une peine conforme aux péchés dont elles s'étoient ſouillées lorſqu'elles animoient des corps mortels. Elles ſont donc condamnées à boire tous les jours dix-huit pots de Thé élementaire. Cette liqueur, dont les Ondins conſument à peine deux pintes par ſemaine, eſt exceſſivement froide, & tempere l'ardeur immodérée de ces bilieux Théologiens. A chaque verre qu'ils en avalent, ils ſont

 obli-

obligés de s'écrier douloureusement: *Ah! combien n'aurions-nous pas été heureux, si, lorsque nous étions sur la terre, nous avions bû tous les matins trente verres d'eau de la Seine, pour éteindre ce zèle outré, dont nous étions dévorés, qui nous persuadoit que les injures donnoient du poids aux raisons, & qui nous faisoit oublier les règles les plus communes de la bienséance & de la modestie!*

Tu seras peut-être curieux de savoir, sage & savant Cabaliste, ce qui s'est passé lorsque ces Théologiens ont essuïé leur condamnation: je vais t'en faire un détail, qui pourra ne t'être point desagréable.

LORSQUE l'ame du fameux ARNAULD s'éleva jusqu'à la région des Salamandres, pour y entendre prononcer par la Divinité l'arrêt de son destin, l'Ange protecteur de ce savant Théologien ne se contenta pas de demander, qu'en attendant le Jour du Jugement universel, il restât dans les airs; il crut qu'il obtiendroit sans peine des bontés du souverain Etre, qu'une ame aussi illustre séjourneroit dans la région du feu parmi les Salamandres. Il représenta combien les mœurs de ce savant homme avoient été pures; il rappella tous les maux qu'on lui avoit fait souffrir, pour avoir défendu la vérité; il n'oublia pas le soin qu'il avoit pris de s'opposer à la pernicieuse Morale des Jesuites; & il comptoit que l'Ange accusateur n'auroit rien à reprocher à une ame, en faveur de laquelle tant de vertus par-

parloient. Il fut donc extrêmement surpris, lorsque l'Adversaire du bonheur des humains demanda que le pauvre Arnauld fût renfermé dans les sombres demeures des Gnomes.

„ CE n'est point assez, dit-il, pour être „ vertueux, de défendre la vérité, il faut „ la soutenir d'une manière qui ne la fasse „ pas rougir du secours qu'on lui prête. „ Les injures, les invectives, les médisan- „ ces, sont des crimes qui ne perdent rien „ de leur noirceur, parce qu'ils sont com- „ mis par des gens qui défendent la bonne „ cause. Conviendroit-il que l'Auteur de „ la *Morale Pratique des Jésuites*, le cœur „ rempli de fiel, demeurât dans la pure „ région du feu avec les modestes & les „ retenus Salamandres? Quel étrange lan- „ gage ne leur apprendroit-il pas à parler? „ Les termes d'*imposteurs*, de *fourbes in-* „ *signes*, d'*idolatres*, de *menteurs audacieux*, „ d'*hommes sans foi*, &c. sont inconnus dans „ l'idiome de ces sages Intelligences. C'est „ chez les Gnomes qu'ils sont en usage. „ Là, les banqueroutiers, les femmes dé- „ bauchées, les Prêtres imposteurs, se don- „ nent les uns aux autres les titres qu'ils ont „ si justement mérités pendant leur vie; „ mais qui ne convinrent jamais dans la „ bouche d'un sage Théologien, c'est- „ à-dire, d'un homme qui ne cherche à „ écrire que pour établir & défendre la „ vérité.

COMMENT *voudriez-vous donc qu'on fît*, re-

repliqua l'Ange protecteur, *pour relever des mensonges & des impostures qui nuisent à la Religion & à la Société civile? Ne doit-il pas être permis à un Docteur qui écrit, de faire connoître que ses Adversaires soutiennent des principes évidemment faux, & de la fausseté desquels ils sont eux-mêmes convaincus? Quand un Auteur ment, comment faire connoître qu'il ment, si l'on ne montre qu'il déguise la vérité?*

„ Il est, répondit l'Ange accusateur, une „ manière de s'expliquer, qui n'aiant rien „ d'injurieux, ni même de contraire à la „ bienséance, ne laisse pas fortement d'ex„ primer les choses, & ne les fait pas moins „ bien sentir que les termes les plus inju„ rieux. Si l'on disoit, par exemple: *Le „ Systéme que soutiennent les Jésuites sur le „ culte que l'on rend à Confucius, est évidem„ ment faux; il allie le Christianisme avec le „ Paganisme, l'adoration légitime avec l'idola„ trie. Ces Peres sont eux-mêmes convaincus „ dans le fonds de leur cœur que leurs Mission„ naires poussent trop loin la complaisance. S'ils „ vouloient parler naturellement, ils convien„ droient qu'ils méritent à cet égard les repro„ ches qu'on leur fait.* Croiez-vous que ces „ expressions modestes & mesurées ne fis„ sent point autant d'impression sur l'esprit „ d'un Lecteur sage & judicieux, que si „ l'on écrivoit: *L'infame culte que les Jésui„ tes souffrent qu'on rende à Confucius, mar„ que évidemment jusqu'où ils poussent dans „ certaines occasions leur lâche complaisance:*

„ *il*

„ *il n'est rien que ces imposteurs ne mettent* „ *en usage pour se faire des créatures. Lors-* „ *qu'on leur reproche leurs excès, ils croient se* „ *justifier en les niant effrontément; & l'on ne* „ *doit leur faire aucune réponse, si ce n'est celle* „ *du fameux Pere Valérien*, mentiris impu- „ dentissime ?

„ CES phrases sont assez communes dans „ les Ecrits de tous les Ecrivains de Port- „ Roïal, & sur-tout dans ceux du Théo- „ logien que j'accuse. Cependant, il faut „ convenir non seulement qu'elles blessent „ la politesse & la bienséance, mais enco- „ re qu'elles sont absolument inutiles à la „ défense de la vérité. Je viens de vous le „ montrer évidemment. Examinez bien mes „ premières expressions : comparez-les avec „ les secondes : & vous verrez qu'elles di- „ sent dans le fonds la même chose, d'une „ façon plus ou moins convenable à la dé- „ cence d'un Théologien.

„ LE prétexte de défendre la vérité n'au- „ torise point les injures grossières PAS- „ CAL n'a-t-il pas été privé par la Divini- „ té du bonheur d'habiter parmi les Sala- „ mandres, à cause de certains passages de „ ses *Lettres Provinciales*? Cependant, ses „ mœurs étoient tout aussi pures que celles „ d'Arnauld. Il étoit d'une piété exem- „ plaire; il exerçoit sur son corps des ma- „ cérations étonnantes : jamais Chartreux, „ ni Moine de la Trape ne se ceignit d'un „ si rude cilice. Vous savez que son Ange

„ pro-

„ protecteur cita avec beaucoup d'emphase
„ ce qu'on a dans la suite inséré dans son
„ Histoire; savoir, que *les conversations aux-*
„ *quelles ce Savant se trouvoit engagé, quoi-*
„ *qu'elles fussent pleines de charité, ne laissoient*
„ *pas de lui donner quelque crainte qu'il ne s'y*
„ *trouvât du péril: mais* que *comme il ne pou-*
„ *voit en conscience refuser le secours que les*
„ *personnes lui demandoient, il avoit trouvé un*
„ *remède à cela*; qu'il *prenoit dans les occa-*
„ *sions une ceinture de fer, pleine de poin-*
„ *tes*; qu'il *la mettoit à nud sur sa chair; &*
„ que *lorsqu'il lui venoit quelque pensée de va-*
„ *nité, ou qu'il prenoit quelque plaisir au lieu*
„ *où il étoit, il se donnoit des coups de cou-*
„ *de, pour redoubler la violence des piqûres,*
„ *& se faisoit ainsi souvenir lui-même de son*
„ *devoir* *.

„ TOUT cela, vous le savez, ne put
„ justifier Pascal des invectives qui se sont
„ glissées quelquefois dans ses *Lettres Pro-*
„ *vinciales*, & voici quelques-unes de cel-
„ les qui lui ont été reprochées. *Le*
„ *croiez-vous vous-mêmes, misérables que vous*
„ *êtes. . . Et à quelle extrémité êtes-vous ré-*
„ *duits, puisqu'il faut que vous passiez pour*
„ *les plus abandonnés calomniateurs qui furent*
„ *jamais? . . . Votre silence là-dessus sera une*
„ *pleine & entière conviction de cette calomnie*
„ *diabolique. . . . . Cruels & lâches Persé-*
„ *cu-*

* Vie de Pascal, par Madame Perrier sa Sœur, *page* 22.

„ *cuteurs, faut-il donc que les cloîtres les plus*
„ *retirés ne ſoient pas des aſyles contre vos ca-*
„ *lomnies* *? Elles parurent ſi meſſéantes au
„ ſouverain Juge, qu'il lui dit: *Ce n'étoit*
„ *pas aſſez de vous donner des* coups de cou-
„ de, *pour enfoncer dans votre chair les poin-*
„ *tes de votre cilice, lorſqu'il vous venoit quel-*
„ *que penſée de vanité. Vous auriez dû vous*
„ *piquer encore plus vivement, pour réprimer*
„ *vos mouvemens de colère, & pour vous obli-*
„ *ger à ſupprimer des expreſſions auſſi choquan-*
„ *tes, auſſi injurieuſes, & auſſi peu convena-*
„ *bles au ſtile d'un homme, portant une ceintu-*
„ *re de fer pour ſe faire ſouvenir de ſon de-*
„ *voir.* Cependant, peut-être la Divinité
„ eût-elle pardonné à Paſcal ces termes
„ violens, en faveur du bien que ſes Ecrits
„ avoient produit, & de la confuſion dont
„ ils avoient couvert les partiſans d'une
„ Morale dépravée; mais une plaiſanterie
„ mordante, & qui renfermoit l'inſulte la
„ plus atroce, le priva du bonheur de
„ reſter non ſeulement dans la région du
„ feu, mais même dans celle des airs. Cet-
„ te plaiſanterie eſt celle où il fait fine-
„ ment ſentir que ſi juſtice étoit faite aux
„ Réverends Peres Jéſuites, pluſieurs d'en-
„ tre eux ſeroient vivement fuſtigés, non
„ par le correcteur de leur Collège, mais
„ par celui du Parlement de Paris. *Les*
„ *Auteurs d'un Ecrit diffamatoire*, dit-il, *qui*
„ *ne*

* Paſcal, Lettres Provinciales, *Lettre VI.*

„ *ne peuvent prouver ce qu'ils ont avancé,* „ *ſont condamnés par le Pape Adrien à être* „ *foüettés, mes Réverends Peres* : FLAGEL- „ LENTUR *.

„ CE ſeul mot a fait reléguer Paſcal dans „ la demeure des Ondins ; la Divinité ju- „ geant qu'un homme, qui malgré ſon ci- „ lice étoit aſſez bilieux pour vouloir faire „ foüetter ſes Adverſaires, avoit beſoin „ d'être pendant pluſieurs ſiécles dans le „ ſein des mers, afin de pouvoir tempérer „ ſa trop grande ardeur & ſa vivacité ou- „ trée. Et vous voudriez que l'Auteur de „ la *Morale Pratique des Jéſuites*, & qui pis „ eſt, d'un affreux Libelle diffamatoire, „ écrit contre un Héros moderne, contre „ un illuſtre Souverain †, dont il n'avoit „ non ſeulement jamais reçu aucune offen- „ ſe, mais ſous la protection duquel il „ avoit même été obligé de ſe réfugier ; „ qu'un tel homme, dis-je, obtint un bon- „ heur, dont Paſcal n'a été privé que pour „ avoir dit de ſes ennemis, *Flagellentur* ? „ Ce ſeroit établir qu'il eſt plus criminel „ de ſoutenir qu'on devroit feſſer quelques „ Moines pour le bien & le repos public, „ que de déchirer injuſtement la réputa- „ tion des plus grands Monarques, au nom- „ bre deſquels on ne peut ſans injuſtice „ refuſer de placer Guillaume III. Je „ paſſe,

* Paſcal, Lettres Provinciales, *Lettre VI.*

† Le véritable portrait de Guillaume de Naſſau, &c.

„ passe, si vous voulez, toutes les injures
„ que l'Accusé a dites aux Jesuites; mais
„ je ne puis lui pardonner celles qu'il a vo-
„ mies contre ce grand Prince.

A peine l'Ange accusateur eut-il achêvé ces derniers mots, que la Divinité prononça cet arrêt décisif: *L'ame du Docteur Arnauld séjournera jusqu'au Jour de mon Jugement universel dans le sein des mers, où elle sera obligée de boire la même quantité de Thé élementaire, que celle de Pascal; excepté que pour n'avoir point pris de nom supposé, comme* Pascal *qui se fit infidélement appeller* Montalte, *il sera dispensé de boire double dose les trois premiers jours de sa réception.*

VOILA, sage & savant Abukibak, quel a été le destin du fameux Arnauld après sa mort. Tu penseras peut-être que l'avantage qu'il a eu sur Pascal est bien peu de chose, & que la dispense de double dose de Thé élementaire pendant trois jours n'est pas une grande grace. J'en conviens, illustre Cabaliste; cependant le fameux NICOLE eût bien voulu, lorsqu'il arriva parmi nous, pouvoir obtenir la même faveur. Il fut au contraire condamné à boire triple dose; ce qui lui fut très à charge. Le nom de guerre qu'il avoit pris, fut la cause de cette punition; & parce qu'il avoit feint d'être Allemand sur la terre, on lui ordonna de joüer le même rolle dans le sein des mers, & d'y boire comme une ame Allemande. S'il n'eût pas eu la fantaisie d'aller se donner le nom bisarre de *Wendrock*, il eût simplement subi le même arrêt que Pascal.

LORSQU'ON défend la vérité, c'est un crime punissable de n'ôser paroître au grand jour. Il semble qu'un Auteur ne prenne un nom de guerre, que pour avoir le moïen d'injurier ses ennemis avec plus de sûreté, & sans s'exposer à être traité de la même manière. Du moins est-il assûré que les injures qu'on lui dit, sont des coups portés à faux, qui ne peuvent lui nuire, puisqu'elles retombent sur un personnage imaginaire. Il mérite d'être puni comme un espion qui prend un nom supposé pour parvenir plus aisément à ses fins. Malheur à lui s'il est arrêté; il est pendu dans l'instant. Malheur aussi à tous les Théologiens, qui en défendant la vérité, craindront de paroître à visage découvert: ils boiront la triple dose de Thé élementaire.

JE te salue, sage & savant Cabaliste, en *Jabamiah*, & par *Jabamiah*.

LET

LETTRE QUATRIEME.

Le Cabaliste Abukibak, *à son Disciple* ben Kiber.

TOUJOURS occupé, mon cher ben Kiber, à vous perfectionner dans l'étude de nos divines Sciences, je vais vous découvrir aujourd'hui les plus grands & les plus augustes mystères de la sainte Cabale.

Vous savez depuis long-tems que tous les Elemens sont habités par différentes sortes d'Esprits; que la *région du feu* est le séjour des *Salamandres*; que les *Silphes* voltigent dans les *airs*; que les *Gnomes* sont les gardiens des trésors renfermés dans le centre de la *terre*; & que les *Ondins* vivent dans le *sein des mers*, & au *fond des rivières*. Mais vous ignorez encore que tous ces peuples sont destinés à rentrer un jour dans le néant dont ils sont sortis, & qu'il n'est qu'un seul moïen qui puisse les en garantir. Les ames de ces infortunées créatures sont mortelles, ainsi que celles des simples animaux. Il est vrai qu'elles subsistent beaucoup plus long-tems : foible consolation dans leur malheur, puisque la durée de cent millions de siécles n'est rien en comparaiſon de l'immortalité. Les ſages Cabaliſtes, touchés du ſort infortuné de ces Eſprits élementaires, repréſenterent à la Divinité qu'elle devoit en avoir pitié; & la Divinité ſuprême, dont la miſéricorde égale le pouvoir immenſe, apprit & inſpira à nos Peres les Philoſophes le ſecret que je vais vous réveler.

„ De-meme que l'homme, par l'Al-„ liance qu'il a contractée avec Dieu, a „ été fait participant de la Divinité, les „ *Silphes*, les *Gnomes*, les *Nimphes*, & les „ *Salamandres*, par l'alliance qu'ils peuvent „ contracter avec les hommes, peuvent „ être faits participans de l'immortalité. „ Ainſi, une *Nimphe*, ou une *Silphide*, de-„ vient immortelle, & capable de la Béa-„ titude à laquelle nous aſpirons, quand „ elle eſt aſſez heureuſe pour ſe marier à „ un *Sage*; & un *Gnome*, ou un *Silphe*, „ ceſſe d'être mortel, dès le moment qu'il „ épouſe une de nos *filles*. De-là naquit „ l'erreur des premiers ſiécles, de *Tertul-„ lien*, du Martir *Juſtin*, de *Lactance*, „ de *Ciprien*, de *Clément d'Alexandrie*, d'*A-„ thegamore* Philoſophe Chrétien, & géné-„ ralement de tous les Ecrivains de ce „ tems-là. Ils avoient appris que ces *De-„ mi-hommes* élementaires avoient recher-„ ché le commerce des filles; & ils ont „ imaginé de-là que la chute des Anges „ n'étoit venue que de l'amour dont ils „ s'étoient laiſſé toucher pour les *femmes*.

„ Quel-

„ Quelques *Gnomes*, desireux de devenir
„ immortels, avoient voulu gagner les
„ bonnes graces de nos *filles*, & leur a-
„ voient apporté des pierreries, dont ils
„ sont gardiens naturels: ces Auteurs ont
„ cru, s'appuiant sur le Livre d'*Enoch* mal
„ entendu, que c'étoient les piéges que
„ les Anges amoureux avoient tendus à la
„ chasteté de nos *femmes*. Au commence-
„ ment, ces enfans du Ciel engendrerent
„ les *géans* fameux, s'étant fait aimer aux
„ *filles* des hommes; & les mauvais Ca-
„ balistes *Joseph* & *Philon* . . . . ; & après
„ eux tous les Auteurs que j'ai nommés
„ tout-à-l'heure, ont dit, aussi bien qu'O-
„ *rigene* & *Macrobe*, que c'étoient des *An-*
„ *ges*, & n'ont pas sçû que c'étoient les
„ *Silphes* & les autres peuples des Elemens,
„ qui sous le nom d'*enfans d'Eloïm*, sont
„ distingués des *enfans des hommes*. De
„ même, ce que le sage *Augustin* a eu la
„ modestie de ne point décider touchant
„ les poursuites, que ceux qu'on appelloit
„ *Faunes* ou *Satires*, faisoient aux Africaines
„ de son tems, est éclairci par ce que je viens
„ de dire du desir qu'ont tous les *habitans*
„ *des Elemens* de s'allier aux *hommes*, com-
„ me du seul moïen de parvenir à l'im-
„ mortalité qu'ils n'ont pas. Nos *Sages*
„ n'ont garde d'imputer à l'amour des fem-
„ mes la chute des premiers *Anges*, non
„ plus que de soumettre assez les hommes à la
„ puissance du Démon, pour lui attribuer
„ toutes les avantures des *Nimphes* & des

„ *Silphes*, dont tous les Hiſtoriens ſont „ remplis. Il n'y eut jamais rien de cri- „ minel en tout cela: c'étoient des *Silphes* „ qui cherchoient à devenir immortels. „ Leurs innocentes pourſuites, bien loin „ de ſcandaliſer les Philoſophes, nous ont „ paru ſi juſtes, que nous avons tous réſo- „ lu d'un commun accord de renoncer en- „ tiérement aux *femmes*, & de ne nous a- „ donner qu'à immortaliſer les *Nimphes* & „ les *Silphides* *.

VOILA, mon cher ben Kiber, les myſtères les plus cachés de la Cabale. Ils ſont expliqués très clairement, quoiqu'en peu de mots, dans ce paſſage tiré des Ecrits d'un fameux Ecrivain, qui eût été un des plus parfaits Philoſophes Cabaliſtiques, s'il eût eu autant de diſcrétion que de ſcience. Mais, il ſe laiſſa ſéduire par les impoſtures d'un profane, qui ôſa découvrir au Public les myſtères qui lui avoient été révelés.

VOUS comprenez ſans doute, mon cher Fils, que dès que vous voulez être admis au nombre des Sages, il faut que vous renonciez à tout commerce ſenſuel avec les femmes, & que vous choiſiſſiez quelque belle *Silphide*, ou quelque *Nimphe* aimable pour votre épouſe. Elle ſera redevable de l'immortalité à votre amour: l'excès de ce bienfait vous eſt un ſûr garant de

* Le Comte de Gabalis, ou Entretiens ſur les Sciences ſecretes, *Entretien* II. *pag.* 27-30.

de ſa reconnoiſſance; & jugez par-là quelle ſera ſa tendreſſe.

VOUS ne devez point regretter, mon cher Fils, de renoncer pour toujours au commerce des femmes. Dès l'inſtant de la Création de l'Homme, il lui fut ſévérement interdit par la Divinité, & le genre humain n'a été malheureux, que parce qu'Adam eut le malheur de s'approcher d'Eve dans ce Jardin délicieux, où Dieu lui avoit donné la naiſſance. Ecoutez, mon cher ben Kiber, ce que dit le même Cabaliſte dont je viens de vous parler, & refléchiſſez mûrement ſur ſes Diſcours.

CE *ne fut jamais la volonté du Seigneur, que l'homme & la femme euſſent des enfans comme ils en ont. Le deſſein du très ſage Ouvrier étoit bien plus noble: il vouloit bien autrement peupler le Monde qu'il ne l'eſt. Si le miſérable Adam n'eût pas deſobéï groſſiérement à l'ordre qu'il avoit de Dieu de ne toucher point à Eve, & qu'il ſe fût contenté de tout le reſte des fruits du Jardin de volupté, & de toutes les beautés des Nimphes & des Silphides, le Monde n'eût pas eu la honte de ſe voir rempli d'hommes ſi imparfaits, qu'ils peuvent paſſer pour des monſtres auprès des enfans des Philoſophes. . . . Etes-vous du nombre de ceux qui ont la ſimplicité de prendre l'hiſtoire de la Pomme à la lettre? Ha! ſachez que la Langue ſainte uſe de ces innocentes métaphores, pour éloigner de nous les idées peu honnêtes d'une* *action qui a causé tous les malheurs du genre humain. Ainsi, quand Salomon disoit*, Je veux monter sur la palme, & j'en veux cueillir les fruits, *il avoit bien un autre appetit que de manger des dattes* *.

C'EST pour satisfaire à cet appetit, mon cher ben Kiber, qu'il faut que vous vous déterminiez bientôt à vous unir par de saints nœuds à quelque Esprit élementaire. Car, vous ne sauriez être reçu au nombre des Sages, & vouloir encore tenir par un commerce criminel avec un sexe qui a causé tous les maux dont le genre humain est accablé. Les enfans que vous auriez d'une femme, seroient conçus par la volonté de la chair, & non pas par la volonté de Dieu; & cette façon d'engendrer est si contraire à la sagesse & à la vertu, que les Païens, qui n'ont été éclairés que par les foibles lumières d'une raison offusquée par les ténébres du Paganisme, ont connu qu'il étoit impossible que la Divinité eût créé des hommes pour se multiplier par le secours des femmes. Ils ont compris qu'il falloit qu'il fût arrivé dans l'ordre des générations, quelque dérangement, causé par les fautes des premiers humains.

PLATON † a prétendu qu'au commencement du Monde les hommes étoient mâles

* Là-même, *Entretien IV. pag.* 84. 85.
† Plato, *in Convivio.*

mâles & femelles tout à la fois; qu'ils avoient deux visages, quatre bras, quatre pieds, &c. mais que s'étant enorgueillis de leur force, les Dieux, résolus de les en punir, les avoient partagés en deux, & séparé le mâle d'avec la femelle. Il arriva de-là que lorsque les différentes parties séparées venoient à se rencontrer, elles s'embrassoient & se serroient si étroitement, qu'elles se laissoient mourir de faim & de soif, plûtôt que de se quitter. Les Dieux, touchés de pitié, changerent ces embrassemens mortels en caresses agréables, mais passagères; c'est-là l'origine & le fondement de l'amour naturel.

VOUS voiez, mon cher Fils, qu'un Philosophe Païen, qui n'avoit qu'une très legère connoissance des mystères de la sainte Cabale, a néanmoins compris qu'il étoit impossible qu'un commerce aussi honteux que celui-là, n'eût pas une origine flétrissante. Il a cherché à la développer; mais c'étoit un secret au-dessus de ses foibles lumières, & qui n'est révelé qu'aux Cabalistes, les seuls vrais Sages.

PLUSIEURS Auteurs ont paru être à peu près dans les mêmes sentimens que Platon. Dans ces derniers tems, un Mélancolique agréable, qui avoit quelque legère teinture de la Cabale, s'est plaint fort plaisamment du malheur où la nécessité réduisoit les hommes à cet égard. *Pourquoi*,

 dit-il,

dit-il, *ne pouvons-nous nous multiplier comme les plantes ? Et par quelle dure nécessité sommes-nous obligés de ne pouvoir procréer des enfans, que d'une manière aussi sotte & aussi impertinente que celle qui est en usage ? Que pourroit-on imaginer d'aussi contraire au caractère de l'homme sage, ou qui avilisse autant la grandeur de notre ame ? Et est-il quelque honte égale à celle qu'on ressent, lorsqu'après avoir contenté sa passion, on reflèchit sur son ridicule & sa brutalité* *?

FAITES attention, mon cher ben Kiber, aux dernières paroles de cet Auteur; elles sont capables de donner de l'horreur pour cet odieux commerce à quiconque n'a point encore entiérement perdu l'idée de la grandeur de l'ame humaine. En effet, n'est-ce point l'avilir, que de la faire servir d'instrument aux actions les plus ridicules & les plus méprisables ?

LES *Augustins*, les *Jérômes*, les *Ambroises*, & divers autres, connoissoient aussi parfaitement que cet Auteur moderne, combien ce commerce étoit immodeste & indigne

* *Mihi satis placeret, si nobis etiam arborum more citra conjunctionem procreare liceat. . . . Nihil profecto ineptius est, aut viro sapiente indignius, nihil quod mentis celsitudinem turpius dejiciat, quam si animo jam deferbente reputet, quam insigniter ineptierit.* Thom. Browne, Religio Medici, *Part. II. Sect. IX.*

digne d'un homme ſage; & ſi l'on en eût voulu croire ces hommes ſaints & pieux, on ſe fût bien-tôt deſabuſé de ces unions criminelles. Ceux qui ont écrit contre ces ſavans Docteurs, & qui leur ont reproché que leurs ſentimens nuiſoient au bien de la Société, ont été de francs ignorans, qui ne ſavoient point que ces illuſtres Ecrivains ne ſe déclaroient ſi vivement contre le mariage, que parce qu'ils connoiſſoient les myſtères les plus cachés de la Cabale, & qu'après avoir deſabuſé les hommes du commerce des femmes, ils prétendoient leur faire connoître le bonheur qui les attendoit dans l'amour & l'union des peuples élementaires.

SI ce n'étoit pas là le véritable but de ces grands Docteurs, il faudroit croire qu'ils ont quelquefois écrit les choſes les plus abſurdes. Car, ſi Dieu avoit voulu que les humains n'euſſent point d'autre moïen pour ſe multiplier, que celui dont ils uſent aujourd'hui, n'auroit-ce pas été non-ſeulement la plus grande folie, mais même la plus criminelle rébellion du monde, que de décrier une union ordonnée & ſanctifiée par la Divinité; une union, ſans laquelle la Société ſeroit bien-tôt détruite; une union, d'où dépend la gloire & le bonheur d'un Etat, le grand nombre de citoïens faiſant preſque toujours la plus grande richeſſe des villes? Lors donc que ces Peres ont aſſûré que la chaſte-

chaſteté étoit la plus grande des vertus, ils ont entendu cette chaſteté que Dieu ordonna lorſqu'il dit à Eve, *Allez & multipliez* : c'eſt-à-dire, *Vous, Eve, allez & multipliez avec les Eſprits élementaires mâles ; & vous, Adam, avec les femelles.*

Si ces ſaints Docteurs n'avoient parlé que de cette chaſteté que les Moines feignent de pratiquer aujourd'hui, ils auroient ſoutenu une erreur, non-ſeulement ridicule, mais même très-nuiſible, puiſqu'il eſt certain que plus un homme eſt utile au bien public, & plus il eſt agréable à la Divinité. Or, il n'eſt rien, je ne dis pas de plus inutile, mais de plus à charge & de plus pernicieux à la Société civile, que des milliers de fainéans, qui ſous prétexte d'avoir fait vœu de chaſteté, paſſent toute leur vie dans le fond de prétendues Maiſons Religieuſes, uniquement occupés à boire & à manger aux dépens d'une infinité d'idiots & d'imbécilles.

Je te ſalue, mon cher ben Kiber, en *Jabamiah* & par *Jabamiah.*

LETTRE CINQUIEME.

Astaroth, *au sage Cabaliste* Abukibak.

JE t'envoiai dans ma dernière Lettre, sage & savant Abukibak, le récit exact d'une conversation assez particulière, dont j'avois été le témoin. Je me flatte qu'il aura pu t'amuser; & c'est dans cette esperance que je te communique aujourd'hui une dispute, arrivée entre le Jésuite MARIANA & l'Athée SPINOSA, deux Damnés de très-grande distinction, & des plus étroitement resserrés dans nos prisons Infernales. J'ai copié très-exactement leurs discours, tant afin que tu puisses mieux juger du sujet de leur différend, que pour ne point affoiblir les raisons de l'un & de l'autre, en les rapportant dans des termes différens de ceux dont ils se sont servis.

DIALOGUE ENTRE SPINOSA ET MARIANA.

„ SPINOSA.

„ SI vous voulez examiner d'un œil „ desintéressé les faits dont nous disputons, „ vous conviendrez que ma mémoire & „ mes

„ mes Ouvrages doivent être moins en
„ horreur, que vous & vos Ecrits, à tous
„ les gens de bien.

„ MARIANA.

„ VOUS vous trompez, ſi vous penſez
„ qu'en me préferant à vous, je me laiſſe
„ ſéduire par l'amour propre. J'ai toujours
„ fait gloire, lorſque j'étois ſur la terre,
„ d'être ſincère, & cette excellente quali-
„ té m'a ſuivi dans les Enfers.

„ AVANT d'en venir aux actions qui
„ ont cauſé notre réprobation & notre
„ perte, examinons les vertus morales que
„ nous avons eues; & vous verrez com-
„ bien celles dont j'ai été doüé étoient
„ au-deſſus des vôtres. L'orgueil & la va-
„ nité vous firent ſouhaiter les choſes les
„ plus contraires à votre bonheur. Vous
„ pouſſâtes la paſſion que vous aviez de
„ tranſmettre votre nom à la poſtérité,
„ juſques à ſouhaiter d'être déchiré & mis
„ en piéces par le peuple, pourvû qu'une
„ mort auſſi cruelle pût vous aſſûrer l'Im-
„ mortalité. Vous étiés ſi jaloux de la
„ gloire de vos criminelles & abſurdes o-
„ pinions, que craignant de laiſſer entre-
„ voir quelque doute qui pût les décrédi-
„ ter, vous ne voulûtes voir perſonne qui
„ vous fût ſuſpect. Lorſque vous fûtes à
„ l'article de la mort, vous redoutiez tel-
„ lement la préſence de tout le monde,
„ qu'un de vos amis vous aiant demandé

„ ſi

„ si vous ne souhaiteriez point de parler „ à quelque Ecclésiastique, vous répondîtes que votre intention étoit de mourir „ tranquillement & sans dispute. Voilà „ certes une vanité bien peu digne d'un „ Philosophe! Vous vous craigniez vous-même; vous sentiez toute votre foiblesse, & cependant vous souhaitiez de „ persuader à ceux que vos Livres pernicieux avoient jettés dans l'erreur, que „ vous aviez joüi en mourant d'une parfaite sécurité.

„ SPINOSA.

„ JE conviens de bonne-foi que j'ai „ été trop livré à la passion d'éterniser ma „ mémoire; mais il vous sied très-peu de „ me reprocher d'avoir eu de la vanité. „ Personne n'a été plus atteint de ce vice que vous: votre orgueil étoit cent „ fois plus grand que le mien. Si j'étois „ prévenu en faveur de mes sentimens, „ du moins ne trouvois-je pas mauvais „ qu'on les examinât, & même qu'on les „ critiquât. Mais vous, vous pensiez que „ vos décisions étoient des oracles, aussi „ infaillibles que ceux de la Divinité, qu'il „ falloit croire aveuglément, sans ôser les „ éclaircir qu'autant que vous l'aviez jugé „ à propos. Dom Pedro Mantuano, Secretaire du Connétable de Castille, aiant „ publié une *Critique* de votre *Histoire* „ *d'Espagne*, & Thomas Tamaïo de Vargas

„ aiant

„ aiant répondu à cet Auteur pour vous „ justifier des fautes qu'il vous imputoit, „ vous ne voulsûtes jamais voir ni l'Ouvra- „ ge de votre Critique, ni celui de votre „ Apologiste; comme si ces deux Ecrivains „ avoient également été criminels, l'un „ pour avoir ôsé trouver des défauts dans „ vos Ecrits, & l'autre pour avoir été „ assez hardi pour se croire digne de sou- „ tenir vos intérêts. Après une condui- „ te aussi altière & aussi dédaigneuse, n'a- „ vez-vous pas bonne grace de m'accuser „ d'avoir eu de la vanité? Et quand je „ n'aurois point une époque aussi décisive „ à vous rappeller, avez-vous oublié que „ vous étiés Espagnol & Jésuite? En vé- „ rité, lorsque je vous entends vous van- „ ter de votre humilité, il me semble que „ j'écoute Sardanapale faisant l'éloge de „ sa tempérance & de sa chasteté.

„ MARIANA.

„ AU-MOINS ne me refuserez-vous „ pas d'avoir possédé cette dernière vertu „ dans le dégré le plus éminent. Pendant „ quatre-vingt-dix ans que j'ai vécu, je ne „ me suis jamais souillé par aucune impu- „ reté: aussi mes Confreres ont-ils répan- „ du dans le Public, qu'après ma mort la „ Divinité avoit permis qu'on apperçût „ en moi les marques visibles de ma con- „ tinence. Je m'étonne que n'étant mort „ que plusieurs années après moi, vous „ igno-

„ ignoriez ce qu'a publié là-dessus mon „ Confrere Alegambe. *Il y a apparence*, „ dit-il, *que la chasteté de Mariana fut* „ *cause, qu'après sa mort ses mains se trou-* „ *verent aussi souples & aussi maniables, que* „ *s'il eût encore été en vie* *. Vous voiez „ que peu s'en faut qu'on ne m'ait re- „ gardé dans l'autre Monde comme un „ saint personnage, digne d'être cano- „ nisé.

„ SPINOSA.

„ LA preuve que vous me donnez-là de „ votre chasteté, me paroît assez mauvai- „ se : si je n'en avois aucune autre assû- „ rance que celle du Miracle qu'ont pu- „ blié vos Confreres les Jésuites, vous me „ permettriez d'en douter. Est-il surpre- „ nant qu'ils aient tâché de vous placer „ au rang des Bienheureux? Ils ne vous „ ont voulu rendre par-là que le même „ service qu'ils avoient déjà rendu à vo- „ tre Confrere Guignard. Si je ne savois „ donc pas d'ailleurs que vous avez eu „ réellement des mœurs fort bien réglées, „ les contes fabuleux de votre Pere Ale- „ gambe ne serviroient qu'à vous décrier „ dans

* *Castitatis Cultor studiosissimus, cujus aliquis effectus esse potuerit, quòd mortuo manus fuerint ita tractabiles, ac si viveret.* Alegambe, Biblioth. Scriptor. Soc. Jesu, *pag.* 258.

„ dans mon eſprit. Je ſoupçonnerois qu'il „ falloit que vous fuſſiez peu chaſte, puiſ- „ qu'on prenoit dans la Société des pré- „ cautions contre les reproches qu'on „ pouvoit vous faire, & qu'on ſe mu- „ niſſoit du ſecours d'un Miracle pour les „ détruire.

„ MAIS, quel avantage votre chaſteté „ peut-elle vous donner ſur moi ? Mes „ mœurs ont été auſſi pures que les vô- „ tres: mes plus grands ennemis en con- „ viennent. Un Philoſophe qui ne flattoit „ guères, & qui a ruiné & détruit de fond „ en comble mon Syſtême, m'a donné des „ éloges qui valent bien (le Miracle de „ la ſoupleſſe des mains à part) ceux que „ vous a prodigués votre Confrere Ale- „ gambe. *Spinoſa*, dit ce Philoſophe *, „ *ne juroit jamais. Il ne parloit jamais irré-* „ *véremment de la Majeſté Divine. Il aſſis-* „ *toit quelquefois aux Prédications, & il ex-* „ *hortoit même les autres à être aſſidus aux* „ *Temples. Il ne ſe ſoucioit ni de vin, ni de* „ *bonne-chere, ni d'argent. Ce qu'il donnoit* „ *à ſon Hôte, qui étoit un Peintre de la Haye,* „ *étoit une ſomme bien modique. Il ne* „ *ſongeoit qu'à l'étude, & il y paſſoit la meil-* „ *leure partie de la nuit. Sa vie étoit celle* „ *d'un Solitaire.*

„ PRENEZ garde que rien n'a obligé „ ce Philoſophe à flatter mon portrait.

„ Nous

* Bayle, Diction. Hiſt. & Critique, *Article* SPINOSA.

„ Nous n'avions eu aucune liaiſon enſemble. Il ne pouvoit eſperer aucune récompenſe des loüanges qu'il me donnoit ; mais votre Confrere Alegambe, en élevant juſqu'au Ciel la pureté de vos mœurs, contentoit l'orgueil d'une Compagnie, dont vous aviez été un des principaux Membres.

„ MARIANA.

„ IL y a toujours cette différence entre vous & moi, que la pureté de vos mœurs, & les années que vous avez emploiées dans la Retraite, n'ont ſervi qu'à donner plus de force à vos pernicieux ſentimens. Votre inutile vertu a ſéduit plus aiſément ceux qui embraſſoient vos opinions ; au lieu que mes travaux ont été utiles à ma Patrie. Voiant que l'Eſpagne ſeroit un jour ruinée par les changemens qui ſe faiſoient dans les monnoïes, je compoſai un Ouvrage, dans lequel je montrai les fraudes & les voleries que commettoient ceux qui étoient chargés de l'adminiſtration des Finances. Je prévoiois bien que mon zèle m'attireroit des affaires fâcheuſes : mais le Bien public l'emporta ſur mon intérêt perſonnel ; je n'en publiai pas moins mon Livre, & je fus mis en priſon pendant toute une année.

„ SPINOSA.

„ IL n'a pas tenu à moi que je ne ren„ diſſe à tous les Juifs de la Hollande un „ ſervice, incomparablement plus eſſentiel „ que celui pour lequel vous fûtes ſi mal „ récompenſé. Je voulus les deſabuſer de „ leurs erreurs. Je condamnai leur ſuperſ„ tition ; & mes ſoins eurent des ſuites „ beaucoup plus dangereuſes que celles „ qu'eurent les vôtres. Un ſoir, en ſor„ tant de la Sinagogue, un Juif me donna „ un coup de couteau, par un effet de ce „ zèle furieux qu'enflamme d'ordinaire la „ ſuperſtition : & vous voiez que je riſ„ quai beaucoup plus que vous, pour a„ voir voulu être plus utile à mes Con„ citoïens.

„ MARIANA.

„ IL eſt vrai que vous étiez animé d'un „ admirable zèle, & qu'en les deſabuſant „ de leur ſuperſtition, vous vouliez leur „ inſpirer de fort pieux ſentimens. Le „ beau ſervice que vous leur rendiez de „ les délivrer de la ſuperſtition, pour „ les précipiter dans l'Athéïſme! Le Syſtê„ me que vous en avez établi, tant dans „ votre *Tractatus Theologico-Politicus*, que „ dans vos *Opera Poſthuma*, eſt une preu„ ve évidente de l'excellence de votre „ doctrine.

„ SPI-

„ SPINOSA.

„ JE conviens qu'elle est exécrable, & „ j'en connois à présent toute la fausseté. „ Heureux! si lorsque j'étois en vie, j'eus„ se pû voir clairement une vérité dont „ les maux que je souffre me convainquent „ sans cesse! Mais enfin, cette Doctrine „ que vous me reprochez si fort, a pour„ tant fait beaucoup moins de mal sur la „ Terre, que celle que vous avez en„ seignée dans votre Livre de l'*Institu*„ *tion des Rois* *. Mes Ouvrages n'ont été „ lûs que par quelques Savans, qui sa„ voient à quoi s'en tenir sur leur Croian„ ce; & je suis bien assûré qu'aucun d'eux „ ne s'est déterminé sur le choix de sa Re„ ligion par la lecture de mon Livre. Je „ veux bien cependant avoüer que mes „ opinions ont pû égarer plusieurs per„ sonnes; mais leurs égaremens ont-ils „ causé à la Société civile les malheurs „ dont votre pernicieux Systême l'a acca„ blée? Dans quelles infortunes l'affreu„ se maxime qu'il est permis d'assassiner „ un Roi Héretique ou Tyran, n'a-t-elle „ pas plongé la France? On a imputé à „ l'éloge que vous avez ôsé faire du „ Meurtrier de Henri III, le Parricide „ de son Successeur. Le Parlement de „ Paris a fait brûler votre Livre par la „ main

* *De Rege & Regis Institutione.*

„ main du boureau, & vous êtes regardé „ parmi tous les gens d'honneur, comme „ un de ces monſtres exécrables que „ Dieu fait naître de tems en tems pour „ le malheur du genre humain. Lorſqu'un „ bon François entend prononcer votre „ nom, & qu'il ſe ſouvient que vos af- „ freuſes maximes priverent autrefois ſa „ Patrie du plus grand, du plus glorieux, „ & du plus invincible des Rois, il fré- „ mit, & déteſte le jour qui vous vit naî- „ tre. Penſez-vous que j'inſpire la même „ horreur? En ce cas, vous vous trom- „ periez fort. L'on parle de moi ſur „ la Terre de la même manière que de „ Lucrece: on condamne mes ſentimens; „ mais on loüe mon génie, ma gandeur, „ & ma probité.

„ MARIANA.

„ IL faut que ceux, qui donnent des „ loüanges à votre eſprit, ſoient, ou des „ ignorans, ou des gens qui n'ont jamais „ lû vos Ouvrages. Eſt-il rien d'auſſi ab- „ ſurde que votre Syſtême? Vous ſuppoſez „ que la matière * étant infinie, eſt Dieu „ elle-

* *Revocandum nobis in memoriam eſt id, quod ſupra oſtendimus; nempe, quod quicquid ab infinito intellectu percipi poteſt, tanquam ſubſtantiæ eſſentiam continens, id omne ad unicam tantum ſubſtantiam pertinet; & conſequenter quod ſubſtantia cogi-*

„ elle-même; qu'elle eſt animée, & qu'ain-
„ ſi que nos corps ſont des portioncules
„ de la matière, notre ame eſt une peti-
„ te partie de l'ame de l'Univers. Com-
„ bien de contrarietés ne s'enſuit-il pas
„ d'une opinion auſſi fauſſe? Vous n'ad-
„ mettez qu'une ſeule ſubſtance, & par
„ vos principes il faut néceſſairement qu'il
„ y en ait autant de différentes, qu'il y a
„ de différentes perſonnes; car la ſubſtan-
„ ce ne ſauroit exiſter ſans modification.
„ Or, par-tout où il y a pluſieurs modifi-
„ cations diverſes, il faut néceſſairement
„ qu'il y ait pluſieurs ſubſtances diverſes.
„ Vous ne ſauriez nier cela, & dire que
„ la même ſubſtance forme ces modifica-
„ tions, qu'en ſoutenant qu'une ſubſtance
„ aimante, & une ſubſtance haïſſante ne
„ diffèrent point entre elles: en ſorte que
„ moi Mariana, & vous Spinoſa, n'étant
„ qu'une même ſubſtance, vous avez part
„ également au crime que j'ai commis en
„ compoſant mon Livre *de Regis Inſtitu-*
„ *tione*, puiſque nous ne ſommes point
„ réellement diſtincts, que nous ſommes
„ une

cogitans, & ſubſtantia extenſa, una eademque ſubſtantia eſt, quæ jam ſub hoc, jam ſub illo attributo comprehenditur: ſic etiam modus extenſionis & idea illius modi, una eademque res eſt, ſed duobus modis expreſſa. Bened. Spinoſ. opera poſthuma, Ethices *part.* 2. de Mente, *pag.* 42. Edit. in 4.

„ une ſeule ſubſtance, & auſſi intimement „ unis enſemble que votre pied & votre „ main; ne différant que par un peu plus „ d'éloignement, & par une autre mo- „ dification. En vérité, il faut bien a- „ voir envie de donner des loüanges, „ pour en accorder à des opinions auſſi „ inſenſées.

„ SPINOSA.

„ J'AVOUE qu'il ſe rencontre dans mon „ Syſtême des difficultés inſurmontables, „ & j'ai été obligé, pour les diminuer „ aux yeux de mes diſciples, de ſuppoſer „ pluſieurs principes évidemment faux. „ Je puis excuſer les travers où j'ai don- „ né, par l'invincible néceſſité qui ſemble „ m'y avoir conduit. Ce n'eſt pas d'au- „ jourd'hui qu'on ſçait qu'un Philoſophe „ eſt pardonnable de ſe laiſſer ſéduire par „ l'eſprit ſyſtématique. Mais vous, par „ quelle raiſon, dans un Livre où rien ne „ vous forçoit à extravaguer, où vous „ étiez le maître de raiſonner toujours ſur „ des idées claires & diſtinctes, avez-vous „ fait des raiſonnemens cent fois plus pi- „ toiables que ceux que vous me repro- „ chez? Comment vous êtes-vous aſſez „ oublié, après avoir poſé ce principe „ affreux, que ceux qui conſpirent con- „ tre un Prince Héretique & qui trouble „ la Religion, s'ils ſont aſſez heureux pour „ réüſſir dans leur entrepriſe, doivent

„ être

„ être regardés comme des Héros, & „ s'ils y ſuccombent, comme des victimes „ agréables à Dieu & aux hommes *? com- „ ment, dis-je, après avoir poſé un prin- „ cipe auſſi déteſtable, affectez-vous d'a- „ voir une grande délicateſſe ſur la ma- „ nière dont il faut empoiſonner les Rois? „ Vous ne vouliez point qu'on s'en défît „ par le moïen d'un poiſon mêlé dans les „ alimens, parce que vous regardez com- „ me une choſe contraire au Chriſtianiſ- „ me qu'on ſoit cauſe qu'un homme en „ mangeant ſe donne la mort lui-même; „ mais vous permettiez qu'on l'empoiſon- „ nât, en mettant du poiſon dans la ſelle „ de ſon cheval, ou bien ſur ſes habits †. „ En vérité voilà un plaiſant ſcrupule. „ Et après avoir parlé d'une manière auſſi „ impertinente, n'avez-vous pas bonne „ grace de me reprocher mes contra- „ dictions? „

Si ces converſations infernales peuvent te

* *Quod ſi evaſerint, inſtar magnorum Heroum in omni vitâ ſuſpiciuntur. Si ſecùs accidat, grata Superis, grata hominibus, hoſtia cadunt.* Mariana de Rege & Regis Inſtitutione, *pag.* 48.

† *Hoc tamen temperamento uti, in hac quidem Diſputatione licebit: ſi non ipſe qui perimitur venenum haurire cogitur, quo intimis medullis concepto pereat: ſed exterius ab alio adhibeatur, nihil adjuvante eo qui perimendus eſt; nimirum cum tanta vis eſt veneni, ut ſellâ aut veſte delibutâ vim interficiendi habeat.* Mariana, *ibid. pag.* 67.

te plaire, ſage & ſavant Abukibak, j'aurai ſoin de te faire part de celles qui me paroîtront les plus intéreſſantes.

Je te ſalue, cher Abukibak, en *Belſebut*, & par *Belſebut*.

✲✲✲✲✲✲✲✲✲✲✲✲✲✲✲✲✲✲✲✲✲✲✲✲✲

LETTRE SIXIEME.

Le Cabaliſte Abukibak, *à ſon Diſciple* ben Kiber.

JE vous preſſai dans ma dernière Lettre, mon cher ben Kiber, de vous déterminer ſur le choix de l'Eſprit élementaire auquel vous vouliez vous unir par de ſaints nœuds. Je vous fis connoître tous les biens que vous procureroit cette union; mais je ne vous parlai point du profond ſecret qu'on eſt obligé de garder ſur tout ce qui regarde les myſtères de la Cabale, & principalement ſur la poſſeſſion de la belle Silphide, ou de la charmante Nimphe dont on a gagné le cœur.

Il faut que vous ſachiez, mon cher Enfant, que le ſilence eſt une des principales qualités du Sage. Si vous veniez jamais à découvrir ce que vous êtes obligé de cacher éternellement aux yeux du Vulgaire, votre indiſcrétion ſeroit rigoureuſeſement punie, & vous couteroit peut-être la vie.

LA Divinité ne ſouffre point que les profanes & les ignorans aient aucune connoiſſance des myſtères de la Cabale. Le ſage Raimond Lulle nous aſſûre qu'un Ange a ſouvent tordu le cou à des Philoſophes indiſcrets ; & avant que ce grand homme eût donné cette inſtruction utile à ceux qui pourroient avoir quelque démangeaiſon de ſe vanter de leurs bonnes-fortunes, pluſieurs illuſtres Anciens avoient fait connoître par des Allégories que la punition ſuivoit de près l'indiſcrétion & le babil.

HOMERE, un de nos ſavans Cabaliſtes, nous apprend quel fut le triſte ſort d'Anchiſe, pour avoir révelé la bonne-fortune qu'il avoit eue avec une Nimphe. Car, vous devez ſavoir, mon cher Fils, que tous ces Eſprits aëriens, auxquels les Païens aveuglés accordoient le titre de *Dieux* & de *Déeſſes*, étoient ces mêmes *Silphes*, *Gnomes*, *Salamandres*, & *Ondins*, que vous connoiſſez aujourd'hui n'être que de ſimples créatures. Le ſage Homere, inſtruit de ces choſes auſſi parfaitement que vous, n'avoit garde de les publier. Cependant, voulant exhorter les Sages à la diſcrétion, il raconta l'avanture d'Anchiſe & de la Nimphe qui l'aima, ſous le nom d'une de ces Déeſſes imaginaires du Paganiſme.

CE Prince Troïen plut si fort à une citoïenne des ondes, qu'elle lui déclara son amour, & lui accorda ses faveurs les plus précieuses. Elle l'avertit bien de ne se vanter jamais de sa bonne-fortune, & l'assûra que son indiscrétion attireroit sur lui la foudre de Jupiter *. Mais ce Prince, malgré cet avis salutaire, n'eut point assez de force pour garder le secret; & en vrai Petit-Maître François, qui ne fait cas des faveurs d'une Belle qu'autant qu'il en peut faire parade, il déclara follement à quelques-uns de ses amis ce qu'il auroit dû cacher avec tant de soin. Son crime ne demeura pas long-tems impuni. L'Esprit exécuteur, armé d'un glaive de feu, alloit lui ôter la vie; mais la Nimphe, touchée du malheur d'un amant qu'elle avoit tendrement aimé, retint son bras, & détourna le coup. Cependant, l'ardeur du glaive ardent rendit foible & débile ce Prince indiscret, & il passa le reste de sa vie dans une langueur causée par la perte de son humide radical, que

* Εἰ δὲ κεν ἐξείπῃς ϗ ἐπευξεαι ἀφρονι θυμῷ
Ἐν φιλότητι μιγῆναι ἐυςεφανῳ Κυθερείῃ.
Ζεύς δὲ χολωσαμενος βαλέει ψολόεντι κεραυνῷ.

Si vero rem declaraveris, & te jactaveris amenti animo
In amore mistum esse cum benè coronatâ Cytherea,
Jupiter te iratus feriet ardenti fulmine.

Homer. *in* Hymno Veneris.

la violence du feu avoit à demi consumé.

VIRGILE, aussi grand Cabaliste qu'Homere, a de même élegamment décrit cette Histoire, & l'a enveloppée, ainsi que le Poëte Grec, d'une prudente obscurité, qui ne laisse qu'au vrai Sage la liberté d'en connoître toutes les particularités *.

SCARON, qui n'étoit qu'un étourdi, & qui ne connoissoit de la Cabale que ce qu'il en avoit appris dans quelques méchantes Rapsodies, a voulu faire voir qu'il n'ignoroit pas les particularités les plus secretes de cette Histoire. Il les a donc insérées dans sa Traduction burlesque de l'*Æneïde*, & cela d'une manière d'autant plus impertinente, qu'il veut se donner un air de Cabaliste par une discrétion très-mal placée, & qu'il n'affecte qu'après avoir publié tout ce qu'il savoit.

* *Me si Cœlicolæ voluissent ducere vitam,*
Has mihi servassent sedes: satis una superque
Vidimus excidia, & captæ superavimus urbi:
Sic, ô, sic positum affati discedite corpus.
Ipse manu mortem inveniam: miserebitur hostis
Exuviasque petet: facilis jactura sepulcri est.
Jam pridem invisus Divis, & inutilis annos
Demoror, ex quo me Divûm Pater, atque Hominum Rex,
Fulminis afflavit ventis, & contigit igni.
Virgil. Æneïd. *Libr. II. Vers.* 601.

voit. Vòici ce qu'il fait dire à Anchiſe.

Vieil, caſſé, mal propre à la guerre,
Je ne ſers de rien ſur la terre;
Spectre, qui n'ai plus que la voix,
Je ſuis un inutile poids;
Depuis le tems que de ſon foudre
Jupin me voulut mettre en poudre,
Depuis le tems qu'il m'effraïa,
Ce Grand Dieu, qui me giboïa
Par une vengeance ſecrete.
Mais, je ſuis perſonne diſcrete,
Je n'en dirai point le ſujet.
Suffit que j'aurois eu mon fait,
*Sans Vénus, qui ſauva ma vie *.*

Vous voiez bien, mon cher ben Kiber, que cet étourdi de Scaron a cru faire quelque choſe de beau, en publiant ce que Virgile & Homere ont jugé à propos de ne dire qu'à demi mot : car ces deux derniers Vers,

Suffit que j'aurois eu mon fait,
Sans Vénus, qui ſauva ma vie.

contiennent tout le myſtère de l'épée flamboïante, dont je vous ai parlé, & dont Anchiſe ne fut garanti que par le ſecours de ſa chere Nimphe.

OVI-

* Scaron, Virgile traveſti, *Livr. II.*

OVIDE fut autrefois encore plus indiſcret que Scaron ; mais il en fut ſévérement puni. Aiant ſurpris l'Empereur Auguſte avec la Silphide Hehugaſte, & cette Belle n'aiant pû diſparoître aſſez ſubitement pour n'être pas apperçue, il eut l'imprudence de réveler un ſecret qu'il eût dû ſoigneuſement cacher : l'Empereur, piqué de ſon indiſcrétion, l'exila dans des Climats barbares. Les Ecrivains modernes, qui ont ignoré toutes ces particularités, ont inventé une fable abſurde pour expliquer les cauſes de cet exil. Ils ont débité que ce Poëte fut relegué à Tomès, pour avoir ſurpris Auguſte en flagrant délit avec ſa propre fille ; mais ſi cela fût véritablement arrivé, l'Empereur n'auroit-il pas fait ôter la vie à Ovide, pour enſévelir dans un éternel ſilence l'action infame qu'il pouvoit faire connoître ? L'auroit-il banni de ſa Cour, pour le forcer par le chagrin que cette punition devoit lui cauſer, à publier ce qu'il n'avoit auparavant confié qu'à quelques amis ? Y a-t-il apparence qu'Ovide, qui prioit ſans ceſſe Auguſte de lui accorder ſon retour, lui eût rappellé dans preſque tous ſes Ouvrages la cauſe de ſon banniſſement, qui auroit dû être bien odieuſe à cet Empereur ? Cependant il dit en trente différens endroits qu'il n'eſt exilé que pour avoir trop vû. Il proteſte à Auguſte qu'il ne veut point lui rappeller un ſouvenir fâcheux

cheux *. Se fût-il servi de ces termes, s'il eût voulu parler d'un inceste aussi exécrable que celui dont on prétend qu'il fut le témoin?

Ce souvenir fâcheux, c'est la perte que l'Empereur fit de la Silphide Hehugaste. Car elle fut si piquée de ce que ce Prince n'avoit pas donné d'assez bons ordres pour qu'on ne les surprît point dans leurs tendres embrassemens, qu'elle ne voulut plus le revoir, & l'abandonna pour toujours. Quoique ce malheur eût infiniment aigri l'esprit de l'Empereur contre Ovide, il ne put pas cependant se résoudre à le punir d'une faute qu'il n'avoit commise qu'involontairement & par mégarde; il lui ordonna seulement, sous peine de son indignation, de garder le silence. Ovide obéït durant plusieurs années; mais enfin il manqua à son devoir. Auguste, informé de son indiscrétion, sentit rallumer toute sa colère, & le bannit à jamais de sa présence.

Ovide nous apprend lui-même que sa punition n'a commencé que long-tems après son crime, & qu'il porte dans sa vieillesse la peine d'une faute de sa jeunesse.

* *Nam non sum tanti, ut renovem tua vulnera, Cæsar;*
Quem nimio plus est indoluisse semel.
Ovid. Trist. *Libr. II. Vers.* 209.

neſſe *. N'eſt-il pas ridicule après cela de ſoutenir qu'il fut banni pour avoir ſurpris Auguſte dans un inceſte avec ſa fille? Cet Empereur eût-il attendu pluſieurs années à le punir de ſon imprudente témérité ?

TEL eſt, mon cher ben Kiber, l'aveuglement des Ecrivains modernes. Comme ils ſont entiérement privés de la connoiſſance des myſtères de la Cabale, ils inventent les contes les plus abſurdes, pour expliquer des choſes dont nous connoiſſons les replis les plus cachés. Mais, laiſſons ces ignorans dans leurs préventions, & ſongeons ſeulement à profiter des talens que la Divinité a bien voulu accorder aux Sages.

VOUS devez ſentir, mon cher Fils, par ce que je viens de vous apprendre de la punition du Prince Troïen, & de l'indignation de la Silphide Hehugaſte envers Auguſte, combien les Eſprits élementaires ſont délicats ſur ce qui regarde leur réputation. Si par haſard vous vous ſentiez quelque diſpoſition à publier vos bonnes fortunes, & que ſemblable aux Galans de profeſſion qui ne recherchent les faveurs d'une femme que pour les raconter, vous ne cruſſiez être véritablement

* *Supplicium patitur non nova culpa novum.*
Ovid. Triſt. *Lib. II. Verſ.* 140.

ment heureux qu'autant que l'Univers entier ſeroit inſtruit de votre bonheur, gardez-vous bien de vous unir avec aucun Eſprit élementaire : renoncez aux legères & folâtres Silphides, aux aimables Nimphes, aux charmantes Salamandres, aux graves & ſérieuſes Gnomides, & contentez-vous de vous attacher à la recherche des vérités Cabaliſtiques, ſans vous mettre au riſque d'être puni ſéverement pour une faute qu'on vous avoit recommandé d'éviter, & dont vous ne pourriez accuſer que vous ſeul.

Combien croiez-vous, mon cher Kiber, qu'on trouvât à Paris d'hommes qui fuſſent aſſez réſervés pour pouvoir être reçus au nombre des époux des Silphides ? Si l'on ne les cherchoit pas dans l'Etat Eccléſiaſtique, à peine en rencontreroit-on deux ou trois dans toute la France. L'homme de Robbe eſt aujourd'hui auſſi indiſcret que l'Officier, & le bourgeois que l'homme de Robbe. Une vanité ridicule s'eſt emparée de tous les hommes ; ils penſent n'être véritablement heureux en aimant, qu'autant que le Public eſt inſtruit de leurs bonnes fortunes. Le prix & la valeur d'une conquête s'apprécie par le nombre des gens qui connoiſſent la foibleſſe de celle qu'on a vaincue. Combien y a-t-il de perſonnes à Paris, qui ne voudroient pas être aimées d'une belle perſonne, à condition qu'on qu'on ignorât qu'elles en feroient aimées ?

Il eſt vrai, mon cher ben Kibre, que les Eccléſiaſtiques ſe ſont juſques ici garantis d'une folie auſſi ridicule. Le ſilence chez eux eſt le nœud d'une intrigue, ſoit que leur état demande de la diſcrétion, ſoit qu'ils profitent beaucoup de l'idée qu'ont les femmes de leur retenue. Ils ſont en général très capables de conduire ſecretement une intrigue amoureuſe. Auſſi pluſieurs Nimphes & Silphides s'adreſſent-elles à des Prélats, à des Prêtres, & même à des Moines, plus volontiers qu'à de jeunes Seigneurs, beaucoup plus aimables que ces Eccléſiaſtiques, mais auſſi beaucoup plus indiſcrets. Elles ne s'accommodent néanmoins que très rarement des Abbés, parce qu'ils reſſemblent trop aux Petits-Maîtres, & ne ſont guères plus diſcrets.

D'ailleurs, aiant le cœur exceſſivement tendre, elles ſont charmées de poſſéder entiérement celui de leurs amans ; cela fait que la plûpart d'entre elles cherchent à s'unir à quelques riches Eccléſiaſtiques, chez qui elles prennent la forme de directrice de ménage, ou de ſurintendante de toute la maiſon. Sous cette figure empruntée elles y reſtent pendant toute leur vie, la médiſance la plus mordante ne pouvant trouver à redire qu'un Prélat ait une femme chez lui, pour avoir ſoin de mille choſes qui n'entrent point dans

 le

le détail de celles qui concernent les hommes.

MAIS, comme le nombre des Prélats & des autres Eccléſiaſtiques du haut rang n'eſt pas fort conſidérable en comparaiſon de celui des Eſprits élementaires, les Silphides & les Nimphes, pour ne ſe point priver des avantages qu'elles peuvent recevoir en s'alliant avec le bas Clergé, ſe placent ſouvent dans les maiſons des Curés, des Vicaires, & des autres ſimples Prêtres, ſous le nom de leurs ſœurs, de leurs niéces, & de leurs couſines; & cachant ainſi aux yeux du Vulgaire ignorant leurs chaſtes amours ſous le voile d'une parenté ſimulée, elles travaillent fort tranquillement & avec beaucoup d'efficacité à ſe rendre immortelles.

LES Démons, qui ne ſauroient ſouffrir le bonheur de ces Eſprits élementaires, & qui leur envient l'avantage de jouïr d'une Eternité bien-heureuſe, ont fait tout ce qu'ils ont pû pour s'oppoſer à ces ſortes d'unions: c'eſt dans cette vûe que dans ces derniers tems ils ont ſuſcité tant d'Hérétiques, qui ont vivement déclamé contre le concubinage des Prêtres, & ſoutenu qu'il leur étoit permis de ſe marier. Ces Eſprits méchans & impurs eſperoient par-là de les engager à s'unir par des nœuds indiſſolubles avec les femmes, & fruſtrer ainſi les Silphides & les Nimphes d'obtenir l'Immortalité par leur commerce avec des Eccléſiaſtiques. Mais, heureureuſement pour les peuples élementaires, les clameurs outrées des ces Hérétiques n'ont point été écoutées, ni leurs pernicieux conſeils ſuivis ; & ces peuples n'ont rien perdu des juſtes droits qu'ils ont acquis ſur le haut & le bas Clergé.

FAITES uſage, mon cher ben Kiber, de toutes les vérités que je vous révele, & gardez-vous bien d'en abuſer.

Dans cette eſperance, je vous ſalue cordialement en *Jabamiah*, & par *Jabamiah*.

LETTRE SEPTIEME.

L'Ondin Kacuka, *au ſage Cabaliſte* Abukibak.

IL eſt ſurvenu, ſage & ſavant Abukibak, un différend dans nos humides retraites, qui y partage actuellement tous les Eſprits. Le Conſeil ſuprême des Ondins n'a pû encore en décider; & je t'écris de la part de nos Puiſſances ſouveraines, pour te prier de vouloir bien les aſſiſter de tes avis dans le Jugement d'une Cauſe tout-à-fait ſingulière. Je vais t'expliquer de quoi il s'agit, le plus ſuccinctement qu'il me ſera poſſible.

UNE ancienne Philoſophe Païenne, nommée *Hipparkia*, qui pendant ſa vie avoit

avoit embrassé la Secte des Ciniques, a été condamnée à rester jusqu'au grand Jugement dans nos demeures aquatiques, & à y boire par jour trente-deux pintes de Thé élèmentaire, pour rafraîchir cette ardeur immodérée qui la dévoroit lorsqu'elle étoit sur la terre, & qui lui faisoit impudemment braver les plus simples règles de la pudeur. Une Courtisanne Egyptienne, nommée *Marie*, morte il y a plus de douze cens ans, & que les Papes ont mise assez mal-à-propos au rang des Saintes, a été condamnée à la même peine que la Philosophe Païenne, & pour le même espace de tems.

CES deux femmes avoient vécu fort tranquillement au fond de l'océan: elles s'y étoient même fait aimer de tous les Ondins. *Hipparkia*, par ses discours philosophiques avoit gagné l'estime de plusieurs Ondins, & *Marie*, par les récits plaisans de ses avantures passées, s'étoit acquis un nombre considérable d'amis. Mais il y a quelques jours qu'une cabane étant devenue vacante par le départ d'un Ondin qui est allé habiter dans le Pont-Euxin, ces deux femmes voulurent obtenir ce logement, & eurent sur cela une dispute très vive, chacune prétendant devoir l'emporter sur sa concurrente. Elles firent agir leurs amis auprès des Magistrats pour obtenir la préference. Comme elles sont condamnées à une semblable penitence, les Juges ne sçurent à quoi se dé-

déterminer, l'ordre & la règle dans l'Empire des Ondins voulant que, lorſqu'il ſurvient quelque différend entre les Ames, ce ſoient celles, dont les penitences ſont les moins rigoureuſes, qui obtiennent ce qu'elles demandent. Ils prirent enfin le parti d'ordonner que la Philoſophe Grecque, & la Courtiſanne Egyptienne plaideroient chacune leur Cauſe, & que celle qui prouveroit avoir laiſſé dans le monde une plus haute idée de ſa réputation, joüïroit de la cabane.

EN vertu de cet Arrêt proviſionnel, *Marie* parla la première. „ Eſt-il permis, „ dit-elle, Hauts & Fluides Ondins, qu'u„ne Grecque, dont les débauches ont „ étonné les hommes les plus criminels, „ ôſe comparer ſes mœurs avec celles d'u„ne femme, dont le nom & la vie ſe „ trouvent dans la *Légende* ? Il eſt vrai „ que pendant quelque tems j'ai été li„vrée à l'impudicité ; mais quelle rigou„reuſe penitence n'en ai-je pas faite dans „ les ſuites? Si vous ne voulez pas m'en „ croire, pouvez-vous refuſer d'ajouter „ foi aux Hiſtoriens qui ont écrit ma „ Vie ? Ne certifient-ils pas, qu'étant allée „ à Jéruſalem pour y faire le vilain métier „ que j'avois exercé dans Alexandrie, je „ me ſentis pouſſée & conduite par for„ce dans une Egliſe, où j'apperçus une „ image de la Vierge; & que lui aiant „ demandé ce qu'il falloit que je fiſſe

 „ pour

„ pour plaire à Dieu, cette image m'ordonna d'aller dans le désert? j'obéis: „ je me retirai dans une solitude; j'y vécus pendant quarante-sept ans, & „ j'y fus servie les trente derniers par „ les Anges. Il est vrai qu'ils n'eurent „ pas beaucoup de peine à faire ma cuisine; car je ne mangeai dans les dix-sept dernières années de ma solitude, „ que deux pains d'une livre.

„ VOILA, Hauts & Fluides Ondins, „ ce que l'on a dit de moi après ma mort. „ Ces faits sont reçus de tous les gens „ pieux, comme des vérités évidentes; & „ c'est sur leur authenticité, que j'ai été „ placée au nombre des plus grandes Saintes. Ne croiez pas que ce ne soient „ que des Auteurs ordinaires qui aient „ pris soin d'illustrer ma mémoire, le „ Jésuite *Théophile Raynaud*, reconnu „ pour un Savant des plus illustres, l'a „ défendue avec beaucoup de vivacité contre ceux qui prétendoient la flétrir.

„ APRES cela, n'est-il pas ridicule „ qu'*Hipperkia* veuille comparer sa réputation avec la mienne? Ignore-t-elle ce „ qu'on pense d'elle dans le monde? „ Souffrez, Equitables Ondins, que je „ vous rappelle quelques circonstances de „ la Vie de cette prétendue Philosophe. „ Etant jeune, elle feignit d'être fort éprise des charmes du Cinique *Cratès*,

„ l'hom-

„ l'homme le plus laid, & le plus mal „ fait de la Grece. Ce fut en vain que „ ſes parens firent ce qu'ils purent pour „ la détourner de choiſir un tel époux, la „ liberté, dont elle eſperoit de jouïr en „ vivant à la manière des Ciniques, l'em- „ porta ſur toutes les repréſentations. El- „ le obtint enfin le conſentement de ſa „ famille, & montra, dès le moment „ qu'elle eut donné la main à Cratès, „ plus de hardieſſe & plus de fermeté dans „ les actions les plus infames, que Dio- „ gene n'en auroit pû témoigner lui-mê- „ me. Son nouveau mari la conduiſit ſous „ le Portique; & ce fut-là qu'il conſom- „ ma ſon mariage. Sans un de ſes amis, „ qui eut la charité de les couvrir de ſon „ manteau, le Public auroit eu la Comé- „ die en entier: mais cela ſans doute n'eût „ pas fait rougir *Hipparkia*: elle ne con- „ noiſſoit pas la honte, elle étoit plus „ faite au crime, que ceux qui n'admet- „ toient aucune Divinité. Se trouvant „ dans un repas chez Liſimacus avec l'A- „ thée Théodore, il ne tint pas à elle „ qu'elle ne donnât avec lui une ſcene „ pareille à celle qu'elle avoit repréſen- „ tée ſous le Portique. Cet Athée eut „ plus de pudeur qu'elle; car après avoir „ pouſſé les choſes fort loin, il ne put ſe „ réſoudre à les terminer aux yeux du „ Public.

„ VOUS voiez, Hauts & Fluides On-

„ dins, un échantillon de ce que les Auteurs de tous les tems ont écrit des mœurs d'*Hipparkia*. Elle mourut dans les sentimens où elle avoit vécu. Jugez, si aiant tenu une pareille conduite, elle a bonne grace de vouloir s'égaler à une Sainte, qui tient une place distinguée dans le Bréviaire Romain. „

LORSQUE la Courtisanne *Marie* eut cessé de parler, *Hipparkia* lui répondit avec un ris moqueur : „ Vous ne vous plaindrez pas sans doute que je vous aie interrompue dans le récit de vos louanges. Je vous avoüe qu'il m'a beaucoup amusé : mais vous devriez moins me reprocher d'avoir suivi les maximes des Ciniques ; car il me paroît que, sans être attachée à la Secte de ces Philosophes, vous les pratiquiez aussi authentiquement que moi. La *Légende*, qui fait mention de vos vertus, & dont vous vous glorifiez tant, nous apprend qu'aiant un jour passé dans un bâteau une rivière, & n'aiant point d'argent pour paier les bateliers, vous leur offrîtes l'usage de vous-même pour les satisfaire.

„ VOUS me direz peut-être qu'on n'est obligé d'acquiter ses dettes, qu'avec les espèces dont on est en possession ; & que ne trouvant pas un sou dans votre bourse, vous pratiquâtes le Proverbe qui dit, *qu'on doit paier en chair, lors-*

„ *qu'on*

„ *qu'on ne le fait point en argent.* Mais, vous „ me permettrez de vous dire que je crois „ qu'il y avoit beaucoup plus d'avarice, „ que d'indigence dans votre procédé. „ Comment étoit-il possible qu'une aussi „ riche Dame que vous l'étiez, n'eût pas „ la moindre petite monnoie à sa disposi-„ tion? Cela ne peut s'accorder avec ce „ que racontent vos Historiens. Ils assû-„ rent que vous aviez plusieurs amans ex-„ cessivement riches, qui vous combloient „ de présens. Vous ne sauriez disconve-„ nir que lorsque vous sortîtes de cette „ Eglise où vous eûtes cette conversation „ avec une image qui vous donna de fort „ bons conseils, vous ne fussiez couverte „ de bijoux; car tous les Ecrivains de „ vos hauts faits assûrent que vous déchi-„ râtes vos plus beaux vêtemens, que „ vous arrachâtes vos perles & vos dia-„ mants, & que vous les donnâtes aux „ pauvres. Hé quoi! Une Dame aussi „ bien nipée n'avoit pas un sou dans sa „ poche! cela est incompréhensible. En „ tout cas, ne valoit-il pas mieux don-„ ner quelqu'un de vos bijoux à ces ba-„ teliers, que de recourir à l'offre que „ vous leur fîtes? Convenez de bonne „ foi que vous aimiez mieux user du pri-„ vilège des Philosophes Ciniques, que „ de mettre la main à la bourse. La Po-„ litique n'étoit pas mauvaise: je ne la „ condamne pas; & je sçais qu'elle est au-

„ jour-

„ jourd'hui fort approuvée des Filles „ d'Opéra. Mais je trouve ſeulement mau- „ vais, qu'après l'avoir aſſez heureuſe- „ ment miſe en pratique, vous la blâmiez „ avec tant de hauteur.

„ Je viens à préſent à votre Canoniſa- „ tion & à votre *Légende*, dont vous croiez „ que tous les gens pieux ſoient fort in- „ fatués. Il eſt vrai que dans un tems d'i- „ gnorance, où la ſuperſtition rendoit „ croiables les choſes les plus extraordi- „ naires, les Moines s'aviſerent de vous „ faire canoniſer. Vous fûtes donc alors „ placée au nombre des Saintes. Mais „ dans les ſuites, lorſque le bon ſens & „ la raiſon recouvrerent leurs droits, on „ attaqua de tous côtés votre chere *Lé-* „ *gende*. Les Savans s'en ſervirent pour „ autoriſer les reproches ſanglans qu'ils „ firent aux Papes, & vous ſervîtes plus „ d'une fois de prétexte aux Luthériens „ & aux Calviniſtes, pour rejetter tout „ ce qu'on racontoit des Saintes de votre „ eſpèce *.

„ Je

* *Vitas Sanctorum ſic deſcripſerunt Pontificii, quaſi propoſitum eis fuiſſet eos deferre populo, & exſibilandos proponere. Mariam Ægiptiacam perhibent, cum non haberet unde Naulum ſolveret, voluiſſe facere Nautis corporis ſui copiam, ut quod non habebat in ære, lueret in corpore.* Petrus Molinæus; *in* Hiperaspiſte ad verſ. Silveſtrum Petra-Sanctam, *pag.* 46.

„ JE vous parle ſincérement & ſans „ paſſion. Votre réputation n'eſt guères „ mieux établie aujourd'hui, que la mien- „ ne : on nous regarde chez les gens ſen- „ ſés à peu près ſur le même pied. S'il „ avoit pris fantaiſie à quelque Pape de „ me canoniſer, je n'euſſe guères pû ſer- „ vir de Patrone qu'aux femmes qui ſe fi- „ gurent qu'en ſe mettant dans la claſſe „ des Eſprits forts, elles acquiérent le „ droit de faire cocus leurs maris, ſans „ qu'ils ſoient en droit de s'en plaindre : „ & quant à vous, ma chere Egyptienne, „ malgré votre *Légende*, il faut deſormais „ que vous vous retranchiez à n'être in- „ voquée que par quelques Comédiennes „ ſurannées, ou par quelques vieilles Fil- „ les d'Opéra. Ce n'eſt pas-là un fort „ grand avantage, & votre réputation „ n'eſt pas à beaucoup près auſſi brillante „ que vous vous l'imaginez. Penſez-vous „ qu'il ne me ſoit pas incomparablement „ plus flateur de voir mon portrait dans „ le cabinet d'une Savante, qu'à la ruel- „ le du lit d'une antique péchereſſe, qui „ ne vous invoque que par rapport à la „ conformité qu'elle a eue avec vous ? „ Elle vous place avec plaiſir en Pa- „ radis, parce qu'elle eſpere qu'après „ s'être auſſi bien divertie que vous dans „ ce monde, elle aura auſſi avec vous „ le même bonheur dans l'autre.

„ QUANT aux jeûnes imaginaires, que

„ vos

„ vos Historiens assûrent avec beaucoup „ de confiance que vous observâtes dans „ le désert, vous nous dispenserez bien „ d'y ajouter foi, aussi-bien qu'aux Pages „ célestes par lesquels vous fûtes servie „ pendant trente ans, & aux deux Lions, „ qui après votre mort vinrent creuser „ une fosse pour y enterrer votre corps. „ Ces pages-là, tout Anges qu'ils étoient, „ n'étoient guères bien appris, & obser- „ verent bien peu les règles de la bien- „ séance envers vous, puisqu'aiant assisté „ à votre trépas, ils vous laisserent sans „ vous inhumer à la merci des Brutes. „ Voilà, je l'avoüe, des domestiques bien „ insensibles, & bien peu attachés à leur „ maitresse. Quoi! pendant trente an- „ nées, ils sont à vos gages, & dès que „ vous êtes morte, ils ne daignent pas „ vous rendre les honneurs funébres! Il „ faut en vérité que les Serviteurs céles- „ tes ne soient guères compatissans, & „ aient le cœur plus dur, non-seulement „ que les plus vils esclaves, mais mê- „ me que les bêtes féroces qui vous en- „ terrerent.

„ PEUT-ETRE direz-vous que je n'ai „ point encore oublié mon ancienne ma- „ nière de plaisanter, & qu'il est aisé de „ voir que je mords comme une Cinique, „ ou plûtôt comme l'animal même de qui „ ma Secte a tiré son nom. Vous en pen- „ serez tout ce qu'il vous plaira; mais de „ quel-

„ quelque façon que je dise les choses „ que je vous reproche, elles n'en sont „ pas moins véritables. „

Te voilà présentement instruit, sage & savant Abukibak, des raisons réciproques de ces deux femmes pour autoriser leurs prétentions. Nos sages Supérieurs n'ont point encore voulu décider leur différend, & tu les obligeras beaucoup de vouloir les aider de tes profondes lumières.

Je te salue, sage & savant Abukibak, en *Jabamiab*, & par *Jabamiab*.

****

LETTRE HUITIEME.

Le Silphe Oromasis, *au sage Cabaliste* Abukibak.

DEPUIS que j'ai reçu ta dernière Lettre, sage & savant Abukibak, j'ai parcouru, comme tu le souhaitois, toutes les vastes régions aëriennes. Mes recherches ont été absolument inutiles ; & je n'ai pû découvrir parmi les Ames bienheureuses, qui, dégagées des liens du corps, vivent dans l'Empire des *Silphes*, aucune de celles dont tu voudrois savoir la demeure. Il faut que tu ordonnes aux *Gnomes* & aux *Ondins* de t'informer de leur sort;

ſort ; car eux ſeuls peuvent t'en apprendre des nouvelles. Je te jure foi de *Silphe*, qu'il n'y a parmi nous autres heureux habitans des airs , aucun Eſprit qui ait autrefois animé le corps d'un Procureur. A peine, dans la perquiſition exacte que j'en ai faite, ai-je trouvé quelques Ames d'Avocats. Celles même des Magiſtrats y ſont en très petit nombre ; & les gens , qui pendant leur vie ont occupé des emplois de Judicature, ſont rarement après leur mort aſſez purs pour venir habiter dans les airs , en attendant le grand Jour où toutes les Créatures paroîtront au pied du Trône du Souverain Juge de l'Univers , pour ouïr l'Arrêt de leur bonheur ou de leur anéantiſſement.

DANS toutes les nouvelles régions que j'ai parcourues, lorſque je demandois aux Ames que je rencontrois , s'il n'y en avoit point quelqu'une parmi elles qui eût animé le corps d'un Procureur, elles frémiſſoient toutes à ce nom , & paroiſſoient auſſi indignées de ma demande , que ſi j'euſſe profané le ſacré mot cabaliſtique *Nehmamiah*. Leur ſilence me tenoit lieu de réponſe ; & je perdois toute eſperance de ſavoir la raiſon de leur indignation , lorſque je rencontrai l'Ame d'un Magiſtrat , qui me parut moins ſurpriſe que les autres de ma question.

„ LES

„ LES gens que vous cherchez, me dit-„ il, n'habitent point ce délicieux séjour. „ Ils ont leur demeure chez les *Gnomes* „ & les *Ondins*, au fond des mers, ou dans „ le centre de la terre: Vous ignorez „ sans doute quel a été leur profession „ pendant leur vie, puisque vous pensez „ qu'on puisse en trouver quelqu'un au „ nombre des heureux citoïens des airs. „ Jamais Procureur n'est venu souiller „ la pureté de ces lieux par sa présen-„ ce. „

VOUS *me paroissez*, répondis-je à l'Ame de ce Magistrat, *beaucoup moins superstitieuse que les Ames auxquelles je me suis adressé jusqu'à présent. Il me sembloit qu'elles crussent qu'il y avoit quelque crime à m'apprendre ce que je leur demandois. Je ne comprens point pourquoi elles affectoient d'avoir plus d'horreur pour les Procureurs, que vous ne paroissez en avoir.*

„ LA raison, repliqua le Magistrat, qui „ me les rend moins odieux, c'est que je „ leur ai de grandes obligations & que „ sans eux peut-être n'aurois-je point été „ digne après ma mort d'habiter dans „ l'empire des airs. „ *Ce que vous me dites-là*, repliquai-je, *me paroît extraordinaire. Comment pouvez-vous être redevable de votre bonheur à d'aussi méchantes gens qu'on les croit communément?* „ C'est, répondit l'Ame, „ par les soins que j'ai pris de punir leurs „ friponneries, de m'opposer à leurs ra-

„ pines, & de défendre la Veuve & l'Or-
„ phelin contre leurs rufes & leurs malver-
„ fations.

„ PENDANT trente ans que j'ai été
„ Confeiller au Parlement de Paris, ma
„ plus grande & ma plus férieufe occupa-
„ tion étoit de tâcher à découvrir les fri-
„ ponneries des Procureurs. Dès que je
„ m'appercevois de quelqu'une, j'en fai-
„ fois punir l'auteur avec beaucoup de
„ févérité. Il n'y avoit prefque aucun
„ jour, où je ne trouvaffe une ample
„ matière à exercer mon zèle. La Jufti-
„ ce divine m'en a tenu compte, & en
„ mourant, mes fautes m'ont été pardon-
„ nées, en faveur de mon attention à
„ châtier les Procureurs. Vous voiez
„ donc que je ne dois point avoir hor-
„ reur, comme les autres Ames, d'en en-
„ tendre parler, puifque s'il n'y en a-
„ voit jamais eu, je ne joüirois pas, fe-
„ lon toutes les apparences, du bon-
„ heur de vivre parmi les habitans de
„ l'air.

„ JE veux, continua l'Ame du Magiftrat,
„ vous apprendre ce qui m'arriva au for-
„ tir de l'autre Monde. Dès que je fus
„ mort, mon Ame s'éleva jufqu'à la ré-
„ gion du feu. Là, je trouvai deux An-
„ ges, qui devoient me fervir, l'un d'A-
„ vocat, & l'autre d'Accufateur. Le der-
„ nier, élevant fa voix, commença à por-
„ ter jufqu'au pied du Trône du Souve-

„ rain

„-rain Juge toutes mes iniquités; & quoi-
„ qu'il y eût encore des millions de lieuës
„ de l'endroit où j'étois à celui qu'habite
„ la Divinité immense & suprême, il se
„ fit aisément entendre à elle. Il préten-
„ doit que je devois être privé de la com-
„ pagnie des citoïens de l'air, à cause des
„ desordres de ma jeunesse. Il me repro-
„ choit de m'être livré à des plaisirs cri-
„ minels, de m'être plû pendant long-tems
„ dans l'esclavage des femmes, & de m'ê-
„ tre abandonné à la colère, à la vanité,
„ & à la présomption. Sur ces accusa-
„ tions, je me comptois déjà relegué par-
„ mi les *Gnomes*, ou tout au plus parmi
„ les *Ondins*, lorsque mon Avocat prit
„ ainsi ma défense. *Il est vrai*, dit-il,
„ *qu'il a été sujet à des foiblesses humaines;*
„ *mais il les a réparées par les soins qu'il a*
„ *pris dans l'administration de la Justice.*
„ *Pendant le cours de sa Magistrature, il a*
„ *fait punir quatre-vingt Procureurs, empê-*
„ *ché la ruine de deux cens orphelins, & de*
„ *trois cens veuves. Que dis-je, de trois cens*
„ *veuves? d'un million de personnes; chaque*
„ *Procureur, dont il a arrêté les malversa-*
„ *tions, eût pu lui seul ruiner un Roïaume*
„ *entier. Est-il rien de plus grand, de plus*
„ *sage, de plus utile, que de mettre un frein*
„ *à l'avarice insatiable des fils avides de l'af-*
„ *freuse chicane? S'il se trouvoit dans un Etat*
„ *deux cens Magistrats qui eussent cette at-*
„ *tention, n'y verroit-on pas bien-tôt renaître*

„ *un Siécle d'Or ? Otez les Procureurs du*
„ *Monde, vous en ôterez les dissensions & les*
„ *procès. Or, n'est-ce pas prendre un moïen*
„ *certain pour les détruire, que celui de les*
„ *empêcher de voler ? Un Magistrat, attentif*
„ *à punir leurs ruses, est lui seul aussi utile,*
„ *que trente Maréchaussées vigilantes & acti-*
„ *ves. L'on peut venir à bout d'assûrer la*
„ *tranquillité & la liberté des grands chemins*
„ *par une exacte recherche des voleurs & des*
„ *assassins : mais on ne peut se flatter de pou-*
„ *voir établir la même sûreté dans les études*
„ *des Procureurs. En général, ces gens-là*
„ *sont nés pour être fripons : c'est-là leur ca-*
„ *ractère indélébile. On est bien convaincu*
„ *de cette vérité sur la terre : & voici de quel-*
„ *le manière les apostropha le Premier Pré-*
„ *sident d'un Parlement célebre* * : Procu-
„ reurs, tâchez de devenir honnêtes gens ;
„ ou bien, si la chose est impossible, ef-
„ forcez-vous de friponner un peu moins.
„ Donnez au moins à vos Parties le tems
„ de respirer, & ne les égorgez point.
„ *Après les services que l'Ame de l'Accusé a*
„ *rendus à la Justice, & le bon exemple qu'il*
„ *a donné aux autres Magistrats, peut-on lui*
„ *con-*

* MARIN, Premier Président au Parlement de Provence. Ses bons mots & ses plaisanteries lui devinrent funestes, & lui firent ôter sa charge.

„ *contester de jouïr de la compagnie des habi-*
„ *tans de l'air?* „

„ MON Avocat aiant cessé de parler, „ mon Accusateur voulut réfuter ce qu'on „ venoit de dire à mon avantage. Mais „ dans le même moment la Divinité fit „ entendre sa voix majestueuse. *Que l'A-* „ *me*, dit-elle, *présentée au pied de mon Trô-* „ *ne, pour y entendre prononcer son Jugement,* „ *reste dans les airs. Ma clémence lui par-* „ *donne ses fautes, en faveur des soins qu'elle* „ *a pris de défendre la Veuve, l'Orphelin, &* „ *tout le Public, contre les malversations &* „ *les pillages des Procureurs. Et je déclare* „ *que tous les Magistrats, qui agiront ainsi* „ *que lui, trouveront en moi un Juge indul-* „ *gent.*

„ A ces mots, je me prosternai hum- „ blement pour adorer le Tout-Puissant, „ & lui rendre graces de sa bénignité. A- „ près quoi, l'Ange qui m'avoit servi d'A- „ vocat, me conduisit lui-même en ces „ heureux Climats, où je resterai, ainsi „ que vous savez, jusques au grand Jour, „ auquel la Divinité rappellera tous les „ Justes dans son sein. „

CE récit achevé, l'Ame de ce sage & heureux Magistrat, me conseilla de ne point continuer ma recherche, & s'envola à trois cens lieuës de là, pour aller voir celle du Chancelier de l'Hôpital avec laquelle elle étoit unie d'une très étroite affection, & qui tient, ainsi que tu le sçais, sage & savant Abukibak, un rang très distingué parmi les fortunés habitans de l'empire des airs.

Je suis très mortifié de n'avoir pu t'éclaircir de ce que tu souhaitois d'apprendre. Tu pourrois peut-être en savoir des nouvelles par quelque *Ondin*, ou par quelque *Gnome*. Mais, à mon avis, tu feras mieux de t'adresser d'abord à quelque Diable. Car, il y a toute apparence que des Ames aussi méchantes que celles des Procureurs, ne seroient point assez punies d'habiter au fonds de la mer, ou au centre de la terre. L'Enfer doit être leur véritable séjour. Une raison, qui me le persuaderoit, c'est que les *Gnomes* étant les gardiens des riches métaux & des pierres précieuses, & les *Ondins* des richesses perdues par les mortels, les avares Procureurs trouveroient leurs demeures des séjours délicieux. Peut-être même y introduiroient-ils tôt ou tard l'affreuse chicane avec toutes ses suites, & se rendroient un jour les maîtres de tous leurs trésors.

Je te salue, sage & savant Abukibak, en *Jabamiah*, & par *Jabamiah*.

LETTRE NEUVIEME.

Le Silphe Oromasis, *au sage Cabaliste* Abukibak.

JE me suis informé, sage & savant Abukibak, selon les ordres que tu m'avois donnés il y a quelque tems, des raisons qui déterminerent la Divinité à placer FRANÇOIS I, Roi de France, parmi les heureux habitans de l'air. Pour satisfaire plus amplement ta curiosité, j'ai cru devoir m'adresser à ce Roi lui-même, personne ne pouvant mieux m'instruire des faits les plus intéressans, que les deux Anges avoient agités au pied du Trône de la Divinité lors de son Jugement.

IL me dit donc, que lorsqu'il comparut devant le Tout-Puissant pour ouïr l'Arrêt de son sort, il crut pendant quelque tems qu'il seroit fort heureux, s'il n'étoit relegué que parmi les *Ondins*. Il craignit d'être condamné à rester dans les ténébreuses demeures des *Gnomes*, & connut alors, mais trop tard, combien la plûpart des loüanges qu'on lui avoit données sur la terre, étoient fausses & ridicules. Le discours, que prononça contre lui l'Ange accusateur, lui fit sentir pour la premiere fois

fois bien des défauts, qui lui avoient été inconnus jusqu'alors : le portrait, qu'il traça de ses mœurs & de ses sentimens n'étant nullement fardé, lui fit connoître qu'il n'avoit plus affaire avec des Courtisans flatteurs, toujours prêts à déïfier les vices des Grands & des Souverains.

„ Vous devez être renvoié dans le sein de „ la terre, lui disoit cet Ange accusateur, „ & cela par toutes les raisons qui doivent „ faire punir un Prince, peu soigneux du „ bonheur & de la tranquillité de ses peu- „ ples. Vous n'avez jamais eu assez de „ force & de courage pour vous conduire „ par vous-même; vous avez été livré „ pendant toute votre vie aux pernicieux „ conseils de vos Favoris & de vos Mai- „ tresses, & quelles sottises ne vous a point „ fait faire votre Duchesse d'*Etampes*! El- „ le donnoit des avis secrets à Charles- „ Quint, votre ennemi & votre rival de „ gloire, de tout ce qui se déliberoit dans „ votre Conseil. La haine de cette fem- „ me contre *Diane de Poitiers*, votre an- „ cienne Maitresse, & ensuite celle de vo- „ tre fils, a plus fait de mal à la France, „ que la perte de trois batailles. Vous au- „ riez dû cependant avoir appris à vous „ défier des femmes, & le Ciel vous avoit „ assez puni de vos débauches, pour vous „ faire refléchir sur votre conduite crimi- „ nelle. Pouvoit-il vous donner une ins-

„ truc-

„ truction plus salutaire, que la maladie „ honteuse, dont le mari de la belle *Ferroniere*, justement indigné de l'affront „ que vous lui faisiez, trouva le moïen de „ vous infecter, après l'avoir prise lui-„ même dans un mauvais lieu, & l'avoir „ donnée à son épouse, qui ne tarda guè-„ res à vous la communiquer. Elle en „ mourut bien-tôt; & sans les soins de vos „ Médecins, qui ne purent néanmoins „ vous guérir qu'imparfaitement, vous ne „ pouviez éviter le même sort.

„ UNE leçon, aussi vive & aussi utile „ que celle-là, auroit bien dû vous desa-„ buser d'un Sexe trompeur, qui vous avoit „ causé tant de maux. Mais, bien loin „ d'en profiter, non plus que des avis „ qu'on vous donnoit, vous continuâtes „ votre première manière de vivre; & „ pour contenter plus facilement vos de-„ sirs criminels, vous favorisâtes la pas-„ sion la plus violente des femmes, en au-„ torisant la coutume que prirent les Da-„ mes d'aller fréquemment à la Cour. Ce „ pernicieux usage, qui prendra toujours „ plus de force chez vos Successeurs, „ perdra tôt ou tard les bonnes mœurs „ dans tout votre Roïaume: & voici ce „ qu'en dira un jour un Courtisan, assez „ livré à ses passions pour n'être point ta-„ xé de bigoterie. Je veux bien vous „ prédire les maux que causera dans la sui-„ te votre mauvais exemple; & cela, dans

„ les mêmes termes qu'il les décrira lorf-
„ qu'ils feront arrivés.

„ IL *faut avoüer*, dira-t-il *, *qu'avant*
„ François I. *les Dames n'abordoient, ni ne fré-*
„ *quentoient la Cour, que peu, & en petit*
„ *nombre. Il eft vrai que la Reine Anne*
„ *commença à faire fa Cour des Dames plus*
„ *grande que les autres précédentes Reines; &*
„ *fans elle, le Roi fon mari ne s'en fût guè-*
„ *res foucié. Mais, ledit Roi* François *ve-*
„ *nant à fon Regne, confiderant que toute la*
„ *décoration d'une Cour étoit de Dames, l'en*
„ *voulut peupler . . . . . S'il n'y eût eu que*
„ *les Dames de la Cour qui fe fuffent débau-*
„ *chées, c'eût été tout un. Mais elles don-*
„ *noient les exemples aux autres de la France,*
„ *qui fe façonnant fur leurs habits, leurs gra-*
„ *ces, leurs façons, leurs danfes, & leurs vies,*
„ *elles fe vouloient auffi façonner à aimer & à*
„ *paillarder, voulant dire par-là:* A la Cour
„ on s'habille ainfi, on danfe ainfi, on
„ paillarde ainfi. Nous en pouvons auffi
„ faire ainfi.

„ JUGEZ vous-même, continua l'Ange
„ accufateur, par les reproches que vous
„ feront dans les fuites les Courtifans les
„ moins fcrupuleux, fi l'on ne doit pas
„ vous imputer le luxe, la débauche, l'im-
„ pudicité, & les autres vices qui trouble-
„ ront

* Brantome, Mémoires, *Tom. I. pag.* 277. & 280.

„ ront votre Roïaume, & qui regneront
„ dans la Cour de vos Succeſſeurs. Si vous
„ vouliez paſſer pour un Prince pieux, c'é-
„ toit à rétablir les bonnes mœurs qu'il fal-
„ loit vous appliquer, & non point à per-
„ ſécuter quelques honnêtes gens, que
„ vous avez fait bruler ſous prétexte qu'ils
„ étoient Luthériens. Cette conduite me
„ fournit contre vous de nouvelles accu-
„ ſations, beaucoup plus graves que les
„ premières.

„ EN EFFET, comment eſt-ce que vous
„ pouviez avoir l'audace de condamner un
„ homme à la mort, ſous prétexte qu'il
„ adoptoit les ſentimens de Luther, dans
„ le tems même que vous vous étiez ligué
„ avec les Proteſtans d'Allemagne, & que
„ vous faiſiez tout ce que vous pouviez
„ pour les ſecourir? Ne vous êtes-vous
„ pas obligé de recevoir le fils aîné du
„ Duc de Saxe en France, & de lui per-
„ mettre en particulier l'exercice de ſa Re-
„ ligion? N'avez-vous pas envoié cent
„ mille écus à cet Electeur, & cent mille
„ autres au Landgrave de Heſſe? Ne vous
„ êtes-vous pas obligé à ſecourir ces Prin-
„ ces? N'avez-vous pas arraché Geneve
„ des mains du Duc de Savoie? Et ſans
„ vous, la Métropole du Calviniſme n'eût-
„ elle pas été renverſée? Pourquoi donc,
„ dans le même tems faiſiez-vous bruler à
„ Paris quelques infortunés particuliers,
„ parce qu'ils ſuivoient des ſentimens que
„ vous faiſiez triompher dans toute l'Al-

„ le-

„ lemagne? Si vous croïez le Proteſtan-„ tiſme une erreur dangereuſe, vous ne „ pouviez donc en honneur & en conſcien-„ ce, emploier toutes vos forces pour le „ protéger & pour l'accroître. Si vous „ penſiez que c'étoit une Doctrine bon-„ ne, ou tout au moins indifférente, vous „ étiez plus cruel que les Empereurs Païens „ qui perſécutoient les premiers Chrétiens. „ Ils ne les condamnoient au dernier ſup-„ plice, que parce qu'ils ſe figuroient que „ leurs opinions étoient abominables, per-„ nicieuſes au bien de la Société, & con-„ traires à la véritable Religion.

„ JUGEZ vous-même à préſent, ſi vous „ êtes digne d'habiter dans les airs avec „ les heureux *Silphes*, & ſi ce n'eſt pas „ vous impoſer une peine bien douce, „ que de ne vous reléguer que parmi les „ *Gnomes*. „

LORSQUE l'Ange accuſateur eût ainſi détaillé les plus notables des fautes qu'avoit commiſes pendant ſa Vie *François I.* elles l'accablerent de douleur. *Hélas!* diſoit-il, *qu'un Roi eſt malheureux au milieu des grandeurs qui l'environnent! Il lui eſt preſque impoſſible d'appercevoir la véritable juſtice. Il prend pour des principes certains & conformes à la droiture & à l'équité, ceux que lui dictent ſon amour propre & la trompeuſe adulation de ſes Courtiſans.* Pendant qu'il faiſoit ces triſtes réflexions, & qu'il attendoit avec fraïeur l'Arrêt de ſa condamnation, l'Ange protecteur prit ſa dé-

fenſe,

fense, & répondit à l'Accusateur en ces termes.

„ IL est vrai que l'Ame de l'Accusé ne „ peut être entiérement justifiée des cri- „ mes que vous lui reprochez : mais, si „ les vertus dont elle a été doüée l'ont „ emporté de beaucoup sur ses fautes, „ n'est-elle pas digne de la miséricorde di- „ vine ? Le Tout-Puissant ne punit que „ ceux, dont les vices ont effacé le mé- „ rite des bonnes actions. *François I.* doit „ donc par ses excellentes qualités obte- „ nir le pardon de ses fautes. Quelle gran- „ deur d'ame ne fit-il pas paroître dans les „ occasions les plus dangereuses ? Avec „ quel courage n'affronta-t-il pas les périls „ les plus grands ? avec quelle fermeté ne „ soutint-il pas les plus rudes fatigues de „ la guerre ? La nuit, qui précéda cette „ fameuse Bataille qui lui couta la liberté, „ il n'eut d'autre lit que l'affut d'un ca- „ non.

„ MAIS la valeur & l'intrépidité de „ *François I.* n'ont pas été ses plus émi- „ nentes qualités. Sa bonne foi & sa can- „ deur ne méritent-elles pas qu'il habite „ parmi les heureux *Silphes* ? Peut-on pous- „ ser plus loin la générosité qu'il l'a fait, „ en refusant d'accepter les offres sédui- „ santes que lui firent les Gantois, & en „ accordant à *Charles-Quint* la liberté de „ traverser toute la France, pour aller „ châtier ces peuples tumultueux, des

„ mou-

„ mouvemens desquels lui *François I.* pou-
„ voit tirer de grands avantages, s'il a-
„ voit eu moins de magnanimité? Et qui
„ l'empêchoit, lorsque son Ennemi se
„ fut avancé, & comme renfermé dans
„ le milieu de son Roïaume, de l'y faire
„ arrêter, & de se venger ainsi de ses
„ perfidies, de ses trahisons, & de ses
„ fausses promesses, dont il avoit été si
„ souvent le joüet? Quel plus juste sujet
„ pouvoit-on exiger pour excuser la dé-
„ tention de *Charles-Quint*? Cependant,
„ *François I.* ne crut point que le crime
„ d'un autre pût justifier les siens, &
„ il fut religieusement l'esclave de sa pa-
„ role.

„ PAR la manière, dont il s'est com-
„ porté dans une occasion si délicate, par
„ l'exemple qu'il a donné à tous les Prin-
„ ces qui viendront après lui, de ne s'é-
„ carter jamais des règles de l'exacte é-
„ quité, quelque profit qu'ils puissent re-
„ tirer de leur manque de droiture, il doit
„ obtenir le pardon des défauts qu'on lui
„ reproche avec trop d'aigreur. Il s'est
„ laissé tromper, il est vrai, par ses Favo-
„ ris & ses Ministres; mais il y a plus
„ de bonté que de négligence dans la
„ conduite qu'il a tenue à leur égard. Ne
„ sçait-on pas que la défiance est la derniè-
„ re vertu des grands cœurs? Un Héros,
„ incapable de tromper, & qui ne con-
„ noît ni la mauvaise foi, ni le menson-
„ ge,

„ ge; se persuade avec peine qu'il y ait „ des hommes trompeurs, sur-tout parmi ceux dont l'extérieur & la politique cachent les fourberies & les ruses.

„ Il est plus difficile de justifier *François I.* sur la différente conduite qu'il „ a tenue envers les Luthériens de son „ Roïaume & ceux d'Allemagne. Mais „ enfin, la tranquillité qu'il vouloit conserver dans ses Etats, les troubles & „ les divisions dont il voioit toute l'Allemagne remplie, ont pû lui persuader „ qu'il devoit éviter avec soin que son „ Roïaume ne fût agité par une pareille „ guerre de Religion. Il n'étoit point „ Théologien: il ne connoissoit pas dans „ lequel des deux Partis se trouvoit la „ vérité: il suivoit les préjugés qu'il avoit „ reçus dans son enfance, & croioit devoir „ éloigner tout ce qui pourroit apporter „ quelque changement aux anciennes coutumes. Il est vrai qu'il favorisoit en Allemagne les personnes qui professoient „ les mêmes opinions pour lesquelles il „ en persécutoit d'autres en France; & „ c'est-là une conduite qu'on ne peut entiérement justifier en ne consultant que „ l'équité naturelle. Mais, si l'on fait attention que la Politique oblige les Princes pour leur bien, & pour celui de leurs „ Etats, à plusieurs démarches qu'on leur „ pardonne, & qu'on n'excuseroit point „ dans de simples particuliers, on ne trouvera plus que le secours que *François I.*

„ a

„ a donné aux Proteſtans Allemands, ait
„ quelque choſe d'incompatible avec la
„ perſécution qu'il faiſoit à leurs freres
„ en France. Il a cru que la tranquillité
„ & la gloire de ſon Roïaume demandoit
„ qu'il agît d'une manière qui paroît ainſi
„ contradictoire.

„ AU RESTE, j'oublierois une des plus
„ grandes qualités de l'Ame du Prince que
„ je défends, ſi je ne faiſois pas mention
„ de ſon amour pour les Sciences. C'eſt
„ lui qui les a amenées en France, d'où
„ elles avoient été bannies depuis long-
„ tems. Aiant été le pere & le protecteur
„ des gens de Lettres dans l'autre Monde,
„ n'eſt-il pas juſte qu'après ſa mort il ait
„ ſa demeure avec eux dans les airs? „

A-PEINE l'Ange protecteur eut-il fini ce diſcours, qu'en faveur des vertus éminentes qu'avoit eues *François I.* la Divinité voulut bien lui pardonner pluſieurs défauts très conſidérables, & qu'il obtint d'elle le bonheur de demeurer avec nous dans l'heureux ſéjour des *Silphes*.

JE t'ai rapporté fidélement, ſage & ſavant Abukibak, ce que m'apprit cet heureux Prince. Je ſouhaite que le récit que je t'en ai fait, ait pû te plaire. Toujours attentif à remplir les ordres que tu me donnes, je n'oublie rien pour me rendre digne de l'amitié d'un Sage auſſi ſavant que toi.

JE te ſalue, loüable Abukibak, en *Jabamiah*, & par *Jabamiah*.

LET-

LETTRE DIXIEME.

Le Silphe Oromasis, *au sage Cabaliste* Abukibak.

SI tous les hommes pouvoient connoître, sage & savant Abukibak, quel est aujourd'hui le sort de bien des gens à qui ils ont accordé après leur mort des honneurs divins, ils seroient surpris de voir que ceux qu'ils considérent comme des Héros, ont été admis avec bien de la peine au rang des Ames les plus ordinaires. Il n'est personne sur la terre, qui ne regarde *Hercule*, *Thésée*, *Romulus*, & quelques autres vagabonds de cette espèce, comme des hommes illustres. Cependant tu sçais, sage & savant Abukibak, que tous ces prétendus Héros ont été condamnés après leur mort à rester dans les sombres demeures des *Gnomes*; encore ont-ils été heureux de n'être point précipités dans les Enfers.

IL y a quelques jours, que je fus obligé de faire un voïage dans les mines du Potose; j'allois y visiter un *Gnome* de ma connoissance. Je rencontrai par hasard Hercule & Thésée. *Hé bien*, dis-je au premier, *avoüez sincérement que vous* *fûtes un grand fou pendant votre vie.* „ Je „ ſuis fort éloigné, répondit-il, de vous ac„ corder ce que vous avancez mal-à-pro„ pos. Pouvez-vous appeller fou un hom„ me, qui n'eut d'autre occupation que „ celle de défendre les malheureux, de „ protéger les orphelins, de ſecourir les „ affligés? On doit me regarder comme „ le fondateur de l'Ordre des Chevaliers „ errans. C'eſt à mon exemple, qu'un „ nombre de Héros, parcourant le mon„ de, ſe ſont dévoüés au ſervice du Pu„ blic. Lorſque j'étois en vie, je valois „ moi ſeul trente Maréchauſſées diffé„ rentes, pour aſſûrer la ſûreté des grands „ chemins. Avez-vous oublié le nombre „ de criminels que j'ai punis; & ne vous „ ſouvenez-vous plus que je ſacrifiai Bu„ ſiris, que j'étouffai Anthée, que je tuai „ Cycnus, que je briſai la tête à Cerme„ rus? „ *Je conviens*, répondis-je, *que par ces actions vous purgeâtes la terre de quelques Malheureux. Mais il eût été à propos qu'après ces victoires, quelqu'un vous eût envoié dans l'autre Monde, pour le repos de beaucoup d'honnêtes gens. Que vous avoit fait cet infortuné Prince* *, *que vous précipitâtes dans la mer dans un des accès de votre fureur? En vous rendant la juſtice que vous méritez, on peut dire que vous fûtes un grand brigand, qui en détruiſites pluſieurs autres. Eſt-il rien de ſi plaiſant que la conduite que vous*

* Iphitus.

vous tintes pour vous purger de ce forfait? Vous vous engageâtes pour trois ans au service d'Omphale: & à peine eûtes-vous vû cette Princesse, que vous en devintes fou. C'étoit sans doute une chose charmante, que de vous voir auprès d'elle une quenouille au côté & un fuseau à la main, filer comme une simple servante. Il falloit que de votre tems, les véritables Héros fussent bien rares, puisqu'on faisoit autant de cas d'un homme qui noïoit ses amis, qui se livroit aux excès les plus criminels, & qui par amour faisoit les extravagances les plus risibles. Si les Poëtes, qui sont venus après vous, n'avoient point embelli votre histoire par les faits merveilleux que leur a fournis leur imagination échauffée, je crois que vous n'eussiez guères été estimé par la Postérité. Vous auriez tout au plus trouvé quelques partisans parmi les vagabonds, qui auroient pu vous choisir pour leur patron. Voiez, je vous prie, combien il a été heureux pour vous de vivre dans des siécles barbares. Si vous saviez les qualités qu'il faut aujourd'hui pour former un Héros, vous seriez étonné. „ Comment! diriez-vous, l'Antiquité m'a rangé avec tant „ de facilité au rang des Dieux! & les „ hommes sont si difficiles à accorder „ le titre de Héros à des personnes, „ dont les qualités du cœur & de l'esprit „ sont aussi éminentes! Je n'aurois jamais „ pensé que les choses fussent si fort changées. Quoi! l'encensoir à la main, on „ n'adore pas les Turennes & les Condés,

 „ les

„ les Marlbourougs & les Eugenes, on
„ épilogue ſur la conduite de ces grands
„ hommes, au travers de leurs vertus
„ & de leurs talens, on cherche à décou-
„ vrir leurs foibleſſes! C'eſt une choſe à
„ laquelle je ne me ſerois point attendu.
„ De mon tems, on prenoit en gros les
„ actions, on n'avoit garde d'entrer dans
„ un détail critique. Un homme, qui en
„ avoit fait cinq ou ſix belles, quoiqu'il
„ en eût autant de mauvaiſes par-devers
„ lui, étoit aſſûré d'être placé après ſa
„ mort au rang des Demi-Dieux. Les
„ Poëtes & les Hiſtoriens donnoient une
„ tournure à toutes les actions qui s'op-
„ poſoient à ſa déïfication; mais les E-
„ crivains qui vivent aujourd'hui, ſont
„ plûtôt des Critiques, que des Panégy-
„ riſtes. Je vois bien actuellement que ſi
„ je fuſſe né dans ces derniers ſiécles, on
„ ne m'eût regardé que comme un vaga-
„ bond. „

HERCULE, ſage & ſavant Abukibak, écoutoit avec peine un diſcours auſſi ſincère, & dont ſa vanité étoit mortifiée. Il eſt dur à une perſonne, que la ſuperſtition a diviniſée, d'ouïr des vérités qui rendent ridicule le culte qu'on lui a rendu. Il gardoit cependant le ſilence, & ſembloit céder malgré lui à la force de mes raiſons, lorſque Théſée, qui crut que ſa gloire étoit intéreſſée à défendre celle d'Hercule, me dit avec un air piqué:

„ On

„ On doit juger du mérite des hommes „ par les tems & les ſituations. Si Marl- „ bouroug & Eugene avoient vécu dans „ ces ſiécles qui produiſoient des hommes „ d'une taille prodigieuſe, qui ſurpaſſoient „ en force tous les mortels, & qui n'em- „ ploioient les dons qu'ils avoient reçus de „ la Nature, qu'à perſécuter les voïageurs, „ à détrouſſer les Marchands, à violer les „ femmes qu'ils pouvoient ſurprendre ; ſi, „ dis-je, Marlbouroug & Eugene euſſent „ vécu dans ces tems-là, ils auroient été „ beaucoup moins utiles aux hommes, „ que des gens tels qu'Hercule, & j'ôſe „ dire tels que moi. Car il ne s'agis- „ ſoit point alors de ſavoir commander „ une armée de cent mille combattans ; „ mais il falloit lutter & ſe battre corps „ à corps avec un Géant, ou quelque „ Monſtre qui déſoloit lui ſeul toute une „ contrée. Dans le voïage que je fis de „ Trezene à Athenes, où je tâchai d'imi- „ ter les glorieux faits d'Hercule, j'acquis „ plus de gloire que tous les Héros de „ ces derniers tems, puiſque je ne fus re- „ devable de mes victoires qu'à moi ſeul. „ Dans les combats que je livrai, je n'eus „ d'autre ſecond que ma valeur & ma pru- „ dence. En paſſant par les terres d'Epi- „ daure, je vainquis le Géant Peripetès, „ qu'on appelloit le Porteur de Maſſue. Il „ eut l'inſolence de vouloir m'arrêter : ſa „ mort me vengea de ſon inſolence. En

„ traverſant l'Iſthme de Corinthe, je pu-
„ nis Sinnis, le Ploïeur de pin, de la mê-
„ me manière dont ce cruel Géant faiſoit
„ mourir les malheureux qui tomboient
„ en ſa puiſſance. Quand il avoit vaincu
„ quelqu'un, il courboit deux pins, atta-
„ choit à chacun un bras & une jambe, &
„ laiſſant enſuite retourner ces arbres dans
„ leur état ordinaire, il écarteloit ainſi
„ les miſérables voïageurs. A Crommion,
„ je tuai une laïe, qui ravageoit tout le
„ territoire. Près des frontières de Mé-
„ gare, je défis Scirion, & le précipitai
„ du haut des rochers dans la mer. Ce
„ fier Géant préſentoit ſes pieds aux é-
„ trangers, leur ordonnoit de les laver; &
„ tandis qu'ils étoient occupés à cette
„ fonction ſervile, il les pouſſoit & les
„ précipitoit du haut de ces rochers. En
„ paſſant à Hermione, je fis mourir le
„ Géant Damaſtès, qu'on appelloit Pro-
„ cuſte. Ce cruel avoit pluſieurs lits dans
„ ſa maiſon; & lorſqu'un hôte arrivoit
„ chez lui, il le forçoit de s'égaler à la
„ meſure de ſes lits. S'il étoit grand, il
„ le faiſoit coucher dans un fort petit, &
„ lui coupoit les jambes. S'il étoit d'une
„ taille médiocre, il le plaçoit dans un
„ grand, & lui étendoit les jambes juſqu'à
„ la meſure preſcrite. Je couchai ce Monſ-
„ tre de cruauté dans un lit fort court,
„ & d'un coup de mon épée je lui coupai
„ les deux jambes. Mais la plus glorieu-

„ ſe

„ se de mes actions est celle d'avoir vain-„ cu le Minotaure de Crete, & délivré „ Athenes du Tribut qu'elle païoit à Mi-„ nos. Je passai dans la Crete; & mal-„ gré les détours du Labyrinthe, je vain-„ quis le Monstre à qui les infortunés „ Athéniens servoient de pâture, & j'ex-„ posai généreusement ma vie pour garan-„ tir celle de mes concitoïens. Si vous „ trouvez qu'un si grand nombre d'actions „ généreuses ne méritent pas d'obtenir un „ rang parmi les Héros les plus distingués, „ je ne sçais quels sont les hommes que „ vous voudrez y placer. „

THESE'E, en me parlant ainsi, sage & savant abukibak, s'applaudissoit de ses triomphes: il croioit que j'allois avoüer que j'avois eu grand tort de le comparer, lui & Hercule, à des vagabonds, lorsque je lui dis en riant: *Examinons un peu, Seigneur Théſée, en détail tous les hauts faits dont vous vous vantez si fort; & nous les apprécierons à leur juste prix.*

CETTE *prétendue victoire contre le Géant Peripetès ressemble fort au recit de celles que l'Arieste raconte de Roland. Les hommes aujourd'hui ne se païent plus de chimères: ils savent que de votre tems il n'y avoit plus de Géans sur la terre, & que tous ces hommes d'une taille monstrueuse n'ont existé que dans l'imagination des Poëtes & des Historiens qui ont écrit vos actions. Ainsi, cette grande victoire contre Peripetès peut être regardée avec assez de justice comme un combat fort ordinaire entre deux grands vauriens.*

QUANT *à celle que vous remportâtes sur Sinnis, si de votre tems il y avoit eu une justice aussi sévere & aussi bien établie qu'elle est à présent, elle eût dû vous faire pendre. Est-il rien de si effroiable que de violer une fille, après avoir tué son pere?*

JE *viens à la laïe, que vous fites périr près des frontiéres de Mégare. Si pour avoir tué un sanglier, on plaçoit un homme parmi les Héros, il y auroit dans tous les siécles, dans la seule Europe, huit ou neuf cent mille chasseurs qui prétendroient être dignes de cet honneur.*

IL *en seroit de même, si pour avoir précipité un homme dans la mer, on obtenoit ce glorieux titre. Tous les lutteurs, tous les porte-faix, enfin tous les gens à qui la Nature a accordé une grande force, prétendroient qu'on dût les ranger parmi les hommes illustres.*

QUANT *au supplice dont vous punîtes Procuste, c'est la meilleure action que vous aiez faite de votre vie. Cependant, il y entre quelque chose de cruel & de barbare. Vous deviez le tuer en Héros, & non point en bourreau. Cette cérémonie d'attacher un homme sur un lit, & de lui couper ensuite les deux jambes, ne convient point à un grand courage, qui ne peut se résoudre à donner la mort à un ennemi desarmé, à plus forte raison à un homme lié & hors d'état de faire la moindre résistance.*

LA *mort du Minotaure de Crete, que vous citez comme la plus belle de vos actions, fut suivie de tant de mauvaises, que la gloire que*

vous

vous en auriez pu obtenir a été flêtrie entiérement. D'ailleurs, quel grand effort fîtes-vous de vaincre ce Monstre? C'étoit à Ariane que vous fûtes redevable de votre victoire. Pour prix de ses bienfaits, après l'avoir enlevée de chez elle, vous la laissâtes dans une isle déserte, & vous débauchâtes Phedre sa sœur.

Ne voilà-t-il pas de beaux exploits, & bien dignes d'immortaliser le nom de celui qui les a faits? Je m'étonne que vous ne comptiez pas parmi les choses qui doivent vous acquérir une réputation immortelle, d'avoir enlevé Helene lorsqu'elle étoit encore dans l'âge le plus tendre, & entrepris de ravir la femme d'un Souverain, après vous être introduit chez lui sous le titre d'ami. Il n'en couta pour cette dernière avanture, que la vie de votre ami Pirithoüs. Mais si justice vous eût été faite, vous auriez essuïé le même sort que lui; & parmi les brigands, que vous vous vantez d'avoir punis, il n'en est aucun dont il eût été plus à propos de purger la terre. En vérité, je trouve qu'il est assez surprenant qu'un homme, qui de gaieté de cœur violoit les femmes, & les enlevoit à leurs époux, se donne pour un Héros & pour le défenseur de la sûreté publique.

Mes discours, sage & savant Abukibak, ne plurent point à Hercule, ni à Thésée: mais ils pourront peut-être t'amuser; toi, qui connois combien la plûpart des hommes que l'Antiquité a placés au nombre

bre des Héros & des Demi-Dieux, étoient indignes de ce rang.

Je te ſalue, loüable Abukibak, en *Jabamiah*, & par *Jabamiah*.

LETTRE ONZIEME.

L'Ondin Kacuka, *au ſage Cabaliſte* Abukibak.

PUISQUE les converſations des Ames, qui ſont condamnées à reſter dans nos humides ſéjours, ſervent quelquefois à ton amuſement, ſage & ſavant Abukibak, je te ferai aujourd'hui le récit de celle dont j'ai été le témoin entre *Ignace de Loïola* & *Luther*.

Je *ne comprens point*, diſoit le *Pélage Eſpagnol* à l'*Auguſtin Allemand*, *comment vous eûtes l'audace de pouvoir vous élever contre le Pape, votre légitime Souverain. Quant à moi, tant que j'ai vécu, j'ai eu pour un ſouverain Pontife un reſpect ſi parfait, que s'il m'avoit ordonné de m'expoſer pendant un orage aux flots impétueux de la mer, ſur le plus leger & le plus petit eſquif, je n'euſſe pas balancé un ſeul inſtant à lui obéïr.*

„ Ce que vous me dites-là, répondit „ Luther, eſt une preuve eſſentielle de „ l'eſpèce de Fanatiſme, dont vous fûtes „ at-

„ attaqué pendant les trois quarts de vo-
„ tre vie. Je ne m'étonne pas ſi vous vous
„ déclarâtes partiſan ſi zélé de l'obéïſſance
„ qu'on doit à la Cour de Rome, puiſque
„ vous ſaviez que ſans ſon autorité, les
„ extravagances que vous faiſiez, au lieu
„ de vous conduire à être déïfié, n'au-
„ roient ſervi qu'à vous rendre ridicule,
„ non ſeulement aux perſonnes raiſonna-
„ bles qui vivoient de votre tems, mais
„ encore à toutes celles qui dans les ſui-
„ tes auroient eu quelque idée de vos fo-
„ lies. Dites-moi, je vous prie, n'avez-
„ vous pas bien des obligations à la Cour
„ de Rome ? Elle vous a canoniſé pour
„ les mêmes extravagances, qui ont ren-
„ du Dom Quichotte ſi ridicule & ſi co-
„ mique.

„ VOUS ſouvient-il qu'une nuit, dans
„ un des accès de votre Fanatiſme, vous
„ ſortîtes de votre lit en chemiſe, & que
„ dans ce galant équipage vous étant proſ-
„ terné devant une image de Notre-Da-
„ me, vous la priâtes inſtamment de vou-
„ loir bien vous recevoir pour ſon Che-
„ valier? Si l'on en croit vos diſciples *,
„ l'image fut ſenſible à votre prière. Elle
„ vit avec plaiſir la gloire qu'elle alloit
„ acquerir par les hauts faits d'un auſſi il-
„ luſtre

* Ribadeneira, *Vita* Ignatii Loyolæ, *Cap. I.* Orlandini Hiſt. Soc. Jeſu, *Lib. I. Num. XII.*

„ lustre Chevalier; elle vous lorgna amou-
„ reusement, & au mouvement de ses yeux
„ la maison trembla, & on entendit un
„ bruit étonnant dans la chambre, & tou-
„ tes les vitres des fenêtres furent fracas-
„ sées. Il est vrai qu'Orlandin prétend
„ que ce tapage & ce desordre furent
„ moins causés par le tendre regard de vo-
„ tre Dame, que par le Diable qui vous
„ dit un éternel Adieu. Il falloit apparem-
„ ment que ce fût la présence de cet Es-
„ prit de ténébres, qui empêchât l'image
„ de vous montrer toute l'étendue de sa
„ reconnoissance; car dès qu'il fut sorti
„ de la chambre par un des carreaux rom-
„ pus, ainsi que le Diable Asmodée par
„ l'ouverture que l'écolier fit à sa bouteil-
„ le, elle vous présenta son fils qu'elle te-
„ noit en son giron, & vous encouragea
„ fort à suivre votre premier projet. Vous
„ lui obéîtes exactement; & depuis votre
„ voïage à Mont-Serrat, jusqu'à ce que
„ vous vous fûtes établi à Rome, vous
„ fîtes tant de sottises, & vous donnâtes
„ tant de marques d'égarement, qu'il est
„ peu de gens de bon sens, qui ne pré-
„ vissent que pour vous empêcher d'être
„ renfermé dans les Petites-Maisons, il
„ ne vous restoit que le seul parti de fai-
„ re approuver toutes vos extravagances
„ par la Cour de Rome, en instituant une
„ Société, toujours prête à combattre a-
„ veuglément en faveur de cette même
„ Cour

„ Cour, à laquelle vous deveniez aussi re-
„ devable qu'elle vous l'étoit. „

IL *est aisé*, répondit Ignace, *d'appercevoir dans vos discours ce fiel & cette aigreur qui se font sentir dans vos Ouvrages. Si j'ai donné dans un excès vicieux, en accordant trop de pouvoir à la Cour de Rome, à quelle extrémité ne vous êtes-vous pas porté, en voulant totalement le lui ôter? Vous avez causé le Schisme le plus pernicieux qu'il y ait eu dans la Religion; vous avez occasionné par vos nouvelles opinions des guerres sanglantes, qui pendant plus d'un siècle ont déchiré l'Europe entière. N'auriez-vous pas mieux fait de vivre tranquille dans votre Couvent de Wittenberg, & de vous y amuser à boire copieusement, ainsi qu'on vous accuse d'avoir fait pendant tout le cours de votre vie? Si vous aviez eu le don des Miracles, je ne doute pas que pour persuader vos nouveaux Sectateurs, vous n'eussiez changé en fontaines de vin toutes celles de la Saxe. Vous auriez retiré une grande utilité de ce prodige, & ce terrible verre que vous vuidiez d'un seul trait, n'eût plus fait renchérir dans le Païs votre liqueur favorite. Alors, vous eussiez pu chanter, sur l'air des Hymnes que vous disiez autrefois dans votre Couvent, cette chanson bachique que vous composâtes sur l'air d'un Cantique de l'Eglise. N'est-il pas bien digne d'un homme qui s'érige en Réformateur, de faire des chansons qu'on pardonneroit à peine à un jeune Poëte débauché? Vous vous souvenez sans doute de cette Ode bachique, dans laquelle vous disiez:*

Si

Si Vino te impleveris,
Dormire ſtatim poteris;
Et poſt Somnum, Ventriculum
Vino implere iterum:
Nam Alexandri Regula
Præſcribit hæc Remedia.

C'eſt-à-dire à peu près: Si tu te remplis de vin, tu dormiras bien-tôt; & après le ſommeil, ſi tu bois dérechef auſſi copieuſement, tu ſuivras la Règle d'Alexandre, qui preſcrit cette ordonnance. *Je ne m'étonne pas, ſi en établiſſant de pareilles Règles, & en réformant de cette manière la Diſcipline Eccléſiaſtique, vous vintes à bout d'attirer auſſi aiſément dans votre Parti tous les Auguſtins du Couvent de Wittenberg. Ils n'avoient garde de refuſer de ſuivre des Opinions qui leur étoient auſſi commodes.*

„ JE conviens, répondit Luther, qu'il „ eût été à ſouhaiter que j'euſſe été plus „ réſervé dans bien des diſcours que j'ai „ tenus à table avec quelques-uns de mes „ amis. C'eſt à leur imprudence qu'il faut „ attribuer cette réputation d'ivrognerie „ qui s'eſt établie peu à peu, & que les „ Controverſiſtes Romains ont tâché de „ répandre par tout l'Univers. Je ne nie- „ rai point que je n'aimaſſe la bonne-che- „ re, lorſque j'étois en vie. Je bûvois „ même aſſez copieuſement; mais c'eſt „ une calomnie de prétendre que je m'eni- „ vrois. On n'eût peut-être même jamais „ ſû que j'aimois le vin, ſi quelques-uns

„ de

„ de mes disciples n'eussent indiscretement „ publié sous mon nom après ma mort certain Livre intitulé *Colloques de Table.* „ C'est un ramas des discours que j'avois „ tenus à mes amis ; discours, que la liberté de la table autorisoit, mais qui „ n'eussent jamais dû transpirer dans le „ Public. Ils furent cependant recueillis „ sans choix & sans discernement, & imprimés avec fort peu de prudence & de „ discrétion, par une personne que la trop „ grande amitié rendoit aveugle sur mes „ défauts. Voilà la cause des reproches „ assez mal fondés, qu'on m'a faits sur „ mon ivrognerie. Quant aux Miracles „ sur lesquels vous badinez, prétendant „ que si j'avois eu le don d'en faire, j'aurois changé les fontaines d'eau en fontaines de vin, je ne sçais pas si vous „ aviez eu vous-même le pouvoir d'en faire, de quelle espèce ils eussent été. Mais „ enfin, ce qu'il y a de certain, c'est que „ ni vous, ni moi, n'en fîmes jamais. Vos „ disciples, quelque tems après votre „ mort, ne balancerent pas à convenir de „ cette vérité. Le Jesuite Ribadeneira, „ dans les premières Editions qu'il donna „ de votre Vie, avoüa naturellement que „ vous n'aviez jamais fait aucun Miracle „ *. Il est vrai que la Société s'apperçut „ qu'il

* *Quid causæ est quamobrem illus sanctitas minus est testata miraculis, & ut multorum Sanctorum*

„ qu'il étoit dangereux d'exposer certai-
„ nes vérités aux yeux du Public, & que
„ bien des gens pourroient croire qu'un
„ Saint, qui n'avoit point fait de Miracles
„ pendant sa vie, couroit grand risque de
„ n'en point faire après sa mort. Cette
„ opinion eût porté un grand préjudice
„ à vos disciples; aussi ordonnerent-ils à
„ Ribadeneira d'inserer dans une Edition
„ nouvelle de votre Vie, qu'il donna quin-
„ ze ans après la première *, assez de
„ Miracles pour rassûrer la crainte de tous
„ les dévots & dévotes attachés à la So-
„ ciété.

„ Il

torum vita, signis declarata . . . . . . potuit ille (Deus) *pro sua occulta sapientia, nostræ hoc imbecillitati dare, ne Miracula unquam jactare possemus; potuit utilitati, ut auctore instituti nostri minus illustri, a Jesu potius quam ab illo nomen traheremus, & nostra nos appellatio sacra moneret, ne ab illo oculos unquam dimoveremus.* Ribadeneira *in Vita* Ignat. *Lib. V. Cap. XIII. pag.* 539.

* *Quamvis enim cum anno* 1572. *primum vitam ejus Latine scriberem, alia nonnulla Miracula ab eo facta novissem, tamen adeo mihi certa & explorata non erant, ut in vulgus edenda mihi persuaderem: postea vero quæstionibus de ejus in Divos relatione publice habitis, gravibus & idoneis testibus fuerunt comprobata.* Ribadeneira *in Vita* Ignat. *in compendium redacta*, Cap. XVIII. pag. 121.

„ IL seroit ridicule que vous tirassiez vanité de ces prétendus Miracles. Je puis „ vous protester qu'il est peu de gens de „ bon sens, qui y aient ajouté foi. En „ effet, n'est-il pas absurde de soutenir „ qu'un Jésuite, qui avoüe de bonne foi „ que son Fondateur n'a jamais fait de Miracle, étoit mal instruit de ce qu'il écrivoit, & qu'il a fallu quinze ans pour „ qu'il pût s'en éclaircir? Les prodiges & „ les actions miraculeuses qu'on vous attribue, avoient si peu fait d'impression „ sur l'esprit des personnes qui vécurent „ plusieurs années après vous, que deux „ jours, pour ainsi dire, avant qu'on vous „ canonisât, des Auteurs très Catholiques „ écrivoient & plaisantoient sur votre Fanatisme. Je suis bien assûré que lorsque „ Pasquier vous dépeignoit si bien & si „ vivement aux yeux du Parlement de Paris, il ne pensoit pas à coup sûr que la „ Cour de Rome dût l'obliger bien-tôt à „ invoquer comme une Divinité, le même homme dont il s'étoit moqué * avec tant de raison peu de tems auparavant.

„ IL s'en faut bien que mes sectateurs „ & mes disciples aient poussé l'impudence jusqu'au point de vouloir me ranger „ au rang des demi-Dieux; & quoiqu'ils „ m'eus-

* Voiez les LETTRES JUIVES, *Tom.* V. *pag.* 378. Edit. de 1738.

„ m'eussent des obligations infinies, ils se „ sont contentés de me regarder comme un „ grand homme, auquel ils étoient rede- „ vables des moïens qu'ils avoient eus de „ sortir de leur ancien esclavage, & de „ secoüer le joug des préjugés. Car en- „ fin, quoi que vous disiez de la Réfor- „ me que j'ai introduite, & des maux „ qu'elle a occasionnés, elle étoit absolu- „ ment nécessaire. Les Prêtres, & sur- „ tout les Moines, avoient poussé leurs „ débauches jusqu'à l'excès. Le concu- „ binage chez eux passoit pour une chose „ honnête & permise : leurs servantes „ prenoient hardiment l'habillement & la „ coëffure d'une femme mariée ; & l'on „ voioit les Catins des Curés & des Cha- „ noines ne garder pas plus de mesures, „ que si elles eussent été jointes avec eux „ par des nœuds légitimes. C'est-là une „ vérité que vous ne me contesterez pas, „ puisque s'il en faut croire Ribadenei- „ ra *, vous vous opposâtes fortement à cet „ abus.

* *Vitia, quæ in Sacerdotum etiam mores irrepserant & longâ jam consuetudine honestatis nomen obsederant, emendare non destitit, multaque constituit quæ ad hominum mores reformandos pietatemque agendam pertinerent. In his severæ Leges fuerunt ejus operâ latæ à Magistratibus, de Aleâ, de Concubinatu Sacerdotum : nam, cum patrio more Virgines, quoad viro traderentur, capite aperto essent, pessimo exemplo multæ cum apud Clericos turpiter viverent, perinde caput obnubebant, ac si legiti-*

„ abus. Vos soins furent inutiles, & je „ ne m'en étonne point. Si vous aviez, „ comme moi, permis aux Prêtres d'avoir „ une épouse légitime, ils n'eussent point „ cherché à se servir de celle d'autrui. „ Mais vous vouliez forcer la Nature: „ vous demandiez que les hommes se dé- „ pouillassent de l'humanité, & vous vou- „ liez que pendant leur vie ils devinssent „ des corps glorieux, insensibles aux pas- „ sions. Lorsqu'on exige des choses im- „ possibles, on doit être assûré d'être mal „ obéï. Quant à moi, j'ai cru qu'on ne „ devoit demander aux hommes que des „ choses qui ne fussent point au-dessus de „ leurs forces. Il n'est pas surprenant „ que, depuis que vous vous fîtes Che- „ valier de la Vierge, vous aiez toujours „ conservé votre chasteté; mais vous ne „ devez pas juger des autres hommes par „ vous-même, puisque Maffée nous ap- „ prend que Marie, jalouse de la gloire „ & de la fidélité de son Chevalier, vous „ accorda un si grand don de continence, „ que vous ne sentîtes jamais la moindre „ tentation impudique. Il étoit bien juste „ que

gitimo eis matrimonio junctæ fuissent, quibus fidem quasi maritis præstabant. Quod nefarium Institutum ac sacrilegum funditus tollendum curavit. Ribadeneira *in Vitâ* Ignatii, *Cap. V. pag.* 108.

„ que ressemblant aux anciens Chevaliers
„ errans par les inclinations & les folies,
„ vous eussiez aussi de commun avec eux
„ les dons de Féerie. Ainsi, de même
„ que Rolland ne pouvoit être blessé par
„ le fer le plus tranchant, vous ne pou-
„ viez recevoir aucune atteinte par les
„ œillades les plus lascives & les caresses
„ les plus tendres. Cependant, ôserois-
„ je vous dire que malgré cette indiffé-
„ rence pour le Sexe, aussi forte que cel-
„ le d'un homme qui seroit dans le cas des
„ *Frigidi & Maleficiati*, je mérite des élo-
„ ges beaucoup plus purs que les vôtres.
„ Vous étiez chaste, parce que vous n'a-
„ viez point de desirs, & moi, j'ai vécu
„ dans un chaste célibat jusqu'à l'âge de
„ quarante-deux ans. M'étant ensuite ma-
„ rié, je n'ai jamais blessé la pudeur ni
„ la bienséance. L'exemple que j'ai don-
„ né à mes disciples, est beaucoup plus
„ utile que toutes les vaines déclamations
„ que vous avez faites contre le concu-
„ binage des Prêtres. Je leur ai appris à
„ se défier d'eux-mêmes, & à avoir recours
„ au moïen que Dieu a institué pour pou-
„ voir résister aux mouvemens de la dé-
„ bauche & du libertinage. Vous devez
„ donc convenir que la Réforme que
„ j'ai établie, n'est pas aussi inutile &
„ aussi pernicieuse que vous le disiez. „

QUAND *il seroit vrai*, répliqua Ignace, *que les nouvelles Règles que vous avez pres-crites*

crites seroient utiles à la Société & au bien public, on est toujours en droit de vous reprocher d'avoir très mal observé la bienséance dans les expédiens dont vous vous êtes servi pour en venir à bout. A quel excès ne vous êtes-vous point laissé emporter ? Vous étiez furieux & presque insensé, dès que vous écriviez contre vos Adversaires. Avec quelle violence, j'ôse dire & quelle indignité n'avez-vous point parlé des Pasteurs & des Pontifes, à qui vous aviez été si soumis pendant long-tems? Vous les avez appellé Chiens, Bourreaux, Fripons, Voleurs, Maquereaux, Gouverneurs de Sodome, &c. *Est-ce-là la maniére dont il convient d'écrire pour un Réformateur qui se dit envoié du Ciel, pour éclairer l'esprit des hommes, & pour leur découvrir des erreurs que les préjugés avoient autorisées pendant dix siécles? Lorsque les Apôtres annoncerent aux premiers Chrétiens les vérités de l'Evangile, leur stile fut aussi modeste que leurs mœurs furent innocentes.*

„ JE conviens, répondit Luther, „ qu'il eût été à souhaiter que j'eusse pû „ modérer l'impétuosité de mon génie. „ Mais je pourrois vous dire pour m'excuser, & bien des Savans * ont soute- „ nu

* *Si jam a primis Ecclesiæ Christianæ Fundatoribus ad ejusdem Restauratores progrediamur, occurrit nobis exemplum magni* Lutheri, *quem moderationis limites in Reformatione suâ transiliisse sunt-*

„ nu ce que je vais vous avancer, qu'il „ étoit nécessaire que je fusse d'un tem- „ péramment aussi ardent, & que dans „ l'état où étoient les choses, il conve- „ noit d'agir avec force & vigueur. Si je „ me fusse contenté, comme Erasine, de „ fronder médiocrement les erreurs de „ l'Eglise Romaine, & que j'eusse tenu „ le juste milieu entre les Catholiques & „ les

sunt qui affirmare haud dubitant : imprimis Erasmus, *qui, licet Monachis nunquam pepercerit, & suorum temporum mores graviter censuerit, tamen* Lutherum *sæpius objurgarat, quod nimis festinis passibus in isto negotio properet & periculosæ plenum opus aleæ magna importunitate tractet, de quo Epistolæ ejus passim testantur.* Erasmus *enim, quasi medius inter Ecclesiam Romanam & Protestantem, mitioribus consiliis rem gerere, atque ita una Fidelia duos dealbare parietes malebat. At certum est si* Lutherus *vestigiis* Erasmi *institisset, Reformationem Ecclesiæ, vel nullum, vel non nisi lentum successum habituram fuisse; dum status Ecclesiæ corruptissimæ, & furiosa hominum vel belluarum potius, cum quibus ei dimicandum erat, rabies heroicum spiritum, quali à Deo præditus erat* Lutherus, *desiderabant. Ergo tantum abest ut moderationis limites excesserit* Lutherus, *ut ejus potius specimen ediderit; cum judicium ejus de Ecclesiâ Reformandâ, & modus, quo divinum opus tractarat, circumstantiis rerum exacte responderet.* Dissertatio de Moderatione Theologica, probata ex principiis Religionis Protestantium, *pag.* 4. & 5.

„ les Protestans, jamais je ne ferois venu „ à bout d'établir une Réforme que je „ croiois nécessaire. On ne peut donc, „ sans quelque espèce d'injustice, condam„ner une vivacité qui fut aussi utile à „ toute l'Allemagne.. On vous a bien pas„sé les folies que vous fîtes, lorsque vous „ fûtes arrivé à Rome, où, depuis le ma„tin jusqu'au soir, vous couriez tous les „ mauvais lieux de cette ville, pour y „ catéchiser quelques Courtisanes, par „ lesquelles vous vous faisiez accompa„gner dans les rues; & lorsqu'on vous „ objectoit qu'il étoit indécent de tenir „ une pareille conduite, vous répondiez „ que vous seriez satisfait de toutes les „ peines que vous preniez, & que vous „ croiriez tous les travaux de votre vie „ bien emploiés, si vous pouviez faire „ que quelqu'une de ces femmes s'abs„tint une nuit d'offenser Dieu. Pourquoi, „ en faveur de votre intention, vous par„donnera-t-on des folies aussi extravagan„tes, & me reprochera-t-on d'avoir agi „ avec trop de vivacité, cette vivacité étant „ absolument nécessaire? Enfin, quand „ même elle seroit condamnable, il me „ resteroit toujours l'excuse de dire, ainsi „ que vous, que quand toute ma violen„ce n'auroit servi qu'à déciller les yeux „ à un seul Papiste, je la regarderois „ comme utile, nécessaire, & même loüa„ble. Je ne doute pas que si ç'avoit été

 „ la

„ la mode de déïfier les hommes chez les „ Proteſtans, ainſi que chez les Catholi- „ ques, on n'eût fait entrer dans les Ac- „ tes de ma Canoniſation les injures que „ j'ai dites aux Papes, comme on a in- „ ſeré dans ceux de la vôtre le zèle que „ vous aviez à parcourir tous les mau- „ vais lieux de la ville de Rome. Vous „ voiez que la Divinité a trouvé que vo- „ tre conduite n'étoit pas plus loüable „ que la mienne. Vous avez été con- „ damné à boire, juſqu'au jour où vos „ fautes ſeront expiées, trente pintes de „ Thé élementaire, pour vous guérir de „ votre Fanatiſme; & j'ai été condamné „ à la même peine, pour tempérer cet- „ te ardeur qui m'emportoit malgré „ moi. „

VOILA, ſage & ſavant Abukibak, tout ce que j'avois de nouveau à t'apprendre.

JE te ſalue en, *Jabamiab*, & par *Jabamiab*.

LETTRE DOUZIEME.

Le Cabaliste Abukibak, *au Silphe* Oromasis.

LA Lettre que tu m'écrivis il y a quelque tems, aimable Oromasis, dans laquelle tu me parlois des raisons qui déterminerent la Divinité à accorder à *François I.* de rester dans la demeure aëriene des Silphes, m'a fait refléchir sur le Jugement qu'essuïa *Charles-Quint* après sa mort. Tu sais que ce Prince a été condamné à habiter l'humide séjour des *Ondins*, & qu'il s'en fallut peu qu'il ne fût relegué dans les ténébreuses demeures des *Gnomes*. Cependant, on regarde sur la terre *Charles-Quint* comme un Prince beaucoup plus parfait & beaucoup plus accompli que *François I.* Telle est la foiblesse des jugemens des hommes, qui ne décident du mérite des Souverains que par certaines actions brillantes, qui ont plus d'éclat que de véritable grandeur.

SI l'on vient à examiner en détail les faits les plus glorieux de *Charles-Quint*, il en est peu dans lesquels on n'apperçoive de la fourberie, de la trahison, & de la mauvaise foi. On peut dire aussi, sans en imposer à la vérité, & sans chercher à vouloir flétrir la mémoire de cet Empereur, qu'il eut plus d'ambition que de Religion. Il laissa conquérir Rhodes & Belgrade à Soliman, par l'envie qu'il avoit de s'aggrandir aux dépens de *François I.* Pendant qu'il détruisoit, qu'il renversoit, qu'il saccageoit plusieurs provinces Chrétiennes, il en abandonnoit plusieurs autres à la fureur des Infidèles. Malgré le zèle ardent qu'il montra contre le Luthéranisme, & la guerre sanglante qu'il fit dans les commencemens de cette Secte aux Princes qui la soutenoient, il en fut un des principaux fauteurs, & fomenta de nouvelles opinions qu'il lui eût été facile d'exterminer. Il retiroit de grands avantages des divisions qui déchiroient l'Allemagne, & s'en servoit habilement tantôt contre le Pape, tantôt contre *François I.* & tantôt contre les Princes Protestans. Il refusa les offres que ces derniers lui firent de lui fournir une armée considérable contre les Turcs, moïennant qu'il leur donnât une entière liberté de conscience, parce que ce n'étoit point contre Soliman qu'il avoit envie de faire la guerre; son but étoit d'attaquer son Rival, de façon qu'il ne pût résister: aussi accorda-t-il à ces Princes Protestans tout ce qu'ils voulurent, dès qu'ils s'engagerent de renoncer à l'Alliance de la France.

NE voilà-t-il pas, aimable Oromasis, une

une conduite bien régulière ; & les Historiens Espagnols & Flamans n'ont-ils pas eu raison d'élever jusqu'aux nues la piété de ce Prince? Ils ne se sont pas contentés d'en faire un homme qui accomplissoit les devoirs ordinaires du Christianisme, peu s'en faut, si on les en croit, qu'il n'ait été aussi dévot qu'un de ces premiers Anachoretes, qui vécurent dans les déserts de l'Egypte. Guillaume Zenocarus écrit que *Charles-Quint* composoit lui-même un Livre de prières à chaque différente expédition qu'il entreprenoit. Ces Livres étoient aussi longs que les sept Pseaumes Pénitentiaux; & lorsqu'il en avoit composé quelqu'un, son Confesseur étoit l'Examinateur qui jugeoit de sa bonté. S'il le trouvoit trop court, *Charles-Quint* avoit soin d'ajouter encore quelques *Oremus*; & s'il étoit assez long, alors il avoit soin de le lire chaque jour au milieu de son armée, aussi exactement qu'un bon Curé dit son Office.

AU-LIEU de ces prières si étendues que marmotoit ainsi cet Empereur, il auroit mieux valu pour lui qu'il eût donné des bornes à son ambition, & qu'il eût emploïé à pacifier les troubles de la Chrétienté ce tems qu'il consumoit à composer ces prétendus Livres de piété. Du moins la Divinité lui eût tenu plus de compte d'avoir cherché à épargner le sang humain, que d'avoir dit si scrupuleusement son Bréviaire.

DANS

DANS la dévotion, que les Ecrivains Espagnols & Flamans ont prêtée à ce Prince, ils ne se sont point arrêtés aux simples prières, ils ont voulu aussi qu'il ait eu des extases, des émotions, & des componctions dévotes. Ils assûrent que lorsqu'il entroit dans cet état, il se retiroit * *sous prétexte de quelques nécessités naturelles, afin d'être plus long-tems dans la ferveur de l'oraison.* Il faut avoüer, aimable Oromasis, que l'endroit que *Charles-Quint* choisissoit pour se livrer à ses méditations, paroîtroit aujourd'hui fort peu séant à bien des dévots. Je ne crois pas que les plus zélés Enthousiastes aient jamais eu aucune extase sur leur chaise percée. Je m'étonne, qu'à l'exemple de S. Policrone, les Historiens Espagnols n'aient pas fait mettre à cet Empereur sur ses épaules quelque fardeau très pesant, pendant qu'il disoit ses prières, de même que ce Saint portoit la racine d'un gros chêne en faisant l'oraison.

POUR être convaincu du peu de piété & de Religion de *Charles-Quint*, il ne faut que considerer qu'il persécuta pendant très long-tems, sous le prétexte de la Religion, des gens, dans les sentimens desquels il mourut. Les Historiens le plus sincères conviennent de bonne foi qu'il a fini ses

* Guill. *Zenocar. de Vita* Caroli V. *Lib.* V.

ſes jours perſuadé de la vérité du Proteſtantiſme. Le Commerce continuel qu'il avoit eu en Allemagne avec les Luthériens; lui avoit donné un violent penchant pour leurs opinions; & en ſe retirant dans une ſolitude, il choiſit des perſonnes ſuſpectes du Luthéraniſme. Auſſi, dès qu'il fut mort, ſon Fils Philippe II. Prince cruel, barbare, eſclave des Moines, fauteur de leur tyrannie & de leurs perſécutions, voulut-il flétrir ſa mémoire. Il abandonna aux fureurs de l'Inquiſition l'Archevêque de Tolede, le Prédicateur de ſon Pere, & Conſtantin Ponce. *L'Europe*, dit un Hiſtorien moderne *, *vit avec horreur le Confeſſeur de l'Empereur Charles, entre les bras duquel ce Prince étoit mort, & qui avoit recu comme dans ſon ſein cette grande ame, livré au plus cruel & au plus honteux des ſupplices, par les mains mêmes du Roi ſon Fils. En effet, dans la ſuite de l'inſtruction du Procès, l'Inquiſition s'étant aviſée d'accuſer ces trois perſonnages d'avoir eu part au Teſtament de l'Empereur, elle eut l'audace de les condamner au feu avec ce Teſtament.*

QUELQUE flétriſſante que ſoit l'injure qu'on a faite à la mémoire de *Charles-Quint* après ſa mort, il ſemble que ce Prince méritoit d'eſſuïer un pareil affront, pour le

* Hiſt. de Dom Carlos, par l'Abbé de St. Réal.

le punir de la diſſimulation éternelle dont il avoit uſé pendant ſa vie. Il avoit feint d'être zélé Catholique, il avoit remis ſa Couronne à Philippe ſon Fils, dont il connoiſſoit le caractère, ſans ſonger à prévenir les maux que ſon abdication pouvoit cauſer aux opinions qu'il croioit dans le fond de ſon cœur. Satisfait de pouvoir vivre comme les Proteſtans dans ſa ſolitude, il ne s'embarraſſoit pas qu'on les perſécutât dans le reſte de l'Europe. Il vouloit même qu'on le prît pour bon Catholique, il rougiſſoit d'avoüer une Religion qu'il croioit bonne; il n'eſt rien de ſi criminel qu'une pareille diſſimulation. Les hommes peuvent donner dans des égaremens qu'on leur doit pardonner en faveur des foibleſſes de l'humanité; mais feindre que l'on a une Religion différente de celle que l'on croit dans le fond de ſon cœur,

C'eſt le crime d'un lâche, & non pas une erreur;
C'eſt trahir à la fois, ſous un maſque hypocrite,
Et le Dieu qu'on préfere, & le Dieu que l'on quitte;
C'eſt mentir au Ciel même, à l'Univers, à ſoi *.

Ainſi,

* Voltaire, *dans la Tragédie d'*Alzire, *Act. V. Scene V.*

Ainsi, charmant Oromasis, si *Charles-Quint* eût encore essuïé un plus grand affront après sa mort, il n'auroit eu que ce qu'il méritoit. Peu s'en fallut, si nous en croions un Ecrivain de son siécle, que son corps ne fût exhumé & brulé par les ordres de l'Inquisition. *Il fut une fois arrêté*, dit cet Auteur, *à l'Inquisition d'Espagne, le Roi son Fils présent & consentant, de desenterrer son corps, & le faire bruler comme hérétique (quelle cruauté!) pour avoir tenu en son vivant quelques propos legers de Foi, & pour ce étoit indigne de sépulture en Terre sainte, & très-brulable comme un fagot* *.

LA bonne foi de *Charles-Quint* ne fut pas plus grande, ni plus essentielle dans les affaires politiques, que dans celles de la Religion. Combien de fois ne trompa-t-il pas *François I.* ? Combien de fois ne lui manqua-t-il pas de parole ? Que n'inventa-t-il pas pour noircir & pour décrier ce Prince dans l'esprit de tous les Potentats de l'Europe ? Il répandit des émissaires dans tous les Cercles de l'Empire, qui publioient comme une chose certaine, qu'on avoit fait bruler en France tous les Allemans qui s'y étoient trouvés pour trafiquer ou pour voïager. Ses impostures furent

* Brantome, Capitaines Etrangers, *Tom. I. pag.* 39.

furent autorisées par ses Prédicateurs, & insérées dans les Libelles approuvés par des Magistrats Ecclésiastiques & Séculiers. Quelque grossière que fût une pareille calomnie, elle ne laissa pas de trouver créance chez bien des gens : elle eut des effets très pernicieux; & l'Allemagne entière en fut prévenue en moins de quinze jours. Cette imposture & ces mensonges furent enfin détruits par Langeai, Envoié de *François I.* qui, en arrivant à Francfort dans le tems que les marchands de tous les Cercles de l'Empire revenoient de la Foire de Lion, avoit eu la précaution de les faire paroître devant le Magistrat de Strasbourg, entre les mains duquel ils déposerent qu'on les avoit reçus en France avec toute sorte d'humanité, & que les François ne chagrinoient pas même les Allemans pour le fait de la Religion.

Cette calomnie, aussi visiblement détruite, auroit dû couvrir *Charles-Quint* de honte & de confusion, & l'empêcher d'avoir recours desormais à de pareils expédiens pour animer contre *François I.* les Cercles de l'Empire : mais pourvû qu'il vint à bout de ses desseins, il ne s'embarrassioit pas de ce qu'on penseroit de sa bonne foi. Ses premières impostures avoient réüssi, c'en fut assez pour l'engager à avoir recours à de nouvelles. Lorsque les Ambassadeurs ; que la France avoit en-

envoiés à Venise, eurent été assassinés, on ne trouva sur eux aucuns de leurs papiers, dont ils avoient eu soin de se défaire peu de tems auparavant, par les conseils de Langeai, qui dans la suite aiant prouvé que cet assassinat s'étoit fait par les ordres du Marquis du Guât, mit le Conseil de l'Empereur dans une grande allarme; les Allemans, les Italiens, prévoiant que la France se prévaudroit avec avantage d'un crime aussi énorme, qui détruisoit la foi publique. Dans une situation si fâcheuse, *Charles-Quint* eut de nouveau recours à l'artifice qui lui avoit si souvent servi. Il allarma l'Empire par la crainte d'une union très étroite entre la France & la Porte Ottomane, quoique pour lors il n'en fût pas question. *On feignit*, dit un Auteur, qui a parfaitement bien démêlé cette intrigue *, *que des pêcheurs avoient trouvé dans le Pô les hardes & les cassettes des Ambassadeurs, & on forgea sur ce mensonge des instructions & des chiffres à sa mode, qu'il publia comme aiant été collationnés aux originaux. L'instruction, qu'on attribuoit à Fregose, contenoit tous les moïens que la Politique pouvoit inventer pour exciter le Sénat de Venise à se détacher des intérêts de l'Empereur. On y proposoit le partage du Duché de Milan entre les François & les Vénitiens, & l'on ne parloit en aucune manière de con-*

* Varillas, Hist. de François I. *pag.* 411.

conserver à l'Empereur la souveraineté de cet Etat. Au contraire, on disposoit des villes & de leurs banlieuës, comme devant être incorporées au domaine de la République & de la Monarchie Françoise, qui ne relevoient de personne. L'instruction imputée à Rincon étoit encore pire, en ce qu'elle ajoutoit l'impieté à la malice. On y proposoit à Soliman de convenir avec la France pour attaquer en même tems la Maison d'Autriche par deux endroits ; & pour lui rendre cette correspondance plus nécessaire, on l'avertissoit en secret que la Hongrie qu'il venoit de conquérir, lui échapperoit sans doute l'Eté suivant, s'il donnoit le loisir à l'Empereur de tirer ses forces de Sicile, de Naples, de Milan, & des Païs-Bas, & de les joindre à l'armée formidable que la Diéte de Ratisbonne ne manqueroit pas de lui accorder: au lieu que si Sa Hautesse vouloit s'engager à marcher en personne au printems, avec trois cens mille hommes pour entrer dans l'Allemagne, le Roi se jetteroit dans le Duché de Milan avec cinquante mille hommes, & tiendroit occupées par cette diversion les forces de l'Empereur, durant que sa Hautesse, prenant au dépourvû les Allemans, & les trouvant divisés sur la Religion, en auroit aussi bon marché qu'elle avoit eu des Hongrois la précédente campagne. L'artifice des Impériaux étoit si grossier, qu'il ne falloit qu'un peu de lumières pour le découvrir, parce que non-seulement ils n'offroient pas de produire les Originaux, mais encore ils donnoient lieu de les soupçonner d'avoir commis les meurtres, en avoüant dans une

une conjonѐture auſſi délicate d'en avoir profité. Cependant, il fit ſur la Diéte de Ratisbonne toute l'impreſſion qu'on s'en étoit promiſe; & François I. paſſa pour un Prince prêt de renoncer à ſa Religion & à ſon honneur, pourvû qu'on l'aidât à démembrer de l'Empire le Duché de Milan.

C'EST à de ſemblables calomnies que *Charles-Quint* dut une partie de ſa gloire. Je ne diſconviens pas cependant, mon cher Oromaſis, qu'il n'ait eu bien de grandes qualités. Elles auroient été plus dignes d'admiration, ſi elles n'avoient point été balancées par des défauts très-eſſentiels. On ne peut nier que cet Empereur ne fût brave, vaillant, bon Général, généreux, & encore plus habile dans le Cabinet qu'à la tête d'une armée. Mais ces talens, qui forment un Héros aux yeux du Vulgaire, ne font ſouvent qu'un illuſtre criminel à ceux d'un ſage Philoſophe, dont le jugement doit nous paroître d'autant plus juſte, qu'il a été autoriſé par la Divinité, puiſque malgré tant de rares qualités, la diſſimulation & la mauvaiſe foi de *Charles-Quint* l'ont fait condamner à boire chaque jour cinquante-deux taſſes de Thé élementaire, pour nettoier ſon ame des ſouillûres qu'elle avoit contractées par les impreſſions d'une Politique *Machiaveliſte*, qu'elle avoit aveuglément ſuivie.

UN défaut, qu'on peut encore reprocher à *Charles-Quint*, c'eſt une vanité outrée. Les avantages qu'il eut à la tête de deux grandes armées contre Soliman & contre Barberouſſe, & les victoires qu'il remporta contre les Princes Proteſtans, lui avoient perſuadé qu'il ne pouvoit manquer de ſe rendre maître de l'Europe entière. Il fut très deſabuſé de cette erreur ſur la fin de ſes jours; & tout le monde convient que ſa retraite fut plûtôt un effet de ſon dépit, que de ſon amour pour la ſolitude. Il ſe dégouta des grandeurs, parce qu'il vit que la fortune l'abandonnoit. Il agit à peu près comme le Renard dont parle Phedre, il ne trouva les raiſins trop verds, que parce qu'il ne pouvoit y atteindre; c'eſt-à-dire, qu'il renonça à la conquête de la France, parce qu'après une guerre de pluſieurs années, il ne put jamais en démembrer la plus petite province.

LES Hiſtoriens Eſpagnols, Flamands, & Allemands, n'ont pas héſité à placer cet Empereur au-deſſus des plus grands Héros: mais, lorſqu'on vient à examiner à quoi ont abouti toutes les batailles qu'on veut qu'il ait gagné d'une manière ſi complete, on eſt ſurpris de voir que la guerre qu'il fit contre les Proteſtans, fut terminée à leur avantage; & que bien loin d'avoir fait de grandes conquêtes ſur la France, il ne put jamais venir à bout de reprendre en-

entiérement celles qu'elle avoit faites ſur lui.

JE te ſalue, charmant Oromaſis, en *Jabamiah*, & par *Jabamiah.*

LETTRE TREIZIEME.

Le Silphe Oromaſis, *au ſage Cabaliſte* Abukibak.

ON fait aujourd'hui à Rome, ſage & ſavant Abukibak, des Saints en auſſi grand nombre, qu'on faiſoit des Officiers généraux en France pendant le Miniſtère de Chamillard. Un homme d'un certain rang, après avoir fait une campagne, étoit honteux de n'être encore que Brigadier. Bientôt en Italie un Moine, qui aura marmotté ſix mois dans ſon Bréviaire, trouvera mauvais qu'on ne ſonge point dès ſon vivant aux apprêts de ſa Béatification.

IL n'eſt rien de ſi plaiſant, & de ſi capable de montrer juſqu'où peut aller la foibleſſe & l'aveuglement des hommes, que de les voir déïfier de tems en tems quelques autres hommes, & ſe proſterner en tremblant devant les images des gens, dont vingt ans auparavant ils ne faiſoient aucun cas. Lorſque j'examine un Italien enlever d'un tombeau un ſquelette, où

 pen-

pendant quatre-vingts ans il avoit été enfermé, le placer enſuite ſur un Autel, & l'encenſoir à la main lui demander l'abondance, la ſanté du corps & la tranquillité de l'eſprit, je reconnois ce ſuperſtitieux Imbécille dont Horace s'eſt ſi plaiſamment moqué, & qui, incertain ſi d'un morceau de bois il ſe feroit un Dieu ou un banc, ſe déterminoit enfin pour le Dieu, & adoroit enſuite en tremblant ſon propre ouvrage *.

Les hommes, ſage & ſavant Abukibak, ont été à peu près les mêmes dans tous les tems. La crainte & la ſuperſtition les ont fait tomber dans les plus grands excès. On s'étonne tous les jours de l'aveuglement des Païens, qui, dès qu'un de leurs Empereurs étoit mort, le plaçoient au rang des Dieux; & l'on ne dit rien de voir diviniſer un nombre de ſimples particuliers, dont la plûpart pendant toute leur vie non-ſeulement n'eurent que quelques vertus ſtériles & inutiles au bien public, mais même furent fort à charge à la Société civile. Je crois, ſage & ſavant Abukibak, que folie pour folie, celle de

* *Olim truncus eram ficulneus, & inutile lignum,*
Cum Faber incertus ſcamnum faceret-ne an Priapum,
Maluit eſſe Deum; &c.

Horat. Satir. *Lib. I.*

de placer au rang des Dieux des hommes tel que Titus, Trajan, Marc-Aurele, & plusieurs autres Héros qui firent le bonheur des humains, est beaucoup moins grande que celle de déïfier quelques Moines fainéans, & quelques Nonnains gourmandes ou pigrièches.

JE ne puis m'empêcher de rire lorsque je lis les Déclamations que plusieurs Auteurs modernes ont faites contre les superstitions des Païens. Il est peu de page où je ne dise, *Est-il permis qu'on dépeigne si bien dans les autres un ridicule dont on est soi-même si fortement atteint, & dont on ne s'apperçoit pourtant point* *?

JE penserois volontiers qu'il faut que la plûpart des hommes n'aient obtenu du Ciel que les moïens de connoître les sottises d'autrui, sans pouvoir refléchir sur les leurs propres. Quelque bizarre que paroisse cette idée, elle semble être autorisée par l'aveuglement de bien des gens, qui, ne manquant nullement de génie, suivent néanmoins servilement tous leurs préjugés, quelque ridicules qu'ils puissent être.

IL y a quelque tems que je fus obligé de descendre chez les Gnomes, pour conférer

* *Quid rides? Mutato nomine de te Fabula narratur.*

Horat. Satir.

férer avec Salmankar ſur l'explication d'un Paſſage d'Averroës. Le haſard fit que je rencontrai dans ces demeures ſouterraines quatre Ames, à la Canoniſation deſquelles j'avois aſſiſté peu de jours auparavant, aiant eu la curioſité de me rendre à Rome, pour y voir cette Cérémonie.

La première de ces Ames avoit animé le corps de *Jean-François de Regis*, Prêtre Profes de la prétendue Société de Jeſus. Elle avoit été condamnée à reſter chez les Gnomes, pour avoir eu ſur la terre un caractère Jéſuitique. La ſeconde, qui étoit celle de *Vincent de Paul*, Fondateur de la Congrégation des Miſſions & des Servites des Pauvres, l'étoit de même pour avoir augmenté le nombre de pieux fainéans, & ſous des noms pompeux réüni & raſſemblé une infinité d'ignorans. La troiſième avoit animé un corps femelle; c'étoit celle de *Julienne Falconieri*. Les tourmens qu'elle avoit fait ſouffrir pendant ſa vie à de pauvres Filles qu'elle avoit enfermées dans une priſon, à laquelle elle avoit donné le nom de monaſtère du Tiers Ordre des Servites de Notre-Dame, étoient la cauſe de ſa punition. La quatrième de ces Ames enfin étoit celle de *Catherine Fieſchi Adorno*. Cette Génoiſe aiant eu le cœur trop tendre dans ſa jeuneſſe, il arriva par malheur pour elle que ſa paſſion eut des ſuites fâcheuſes. Elle devint enceinte; & ſon Amant n'aiant pas jugé à propos de l'épouſer, elle réſolut de faire vœu de Virginité dès qu'elle ſeroit accouchée. Il eſt vrai que c'étoit-là une Vierge d'une nouvelle fabrique; mais enfin, de quelque eſpèce qu'elle ait été, la Cour de Rome s'en eſt accommodée, & la Génoiſe n'a pas dû ſe repentir d'avoir fait un petit poupon *incognitò*, puiſqu'elle lui eſt redevable de ſa dévotion & de ſa Canoniſation.

JUGES, ſage & ſavant Abukibak, de la ſurpriſe de ces Ames, lorſque m'aiant demandé ce qu'il y avoit de nouveau ſur la terre, je leur appris qu'elles avoient été canoniſées. Elles crurent d'abord que je plaiſantois, & refuſerent obſtinément d'ajouter foi à mes diſcours: il fallut, pour que je puſſe obtenir quelque créance auprès d'elles, que je leur juraſſe par *Jabamiah* que je leur diſois la pure vérité. Après qu'elles ne purent plus en douter, leur étonnement augmenta: elles reſterent quelque tems ſans parler. Enfin *Vincent de Paul*, rompant le ſilence, me demanda ce qu'il avoit donc fait pour mériter l'honneur qu'on lui avoit rendu? *Vous avez opéré*, lui répondis-je, *après votre mort les Miracles les plus étonnans. Il eſt prouvé dans les Actes de votre Canoniſation, qu'une Religieuſe, qui avoit été accablée de pluſieurs maux, en fut entiérement guérie par votre interceſſion* *. CE

* *Inſanabilibus, variiſque obnoxiam*
Langoribus, illicò ſanitati reſtituit.

Les inſcriptions Latines qui ſe trouvent ici, ſont

CE *que vous me dites*, répondit Vincent de Paul, *m'apprend que les hommes aujourd'hui sont aussi fous qu'ils l'étoient de mon tems. Est-ce qu'ils ne se desabuseront jamais de leurs préjugés? En vérité je trouve tout-à-fait plaisant qu'on me fasse faire de si belles choses sans que j'en sache rien. J'étois bien éloigné de penser que, relegué dans ces souterraines demeures, je participasse au pouvoir de la Divinité.*

„ QUANT à moi, dit *Jean-François* „ *Regis*, je suis moins surpris que vous d'a- „ voir été encensé & invoqué après ma „ mort. Mes bons Confreres les Jésuites „ sont si avides de Saints, qu'ils ont déjà „ fait canoniser St. Guignard, St. Garnet, „ & divers autres saints Personnages de „ cette espèce; qu'au premier jour, ils „ feront sanctifier St. Girard & St. Peters, „ & peut-être canoniser en gros toute la „ Société, pour faire célebrer en un mê- „ me jour la Fête de tous les Jésuites „ morts, comme on solemnise *in globo* cel- „ le de tous les Saints du Paradis. Cela „ seroit peut-être plus aisé & moins pé- „ nible, que d'entrer dans un détail par- „ ticulier des actions de ceux auxquels on „ veut élever des Temples: outre que la „ dé-

sont les mêmes qui étoient dans l'Eglise lors de la Canonisation; elles ont été extraites du *Mercure Historiq. & Politiq.* du Mois d'Août de l'an 1737.

„ dépenſe une fois faite, on ne débour-
„ ſeroit plus rien pour les fraix des nou-
„ velles Canoniſations, un Jéſuite mort
„ ſeroit béatifié *ipſo facto*, avec pleine per-
„ miſſion de faire autant de Miracles que
„ bon lui ſembleroit, ou pour mieux di-
„ re, que ſes Collegues vivans le juge-
„ roient utile & néceſſaire à l'avancement
„ & à la gloire de la Société. Mais à
„ propos de Miracles, je vous prie de
„ me dire ſi j'en fais qui puiſſent être
„ comparés à ceux de *Vincent de Paul.*

COMMENT! repliquai-je au Jéſuite: *Si vous en faites qui les égalent, ils les ſurpaſſent de beaucoup. Lorſqu'on célébroit votre Béatification, on porta à l'Egliſe des Jéſuites une fille née impotente d'une jambe, & elle fut guérie ſur le champ par votre interceſſion* *.

„ MA foi, s'écria *François Regis*, je ſuis
„ fort content des Miracles que mes Ca-
„ marades me font faire; & je me doutois
„ bien qu'ils n'étoient pas gens à en choi-
„ ſir de la petite eſpèce. Male Peſte! ces
„ prodiges-là ne ſont pas des bagatelles.
„ Une fille impotente guérie dans le mo-
„ ment: *ſtatim ambulat!* Vous me raviſſez,
„ en m'apprenant ces nouvelles. Il me
„ reſte

* *Puella, cruribus ab ortu capta,*
Matre B. JO. FRANCISCUM *invocante,*
Statim ambulat.

„ reste cependant un petit scrupule, c'est „ que mes chers Confreres passent dans le „ monde pour être un peu fripons, sur- „ tout lorsqu'il s'agit de quelque fourbe- „ rie spirituelle, ou de quelque fraude „ pieuse. Je crains bien que certains Cri- „ tiques, qui veulent examiner les choses „ avant que de les croire, n'aillent se fi- „ gurer que les Jesuites pouvoient bien „ avoir fait aposter cette prétendue Estro- „ piée, & que sa guérison, aussi bien que „ sa maladie, n'ont été causées l'une & „ l'autre que par quelques ducats. „

VOUS *êtes trop défiant & trop attentif à vous tourmenter*, répondis-je à François Regis. *Il faut vous contenter d'avoir pour vous tous les superstitieux & les imbécilles. Le nombre en est si grand, que vous n'avez rien à redouter du peu de gens sensés qui connoîtront la fausseté de vos Miracles. Votre gloire n'en sera pas moins grande. Reposez-vous sur vos Confreres, ils sauront bien soutenir votre réputation. Vous voiez qu'ils s'y prenent de la bonne manière; & vous avoüez vous-même que vous êtes très content des Miracles qu'ils vous font faire.*

„ JE voudrois bien, dit *Julienne Falconieri* en s'adressant au Jésuite, être aussi „ certaine de la sage prudence de mes „ Religieuses, que vous devez être assûré „ de celle de vos Compagnons. Mais je „ suis persuadée que ces Pécores de Non- „ nettes ne me font faire que des Mira- „ cles

„ cles ridicules ou puériles. Je tremble que „ tout mon pouvoir ne se borne à avoir „ guéri quelqu'un du cours de ventre, ou „ du mal aux dents. „ *Rassûrez-vous*, dis-je à Julienne Falconieri. *Les Religieuses sont aujourd'hui presque aussi ingénieuses que les Moines les plus rafinés. Vos Nonnains vous ont fait faire plusieurs Miracles très éclatans. Une de vos côtes * répandit une suave odeur qui parfuma toute une Eglise; on eût cru être dans la boutique d'un Parfumeur, en sentant le musc & l'ambre qu'exhaloit cet os. Tous ceux qui eurent de l'odorat, & qui se trouverent dans l'Eglise, crierent* Miracle, *il n'y eut que les Punais qui purent douter de l'authenticité de ce prodige.*

„ JE crains bien, repliqua *Julienne*, que „ quelques-uns de ces Esprits-forts, qui „ font gloire de ne rien croire, n'aient „ fait courir sourdement quelque bruit „ desavantageux à ma réputation. Il me „ semble leur entendre dire : *En vérité*, „ *voilà un plaisant Miracle! Il n'est point de* „ *Distillateur qui n'en puisse opérer de sembla-* „ *bles, & qui aiant renfermé quelque odeur for-* „ *te dans une boëte, ne la laisse exhaler en* „ *ouvrant cette même boëte, qui à coup sûr* „ *n'a rien de surnaturel & de miracu-* „ *leux.* „

VOUS êtes, dis-je à Julienne, *aussi difficile sur le choix des Miracles, que le Jésuite* Regis.

* *Sacra Julianæ costa.*
Templum odore perfudit.

Regis. *Vous le seriez beaucoup moins, si vous faisiez réflexion sur la force des préjugés du Vulgaire. Avez-vous oublié jusqu'à quel point les hommes portoient la superstition lorsque vous étiez dans le monde ? Ils sont toujours les mêmes : ils n'ont point changé, & ils ne changeront pas dans la suite, selon toutes les apparences. D'ailleurs, une personne qui s'aviseroit de vouloir examiner en Italie l'authenticité de la vertu odoriferante de votre côte, seroit bien & dûement brulée. Voiez, je vous prie, si beaucoup de gens iront courir le risque de faire une recherche aussi dangereuse.*

„ PUISQU'ON est si peu scrupuleux, „ dit *Catherine Fieschi Adorno*, sur le chapi- „ tre des Miracles, que les plus faux & „ les plus ridicules sont reçus comme „ bons & authentiques, j'espere qu'après „ ma mort on m'en aura aussi fait faire „ quelques-uns ; & puisqu'on m'a canoni- „ sée, il faut bien que j'aie opéré quelque „ guérison miraculeuse. „ *Comment ! si vous en avez operé*, repliquai-je à l'Ame de la nouvelle Sainte Génoise. *Vous en avez fait d'aussi surprenantes, que les plus belles qu'on attribue à Hipocrate & à Galien. Une Dame, après une longue & douloureuse maladie, fut guérie subitement par votre intercession *. D'autres, attaquées de fortes Paralisies,*

* *Nobilem Virginem diuturnis,*
Ac gravissimis oppressam morbis
Subitæ incolumitati restituit.

*ſies, pour vous avoir fait de petits complimens bien tournés, recouvrerent une parfaite ſanté *. Trouvez-vous que ce ſoient-là des bagatelles?*

„ IL s'en faut bien, dit *Catherine.* Je „ ſuis fort contente des prodiges que j'opére, & vous comparez avec beaucoup „ de fondement mes guériſons à celles que „ font les Médecins; car je les fais ſans „ trop le ſavoir, & je ſuis redevable au „ haſard, ainſi qu'eux, de ma réputation. „ Je n'euſſe jamais penſé, lorſque j'étois ſur „ la terre, qu'il y eût eu autant de reſſem- „ blance entre les Saints que fait la Cour „ de Rome, & les Empiriques que for- „ ment les Univerſités de Médecine. Je „ vois à préſent que les uns & les autres „ ſont des Charlatans qui guériſſent par cas „ fortuit, & qu'on regarde cependant avec „ un profond reſpect. „

VOUS *avez raiſon*, dis-je à Catherine. *La même crainte, qui donne tant de crédit aux Médecins, fonde & ſoutient celui des Saints. On les invoque, parce qu'on attend d'eux la ſanté, ou quelque autre bien. Si l'on ſavoit combien leur pouvoir eſt petit, ils ſeroient bientôt abandonnés; mais ils ne doivent point craindre un pareil ſort, puiſque leur culte eſt fondé ſur la crainte & l'eſperance. Ces deux paſſions ſont auſſi*

* *Implorato Catharinæ Auxilio,*
Paraliticæ mulieres
Illicò convaleſcunt.

aussi naturelles aux hommes, que l'étendue l'est à la matière.

„ Vous me faites plaisir, s'écria *Fran-„ çois Regis*, de m'assûrer qu'on encensera „ éternellement ma figure. Je ressens une „ joie infinie de savoir que je suis sur un „ Autel, & qu'après ma mort j'ai un sort „ aussi brillant que celui d'Hercule. „ *Il manque encore quelque chose à votre bonheur*, repliquai-je à ce Jésuite. *Hercule, après son Apothéose, épousa dans le Ciel Hébé, Déesse de la Jeunesse. Croiez-moi, formez des nœuds éternels avec* Catherine Fieschi. *Quoique votre mariage ne soit qu'un lien spirituel, cela pourra vous amuser, puisque votre ressemblance avec Hercule en deviendra plus complete.* „ Vous me donnez-là un excellent conseil, „ répliqua *Regis*. Je le suis avec joie, & „ j'offre ma main à l'aimable Catherine. „ *Et moi la mienne à la charmante Julienne*, s'écria joieusement Vincent de Paul. *Allons, que les Gnomes, témoins de nos Himens, prennent part à la Fête, & que dans ces ténébreuses demeures on fasse des folies égales, s'il se peut, à celles qu'on a faites sur la terre le jour de notre Canonisation.*

Tous les Gnomes, sage & savant Abukibak, éclaterent de rire à cette saillie, & je vis avec regret que j'étois obligé de finir ma conversation, & de m'en retourner dans le leger empire des airs.

Je te salue, en *Jabamiah*, & par *Jabamiah*.

LET-

LETTRE QUATORZIEME.

Aſtaroth, *au ſage Cabaliſte* Abukibak.

IL y a quelque tems, ſage & ſavant Abukibak, que je te promis de t'inſtruire d'une converſation entre le Philoſophe Cinique *Diogene*, & le Jéſuite *Girard*. Ils ont été tous les deux condamnés à reſter dans nos ténébreuſes demeures, à cauſe du ſcandale qu'ils ont cauſé pendant leur vie, & des fautes énormes qu'ils ont commiſes contre les bonnes mœurs; l'un, en abuſant du nom de Philoſophe, & l'autre, de celui de Directeur.

COMME *Diogene* a conſervé dans les Enfers ſon caractère railleur & mordant, il plaiſantoit ſouvent le Jéſuite *Girard*, qui évitoit le plus qu'il pouvoit, en habile Politique, d'en venir à des éclairciſſemens, qu'il prévoioit ne devoir pas lui être avantageux. Mais enfin, ennuié un jour d'eſſuier ſans ceſſe les plaiſanteries du Cinique, il ne put s'empêcher de lui dire: *Si après votre mort vous euſſiez été moins fou & moins orgueilleux que pendant votre vie, vous appercevriez aiſément la différence qu'il y a entre un Damné de mon rang & de mon mérite, & un Inſenſé tel que vous.* A peine le Diſciple d'Ignace eut-il achevé ces paroles, que *Diogene*, ſaiſiſſant l'occaſion qui lui étoit offerte, lui dit en riant: *Il faut examiner quel eſt de nous deux celui qui mérite à plus juſte titre le nom d'illuſtre Damné.* . . . . Le commencement de cette converſation, ſage & ſavant Abukibak, m'aiant paru intéreſſant, & propre à pouvoir t'amuſer pendant quelques momens, je tranſcrivis ſur mes tablettes le Dialogue que je t'envoie.

DIALOGUE ENTRE DIOGENE LE CINIQUE, ET LE JESUITE GIRARD.

„ DIOGENE.

„ J'ENTREVOIS, mon cher Ignacien, „ que vous voulez me faire un crime capital d'avoir été orgueilleux. Il eſt vrai „ que je n'ai point été tout-à-fait exemt „ de ce défaut. Mais, êtes-vous en droit „ de me le reprocher, vous qui aviez „ autant de vanité que trois Jéſuites enſemble ? Dès le moment qu'on vous mit „ en priſon, loin que votre vanité diminuât, elle ſembla prendre de nouvelles „ forces. Lorſque j'étois retiré dans mon „ tonneau, quelque fierté que j'affectaſſe, „ du moins ne faiſois-je pas ſervir les Myſtères & les Prêtres du Paganiſme à autoriſer ma vanité. Je reſpectois la Religion du païs où j'habitois, quoique je „ n'y euſſe guères plus de croiance, que

„ vous

„ vous au Christianisme. Il s'en faut bien, „ mon cher Jésuite, que vous aiez tenu „ une conduite aussi sage & aussi équitable. Comme il est défendu aux Prêtres prisonniers de dire la Messe, vous „ prîtes un Capucin pour votre Aumônier, & vous communiez réguliérement „ tous les jours de sa main. Peut-on pousser plus loin l'orgueil? Dans le tems „ que l'Europe entière vous regardoit „ comme un scélerat, que les gens mêmes „ qui vous étoient les plus favorables, n'étoient pas trop persuadés de votre innocence, par une ostentation insupportable vous faisiez avec emphase & „ avec beaucoup d'assûrance ce que les „ personnes les plus pieuses ne font qu'après un mûr examen de leurs fautes, & „ un repentir sincère.

„ GIRARD.

„ J'ETOIS obligé d'agir de cette manière pour tâcher d'en imposer à mes „ Juges, & pour sauver l'honneur de la „ Société. Ma dévotion, quelque fausse „ & quelque fastueuse qu'elle fût, ne laissoit pas de prévenir bien des gens en „ ma faveur. D'ailleurs, outre mon intérêt propre, qui m'obligeoit à emploier toutes les ruses que l'hypocrisie „ pouvoit me fournir, celui de la Société „ exigeoit qu'au milieu d'un nombre de „ criminels enfermés dans la prison où j'é-

„ tois retenu, j'affectasse la sécurité d'un „ Saint persécuté par ses ennemis. Je met- „ tois par-là son honneur & le mien à cou- „ vert, en tout cas que mes Juges m'eus- „ sent condamné à la mort. Car, mes „ Confreres n'auroient pas manqué d'en- „ treprendre ma justification, & de rele- „ ver avec éclat les exemples de piété que „ j'avois donnés pendant mon emprison- „ nement. Vous êtes donc très mal fon- „ dé à me reprocher d'avoir pris un Ca- „ pucin pour Aumônier; il n'étoit pas „ plus le mien, que celui des autres cri- „ minels. Il est vrai que je m'en servois „ beaucoup plus qu'eux, parce que j'a- „ vois plus d'esprit & de bon sens. Si „ vous appellez orgueil une prudence uti- „ le, il faudra, pour être simple, être „ fou ou brutal, vous imiter enfin dans „ toutes vos extravagances, insulter les „ Princes, & courir nud par les rues. Pou- „ vez-vous me reprocher d'avoir eu de la „ vanité, vous, qui affectâtes de mé- „ priser toutes les politesses d'Alexandre, „ pour avoir la satisfaction de montrer que „ vous étiez au-dessus des libéralités d'un „ aussi grand Roi?

„ DIOGENE.

„ LA réponse que je fis à Alexandre, „ devoit être moins mauvaise que vous ne „ pensez, puisqu'il ne put s'empêcher de „ m'admirer, & qu'il avoüa que s'il n'a- „ voit

„ voit point été Alexandre, il eût voulu „ être Diogene. Je ne crois pas, mon „ Ami l'Ignacien, que jamais aucun Sou„ verain, quelque petit qu'il ſoit, ſe ſoit „ aviſé de ſouhaiter d'être le Jéſuite Gi„ rard. Si quelqu'un a envié votre ſort, „ c'eſt quelque Frere-lai, qui, entendant „ parler de vos proüeſſes avec la Cadière, „ auroit fort ſouhaité de lui donner auſſi „ quelques leçons, mi-parties ſpirituelles & „ charnelles.

„ GIRARD.

„ En vérité il vous ſied bien de me re„ procher mes mauvaiſes mœurs, vous, „ qui pendant toute votre vie avez fait „ honte à l'humanité, & qui tâchiez, au„ tant que vous pouviez, de vous mettre „ au rang des bêtes. Ainſi qu'elles, vous „ braviez toutes les règles de la pudeur, „ & vous offriez aux yeux des ſpectateurs „ des ſcènes que l'impiété du Paganiſme „ n'a ſupportées qu'avec peine. Alexandre „ eût bien mieux fait, au lieu de vous al„ ler rendre viſite dans votre tonneau, de „ vous y faire renfermer & précipiter en„ ſuite dans la mer. Il eût purgé la Gre„ ce d'un monſtre, qui, violant les bien„ ſéances les plus néceſſaires, apprenoit „ aux hommes à ne regarder la pudeur „ que comme une vertu ridicule. Eſt-il „ poſſible qu'il y ait des gens aſſez pré-

„ venus, pour vous accorder le nom de „ Philoſophe? Il falloit qu'ils fuſſent auſſi „ aveuglés que cette fameuſe Courtiſane, „ qui, vendant ſi cher ſes faveurs à de „ jeunes Grecs, beaux & bien faits, vous „ les prodiguoit *gratis*. Je voudrois bien „ ſavoir ce qui lui avoit donné du goût „ pour vous. Auroit-ce été votre biſſac, „ garni de quelques mauvais oignons, ou „ votre figure craſſeuſe & puante? Con- „ venez que ceux, qui ont eſtimé votre „ façon de penſer, ont agi d'une maniè- „ re auſſi extravagante, que celles qui „ ſe ſont laiſſé ſéduire aux charmes de „ votre perſonne. Votre eſprit étoit auſ- „ ſi vicieux que votre corps étoit dégou- „ tant.

„ DIOGENE.

„ CE n'eſt pas d'aujourd'hui que je me „ ſuis apperçu qu'un Jéſuite, pour mor- „ dre, vaut bien un Philoſophe Cinique. „ Je ſuis charmé que vous ne m'épargniez „ pas. En me reprochant mes défauts, „ vous m'en rappellez pluſieurs des vô- „ tres. Je conviens de bonne foi que je „ me ſuis laiſſé emporter à des excès très „ condamnables. Je croiois qu'une action, „ qui d'elle-même n'avoit rien de vicieux, „ ne devenoit point criminelle pour être „ commiſe devant des témoins. *Il n'y a* „ *point*, diſois-je, *de crime à dîner. Que*

„ je

„ *je dîne donc dans la rue, ou dans la mai-*
„ *ſon, cela eſt toujours innocent, puiſque je*
„ *ne fais que dîner.* Sur ce faux raiſonne-
„ ment que je pouſſois à l'extrême, je pen-
„ ſois que je ne commettois point une
„ faute, en accompliſſant les devoirs du
„ Mariage en pleine rue. Je reconnois à
„ préſent combien ma façon de raiſonner
„ étoit contraire à la pudeur, à la bien-
„ ſéance, & même à toutes les vertus.
„ Mais enfin, ſi j'ai péché, je ſuis excuſa-
„ ble, puiſque j'ai cru ne pas commettre
„ une faute. D'ailleurs, j'avois trouvé la
„ Secte des Ciniques établie, & l'exemple
„ d'Antiſthene qui en avoit été le Chef
„ & le Fondateur, m'autoriſoit dans mes
„ erreurs. Aviez-vous les mêmes excu-
„ ſes, & votre Patriarche Ignace vous
„ avoit-il appris à débaucher des péniten-
„ tes, à abuſer de la Religion, & à la
„ faire ſervir à vous former un petit ſer-
„ rail? Les Athéniens ſouffroient les Phi-
„ loſophes Ciniques: ils leur permettoient
„ de ſuivre les coutumes de leur Secte;
„ mais les François permettent-ils aux Jé-
„ ſuites d'engroſſer des filles? Souffrent-
„ ils qu'ils les faſſent avorter? On m'a
„ aſſûré que de pareils crimes ſont ordi-
„ nairement très ſévérement punis en
„ France. Je ſais bien que ſi vous aviez
„ fait à Athenes ce que vous avez fait à
„ Toulon, vous n'auriez pas évité la gril-
„ lade. Un Prêtre, qui eût débauché

„ une Vierge consacrée au service de la „ Déesse Minerve, eût été traité de la „ même manière qu'un Rabbin qui tombe „ dans les mains d'un Inquisiteur. Ainsi, „ si justice vous avoit été faite, dans quel„ que tems que vous eussiez vécu, vous „ auriez été bien & dûement brulé ; au „ lieu que dans le siécle où je vivois, mes „ impuretés ne blessoient point les Loix „ de l'Etat : & si j'avois été dans le vô„ tre, je me serois conformé aux maniè„ res que j'aurois trouvé établies. Quant „ au goût que Laïs avoit pour moi, & „ sur lequel vous vous recriez si fort, en „ vérité je crois que vous avez oublié „ quelle étoit votre figure. Votre ame „ habitoit sur la terre, mon cher Ignacien, „ dans un corps beaucoup plus laid que „ le mien. Il étoit long, sec, déchar„ né, avoit la face pâle & blême, & les „ yeux enfoncés ; voilà votre figure pein„ te d'après nature. Ajoutez à cela que „ votre souffle puoit, & qu'on en sentoit „ de dix pas les pernicieuses exhalaisons. „ Ho, par ma foi, mon cher Girard, point „ de comparaison entre vous & moi pour „ l'individu corporel. Aussi n'eus-je pas „ besoin d'échauffer Laïs par des boissons „ fortes, pour la disposer à m'accorder „ ses faveurs ; & si l'on en croit la médi„ sance, vous ne fûtes redevable de cel„ les de la Cadière, qu'à un breuvage „ que vous lui fîtes avaler. La conquê-

„ te

„ te d'un cœur, qu'on obtient lorſqu'on „ a étourdi l'eſprit, ne doit guères fla„ ter.

„ GIRARD.

„ EST-IL permis que vous ſoiez aſſez „ crédule pour adopter toutes les imper„ tinences qu'on a débitées ſur les pré„ tendus ſortilèges dont on m'a accuſé? „ Vous, qui lorſque vous viviez, croïez „ à peine l'exiſtence de la Divinité, après „ votre mort vous ajoutez foi à des con„ tes de vieilles, inventés par mes enne„ mis, & dont je me ſervis avantageuſe„ ment pour me juſtifier dans l'eſprit de „ tous les gens de bon ſens; en ſorte que „ mes adverſaires me fournirent des armes „ pour les combattre.

„ DIOGENE.

„ IL s'en faut bien que je penſe que „ vous fuſſiez Sorcier; mais pour un maî„ tre Fourbe, je vous rends la juſtice d'ê„ tre perſuadé qu'il s'en trouvoit peu par„ mi vos Confreres qui vous égalaſſent. „ Or, je me rappelle d'avoir entendu dire „ à quelqu'un qui m'a même aſſûré que ce „ fait étoit conſtaté dans les dépoſitions „ de la Cadière, qu'un jour dans vos ébats „ amoureux vous prîtes cette pauvre „ fille à l'Italienne, ou à la Jéſuitique; „ & que comme vous prévoïez que vo-

„ tre chere pénitente pourroit apporter à „ vos desirs Gomorriens *une ame tant soit peu* „ *récalcitrante*, vous lui fîtes boire auparavant une liqueur qui lui causa une espèce d'extase ou d'assoupissement, pendant lequel vous ne vous amusâtes pas „ à dire votre Bréviaire. Seroit-ce donc „ être fort crédule que de penser que „ lorsque vous donnâtes les premières leçons à la Cadière, vous vous servîtes „ des mêmes moïens, que quand vous „ voulûtes vous écarter des usages ordinaires ? Au reste, je trouve assez particulier que vous me reprochiez de n'avoir presque pas cru l'existence de la „ Divinité. Il est vrai que vous en étiez „ bien persuadé : il paroît par la conduite que vous avez tenue, que vous étiez un des plus francs Athées qu'il y „ eût de votre tems ; car si vous aviez „ été persuadé de l'existence d'une Divinité, vous auriez cherché sans doute à „ vous guérir d'une passion qui vous faisoit commettre tous les jours un nombre infini de crimes atroces. Vous aviez „ trop d'esprit pour ne pas voir que s'il „ y avoit un Dieu, il falloit que vous „ fussiez damné, en vivant comme vous „ viviez. Cependant il paroît que vous „ n'avez jamais pensé à vous repentir de „ vos fautes. Si le Ciel n'eût pas mis un „ frein à vos impudiques desirs, vous auriez mis à contribution toutes les femmes & les filles de Toulon. Vous en a-

„ viez déjà rangé plus de ſoixante au nombre de vos Stigmatées. Entre nous ſoit „ dit, mon cher Girard, vous ſavez bien „ que vous ne vous contentiez pas de les „ baiſer aux pieds & aux mains, & que „ vous les ſtigmatiez dans un endroit où „ il eût été impoſſible que le Séraphique „ St. François eût pû l'être. Ce ſont-là „ des preuves eſſentielles de votre ferme croiance de l'exiſtence de la Divinité. Je vous aurois conſeillé ſur cet article de garder le ſilence, vous auriez „ beaucoup mieux fait.

„ GIRARD.

„ QUAND il ſeroit vrai que ma conduite feroit ſoupçonner que j'étois Athée dans le fond du cœur, du moins „ j'avois le bon ſens & la précaution de „ cacher mes vices le plus qu'il m'étoit „ poſſible. Ce ne fut que par un malheur „ imprévû & dont je ne fus point la cauſe, que mon intrigue avec la Cadière „ éclata dans le Public: vous qui faites ſi „ fort le raiſonneur, j'aurois voulu vous „ voir à ma place. Si vous ſaviez quelle „ difficulté il y a à gouverner ſeulement „ deux dévotes amoureuſes, vous ſeriez „ étonné que pendant très long-tems j'aie „ pû en mener plus de vingt à ma fantaiſie, & les obliger à vivre en paix & „ unies entre elles. Vous vous tromperiez fort, ſi vous croiez que l'emploi de

„ Di-

„ Directeur, & de Directeur amoureux „ ſoit auſſi aiſé à remplir que celui de „ Philoſophe Cinique. Le premier de- „ mande beaucoup de prudence & de po- „ litique, le ſecond n'exige que de l'ef- „ fronterie. Auſſi vous en êtes-vous ac- „ quité dignement, ſoit par vos actions, „ ſoit par vos diſcours impudiques. Si vous „ aviez aſſiſté à un de mes Sermons, vous „ auriez vû alors de quelle diſſimulation „ j'étois obligé d'uſer. Le cœur pénétré „ des ſentimens les plus tendres, perſon- „ ne ne déclamoit avec plus d'emphaſe que „ moi contre l'amour. Auſſi mes Confre- „ res, après ma mort, aiant tenté de ré- „ habiliter ma réputation, n'ont-ils pas „ manqué de faire mention de la rigidité „ de ma morale.

„ DIOGENE.

„ IL s'en faut bien qu'elle valût la mien- „ ne, & en ce point vous êtes encore „ bien au-deſſous de moi. Vos Sermons, „ vos ſentimens ſévères, ont été loüés „ par les Jéſuites: je n'en ſuis pas étonné. „ Euſſiez-vous prêché la Morale la plus „ relâchée, ils ſoutiendroient que vous „ étiez un Caſuiſte très ſévère. Plus un „ Ignacien diſtingué fait de fautes, & plus „ la Société s'attache à les juſtifier. Elle „ s'eſt contentée après votre mort de vous „ faire paſſer pour un fameux Moraliſte, „ parce qu'elle a cru que cela ſuffiſoit pour

„ ré-

„ rétablir votre mémoire ; mais si le „ Parlement de Provence vous eût rendu justice & qu'il vous eût fait brûler, alors elle se seroit cru obligée „ de vous faire canoniser comme un „ Martyr : en sorte qu'on peut dire que „ votre Canonisation n'a tenu qu'à une „ voix. Dix de vos Juges vous condamnerent à la mort, dix autres vous déclarerent innocent, & votre arrêt passa „ *in mitiorem*, le sentiment de la douceur „ en matière criminelle l'emportant toujoürs sur la rigueur à égalité de voix. „ Pensez-vous que les gens de bon sens „ auroient ajouté beaucoup de foi à votre „ Béatification ? Ils ne sont guères plus „ persuadés de la pureté de votre morale ; „ mais des Peres de l'Eglise ont donné de „ grandes loüanges à la mienne. S. Jérôme & Saint Chrysostôme ont fait mon „ éloge, Ami Girard ; & ce ne sont pas-là des Jésuites. „

JE souhaite, sage & savant Abukibak, que cette conversation puisse t'amuser. Je te salue, en *Belsebut*, & par *Belsebut*.

LETTRE QUINZIEME.

Le Cabaliste Abukibak, *à son Disciple* ben Kiber.

JE ne doute pas, mon cher ben Kiber, que tu n'aies fait de sérieuses réflexions sur les dernières Lettres que je t'ai écrites. Je t'y montrois les avantages que tu retirerois en t'unissant avec quelque Intelligence céleste. Je veux aujourd'hui, pour te fortifier dans le dessein que tu as pris, te faire appercevoir les principaux défauts que l'on rencontre chez les femmes qui paroissent quelquefois les plus aimables.

CONSIDERES, mon cher ben Kiber, les maux qu'une femme jalouse fait souffrir à son époux. Il y a peu de femmes aujourd'hui qui pensent ainsi qu'Andromaque, épouse du vaillant Hector. Euripide * nous apprend que cette Troïenne avoit aimé jusqu'aux maitresses de son Mari, & qu'elle avoit allaité les enfans illégitimes qu'il en avoit eus. Aujourd'hui tant de vertu & de douceur ne se trouve plus que chez les Esprits aériens. Si vous épousez une Silphide ou une Salaman-

* Euripid. *in* Androm.

mandre, vous aûrez un ſerrail peuplé mille fois plus que ne l'eſt celui du Sultan. Les Beautés aériennes, contentes d'acquérir l'immortalité, ne ſont point jalouſes des faveurs qu'on prodigue à leurs concitoiennes. Chaque Silphide penſe d'une façon auſſi noble que Livie, & l'épouſe de Cromwel. Ces deux femmes étoient élevées au-deſſus des foibleſſes de leur ſexe: la première favoriſoit les amours d'Auguſte, afin de maintenir ſon crédit; la ſeconde ſervoit habilement les paſſions de ſon mari, & ſacrifioit à ſon ambition démeſurée une inutile jalouſie.

On a vû dans ces derniers tems quelques maitreſſes de Souverains tenir la même conduite; mais en général la jalouſie eſt le plus grand défaut des femmes. Si l'amour ne leur en fait pas reſſentir les mouvemens, la vanité tient la place de la tendreſſe, & produit les mêmes effets.

Il eſt certain, mon cher ben Kiber, que parmi les maris qui ſont la victime d'une humeur jalouſe de leurs femmes, plus de la moitié doivent attribuer leurs maux plûtôt à l'orgueil du ſexe, qu'à ſon amour pour la fidélité & la conſtance. Si nous faiſons attention que les femmes qui ont été les plus coquettes, ont ſouvent été les plus jalouſes, nous ſerons convaincus de cette vérité. Combien de Souverains, qui ont été ſacrifiés à de ſimples par-

particuliers, n'ont-ils pas fait faire mille extravagances à leurs maitresses, dans le tems même qu'elles leur préferoient des rivaux qui leur étoient bien inférieurs par la naissance & par le rang ? Ces femmes suivoient les mouvemens des différentes passions dont elles étoient agitées, & il n'y avoit rien de bien extraordinaire dans leur conduite. L'amour, qui égale tous les hommes, leur faisoit sacrifier le Prince au courtisan ; & la vanité leur faisoit souffrir à regret qu'un Captif illustre voulût rompre ses fers & sortir d'esclavage.

SANS te citer, mon cher ben Kiber, un nombre d'exemples qui justifieroient ce que je te dis, je me contenterai d'en rapporter un, connu de toute la France. Vous avez sans doute entendu parler de cette fameuse Desmar, qui succéda à la Chanmelé, & qui disputa à la du Clos le prix de la déclamation. Elle fut aimée avec passion du Duc Régent. Un Amant de cette volée frappa son orgueil, mais ne fixa pas sa tendresse. Baron avoit un fils, dont elle étoit éperdûement amoureuse ; le Prince apprit qu'on le sacrifioit à un Comédien. Il se plaignit, il gronda, il menaça. Tous ses discours furent inutiles ; & la Desmar, forcée de s'expliquer entre lui & son rival, avoüa qu'elle aimoit mieux les coups de pied que lui donnoit Baron, que les présens dont le Duc la la combloit. La passion de la Desmar étoit si violente, qu'elle étoit connue de tout Paris. On couroit en foule au spectacle, pour voir représenter une piéce dans laquelle cette Comédienne joüoit le rolle de Psiché, & Baron celui de l'Amour. Qui croiroit qu'une femme aussi sensible eût pensé mourir de douleur de perdre un amant qu'elle n'aimoit point ? Peu s'en fallut cependant que cela n'arrivât ; & lorsque le Duc l'abandonna entiérement, elle se livra au plus mortel chagrin. Elle ne put souffrir de perdre une conquête si glorieuse. Combien de femmes n'y a-t-il pas qui pensent de même qu'elle, & qui ne ressentent la perte d'un amant, que par la douleur & le dépit que souffre leur amour propre ?

EN épousant une Silphide, mon cher ben Kiber, tu n'auras rien à redouter des funestes effets d'une humeur jalouse. Tu trouveras encore bien d'autres avantages. L'intérêt, ni l'avarice ne regnent point chez les Esprits élementaires. Tu ne seras point obligé de t'engager par un contract public à contenter l'avidité d'une femme, dont la lésine surpasse quelquefois les histoires que les Auteurs les plus critiques ont écrites. Une Silphide ne te dira jamais : *Vous êtes un dissipateur, je veux me séparer de vous. Je prétens que vous me rendiez la dot que vous avez reçûe. Si vous ne voulez point consentir amiablement à notre séparation, je me pourvoirai en Justice. Ma famille en-*

trera dans mes raiſons: elle ne ſouffrira point qu'un homme, qui devoit s'eſtimer très heureux d'avoir épouſé une femme auſſi rangée que moi, veuille la réduire à la mendicité.

C'est là, mon cher ben Kiber, le langage d'un nombre infini de femmes, qui font ſentir vingt fois par jour à leurs époux le triſte avantage qu'elles leur ont procuré en leur apportant une dot conſidérable. Combien d'hommes n'y a-t-il pas, qui voudroient de tout leur cœur avoir pris leurs épouſes avec les ſeuls habits qu'elles avoient ſur elles? Peut-être même vont-ils juſqu'à ſouhaiter de les avoir reçues chez eux dans un état auſſi ſimple, que celui dans lequel Eve s'offrit aux yeux d'Adam. *Du moins*, diſent-ils, *l'on ne nous reprocheroit plus ces richeſſes, qui ne ſervent qu'à nous rendre la victime d'une épouſe impérieuſe.*

Quelque infortuné que ſoit le ſort de ces maris malheureux, il l'eſt cependant beaucoup moins que celui de ceux, qu'un vice contraire à la léſine conduit bientôt à l'Hôpital. Quel eſt le déſeſpoir d'un homme, qui, ſouvent chargé d'une nombreuſe famille, voit diſſiper tout ſon bien en feſtins, en parties de plaiſirs, & en dépenſes folles & frivoles? S'il ôſe ſe plaindre, & vouloir remédier à de pareils abus, de quel torrent d'injures ne ſe voit-il pas accablé? On lui reproche ſon avarice, on lui fait un crime de ſon œconomie,

mie, on lui cite l'exemple de trente maris assez imbécilles pour se laisser voler tranquillement & sans mot dire. Quel parti peut-il prendre dans un cas pareil pour se tirer d'embarras ? Il n'en est aucun qui s'offre à son esprit. S'il consent à suivre les sentimens de sa femme, le voilà ruiné à jamais ; & s'il persiste à s'y opposer, dans quels malheurs ne tombe-t-il point ? Et quels maux ne doit-il pas se résoudre d'essuïer ? Il faut qu'il vive avec une Furie, qui saura bien trouver le moïen de prendre ce qu'on lui refusera. L'infortuné mari doit encore s'estimer heureux, si elle veut bien s'en tenir aux larcins qu'elle fait dans son ménage ; & si elle ne cherche pas quelque amant libéral qui fournisse à sa dépense.

LA chasteté est une vertu que la plûpart des femmes regardent comme une chimère ; celles, qui sont nées dans le plus haut rang, sont les premières à mépriser les règles de la bienséance. A quel excès ne se sont pas portées des Princesses, des Reines, & des Impératrices ? Sans m'arrêter à rappeller, mon cher ben Kiber, les débauches de Messaline, de Julie, & de tant d'autres Princesses Romaines, réfléchis sur les desordres de Marguerite de Valois. Cette première épouse de Henri IV. se livra sans réserve aux plus grands excès. Il n'est aucun Etat, dans lequel elle n'ait eu quelque amant ; elle en choiſiſſoit même parmi ſes Pages & ſes valets de pied. La vertu, ſi l'on veut en croire bien des Hiſtoriens, ne fut pas davantage le partage de Marie Stuart, que de Marguerite de Valois. Combien d'autres Princeſſes n'a-t-on point accuſé d'infidélité & d'inconſtance? Mais, ſans aller chercher des exemples parmi les Souveraines, les femmes en général n'en fourniſſent-elles pas un aſſez grand nombre? Elles ne ſont pas même ſcandaliſées qu'on ſoutienne que dans une auſſi grande ville * que Paris,

* *Charmé de Juvenal & plein de ſon eſprit,*
Venez vous, diras-tu, dans une Piéce outrée,
Comme lui, nous chanter que dès le tems de Rhée
La chaſteté déjà la rougeur ſur le front,
avoit chez les humains reçu plus d'un affront;
Qu'on vit avec le fer naître les injuſtices,
L'impiété, l'orgueil, & tous les autres vices,
Mais que la bonne foi dans l'amour conjugal
N'alla point juſqu'au tems du troiſième metal.
Ces mots ont dans ſa bouche une emphaſe admirable.
Mais je vous dirai moi, ſans alleguer la Fable,
Que ſi ſous Adam même, & loin avant Noé
Le vice audacieux des hommes avoüé
A la triſte innocence en tous lieux fit la guerre,
Il demeura pourtant de l'honneur ſur la terre,
Qu'aux tems les plus féconds en Phrynès, en Laïs
Plus d'une Penelope illuſtra ſon païs,
Et que même aujourd'hui ſur ces fameux modèles
On peut trouver encor quelques femmes fidèles.
Sans doute; & dans Paris, ſi je ſais bien conter,
Il

Paris, à peine s'en trouve-t-il entre elles trois ou quatre, dont les mœurs ſentent la pureté du Siécle d'Aſtrée. Je ne crois pas que jamais aucune ait fait un crime capital à Deſpreaux d'avoir ſoutenu ce Fait dans ſa dixième Satire.

LE beau ſexe s'eſt inſenſiblement accoutumé à s'entendre plaiſanter ſur l'infidélité; il a cru qu'il ne devoit oppoſer que des plaiſanteries à des plaiſanteries. La maxime eſt commode; mais elle eſt peu propre à réprimer les mœurs. Il eſt des choſes, dont on ne devroit jamais parler qu'avec la décence qu'elles exigent: ſans cela, il arrive tôt ou tard qu'il n'eſt aucune action vicieuſe qu'on n'excuſe, & même qu'on n'applaudiſſe à la faveur de quelque plaiſanterie. Les Ecrivains même autoriſent cette pernicieuſe coutume, & bien des Auteurs renommés ont donné ſouvent une tournure aimable aux débauches les plus outrées. Si leurs diſcours enjoüés n'effacent pas entiérement l'horreur du vice, ils le rendent beaucoup moins hideux, & prêtent des armes aux femmes, toujours attentives à ſe ſervir de ce qui peut autoriſer leurs défauts & augmenter leur liberté.

JE

Il en eſt juſqu'à trois que je pourrois citer.
Ton épouſe dans peu fera la quatrième.
Boileau *Sat.* X. *verſ.* 23. *& ſuiv.*

JE ne saurois approuver que Brantome ait fait un panégyrique pompeux d'une courtisanne, & qu'il l'ait égalée aux femmes les plus sages & les plus vertueuses. *Flora*, dit-il *, *étoit de bonne maison & de grande lignée, & elle eut cela de bon & de meilleur que Laïs, qui s'abandonnoit à tout le monde comme une Bagasse, & Flora aux Grands; si bien que sur le seuil de sa porte elle avoit mis cet écriteau:* Rois, Princes, Dictateurs, Consuls, Censeurs, Pontifes, Questeurs, Ambassadeurs, & autres grands Seigneurs, entrez, & non d'autres. *Laïs se faisoit toujours païer avant la main, & Flora point, disant qu'elle faisoit ainsi avec les Grands, afin qu'ils fissent de même avec elle comme grands & illustres, & qu'aussi une femme d'une grande beauté & haut lignage sera toujours autant estimée qu'elle se prise: & si ne prenoit sinon ce qu'on lui donnoit; disant que toute Dame gentille devoit faire plaisir à son amoureux pour amour, & non pour avarice, d'autant que toutes choses ont certains prix, fors l'amour. Pour fin, en son tems elle fit l'amour fort gentiment, & se fit si bravement servir, que quand elle sortoit de son logis quelquefois pour se promener en Ville, il y avoit assez à parler d'elle pour un mois, tant pour sa beauté, ses belles & riches parures,* ses

* Brantome, Dames Galantes, *Tom. I. pag.* 313.

ses superbes façons, sa bonne grace, que pour la grande suite des courtisans & serviteurs & grands Seigneurs, qui étoient avec elle, & qui la suivoient & accompagnoient comme vrais Esclaves ; ce qu'elle enduroit fort patiemment : & les Ambassadeurs étrangers, quand ils s'en retournoient en leurs Provinces, se plaisoient plus à faire des contes de la beauté & singularité de la belle Flora, que de la grandeur de la République de Rome, & sur-tout de sa grande liberalité ; contre le naturel pourtant de telles Dames : mais aussi étoit-elle outre le commun, puisqu'elle étoit noble. Enfin, elle mourut si riche & si opulente, que la valeur de son argent, meubles, & joyaux, étoit suffisante pour refaire les murs de Rome, & encore pour desengager la République. Elle fit le Peuple Romain son béritier principal, & pour ce lui fut dressé dans Rome un Temple très somptueux, qui de Flora *fut appellé* Florian.

QUE ne tentera-t-on pas d'excuser, mon cher ben Kiber, puisque Brantome a fait l'éloge de la plus fameuse courtisanne Romaine? S'étonnera-t-on après cela qu'une Actrice de l'Opéra, dont les faveurs ont ruiné dix particuliers différens, pense mériter de tenir un rang distingué dans l'Etat? *Je suis digne*, dira-t-elle, *des mêmes loüanges que Flora. Je ne prens que ce qu'on me donne, & je dis que toute Dame gentille doit faire plaisir à son amoureux pour amour, & non pour avarice. Je fais l'amour ſort gentiment, je me fais bravement ſervir; & lorſque les Anglois s'en retournent en leurs Provinces, ils ſe plaiſent plus à faire des contes de ma beauté, que de la grandeur de la Ville de Paris. Auſſi eſpere-je de mourir ſi riche & ſi opulente, que je laiſſerai des ſommes aſſez conſidérables pour me faire bâtir une Egliſe, dans laquelle un grand nombre de Moines prieront aſſiduement pour le repos de mon ame. Il faut bien que le métier d'une coquette ne ſoit point auſſi honteux que le diſent certaines gens d'une humeur ſévère & mélancolique, puiſque des courtiſans aimables & polis, tels que Brantome, ont donné des éloges pompeux à la profeſſion de courtiſanne.*

Les hommes, mon cher ben Kiber, ont été, & ſont encore les principales cauſes des deſordres du beau ſexe. Je ne doute point que ſi par leur ſervile complaiſance ils n'avoient autoriſé toutes les fauſſes démarches des femmes, elles ne ſe fuſſent garanties des défauts dans leſquels elles ſont tombées dans la ſuite. Lorſqu'ils ſe ſont apperçus de la faute qu'ils avoient faite, il leur a été impoſſible d'y remédier; auſſi portent-ils la pénitence de leur peu de précaution.

Les Sages ſe gardent bien de choiſir des épouſes parmi les Citoïennes de la terre. Ils ont recours aux ſages Silphides, aux ſpirituelles Salamandres, & aux douces Ondines; & en formant des unions avec

avec ces Esprits élementaires, ils ne craignent point de se rendre malheureux, l'avarice, la prodigalité, la luxure, & la débauche n'étant point le partage de ces créatures innocentes. Lorsqu'elles examinent la conduite des femmes & la perversité des hommes qui les applaudissent, elles gémissent amérement de voir jusqu'à quel point le vice a ravalé la nature humaine. Imitons leurs exemples, mon cher ben Kiber, & déplorons l'aveuglement de tous les peuples de l'Univers.

DEPUIS long-tems, la vertu semble être entiérement exilée de chez les Mortels. A quels excès les Anciens ne se sont-ils point portés? Nous venons de voir qu'ils ont construit des Temples à l'honneur des courtisannes. Aujourd'hui encore ne déïfie-t-on pas en quelque manière les personnes les plus criminelles? Quels honneurs n'a-t-on pas accordé à des femmes, qui ne méritoient que le mépris de tous les honnêtes gens? Devant combien de maitresses de Souverains les lâches & servils courtisans ne sont-ils pas toujours prêts à fléchir les genoux? Il est peu de siécles, où dans toutes les Cours il ne se trouve quelques-unes de ces Idoles de l'impureté, qui, dispensatrices des faveurs du Souverain, sont servies & obéies avec plus de respect, que les Divinités des Anciens. Cependant, durant leur regne, la débauche est autorisée par leurs exemples. *Pourquoi craindrois-je d'avoir un amant*, disent les femmes à la Cour & dans la Province ? *Loin qu'il soit honteux de manquer de fidélité à son époux, celles qui sont les moins chastes, sont les plus respectées. Marchons donc sur leurs traces ; & si nous ne pouvons point esperer de parvenir aux mêmes honneurs, nous aurons du moins l'agrément de satisfaire notre goût & de contenter notre passion.*

RIEN n'est si pernicieux, mon cher ben Kiber, que les mauvais exemples, & rien n'est si utile que les bons. C'est à ces derniers qu'un fameux Pere de l'Eglise avoüe qu'il devoit sa conversion. *Du côté*, dit-il, *que j'avois tourné tous mes regards, je voiois la continence qui se présentoit à moi avec une majesté sans pareille, modeste, mais gaie, & qui me montrant ses chastes attraits, m'encourageoit à venir à elle, & me tendoit les bras pour me recevoir & m'embrasser. Elle m'encourageoit même par de grands exemples d'une multitude innombrable de Saints qu'elle avoit autour d'elle, & où je voiois des personnes de tout âge, des enfans, de jeunes gens, des filles, des veuves vénérables par leur grand âge, aussi bien que par leur vertu, & des Vierges qui avoient vieilli dans la chasteté. Je voiois que dans toutes ces saintes Ames, la continence n'étoit pas demeurée stérile, & que le courage qu'el-*

qu'elles avoient eu de vous choisir pour leur Epoux, O! mon Dieu, leur avoit produit une abondance infinie de délices toutes célestes. *.

Je te salue, en *Jabamiah*, & par *Jabamiah*.

* *Aperiebatur enim ab eâ parte quâ intenderam faciem, & quò transire trepidabam, casta dignitas continentiæ, serena & non dissolutè hilaris, honeste blandiens, ut venirem neque dubitarem, & extendens ad me suscipiendum & amplectendum pias manus, plenas gregibus bonorum exemplorum. Ibi tot pueri & puellæ: ibi juventus multa, & omnis ætas, & graves viduæ & virgines anus, & in omnibus ipsa continentia nequaquam sterilis, sed fœcunda mater filiorum gaudiorum de marito te, Domine.* Augustini Confess. *Lib. VIII. Cap. II.*

LET-

LETTRE SEIZIEME.

Aſtaroth, *au ſage Cabaliſte* Abukibak.

PARMI les Ames qui ſont condamnées à reſter dans l'infernal ſéjour, il en eſt une, ſage & ſavant Abukibak, avec laquelle j'ai de fréquentes converſations. Elle animoit, lorſqu'elle étoit ſur la terre, le corps d'un Théologien Jéſuite. *Si les hommes*, lui diſois-je il y a quelque tems, *ſavoient combien grand eſt le nombre de vos Confreres condamnés à reſter parmi nous, je crois que la Société trouveroit peu de gens qui vouluſſent s'y engager. Je ne comprens pas comment ceux qui y entrent, ne font pas réflexion au danger qu'ils courent en s'obligeant à ſuivre & à adopter toutes les paſſions d'un Corps, qui n'agit & ne ſe conduit que par la politique.*

„ LES hommes, répondit le Jéſuite, „ n'ont garde de croire qu'ils courent au- „ tant de riſque. Nos Peres ont eu le „ ſoin de pourvoir à cet inconvénient. Si „ vous connoiſſiez un Livre intitulé: *Ima-* „ *ge du premier Siécle de la Société des Jéſuites*, „ vous verriez que de fort habiles Théo- „ logiens ont ſoutenu que les Jéſuites ne „ pouvoient pas être damnés. Cela leur a „ été

„ été communiqué par un Saint, à qui „ Dieu l'avoit appris en révelation. *Sa-„ chez, mon Frere Marc*, dit ce Théolo-„ gien, en rapportant les paroles de Fran-„ çois Borgia, *que Dieu, qui aime extrê-„ mement la Société, lui a accordé le privilè-„ ge qu'il accorda autrefois à l'Ordre de St. „ Benoit; ſavoir, que les trois cent premières „ années, aucun de ceux qui perſévereront „ dans la Société juſqu'à la fin, ne ſera dam-„ né* *. Vous voiez bien que nos Peres „ ont pris une excellente précaution pour „ empêcher qu'on n'appréhendât le terri-„ ble Jugement de Dieu, en devenant l'eſ-„ clave de la politique de la Société. Ils „ ont plus fait que d'aſſûrer qu'aucun Jé-„ ſuite ne ſeroit damné; car comme les „ autres Ordres auroient fort bien pû être „ tentés de s'approprier les mêmes privi-„ lèges, étant fort commode d'être reçu „ dans un Corps où l'on peut faire impu-„ nément tout ce qu'on veut, le même „ Théologien a déclaré qu'on pouvoit ſe „ damner bel & bien chez tous les autres „ Religieux: en ſorte qu'un de ces der-„ niers prit ſagement le parti, à l'heure de „ la mort, de prier un Jéſuite de lui céder „ douze années qu'il avoit paſſées dans ſa „ Religion. Il dit au P. Makres, † *O mon „ Pere*

* Image du premier Siécle de la Société &c. *pag.* 646. *apud* Morale Pratiq. *Tom. I. pag.* 120.
† Id. *ibid.* pag. 200.

„ *Pere, que vous êtes heureux d'être d'un Or-*
„ *dre dans lequel quiconque meurt, joüit de la*
„ *Félicité éternelle! Dieu vient de me montrer*
„ *cela, & m'a ordonné de le déclarer publi-*
„ *quement devant tout le monde.* Le Jésuite,
„ tout confus d'admiration & de modestie,
„ lui aiant demandé *si ceux de son Ordre ne*
„ *seroient pas aussi tous sauvés?* le mourant
„ lui répondit avec gemissement, *que plu-*
„ *sieurs le seroient, mais non pas tous; au lieu*
„ *que tous ceux de la Société de Jésus, tant*
„ *en géneral qu'en particulier, sans en excep-*
„ *ter aucun, qui persévereroient dans l'Ordre*
„ *jusqu'a la mort, seroient tous sauvés.*

„ Il n'est pas étonnant que ceux, sur
„ qui de pareilles fables font de fortes im-
„ pressions, cherchent avec avidité d'en-
„ trer au nombre des disciples d'Ignace.
„ Mais je ne vous ai appris jusqu'ici que
„ ce que nos Peres débitent sur la terre,
„ du salut général de tous leurs Confre-
„ res: je crois que vous serez curieux de
„ savoir quel est le Cérémonial qu'on ob-
„ serve dans le Ciel, lorsqu'un Jésuite y
„ arrive. La Divinité n'est pas contente
„ de les y recevoir purement & simple-
„ ment comme les autres Ames, elle en-
„ voie au-devant d'eux un Ambassadeur
„ céleste.

Je *soupçonne*, repondis-je, *que les Jésuites qui ne sont pas trop modestes, ont choisi
pour Introducteur de leurs Peres, quelque Ché-
rubin, ou l'Ame de quelque Apôtre.* „ Vous
„ vous trompez, repliqua-t-il. Cet In-
„ tro-

„ troducteur est Jesus-Christ lui-même, & „ Dieu a cru devoir accorder cet honneur „ non seulement aux Peres, mais même „ aux Freres-lais. *Est-il permis*, m'écriai-„ je, *que vos Confreres ôsent publier sur la* „ *terre de semblables impiétés? Ne craignent-* „ *ils pas d'exciter le courroux & l'indignation* „ *de tous les honnêtes gens?* „ Bon, répondit-„ il. Leurs Partisans sont si aveuglés sur „ leur compte, qu'ils sont sûrs de leur „ faire recevoir, comme articles de Foi, „ les impertinences les plus criminelles. „ Il est vrai qu'ils ont soin de les autori-„ ser toujours de la Révelation de quelque „ Saint; celle du Cérémonial céleste est „ certifiée par Ste. Thérese. *C'est un des* „ *Privilèges de ceux de la Société de Jesus*, „ dit l'Auteur dont je vous ai déjà cité „ plusieurs passages, *Jesus vient au-devant* „ *de chaque Jésuite mort, pour le recevoir.* „ *Heureuse l'Ame, qui, sortant de la prison* „ *du corps mortel, est assûrée de s'aller jetter* „ *dans le sein immortel, & dans le bienheureux* „ *Esprit de Notre Seigneur Jesus! Cette propo-* „ *sition, que je viens d'avancer si librement* „ *comme si c'étoit un Oracle, n'est pas de moi,* „ *mais vient de l'Oracle. Nous avons appris* „ *de la Rélation du P. Croisel Jésuite, de l'An-* „ *née* 1616. *que dans une Vision de Ste. Thé-* „ *rese une Ame bienheureuse, allant dans le* „ *Ciel avec d'autres, dit à cette Sainte:* „ Un „ Frere de la Société de Jesus est notre „ Conducteur. Nous nous réjouïssons d'a-

„ voir

„ voir un tel Chef, à la vertu & aux priè-
„ res duquel nous ſommes redevables de
„ ce que nous ſommes aujourd'hui déli-
„ vrées du Purgatoire. Ne ſoiez pas ſur-
„ priſe de ce que le Tout-Puiſſant vient
„ au-devant de nous, il n'y a rien de nou-
„ veau en cela. Les Freres de la Société
„ de Jeſus ont le privilège, que lorſqu'un
„ d'eux eſt mort, Jéſus vient au-devant de
„ lui pour le recevoir *. „

Je *ne m'étonne pas*, dis-je au Jéſuite, *ſi vos Peres ont inſtitué un Cérémonial auſſi beau, lorſque quelqu'un d'eux arrive dans le Ciel. Cela ſe voit ſi rarement, que quelque pénible qu'il ſoit, il ne doit pas être fort à charge à la Cour céleſte. Quant à nous, nous vous traitons beaucoup plus cavaliérement, lorſque vous deſcendez aux Enfers; & s'il falloit que les Diables vous y conduiſiſſent cérémonialement, toutes les Légions infernales ne ſeroient occupées qu'à recevoir les Jéſuites qui arrivent ici de toutes les parties du Monde. Vous vous êtes apperçu par vous-même, lorſque vous vintes choiſir votre ſéjour parmi nous, qu'on vous regarda ſans façon, & comme une Ame qui nous étoit, pour ainſi dire, deſtinée dès que vous aviez endoſſé l'habit de la Société.*

„ Je conviens de ce que vous dites,
„ répondit le Jéſuite; & j'en fus d'autant
„ plus ſurpris, que j'avois ſouvent enten-
„ du

* Id. *ibid. Livr. V. Chap.* 8. *p.* 648.

„ du dire à nos Peres que leur Compa-
„ gnie *étoit ce Chariot de Feu d'Israël, qui*
„ *faisoit pleurer autrefois Elisée de ce qu'il*
„ *avoit été enlevé ; & que maintenant par*
„ *une grace particulière de Dieu, l'un & l'au-*
„ *tre Monde se réjoüissoient de le voir ramener*
„ *du Ciel dans la nécessité de l'Eglise. . . .*
„ *Si dans la Société l'on cherche les armées des*
„ *soldats qui multiplient tous les jours leurs*
„ *triomphes par de nouvelles victoires, on trou-*
„ *vera une troupe d'Anges choisis . . . . Ces*
„ *Anges sont semblables à St. Michel dans leurs*
„ *combats contre les Hérétiques ; semblables à*
„ *St. Gabriel dans la conversion des Infidèles ;*
„ *semblables à St. Raphaël dans la consolation*
„ *des ames & la conversion des pécheurs, par*
„ *les sermons & les confessions. Ils se portent*
„ *tous avec autant de promptitude & d'ardeur*
„ *à confesser & à catéchiser les pauvres &*
„ *les enfans, qu'à gouverner les consciences*
„ *des Grands & des Princes ; & ne sont pas*
„ *moins célebres tous par leur doctrine & par*
„ *leur sagesse, que ceux qui gouvernent ces*
„ *Princes : de sorte que l'on peut dire de la So-*
„ *ciété ce que dit Seneque dans l'Epître* XXXIII.
„ *qu'*il y a de l'inégalité, où les choses
„ éminentes sont remarquables ; mais
„ qu'on n'admire point un arbre, quand
„ tous les autres de la forêt sont égale-
„ ment hauts. *Certes, de quel côté que vous*
„ *jettiez les yeux, vous ne trouverez rien qui*
„ *ne pût être éminent par-dessus les autres,*
„ *s'il n'étoit parmi d'autres qui ont la même*

„ *éminence* *. Vous voiez bien à présent „ que j'avois raison de paroître étonné de „ me voir tout-à-coup métamorphosé en „ compagnon d'Astaroth & de Belzebut, „ moi, qui me regardois sur la terre com- „ me semblable à St. Michel, à St. Ga- „ briel, & à St. Raphaël. „

VOUS *dûtes donc bien être surpris*, demandai-je à ce Jésuite, *lorsque vous entendîtes prononcer votre arrêt de condamnation par la Divinité*? „ On ne sauroit l'être davan- „ tage, repliqua-t-il; & quand l'Ange ac- „ cusateur me reprocha d'avoir adopté „ aveuglément toutes les opinions re- „ lâchées des Casuistes de la Société; „ d'avoir suivi les pernicieux conseils de „ mes Supérieurs, qui sous de prétextes „ frivoles me dispensoient de dire la véri- „ té; d'avoir embrassé sans examen toutes „ les haines & les cabales de la Société; „ d'avoir persécuté tous ceux qui s'oppo- „ soient à son agrandissement ou à ses des- „ seins; d'avoir regardé la bienséance & „ la Charité Chrétienne, comme des ver- „ tus inutiles, ce fut en vain que j'eus re- „ cours à l'autorité de tous nos Casuistes. „ Je citai le Pere Boni, Sanchès, Vasquès, „ tout cela fut inutile. Je crus que l'au- „ torité *de Villalobos*, *Conink*, *Liamans*, „ *Achokier*, *Deulkoxer*, *Della Crux*, *Vera* „ *Crux*,

* Id. *ibid. Lib. III. Orat. I. pag.* 402.

„ *Crux, Ugolin, Tambourin, Fernandès,*
„ *Martinès, Suarès, Henriquès, Vasquès,*
„ *Lopès, Gomès, Sanchès, de Vechis, de*
„ *Gaßis, de Graßalis, de Pitigianis, de Gra-*
„ *phæis, Squilanti, Bizozeris, Barcola, de*
„ *Bobadilla, Simancha, Perez de Lara, Al-*
„ *dreta Lorea, de Scarcia, Quaranta, Sco-*
„ *phra, Pedrezza, Cabrezza, Bisbe, Dias,*
„ *de Clavasio, Villagut, Adam a Mauden,*
„ *Iribane, Binsfeld, Volfangi a Vorberg, Vost-*
„ *hery, Streversdorf* *. Je crus, dis-je, que
„ l'autorité de tous ces gens pourroit m'ê-
„ tre utile & me servir à quelque chose.
„ Mais l'Ange accusateur me répondit:
„ *Vous allez être rangé bien-tôt au nombre de*
„ *tous ces Casuistes; & puisque vous avez*
„ *adopté leurs sentimens pendant que vous étiez*
„ *dans le Monde, il est bien juste que vous*
„ *restiez avec eux dans l'autre.* Je voulus re-
„ pliquer; mais la Divinité prononça mon
„ arrêt, & je descendis dans ces lieux en
„ m'écriant: *Ah! Sanchez, Ponce, Boni,*
„ *vous êtes cause de ma perte; & vous sur-*
„ *tout, Filiucius, qui m'avez appris qu'il étoit*
„ *permis de suivre l'opinion la moins probable,*
„ *quoiqu'elle fût la moins sûre!* Je ne vois
„ que trop à présent qu'il n'y a d'opini-
„ ons certaines, & qu'on n'en doit suivre
„ d'autres que celles qui sont fondées sur
„ l'Evangile. „

IL

* Ces noms sont extraits des *Lettres Provinciales.*

Il *falloit*, dis-je au Jésuite, *que vous fussiez bien crédule, ou que vous cherchassiez à vous aveugler vous-même lorsque vous viviez? Comment pouviez-vous croire, en examinant la conduite de vos Confreres, que vous viviez avec des Anges & des Intelligences célestes? Vous deviez du moins leur demander de faire quelques Miracles, pour prouver les choses extraordinaires qu'ils vous disoient. Ils auroient été bien embarrassés de vous contenter, & vous auriez dû vous appercevoir que Ribadeneira avoüe qu'Ignace même n'en avoit jamais fait.*

„ Je n'avois garde, repliqua le Jésuite, „ de demander à mes Confreres d'opérer „ quelques Miracles. J'étois trop instruit „ de leur doctrine, & je savois qu'ils sou- „ tenoient, comme une chose certaine, „ que la Société étant un grand Miracle „ comme le Monde, elle n'avoit pas be- „ soin pour être crue d'en faire d'autres. „ *Le premier & le plus grand Miracle de la* „ *Société*, dit l'Auteur dont je vous ai déjà „ parlé, *est la Société même. Il n'y a point* „ *de plus grand Miracle que le Monde: on* „ *peut dire la même chose de la Compagnie de* „ *Jesus, qui est comme un véritable Monde.* „ *Ce grand Corps de la Société tourne & roule* „ *par la volonté d'un seul homme. Il est aisé* „ *à remuer, mais difficile à troubler. Tant* „ *d'hommes fleurissant en âge, excellens en es-* „ *prit, & éminens par la force de leur génie,* „ *sont conduits & gouvernés depuis tant de* „ *tems dans la carrière de la vertu & de la*

„ *doc-*

„ *doctrine, pour le ſervice & le bien des au-*
„ *tres, ſans que leur courſe ſoit jamais inter-*
„ *rompue. Celui, qui voiant cela & le con-*
„ *ſidérant, ne juge pas que c'eſt le premier &*
„ *le plus grand Miracle, qu'il n'attende point*
„ *d'autre Miracle de la Société. Pour moi,*
„ *j'eſtime que comme il n'y a point de plus*
„ *grand Miracle dans le Monde, ni d'au-*
„ *tre Miracle que le Monde même; ainſi,*
„ *qu'il ne ſe trouve point de plus grand ni*
„ *d'autre Miracle que la Société même* *.

VOUS voiez à préſent que je n'avois
„ garde d'exiger que mes Confreres me
„ prouvaſſent qu'ils étoient réellement des
„ Intelligences céleſtes. Ils n'euſſent pas
„ manqué de me dire: *Vous êtes un profa-*
„ *ne, un incrédule, indigne d'être agrégé dans*
„ *la Société. Ne ſentez-vous pas qu'elle eſt*
„ *elle-même le Miracle le plus viſible que vous*
„ *puiſſiez demander? Il faut que votre cœur*
„ *ſoit plus endurci que celui des Juifs, puiſ-*
„ *que vous n'êtes point touché d'un prodige,*
„ *dont les merveilles ſont auſſi ſurprenantes,*
„ *que celles qu'on apperçoit dans l'arrangement*
„ *du Monde.* Je croiois donc ce qu'on me
„ diſoit, & ma vanité me perſuadoit aiſé-
„ ment que j'étois *un ſaint Michel dans les*
„ *combats, un ſaint Gabriel dans la conver-*
„ *ſion, & un ſaint Raphaël dans la conſola-*
„ *tion.* Je trouvois un plaiſir à me trom-
„ per

* *Image du premier Siécle de la Société &c.* pag. 132. apud *Morale Pratique*, Tom. I. pag. 120.

„ per moi-même ; & la vanité, inséparable de l'habit Jésuitique, avoit un beau „ champ. Pensez-vous qu'il ne soit pas „ bien flatteur à un petit Régent de Collège de se regarder au-dessus des autres „ hommes? „

VOTRE *orgueil*, répondis-je au Jésuite, *devoit cependant recevoir de tems en tems quelque mortification bien sensible ; car enfin il est impossible que vous ne vous apperçussiez quelquefois que vous n'etiez qu'un petit Préfet, relegué dans une chambre une partie de la journée, & passant l'autre, entouré d'une foule de jeunes écoliers.* „ Au milieu de ces écoliers, „ reprit le Jésuite, j'étois occupé du soin „ de leur inspirer des sentimens de respect „ & de véneration pour la Société. Ainsi, „ je partageois une partie de la gloire du „ Corps dont je faisois l'éloge ; & lorsque „ j'étois seul dans ma chambre, je me livrois à d'agréables visions. Je pensois „ qu'il n'étoit point impossible que je fusse „ réellement un de ces diamans qui étoient „ sur le pectoral du Grand-Prêtre. „ *Je ne vous entends point*, répondis-je. *Tantôt vous croïez être un Ange, & peu après vous pensiez être métamorphosé en diamant ; cela me paroît assez extraordinaire. Vous étiez donc un peu fanatique pendant que vous viviez, & vous ressembliez beaucoup à votre Patriarche?* „ Je vais éclaircir vos doutes, repliqua-t-„ il. La Société, selon nos Peres, est le „ Rational du jugement, que les Grecs „ ont nommé Λογιον, c'est-à-dire l'Ora-„ cle,

„ cle. Quand ils consìdérent la forme „ quarrée qu'il avoit, ils y découvrent la „ Société marquée comme en figure, à „ cause qu'elle est répandue dans toutes „ les quatre parties du Monde. Quand „ ils font attention à ces trois rangs de „ quatre pierres précieuses, il se représen- „ tent les divers Ouvrages de plusieurs „ Jésuites. Lorsqu'ils regardent que cet „ ornement étoit porté sur la poitrine du „ Grand-Prêtre Juif, il leur semble voir „ la Société attachée sur la poitrine d'un „ plus saint Pontife, c'est-à-dire le Pape. „ Or, vous jugez bien que ce n'étoit „ pas sans raison que je croiois être une „ des pierres précieuses du pectoral, étant „ Membre de la Société. „

JE *ne m'étonne plus*, repondis-je au Jésuite, *de votre prétendue métamorphose en diamant; mais je suis à présent encore moins surpris des iniquités dont les cœurs de plusieurs Papes ont été remplis. Si j'avois sçu plûtôt qu'ils portoient dessus leur poitrine la Société entière, j'en aurois aisément deviné la cause. Ils approchent de leur sein le plus funeste des poisons, & je ne doute pas qu'ils n'en ressentent les mortelles atteintes. Il faut qu'ils soient bien aveugles pour agir de la sorte. Au lieu de la Société des Jésuites, pourquoi ne mettent-ils pas l'Evangile sur leur estomac? Est-ce que Jesus-Christ & ses Apôtres ne valent pas Ignace & les douze Vieillards? Les Ecrits des Disciples du Fils de Dieu sont-ils d'un moindre prix que ceux des Théologiens Jésuites? En vérité, nous serions bien fâchés que la Société ne fût pas établie, & tous les Diables doivent la chérir tendrement. Si vous pouviez retourner dans le Monde, je me garderois bien de vous tenir ce discours, vous pourriez en profiter, & desabuser plusieurs hommes.*

JE te salue, sage & savant Abukibak, en *Belsebut*, & par *Belsebut*.

****

LETTRE DIX-SEPTIEME.

Le Cabaliste Abukibak, *au Silphe* Oromasis.

J'AI vû avec plaisir, aimable Oromasis, la Lettre dans laquelle tu m'instruis de la conversation que tu as eue avec l'Ame de Théśée & celle d'Hercule. Je te sais bon gré d'avoir montré à ces prétendus Héros combien ils étoient au-dessous de la gloire à laquelle ils prétendoient avoir atteint.

RIEN n'est si rare qu'un véritable Héros; & j'ôse dire que l'Antiquité en a moins produit de véritables, que ces derniers siécles. Si nous examinons les principaux de ceux que les Anciens ont placés au rang des demi-Dieux, nous trouverons qu'il en est

eſt peu de dignes d'avoir reçu un pareil honneur.

LE Fondateur des Romains, quelque loüanges que lui aient données les Hiſtoriens, ne fut qu'un célebre ſcélerat, qui ſçut ſe rendre le chef d'une troupe de bandits qu'il raſſembla. Ce même Romulus ſe ſignala par la mort de ſon frere, qu'il tua, non pas en homme de courage, mais en traitre. Juſqu'ici voilà le Fondateur de Rome, chef de brigands & fratricide: ſuivons-le, & nous verrons croître ſes crimes à chaque pas. Après qu'il eut donné quelque forme à ſa ville, *il ouvrit*, dit un Hiſtorien *, *un refuge à tous venans. Il l'appella le Temple du Dieu d'Azyle. Tout le monde y étoit bien reçu: on ne rendoit ni l'Eſclave à ſon Maître, ni le Débiteur à ſon Créancier, ni le Meurtrier à ſon Juge; & l'on ſoutenoit qu'Apollon lui-même avoit autoriſé ce lieu de franchiſe par un Oracle formel.*

VOILA actuellement Romulus, non-ſeulement chef des brigands qu'il avoit raſſemblés, mais encore protecteur de tous les ſcélerats de l'Univers. Dans quelque païs qu'un homme eût fait un crime, quelque énorme qu'il fût, il étoit aſſûré de ſon impunité, en ſe réfugiant auprès de

* Plutarq. *Vie* de Romulus. *Vies des Hommes Illuſtres.* Tom. I. de la Traduction de Dacier.

de Romulus, qui avoit l'audace d'autoriser sa conduite par le prétexte de la volonté d'Apollon. Il joignoit l'irréligion à la scéleratesse ; & pour sauver ce que ses actions avoient d'horrible, il faisoit parler la Divinité d'une manière entiérement contraire à la vertu & à la tranquillité publique.

Il manquoit encore aux éminentes qualités de ce Fondateur d'acquérir le titre de ravisseur; il ne tarda pas de s'en rendre digne. Les peuples voisins des Romains étoient fort peu tentés de contracter des alliances avec eux: la chose étoit assez naturelle. Si aujourd'hui tous les bandits, répandus dans les montagnes des Pirénées, ou dans les campagnes d'Italie, s'assembloient d'un commun accord & formoient une ville, je ne crois pas que les bourgeois des autres villes prochaines s'empressassent fort de choisir des gendres parmi ces bandits. Comme le crime ne coutoit rien à Romulus, il trouva aisément un expédient pour réparer les maux que le défaut de femmes pouvoit causer à la ville de Rome. Il pria les Sabins d'assister à un Sacrifice solemnel, qui seroit suivi d'une grande fête où l'on célebreroit des Jeux. Ces peuples, se confiant dans la foi publique, & au respect que l'on devoit aux Dieux, y amenerent leurs filles & leurs épouses. Romulus avoit prévenu ses soldats; & à un signal qu'il leur fit, ils s'élancerent sur les filles & les femmes des

des Sabins, & forcerent les hommes de prendre la fuite.

Il n'est rien de si plaisant & de si puéril, que la façon dont les Historiens ont voulu excuser ce manque de foi, & cette action inique de Romulus. *Quelques-uns assurent*, dit Plutarque *, *qu'il n'y a eu que trente Sabines d'enlevées; mais Valerius Anthia dit qu'il y en eut cinq cens, & Juba six cens quatre-vingt-trois, & toutes filles; ce qui étoit très considérable pour justifier Romulus, & pour faire voir sa bonne intention. Car on ne trouva dans ce grand nombre qu'une seule femme nommée Hersilie, qu'ils prirent par mégarde, & qui ensuite servit utilement à faire leur paix, en persuadant aux Sabins que ce n'étoit ni par débauche, ni par insolence qu'ils s'étoient portés à cet excès, mais par un violent desir de s'unir avec eux par les liens les plus forts & les plus indissolubles.*

Ne trouves-tu pas extraordinaire, aimable Oromasis, qu'un Ecrivain aussi sage que Plutarque veuille prouver sérieusement que l'action de Romulus n'a rien de blâmable, & que le grand nombre de filles qui furent ravies fait voir sa bonne intention, comme s'il étoit jamais permis, sous quelque prétexte que ce fût, de s'approprier le bien d'autrui, & un bien aussi cher que l'est une fille à son pere. Je demande si l'on mettroit aujourd'hui au nombre

* *Là même.*

bre des Héros un homme, qui, Souverain d'une petite Principauté, après avoir tué son frere, feroit de ses Etats une retraite de brigands & de bandits, & enleveroit les filles de ses voisins après les avoir attirées dans une Eglise, sous le prétexte de participer aux honneurs qu'on y rend à Dieu? Je demande, dis-je, si l'on ne regarderoit pas cet homme comme le plus grand scélerat du monde? En vérité, mon cher Oromasis, il est heureux pour Romulus d'être venu au Monde, il y a environ deux mille cinq cens ans. Ses crimes ont été non seulement justifiés, mais encore approuvés; suite funeste de l'aveuglement des hommes.

Il semble que ce soit un bonheur attaché à tous les Fondateurs des Etats, (j'aurois presque envie de dire à tous les Fondateurs des Ordres & des Religions, quelque fourbes, ou quelque extravagans qu'ils soient) d'être déïfiés par leurs peuples ou par leurs disciples. Si Romulus fut un grand criminel, François d'Assise fut un fameux visionnaire. Les Franciscains ont fait pour lui ce que les Romains ont exécuté en faveur de Romulus. Ils ont trouvé le secret de placer leur Patriarche au rang des demi-Dieux modernes, quoique dans le fond il soit aussi ridicule de mettre un homme au nombre des Saints pour s'être fait une femme & des enfans de neige & s'être roulé sur la glace, que de placer un meurtrier, un assas-

aſſaſſin, un raviſſeur, un chef de bandits, au nombre des plus grands Héros.

SI nous examinons pluſieurs autres grands hommes de l'Antiquité avec le même deſintéreſſement que nous avons parcouru la conduite de Romulus, nous trouverons qu'ils n'étoient pas plus dignes que lui des honneurs que la Poſtérité leur a rendus. Ce fameux Brutus, dont tous les Romains ont ſi fort exalté le courage, la grandeur d'ame, & l'amour pour ſa patrie, étoit un homme emporté, vain, violent, ambitieux, & qui ſacrifia ſes enfans à la haine qu'il avoit contre Tarquin, plûtôt qu'à la juſtice & au bien de la République. Loin qu'il eût l'ame grande & noble, il penſoit bien ſouvent d'une façon baſſe & indigne de la générosité Romaine. Lorſque Tarquin envoia demander au Sénat ſon argent, ſon bien, & celui de ſes amis & de ſes parens, afin qu'ils euſſent au moins de quoi ſubſiſter dans leur exil, la plûpart des Sénateurs furent d'avis de lui accorder ſa demande; & le Conſul Collatin appuia ce ſentiment. Mais Brutus opina qu'il falloit retenir les biens du Tyran: ſa haine & ſon tempérament emporté ne lui laiſſoient pas le moïen de reflèchir à l'indignité de ſon opinion. Collatin s'y oppoſa généreuſement: il repréſenta qu'on en vouloit aux Tyrans, & non pas à leurs richeſſes; qu'il ſeroit honteux pour le Peuple Romain, qu'on pût croire dans

dans les autres Etats qu'on avoit chassé les Tarquins pour avoir sujet de s'emparer de leurs biens; & qu'en les retenant, c'étoit fournir aux Tyrans un juste prétexte de faire la guerre. La droite raison, la vertu, l'équité, tout concouroit à favoriser le sentiment de Collatin; mais Brutus, toujours inflexible & toujours aveuglé par sa haine, ne voulut jamais changer de sentiment. Il fallut que le Peuple Romain décidât le différend des deux Consuls: sa décision couvrit Brutus de confusion; & dans une affaire jugée par une populace ordinairement aveugle, l'équité eut cependant le dessus. Il fut ordonné qu'on rendroit à Tarquin ses biens & ses richesses.

Il n'est pas surprenant qu'un homme, qui dans les actions les plus simples & dans les choses les plus claires se laissoit aveugler par sa haine & par son ambition, ait sacrifié ses deux enfans à ces mêmes passions. Il eût dépendu de lui de conserver leur vie, sans blesser ce qu'il devoit à la République, à son emploi & à son honneur. Ce fut lui seul qui leur donna la mort; & par la façon dont il les fit exécuter, par la conduite qu'il tint durant leurs supplices, il est aisé de sentir qu'il punissoit dans ses fils, non pas les ennemis de la République, mais les amis de Tarquin, qu'il haïssoit mortellement. On n'a qu'à consulter les meilleurs Historiens, pour être entiérement convaincu de cette vérité.

„ Après

„ Après que les Consuls, dit un des plus „ fameux *, eurent imposé silence, que „ Valerius eut produit Vindex, & que l'ac- „ cusation fut intentée, on lut les Let- „ tres. Aucun des conjurés n'eut la har- „ diesse de répondre : toute l'assemblée „ tenoit les yeux baissés, & personne n'ô- „ soit ouvrir la bouche. Il y en eut seu- „ lement quelques-uns, qui pour faire „ plaisir à Brutus, ouvrirent l'avis de l'exil. „ Les larmes de Collatin & le silence de „ Valerius donnoient encore quelque espe- „ rance, lorsque Brutus appellant ses en- „ fans par leurs noms: *Vous Titus*, dit-il, „ *& vous Valerius, pourquoi ne répondez-vous* „ *pas à cette accusation?* Par trois fois il „ les somme de répondre; & voiant qu'ils „ se taisoient toujours, il se tourne vers „ les Licteurs, & leur dit : *C'est à vous* „ *maintenant. Faites votre charge.* Cet arrêt „ prononcé, les Licteurs se saisissent de „ ces deux jeunes hommes, leur arra- „ chent leur habit, leur lient les mains „ derrière le dos, leur déchirent le corps „ à coups de verges, & font ruisseler le „ sang de tous côtés. Personne n'avoit „ la force de soutenir un spectacle si cruel. „ Le pere seul n'en détourna jamais la „ vûe; la compassion n'adoucit pas un seul „ mo-

* Plutarq. *Vie* de Publicola. &c. Je me sers toujours de la Traduction de Dacier.

„ moment la colère & la sévérité qui étoient „ peintes sur son visage. Il regarde d'un „ œil ferme & farouche le supplice de ses „ enfans, jusqu'à ce que les Licteurs, après „ les avoir étendus par terre, leur eurent „ séparé la tête du corps. Alors il laissa „ à son compagnon la punition des autres, „ & se retira. „

QUE les Historiens Romains, aimable Oromasis, loüent tant qu'ils voudront cette action barbare, je n'approuverai jamais qu'un pere, qui peut assûrer la tranquillité d'un Etat par l'exil de ses Enfans, les fasse périr à ses yeux, sans détourner la vûe, sans que sa colère & sa sévérité puissent être diminuées par leurs supplices. Plutarque n'a point voulu décider touchant la conduite de Brutus. Comme il n'étoit pas né Romain, & qu'il sentoit toute l'horreur qu'inspire un pere qui regarde d'un œil ferme & farouche le supplice de ses enfans, il s'est contenté de dire que l'action de Brutus ne peut être ni assez loüée, ni assez blâmée. *Car ce fut, ou l'excès de la vertu* * *qui éleva son ame au-dessus des passions, ou l'excès de la passion qui lui produisit l'insensibilité; & ni l'une, ni l'autre*, ajoute-t-il, *n'est proportionnée aux forces de l'homme, mais est, ou d'une bête, ou d'un Dieu.* Il est aisé d'appercevoir, si l'on vient

* Plutarque, *là même.*

l'on vient à faire réflexion ſur le *tempérament* de Brutus, ardent, inflexible, vindicatif, que la fureur, la rage & le déſeſpoir de voir ſes enfans s'unir avec Tarquin, furent les ſeules paſſions qui le rendirent inſenſible à leurs ſupplices. C'eſt en vérité vouloir abuſer de la croiance des gens, que de faire un Dieu d'un homme, qui dans les choſes où ſes paſſions avoient quelques rapports, méconnoiſſoit même les bienſéances les plus communes & les plus ſenſibles, & oublioit le nom & le devoir de pere.

Si aujourd'hui un Doge de Veniſe ſoutenoit que la République n'eſt point obligée de rendre un bien dont elle s'eſt ſaiſie injuſtement, uniquement fondé dans ſon ſentiment parce qu'il n'aime point les gens à qui ces biens appartiendroient, comment appelleroit-on ce Doge ? On l'accuſeroit dans toute l'Europe d'être un homme livré à ſa paſſion, qui ſacrifie à ſa haine les vertus les plus néceſſaires à un Magiſtrat chargé de rendre la Juſtice. Je demande pourquoi Brutus paſſera pour un Héros, pour avoir fait, il y a vingt ſiécles, la même injuſtice qui deshonoreroit aujourd'hui celui qui la commettroit ? Mais que ne diroit-on pas encore ſi ce même Doge faiſoit conduire ſes enfans, que le Sénat voudroit ſimplement exiler en Dalmatie, au milieu de la place de St. Marc ; & que là d'un œil ſec & farouche il leur fît enfoncer un poignard dans le ſein, non pas tant pour les punir d'avoir cabalé contre la République, que pour avoir eu quelques liaiſons avec un Prince qu'il n'aimoit pas? L'on regarderoit ce Doge comme un Monſtre, chacun en parleroit avec horreur, on déteſteroit ſon action, & on le haïroit encore davantage, ſi l'on ſavoit que le plaiſir de dominer eſt entré pour beaucoup dans les motifs qui l'ont déterminé à faire une action auſſi cruelle. Un Philoſophe, qui veut juger ſainement de Brutus, met ce Romain à la place du Vénitien, & prononce enſuite ſans paſſion.

On doit tenir la même conduite lorſqu'on veut décider ſur le différent mérite des Héros modernes. Il faut qu'un François regarde les grands hommes de ſa Patrie comme s'il étoit né en Angleterre; & qu'un Anglois ſuppoſe d'être né François, en prononçant ſur le mérite de ſes illuſtres concitoiens. L'amour de ſa Patrie ne l'aveugle point alors: il juge d'une manière impartiale, & il fait auſſi ſagement que celui, qui, voulant décider du mérite de Brutus, le ſuppoſe un ſimple Doge de Veniſe, pour ne ſe point laiſſer éblouïr par le reſpect outré de l'Antiquité: *è longinquo Reverentia.*

Je te ſalue, aimable Oromaſis, en *Jabamiah*, & par *Jabamiah.*

LETTRE DIX-HUITIEME.

Le Gnome Salamankar, *au sage Cabaliste* Abukibak.

IL seroit à souhaiter que les hommes, sage & savant Abukibak, eussent pendant leur vie autant de sincérité qu'ils en ont après leur mort. La façon dont ils se tourneroient en ridicule, & la liberté avec laquelle ils se reprocheroient leurs défauts, les empêcheroient de se livrer à leur caprice, à leur ambition, & à leur vanité. Mais, l'on ne doit point espérer qu'une coutume aussi salutaire puisse s'établir parmi les gens d'un certain état.

UN courtisan n'a garde de blâmer les défauts qu'il apperçoit dans un autre courtisan. En condamnant sa ridicule ambition, il feroit son procès à lui-même.

UN Magistrat respecte les vices & l'ignorance d'un imbécille Collegue, qui n'a d'autre mérite que celui d'avoir pu donner vingt mille écus d'une charge. Il n'a lui-même que celui-là, comment donc se résoudroit-il de blâmer en autrui ce qui fait toute sa gloire?

Un Théologien qui abuse de la Religion, qui se joüe des Ecritures, qui fait servir les Livres divins à son ambition & à sa haine, est bien éloigné de condamner ses crimes dans un autre Théologien. Il les respecte par-tout où il les apperçoit, & se garde d'ôter le voile qui les couvre, de peur que le Public, les appercevant dans un Théologien, ne les reconnût dans un autre.

On peut dire que les hommes en général taisent mutuellement leurs défauts ; ou du moins ne les font sentir que médiocrement, parce qu'en épargnant les autres, ils s'épargnent eux-mêmes. Ce n'est qu'après la mort que l'ame, dégagée des liens du corps, ne craint plus d'exposer ces vérités mâles, qui luisent si rarement parmi les vivans.

Je fus le témoin, il y a quelques jours, d'une conversation entre le Moine *Bernard*, & le Ministre *Jurieu*, où la sincérité brilloit. Tu sais, sage & savant Abukibak, que ces deux Théologiens sont condamnés à rester dans nos demeures souterraines, pour avoir fait un abus étonnant des Prophéties.

„ Il faut avoüer, disoit le Ministre *Jurieu* au Moine *Bernard*, que les hommes „ qui vivoient de votre tems, devoient „ être des grands imbécilles d'ajouter foi „ à vos prétendues révelations. Ce qui „ m'étonne le plus, c'est que ceux qui re-

„ vin-

„ vinrent de cette malheureuſe expédition
„ où vous les aviez engagés, ne prirent
„ pas le parti de vous mettre en piéces
„ pour venger leurs confreres, morts dans
„ une guerre entrepriſe uniquement ſur
„ vos fauſſes promeſſes. Il falloit en vé-
„ rité qu'ils fuſſent bien bons, pour ſe
„ païer des raiſons que vous apportâtes,
„ afin d'excuſer vos menſonges. Y a-t-il
„ rien de ſi ridicule que de prétendre
„ comme vous fîtes, que les crimes des
„ Croiſés avoient empêché les effets de
„ vos Prophéties? Il n'eſt perſonne qui
„ ne pût paſſer pour Prophéte, à l'abri
„ d'une pareille excuſe. Elle eſt ſi mau-
„ vaiſe, que je ne crois pas que les an-
„ ciens Prêtres, qui deſſervoient le Tem-
„ ple de Delphes, euſſent voulu s'en ſer-
„ vir. Les Païens n'auroient pas trouvé
„ à propos qu'on les eût bercés de pareils
„ contes. Ils n'auroient pas manqué de
„ dire qu'un homme, qui prévoioit l'a-
„ venir, auroit dû prévoir les péchés des
„ Croiſés, & ne point leur promettre des
„ victoires imaginaires. La façon d'an-
„ noncer des choſes qui ne doivent jamais
„ arriver, eſt une aſſez comique façon de
„ réveler l'avenir.

JE *conviens*, répondit le Moine Bernard au Miniſtre Jurieu, *que j'ai eu tort d'abuſer les peuples, & de les conduire à la boucherie, en joüant le rolle d'un habi-*

le * *Fanatique. Je penſois que les affaires tourneroient autrement, & j'eſperois acquérir une gloire éternelle. Je me regardois comme un ſecond Moïſe, qui conduiſoit en Judée le Peuple choiſi de Dieu. Malheureuſement mes projets eurent un mauvais ſuccès: je vis en aller toutes mes eſperances en fumée. Il falloit bien alors, pour excuſer mes démarches, trouver quelques raiſons bonnes ou mauvaiſes; je ſaiſis celle que je croiois la plus paſſable. Quoi que vous diſiez, elle ne doit pas être ſi impertinente, puiſqu'elle a eu aſſez de force pour faire oublier mes fourberies & mes ſottiſes, & qu'après ma mort j'ai été bien dûement canoniſé, & placé entre les plus grands Saints. Mais vous, qui parlez de Prophéties, à quoi penſiez-vous lorſque vous allâtes publier ce Livre rempli de viſions cornues* †, *dans* le-

* Dans la Lettre que St. Bernard écrivit aux Allemands pour les animer à ſe croiſer, il les aſſûre que la terre a tremblé & fremi au moment que Dieu a perdu ſon païs, *Commota eſt & tremuit terra, quia cœpit Deus perdere terram ſuam.* Ces expreſſions fanatiques ſont preſque un juſte équivalent de la folie de certains Rabbins, qui diſent que Dieu rugit trois fois par jour, pour avoir abandonné ſon Temple.

† L'Accompliſſement des Prophéties, ou la Délivrance de l'Egliſe, &c. corrigé & augmenté de près d'un tiers, & de l'Explication de toutes les Viſions de l'Apocalipſe, &c.

lequel vous prétendiez prouver que le Papisme est l'Empire Anti-Chrétien ; que cet Empire n'est pas éloigné de sa ruine ; que la persécution présente peut finir dans trois ans & demi, après quoi commencera la destruction de l'Ante-Christ, laquelle s'achevera dans le commencement du siécle prochain, & enfin le Regne de Jesus-Christ viendra sur la Terre ? *Si vous viviez encore aujourd'hui, vous seriez bien honteux de voir que vos Prophéties ont été aussi fausses que les miennes. Du moins ai-je eu le bon sens de ne point les insérer dans deux assez gros Volumes, afin de ne pas transmettre à la Postérité les extravagances de mon imagination échauffée. Comment pouviez-vous vous empêcher de rire, lorsqu'après avoir écrit toutes les chimères qui vous venoient dans la tête, vous les lisiez ensuite de sang froid ? Vous deviez dire en vous-même :* Il faut que les hommes soïent de grands sots, puisqu'ils reçoivent comme des choses respectables les contes les plus absurdes. *Est-il rien en effet de plus fou & de plus comique en même tems, que tous les Commentaires que vous avez faits sur l'Apocalipse ? Vous étiez fort heureux que les Princes qui vivoient de votre tems, ne s'embarrassassent guères des injures des Théologiens. Sans cela, la moitié des Souverains de l'Europe auroient demandé aux Etats d'Hollande qu'ils vous obligeassent à leur faire une réparation authentique, & à avoüer qu'ils n'étoient point les supports de l'Ante-Christ, & qu'ils n'avoient rien de commun avec les prédictions*

 de

de l'Apocalipse. Il falloit que vous fussiez aussi bilieux que mauvais Prophete. Je n'aurois ôsé dire du Sultan d'Egypte ce que vous avez écrit de l'Empereur, des Rois d'Espagne, de France, &c. Souffrez que je vous rappelle un passage de votre Accompliſſement des Prophéties, *où vous dites, en parlant d'un endroit de l'Apocalipse* *: Comment accorder avec Rome Païenne ces paroles, *Ceux-ci*, c'eſt-à-dire ces dix Rois, *ont un même Conseil, & bailleront leur puissance & leur autorité à la Béte?* Les Rois, dont les Roïaumes ont été conquis par l'Empire Romain Païen, ont-ils volontairement donné leur puiſſance à la Bête? Rome Païenne n'a-t-elle pas ravi, par une pure violence, ces grands Etats dont elle a formé ſon Empire? Peut-on dire que les Rois ſubjugués avoient un même Conſeil? Ont-ils regné avec Rome Païenne? N'ont-ils pas été réduits, & leurs Roïaumes, en Provinces Romaines? Cela ne peut donc convenir en façon du monde au période Païen de Rome, mais très bien au période Anti-Chrétien & Papal. Car il eſt vrai que les dix Rois compoſent cet Empire Eccléſiaſtique, & lui ſont ſoûmis. Il eſt vrai qu'ils ont un même Conſeil, & qu'ils ont donné leur pouvoir à la Bête; car

* Accompliſſement des Prophéties, ou la Délivrance prochaine de l'Egliſe, *Tom. I. pag.* 198, & 199.

car ce n'a pas été par les armes que Rome s'est acquis ce second Empire, c'est par la persuasion, par l'union, par la fausse Religion, par la communion de l'Idolatrie, & par la chimère d'un Empire de Jesus-Christ sur la terre.

JE *ne m'étonne plus*, continua le Moine Bernard, *qu'après avoir parlé des plus grands Princes d'une manière aussi meprisante, tous les gens sensés de votre Religion aient desapprouvé hautement vos prétendus Ecrits Prophétiques* *. *Vous auriez pû également combat-*

* J'ai vû au sujet de *l'Accomplissement des Prophéties* de Mr. Jurieu, une piéce curieuse & qui est devenue assez rare; c'est un Livre intitulé *Lettre des Rabbins des deux Synagogues d'Amsterdam à Mr. Jurieu*, traduite *de l'Espagnol.* On y trouve une Critique vive, fine & savante de la plûpart des folies que ce Ministre avoit mises dans son Ouvrage. Entre les autres endroits qu'on releve, celui, où l'Auteur croit que les Juifs seront encore rétablis dans Jerusalem, me paroît singulier. *Nous ne saurions assez admirer ces paroles*, s'écrient les Rabbins, *où vous dites en forme de conclusion de tout votre raisonnement*, il y a donc selon moi un regne de Dieu à attendre, & ce regne c'est celui du Messie qui n'est point encore venu. *Heureuse conformité qui se rencontre entre vous & entre nous! Ne changeons rien dans votre proposition que ces mots* selon moi *en ces autres-ci* selon nous. *En effet, c'est le sentiment de tous les Juifs que vous avez ex-*

battre le Papisme, sans avoir recours à des moïens aussi criminels.

„ JE

exprimé dans leur sens & dans leur propre parole.

Nous prions l'Adonaï, Dieu de nos Peres, qu'il vous comble de ses benedictions, & qu'il vous fasse entonner dans tous vos Ouvrages la prochaine arrivée de son Messie dans la sainte Cité. Vous avez montré comme au doigt le rétablissement de Sion par la révelation d'Ezéchias que vous produisez au même lieu. Nos Rabbins conviennent avec vous que cette grande campagne d'os que le Prophéte voit, sont les Israëlites qui sont répandus dans le monde : ces os qui se rejoignent & se rassemblent, sont les Juifs que Dieu rejoindra & rassemblera par son Messie; il leur redonnera la vie, en faisant vivre la Loi de Moïse au milieu d'Israël.

Nous n'avons rien à ajouter à ce que vous dites qu'Ezéchiel dans les derniers chapitres de son Livre fait une description figurée du regne des Juifs & du Messie: & vous faites paroître une grande pénétration d'esprit & un jugement solide, en ce que vous reprenez les interprétations de ceux de votre secte, qui ont trouvé, dites vous, dans ces chapitres d'Ezéchiel un abîme impénétrable, parce qu'ils ont supposé le regne du Messie arrivé, au lieu que le Prophete parle du regne du Messie à venir. Nous avons résolu dans nos Synagogues de députer par devers vous deux Parnassins, *pour vous remercier de la défense que vous avez prise de la Nation Juive contre ceux que vous appellez Papistes & Ante-Christs, à cause qu'ils persécutent les Juifs. En effet il n'y a rien de mieux sensé que la remarque*

que

„ JE conviens, répondit le Ministre
„ Jurieu, que j'ai poussé les choses à l'ex-
„ cès ; mais j'avois pour mentir des ex-
„ cuses plus légitimes que les vôtres. Je
„ voulois encourager les Protestans qu'on
„ persécutoit injustement en France, &
„ leur donner quelque espoir qui pût les
„ aider à soutenir les maux dont on les
„ accabloit. Je pensois qu'il n'étoit pour
„ cela aucun meilleur expédient que d'a-
„ voir recours à des Prophéties flateuses.
„ La face des affaires de l'Europe sembloit
„ m'en promettre l'heureux succès. Tou-
„ te l'Europe étoit presque liguée contre
„ la France, comment aurois-je pû pré-
„ voir qu'elle viendroit à bout de faire
„ une paix avantageuse, & que les Pro-
„ testans exilés continueroient de l'être ?
„ Si

que vous faites à la fin de ce Chapitre, que le véritable regne de l'Ante-Christ consiste dans la persécution cruelle qu'on fait aux Juifs. *Et pour nous servir de vos termes*, ce mystère d'iniquité ne comprend rien au mystère de piété, & il ne voit pas que Dieu se reserve cette Nation pour faire en elle ses plus grands miracles. *Nous esperons que vous serez un des témoins de la gloire d'Israël, & que notre Messie, de l'esprit duquel vous êtes animé, vous élevera aux plus hautes dignités de son Roïaume, comme un des héros de son parti.* Lettre des Rabbins des deux Synagogues d'Amsterdam à Mr. Jurieu, *traduite de l'Espagnol ; suivant la copie imprimée à Amsterdam, chez* Joseph Athias. A Bruxelles, 1446.

„ Si j'ai été auſſi mauvais Prophete que „ vous, il faut cependant avoüer que j'a„ vois plus de raiſon de prétendre de „ paſſer pour un homme inſpiré du Ciel. „ Vous ne fondiez l'authenticité de vos ré„ velations que ſur la chimérique eſperan„ ce de la valeur de quelques gens ramaſ„ ſés, mal diſciplinés, & conduits par des „ Généraux peu habiles. Mais quant à „ moi, je me flattois ſur la bravoure & „ le nombre des troupes ennemies de la „ France, & ſur l'expérience des Chefs „ qui les conduiſoient. J'étois même fon„ dé dans les invectives que je répandois „ dans mes Ouvrages contre certains Sou„ verains. Elles diſpoſoient les eſprits à „ la révolte, & c'étoit-là à quoi je ten„ dois. Lorſqu'on veut nuire à un enne„ mi, qu'importe la façon dont on s'y „ prend pour en venir à bout *? Je m'é„ tonne que vous, qui avez ſi ſouvent „ fait ſervir la Religion de prétexte à vo„ tre haine, & qui malgré votre préten„ due ſainteté perſécutâtes Abellard, Ar„ naud de Breſſe, Pierre de Bruïs, Gil„ bert Pauretan, affectiez tant de délica„ teſſe

* *O Socii, qua prima, inquit, fortuna ſalutis*
Monſtrat iter, qua oſtendit ſe dextra, ſequamur.
Mutemus clipeos, Danaûmque inſignia nobis
Aptemus: dolus, an virtus, quis in hoſte requirat?

Virgil. Æneid. *Lib. II.*

„ teſſe ſur les moïens dont on doit ſe ſervir pour nuire à ſes ennemis. Les Catholiques-Romains, qui ne manquent jamais de déïfier les actions les plus criminelles, de ceux que la ſuperſtition du peuple & l'avarice de la Cour de Rome canoniſent, vous ont comparé à un chien qui aboie fortement contre les ennemis de la Maiſon de Dieu *. Mais les Philoſophes, qui jugent de tout ſans paſſion, diſent que le nom de chien ne vous convient que comme à ces Philoſophes Ciniques qui déchiroient les gens les plus reſpectables, & à qui une fauſſe Philoſophie fourniſſoit le même prétexte que vous donnoit l'hypocriſie couverte du voile de la Religion. C'eſt ce qui a fait dire plaiſamment à un Auteur de mes contemporains, que ce n'étoit point atteindre à votre merite, que de vous appeller ſimplement *chien de meute, chien au grand collier*; mais qu'il falloit en certain ſens vous comparer à Nimrod, & dire que vous étiez *un grand Veneur devant l'Eternel.*

JE *connois*, repliqua le Moine Bernard, *l'Auteur dont vous voulez parler. J'ai vû ici plu-*

* *Optimi catuli mater eris, qui Domûs Dei cuſtos futurus, validos pro ea contra inimicos Fidei editurus es latratus.* Fr. Ambœſius in Præfat. Operib. Abælar.

plusieurs de ses Ouvrages entre les mains de quelques Gnomes. Il me paroît qu'il vous a dépeint aussi vivement que moi. Non content de dire que lorsque vous prêchiez sur les affaires générales, vous sonniez du Cornet Prophétique avec emphase, & sur le ton affirmatif, il parle de vous en des termes qui font connoître clairement que si vous étiez aussi mauvais Prophete que moi, vous n'étiez pas moins bilieux ni moins acariâtre, & saviez vous servir aussi avantageusement des Sinodes & des Assemblées Ecclésiastiques. Vous fites essuier à plus d'un Ministre le triste sort dont j'accablois Abellard. Nous avons, *dit l'Auteur, dont vous avez fait mention*, été extrêmement mortifiés de ce que la Cabale pressante qu'il a eue dans le dernier Sinode, lui a fait avoir le plaisir de voir suspendre Mr. Huet . . . . . Si ceci dure, il n'y eut jamais d'Inquisition plus incommode. Les François vont devenir le scandale & le joüet de la Hollande; & tout cela, *Unius ob noxam & furias*, par l'humeur chagrine & fanatique de Mr. Jurieu *. *Trouvez-vous que votre portrait soit moins ressemblant que le mien? Je pense que si nous avions vécu dans le même tems, on nous eût pû prendre pour deux freres jumeaux.*

Je souhaite, sage & savant Abukibak, que les discours de ces deux Théologiens

* Lettres de Bayle, *Tom. I. pag.* 324.

giens puissent t'amuser & te distraire quelque tems de tes sérieuses occupations.

Je te salue, & te souhaite beaucoup de bonheur dans tes recherches Philosophiques.

LETTRE DIX-NEUVIEME.

Ben Kiber, *à son Maître le sage Cabaliste* Abukibak.

DÈS le premier instant, sage & savant Abukibak, que tu commenças à m'instruire des Sciences secretes, je formai le dessein de m'appliquer ardemment à la recherche de la pierre Philosophale. Je n'ai rien oublié du depuis pour parvenir à la perfection. J'ai lû avec attention tous les Auteurs les plus fameux qui traitent de l'Art, j'ai mis en pratique les préceptes du Roi Geber *, j'ai fait *dans un vase bien clos la séparation de l'humide & du sec*, j'ai observé exactement, ainsi que l'ordonne

* *Modus calcinationis spirituum fit in vase undique clauso, ne aer subintrans inflammationem præstet.* Geber, *apud*, de Planis, Phil. Transf. *pag.* 20.

donne Raimond Lule *, que *les esprits les plus subtils ne s'évaporassent pas*, j'ai choisi pour la base de ma matière le mercure, le même Raimond Lule † m'aiant appris *que le sel n'est que le feu, que le feu n'est que le souphre, & que le souphre n'est que l'argent-vif, autrement le mercure, qui se réduit & se change en cette précieuse pierre que les Alchimistes cherchent avec soin.* Cependant, sage & savant Abukibak, malgré les peines que je me suis données, je m'apperçois que je suis aussi éloigné d'atteindre à la perfection de l'Art, qu'avant que d'avoir commencé mes recherches Chimiques. Peu s'en faut que le peu d'espoir de réüssir dans mes projets ne me fasse abandonner entiérement une étude qui me paroît aussi infructueuse. Tout semble même m'affermir dans ce dessein.

Si je m'arrête aux discours ordinaires des gens qui passent pour avoir le plus de bon sens, je dois appréhender le sort du mon-

* *Et si spiritus dispergantur per aera, quod quæritur non fieret.* Raimond. Lul. Oper. Phil. *pag.* 12.

† *Sal non est nisi ignis, nec ignis nisi sulphur, nec sulphur nisi argentum vivum reductum in pretiosam illam substantiam cælestem incorruptibilem, quam nos vocamus lapidem nostrum*, Raimond Lul. in ult. Testament. *pag.* 9.

monde le plus trifte. Ce qui peut m'arriver de moins malheureux, c'eft d'être entiérement ruiné en peu d'années : on prétend qu'il en eft des Chimiftes ainfi que des Joüeurs, qui commencent par être dupes, & finiffent par être fripons. Si d'un autre côté je fais attention aux faits rapportés dans les hiftoires des différentes Nations, je trouve dans toutes les parties du Monde des perfonnes entêtées de la Philofophie tranfmutatoire, & qu'on regarde comme des gens qui courent également après une chimère. Les Siamois aiment autant la Chimie, que les Allemands: ils ont parmi eux une efpèce de fociété, qui reffemble affez à celle des freres de la Rofe-Croix. Les Philofophes Indiens fe vantent, ainfi que les Européens, de poffèder tous les fecrets de l'Art; cependant tous les voïageurs affûrent que Siam eft plein de Chimiftes dupes, ou impofteurs. Il difent que le feu Roi confuma deux millions à chercher la pierre Philofophale, auffi inutilement que le Duc d'Orléans emploia des fommes confidérables pour parvenir au même but.

LES ennemis des Chimiftes ne manquent pas de fe prévaloir de ces faits hiftoriques, dont l'authenticité n'eft point mife en doute. Ils difent que tous ceux qui ont prétendu avoir le fecret de faire de l'or, étoient des fourbes & des impofteurs, qu'on doit d'autant moins croire ſur leur parole, que l'on voit évidemment, pour peu qu'on veuille approfondir les choſes, que tout ce qu'on a débité ſur le ſujet de ceux qu'on prétendoit avoir fait de l'or, eſt abſolument faux. Ils ajoutent que pour être convaincu de la ridicule vanité des Chimiſtes, il n'y a qu'à faire réflexion à la déclaration des Freres de la Roſe-Croix, qui en 1615. promettoient plus d'or aux Puiſſances, que le Roi d'Eſpagne ne pouvoit jamais recevoir des deux Indes, & qui ſe vantoient d'avoir des thréſors inépuiſables. Toutes ces belles eſperances ſe ſont en allées en fumée.

Les adverſaires de la Philoſophie tranſmutatoire prétendent que l'avarice, qui de tout tems a regné dans l'eſprit des hommes, & leur a fait entreprendre les choſes les plus difficiles, a jetté les Chimiſtes dans un labyrinthe dont ils ne ſortiront jamais, & que leurs fatigues, leurs veilles, leurs chagrins, & ſur-tout leurs dépenſes, les font tomber en une eſpèce de mélancolie qui tient du fanatiſme. Ils diſent qu'ils ſont ſi prévenus en faveur de leur opinion chimérique, qu'ils regardent les Savans qui ne ſont pas de leur ſentiment, comme des profanes à qui Dieu a à peine accordé le ſens commun, & qu'ils ſe donnent à eux-mêmes le nom de véritables Philoſophes, ou de Philoſophes par excelcellence, ſe couronnant par leurs propres mains, & s'accordant les loüanges qu'on leur refuſe avec juſte raiſon.

QUELQUES Ecrivains, ſage & ſavant Abukibak, ſont encore plus outrés dans leurs reproches. Ils tranchent toutes les difficultés qu'on peut leur oppoſer, & diſent hardiment que tous les Chimiſtes qui ſe vantent de ſavoir faire l'or, ſont des fripons qui abuſent de la croiance des gens qui ſont aſſez imbécilles pour les écouter. Un fameux Phyſicien à découvert, ou du moins a cru découvrir les différentes manières dont les vieux Chimiſtes abuſent les nouveaux. *Ces Philoſophes*, dit-il, * *prétendent que leur poudre de projection eſt une ſemence de l'or, laquelle a la vertu de l'augmenter quand on y en mêle quelque petite quantité ; & pour en faire l'épreuve, ils mettent de l'or en fuſion par le feu, puis ils y jettent un peu de leur poudre, ils remuent la matière avec une baguette de fer ou d'autre metal, puis ils jettent l'or dans une lingottière, il ſe trouve augmenté conſidérablement. D'abord cette expérience ſurprend, & les aſſiſtans crient* Miracle! *On leur demande à acheter de la poudre de projection: il ne faut pas demander s'ils la font bien paier. L'ache-*

* Cours de Chimie, contenant la Manière de faire les Opérations qui ſont en uſage dans la Médecine, &c. par Nicolas Lemeri, *pag.* 63.

cheteur croit avoir trouvé la pie au nid, il court chez lui pour multiplier ſon or. Il en fait fondre, il y jette de la poudre, il remue la matière, enfin il obſerve les mêmes circonſtances qu'il avoit vû obſerver ; mais il trouve que ſon or n'a point augmenté de poids. Il croit avoir manqué à quelque choſe, il recommence l'opération encore une fois, deux fois ; mais en vain, il n'y a point d'augmentation pour lui, il reconnoît qu'il a été dupe. Voici de quelle manière s'eſt faite la tromperie.

CELUI *qui remue la matière, s'eſt pourvû de quelques petits morceaux d'or, pour jetter adroitement à diverſes fois dans le creuſet, ou dans la coupelle, ſans que perſonne des aſſiſtans en voie rien. Mais quand il eſt obſervé de près, & qu'il prévoit qu'il lui ſeroit difficile de faire entrer rien avec l'or fondu ſans qu'on s'en apperçût, il prend une verge de fer, ou de cuivre, dans le bout de laquelle il a enchaſſé de l'or ; en ſorte que l'on ne le voit point. Il remue l'or avec cette baguette, le cuivre ou le fer ſe fond, & quitte l'or, qui ſe mêle avec l'autre & en fait l'augmentation. Si on lui demande où eſt allé le bout de ſa baguette, il répond, comme il eſt vrai en un ſens, qu'il s'eſt ſéparé en ſcories ; car le cuivre ne ſe mêle point avec l'or. Si l'on examine enſuite la poudre de projection, on verra que ce n'eſt que du vif-argent en poudre, ou quelque autre choſe qui ſe conſume par le feu, ou qui ſe réduit en ſcories.*

CETTE première expérience, quelque trompeuſe qu'elle ſoit, & quelque diffici-

le

le qu'il ſoit de pouvoir en connoître la fourberie, eſt cependant beaucoup moins frappante qu'une autre, dont parle le même Auteur que je viens de citer, ſage & ſavant Abukibak. Elle eſt ſi particulière, qu'il eſt pour ainſi dire impoſſible qu'elle ne prévienne d'abord une perſonne en faveur de la probabilité de la pierre Philoſophale. *Les Chimiſtes*, dit-il, *réduiſent encore des morceaux de cinnabre en argent, & cette ſubtilité eſt très curieuſe. Voici comme ils s'y prennent. Ils ſtratifient dans un creuſet du cinnabre concaſſé, qu'ils appellent cloux de cinnabre, avec de l'argent en grenaille. Ils mettent le creuſet dans un grand feu, & après quelque tems de calcination, ils le retirent, ils renverſent la matière dans une baſſine, & ils montrent les cloux de cinnabre, qui ont été convertis en argent véritable, quoique les grenailles ſoient demeurées dans leur première forme. Ils concluent de là que la tranſmutation des métaux eſt poſſible, puiſque le mercure du cinnabre a été réduit en argent, quoique l'argent ſoit reſté comme il étoit auparavant. Cette expérience eſt ſurprenante, & l'on ne peut pas voir les mêmes morceaux de cinnabre qu'on avoit vû mettre dans le creuſet, changés de mercure en pur argent, qu'on n'ait bien de la peine à croire qu'il s'eſt fait une augmentation de ce dernier métal, & même pluſieurs tiennent qu'on n'en peut douter. On demeure dans cette erreur, juſqu'à ce qu'on ait la curioſité d'examiner les grenailles d'argent, & alors on commence à ſe deſabuſer; car on les trouve fort legères; & si on les presse entre les mains, elles sont écrasées presque aussi facilement que des pellicules. On cesse de croire l'augmentation, quand on pese les peaux des grenailles avec les cloux; car le tout ne pese pas plus que les grenailles d'argent pesoient avant qu'on les eût mises dans le creuset. Enfin il faut de nécessité que le mercure se soit amalgamé avec l'argent, qu'il ait charrié cet argent dans les morceaux de cinnabre, & qu'ensuite s'étant dissipé par le feu, il ait laissé l'argent seul.*

Si je ne savois pas, sage & savant Abukibak, qu'il existe réellement des Artistes, à qui le talent de faire de l'or a été accordé par le Ciel, si même tu ne m'avois pas assûré plusieurs fois que rien n'étoit si facile aux véritables Philosophes, que de mettre en exécution les secrets de la pierre Philosophale, je penserois que toutes les histoires qu'on a écrites de ceux qu'on disoit faire de l'or, n'ont eu d'autre fondement que des fourberies, semblables à celles que rapporte l'Auteur dont je viens de parler. Car enfin, plus je m'applique à l'étude de l'Art, & plus je crains de ne pouvoir parvenir à son but. Je m'apperçois que nous avons si peu de connoissance de la composition naturelle des mixtes, qu'il est presque impossible que nous puissions exécuter des secrets que la Nature nous a voulu cacher. Les mines d'or & d'argent sont entourées d'eaux, & sans doute

doute que les eaux entrainent des lieux d'où elles viennent, des particules salines, qui, passant & coulant à travers des terres d'une composition particulière, se congelent & se corporifient. Or, il est impossible, ou du moins on le doit regarder comme tel, de pouvoir imiter les différens pores de ces terres particulières qui servent à la formation des métaux. Quel est l'homme, qui ôse se flatter de connoître parfaitement la nature des sels qui sont entrainés & charriés par les eaux minérales, & qui puisse pénétrer la disposition des matrices, ou des terres dans lesquelles ces mêmes sels viennent à se congeler?

CE sont-là les secrets que la Divinité semble avoir voulu cacher aux foibles mortels, & il paroît que ce n'est pas sans raison qu'on reproche aux Chimistes d'être bien prévenus, puisqu'ils prétendent par des feux artificiels venir à bout d'imiter parfaitement la nature, & de cuire & convertir en or les matières métalliques.

JE sais, sage & savant Abukibak, que les Sages prétendent que la semence de l'or est répandue par-tout, & que semblable à l'ame du monde, elle est dans tous les différens élemens, & abonde pour ainsi dire dans cet esprit universel. Ainsi, comme la rosée, la manne, le miel, sont empreints de cet esprit qui nourrit, alimente, ſuſtente, fait croître tous les végéteaux, on peut extraire de l'or de toutes ces différentes ſubſtances.

LORSQUE tu me révelas ce myſtère, ſage & ſavant Abukibak, je crus qu'on ne pouvoit rien dire qui pût en détruire la vérité; mais j'ai trouvé du depuis qu'on oppoſoit des raiſons très fortes à cette *extraction de ſemence.* On ſoutient que quoiqu'il ſoit vrai que l'eſprit univerſel contienne un acide qui ſert à la production de l'or, les eaux acides & les ſels qui les forment, provenant de cet eſprit univerſel, on ne peut cependant nommer cet acide une ſemence. Car, quelle preuve a-t-on qu'elle ſoit plus particuliérement celle de l'or, que de tous les autres métaux? Quelle eſt l'expérience, la connoiſſance, la ſcience, la Divinité enfin, qui a révelé aux Alchimiſtes que l'eſprit univerſel contient en lui beaucoup plus de ſemence d'or, que de ſemence des autres minéraux, des plantes, des animaux, & de toutes les différentes choſes qu'il vivifie.

VOILA, ſage & ſavant Abukibak, des objections qui me paroiſſent aſſez fortes. Je te ſerois obligé de vouloir bien me communiquer le jugement que tu en portes. Diſſipes mes doutes, & raffermis-moi dans mes eſperances. Il eſt des momens, où malgré la réſolution que j'ai priſe d'atteindre à la perfection de l'Art, je me ſens

ſens entiérement découragé. Je crains d'éprouver la vérité de la définition de l'Alchimie. Les ennemis de cette Science diſent que *c'eſt un Art ſans Art, dont le commencement eſt de mentir, le milieu de travailler, & la fin de mendier.* „ Penote, „ dit un habile Phyſicien, mourut âgé de „ quatre-vingt-dix-huit ans à l'Hôpital „ d'Yverdun en Suiſſe, & il dit à la fin de „ ſa vie, qu'il avoit paſſée à la recherche „ du prétendu grand-Oeuvre, que s'il „ avoit quelque ennemi puiſſant qu'il n'ô„ ſât attaquer ouvertement, il lui conſeil„ leroit de s'adonner tout entier à l'étude „ & à la pratique de l'Alchimie. „ Cette hiſtoire eſt bien capable de faire faire de ſérieuſes réflexions.

JE te ſalue, ſage & ſavant Abukibak. Raſſures-moi, je te prie, & diſſipes ma crainte.

LETTRE VINGTIEME.

Le Silphe Oromasis, *au sage Cabaliste* Abukibak.

JE voulus avoir, il y a quelques jours, sage & savant Abukibak, le plaisir d'examiner les différentes cérémonies que les hommes observent lorsqu'ils se marient. Je descendis sur la terre, je volai vers les Indes, & je m'arrêtai sur la ville de Siam.

JE vis d'abord une troupe de gens, qui paroissoient fort intrigués de savoir quel seroit le sort d'un jeune garçon & d'une fille qu'on vouloit unir ensemble. Après avoir fait plusieurs grimaces ridicules pour obtenir les faveurs & les graces de la Divinité, ces mêmes gens allerent consulter un Devin, pour savoir de lui si le mariage seroit heureux, & si la paix & l'abondance regneroient dans le ménage. Le prétendu Prophete n'avoit garde d'annoncer des prédictions desagréables, elles auroient été beaucoup moins paiées que des heureuses. Je m'apperçus aisément que les Devins Indiens n'étoient ni moins fourbes, ni moins intéressés que les Européens.

LORS-

LORSQUE les parens des mariés crurent être certains des bontés du Ciel, le jeune homme fit présent à sa fiancée de quelques fruits & d'une petite boëte de Bethel. Il reçut ensuite la dot de son épouse, qu'on lui remit en présence des parens. Je ne vis dans cette assemblée ni Notaire, ni Moine, ni Prêtre, ni Juge, ni Magistrat. L'amour fut le Pontife qui forma le lien des jeunes époux, & la bonne foi fut le contract qui en assûra la durée. J'étois charmé de voir la simplicité que ces peuples apportoient dans leur mariage. Je commençois à croire que je trouverois enfin des Nations, qui connoîtroient combien il seroit heureux pour le bien de la Société, qu'on bannît entiérement des actions civiles toutes les cérémonies bizarres qu'on a consacrées sous le voile de la Religion. J'applaudissois les Siamois avec d'autant plus de plaisir, que j'avois appris qu'il étoit défendu aux Talopins * d'assister aux mariages, sous quelque prétexte que ce fût. Cependant je m'apperçus bientôt que les hommes étoient à peu près les mêmes dans tous les païs, & que chez eux la superstition ne perd jamais entiérement ses droits.

LES Européens font plusieurs folies & plusieurs extravagances en se mariant, & les Siamois, après s'être mariés. C'est une coutume établie chez eux, que deux jours après

* Prêtres Siamois.

après la consommation du mariage, on va jetter de l'Eau benite chez les nouveaux époux, & réciter des prières en Langue *Bali*, qui chez les Indiens est l'équivalent du Latin chez les Catholiques-Romains. Lorsque je vis cette aspersion, & que j'oüis ces prières, dites dans un langage inconnu à ceux qui les prononçoient, je m'écriai d'abord : *Voilà la parfaite copie des mommeries Européennes. Il me semble de voir un Prêtre, après avoir mis un morceau de son habit sur deux personnes qui sont à genoux à ses pieds, balbutier quelques* Oremus *& faire une croix de la main sur leurs têtes.*

AIANT trouvé chez les Siamois des cérémonies nuptiales aussi bizarres que celles des superstitieux Italiens, je passai chez les Chinois, & je voulus connoître si ce dernier peuple, dont on vante tant la sagesse, seroit plus sage que les autres. Quel fut mon étonnement, lorsque je m'apperçus que les Nations qui passent pour les plus policées, sont ordinairement celles qui donnent dans les excès les plus ridicules!

CHEZ les Chinois, la célebration des nôces est précédée de trois jours de tristesse, pendant lesquels on s'abstient de toute sortes de plaisirs. Quel spectacle pour un Sage qui fait usage de la raison, que de voir des Nations entières s'affliger pour le même sujet dont d'autres se réjoüissent! Les unes & les autres fondent également sur

ſur des prétextes plauſibles leur conduite, & les différens mouvemens dont elles ſont agitées.

LES peuples, qui ſe réjoüiſſent à la veille du mariage de leurs enfans, diſent qu'il eſt bien juſte qu'ils prennent part au bonheur de ce qu'ils ont de plus cher, & qu'ils ſe reſſentent du plaiſir de l'eſperance de ſe voir renaître une ſeconde fois en la perſonne de leurs petits-fils. Tous les Européens tiennent le même diſcours. L'on fait des fêtes chez eux avant & après le mariage. Il paroît qu'on ne peut deſapprouver cet uſage, & que celui des Chinois eſt auſſi ridicule que déplacé. Cependant lorſqu'on examine leurs raiſons, on trouve qu'elles ſont beaucoup moins abſurdes qu'on ne l'auroit cru. Ils diſent qu'ils regardent le mariage des enfans comme une image de la mort de leurs parens, parce que dès ce moment les enfans ſemblent en quelque manière leur ſuccéder par avance. Le mariage d'un fils eſt un acte authentique que la Nature ſignifie à un pere, pour le faire reſſouvenir qu'une partie de ſes jours ſe ſont écoulés, & qu'on vient de nommer ſon ſucceſſeur. Cela fait que les Chinois ne croient pas être plus obligés à ſe réjoüir à la célebration des nôces de leurs enfans, qu'un vieux Prélat à la nomination d'un jeune Coadjuteur qu'on lui donne.

JE t'avoüerai, ſage & ſavant Abukibak, qu'entre la joie outrée des Européens, & la la tristesse lugubre des Chinois, je voudrois que les hommes prissent un juste milieu; qu'en considérant la satisfaction qu'il y a de voir multiplier leur famille, ils donnassent des marques de contentement lors de l'établissement de leurs enfans; mais que leur gaïeté fût modérée, non par la vaine crainte du souvenir d'une mort prochaine, mais par une juste appréhension des maux que le mariage entraine quelquefois après lui, & dont leurs enfans seront peut-être un jour accablés.

Si les peres des familles faisoient en général d'aussi sages réflexions, je leur pardonnerois d'imiter l'usage des Chinois, & de s'affliger, non pas trois jours, mais trois mois avant la célebration des nôces de leurs fils. L'Histoire nous apprend qu'il y a eu des peuples qui se lamentoient à la naissance de leurs enfans, ils plaignoient les misères où la vie les alloit exposer. Je suis bien assûré que celles, qu'entraine quelquefois le mariage avec lui, avoient bonne part aux gémissemens de ces peuples. Je ne fais pas difficulté de dire, sage & savant Abukibak, que si les Chinois n'avoient aucun usage plus bizarre que celui de leur affliction, je ne hésiterois pas de le préferer à celui de la joie immodérée des Européens; la folie des premiers me paroît moins grande.

Mais les Indiens ont plusieurs autres coutumes si ridicules, que je suis étonné que des gens qui ont autant de génie que les

les Chinois, aient pû les inventer, s'y soumettre, & les conserver. *„ Les filles „ sont dotées par ceux qui les épousent. „ Une partie de la dot est païée par l'é- „ poux futur, après la signature du con- „ tract, & l'autre un peu avant la céle- „ bration du mariage. Outre cette dot, „ l'époux fait aux parens de l'épouse un „ présent d'étoffes de soie, de fruits, de „ vin, &c. Les deux époux ne se voient „ que lorsque le mariage, qui ne se trame „ jamais que par des entremetteurs, est „ entiérement conclu de part & d'autre, „ & qu'il ne s'agit plus que de célebrer „ les nôces. Alors l'époux, après plu- „ sieurs cérémonies particulières, offre à „ son beau-pere un canard sauvage, que „ des domestiques du beau-pere portent „ sur le champ à l'épouse, comme un „ nouveau gage de l'amour de son époux. „ Ensuite, les deux parties sont condui- „ tes l'une à l'autre pour la première fois; „ néanmoins un long voile dérobe encore „ aux yeux de l'époux la beauté ou la lai- „ deur de l'épouse. Ils se saluent l'un l'au- „ tre, & adorent à genoux le Ciel, la „ Terre, & les Esprits . . . . . . Puis se „ fait

* *Voïage autour du Monde, par* le Gentil, cité par l'Auteur des Cérémonies & Coutumes Religieuses des Peuples Idolatres, *Tom. II. pag.* 2. & 4.

„ fait dans la maiſon du pere de l'épou-
„ ſe le repas nuptial. Elle leve alors ſon
„ voile, & ſalue ſon mari, qui. . . . l'exa-
„ mine d'un regard curieux. Elle attend
„ en tremblant le réſultat de cet examen,
„ & cherche à lire dans les yeux de ſon
„ mari ſi elle lui plait ou non. Il le ſalue
„ à ſon tour, puis ils ſe mettent à table
„ tête à tête; mais auparavant l'épouſe
„ fait quatre génuflexions devant ſon ma-
„ ri, lequel en fait deux enſuite devant
„ ſon épouſe. Cependant le pere de
„ l'époux donne dans un autre endroit de
„ la maiſon un grand repas à ſes parens
„ & à ſes amis. La mere de l'épouſe en
„ donne un autre en même tems à ſes pa-
„ rentes & aux femmes des amis de ſon
„ mari. Après ces repas, l'époux & l'é-
„ pouſe ſont conduits le ſoir dans leur ap-
„ partement, ſans que la mariée ait vû
„ ce jour-là ni ſon beau-pere, ni ſa belle-
„ mere. Mais le lendemain elle les va ſa-
„ luer en grande cérémonie; & ce jour-là
„ ils donnent un repas, dont elle fait tous
„ les honneurs. Elle ſert ſa belle-mere à
„ table, & mange ſes reſtes, pour mon-
„ trer qu'elle n'eſt point étrangère, mais
„ fille de la maiſon. L'uſage ne ſouffre
„ point qu'on donne des reſtes aux do-
„ meſtiques même des étrangers qu'on in-
„ vite. „

N'EST-IL pas ſurprenant que des peuples, qui ont travaillé ſi long-tems à établir

blir des coutumes qui fussent utiles à la Société, n'aient pas refléchi combien celles qu'ils observent dans les cérémonies nuptiales, sont préjudiciables à la Société! Quel est donc l'aveuglement des hommes! Il semble que plus ils veulent se rendre heureux, & plus ils inventent des usages bizarres qui ne peuvent les rendre qu'infortunés. N'est-il pas surprenant que les éleves, & même si on veut, les disciples de ce fameux Confucius, s'unissent pour toujours à des femmes dont ils ne connoissent point la figure, dont ils ignorent les défauts, & du caractère desquelles ils n'ont aucune connoissance? Lorsque je fais réflexion à la conduite d'un Chinois, qui, après avoir mené son épouse chez lui, attend l'instant où elle ôte son voile pour s'éclaircir de sa beauté ou de sa laideur, il me semble que je vois un jeune étourdi, qui, après avoir troqué avec son camarade quelque bijou au jeu qu'on nomme *sans voir ni regret*, est fort surpris quelquefois qu'on lui ait donné un étui de corne en échange d'une tabatière d'or. Que diroit-on d'un négociant qui acheteroit toutes ses marchandises, sans daigner les examiner? On le regarderoit comme un fou avec juste raison. He quoi! Est-il permis qu'il se trouve des hommes assez insensés, pour apporter plus de précautions dans l'examen d'un ballot de laine ou de soie, que dans celui du caractère & de la figure d'une personne avec qui ils doivent passer leurs jours, & des qualités de laquelle dépend tout le bonheur de leur vie?

On ne pourroit jamais se persuader que les Chinois eussent autant d'esprit qu'ils en ont, suivant des coutumes aussi absurdes, si l'on ne voioit chez les Européens des usages qui approchent assez de ceux des Indiens, & si l'on ne trouvoit à Paris l'équivalent des extravagances qu'on apperçoit à Peckin. En France les maris ne reçoivent pas leurs femmes voilées: ils les voient le visage découvert lorsqu'ils vont à l'Eglise; mais combien ne s'en trouve-t-il pas parmi eux, qui ne connoissoient non plus la phisionomie & la figure de leurs futures épouses avant ce moment-là, que celle du Grand-Seigneur, ou du Sophi de Perse? Les parens laissent leurs filles dans des Couvens, jusqu'à ce qu'ils trouvent le secret, moïennant une certaine somme, de s'en débarrasser. Quand ils rencontrent des acheteurs qui veulent bien s'en charger, ils les leur livrent aux pieds d'un Prêtre, ou plûtôt aux pieds d'un Notaire Ecclésiastique, qui, en prononçant trois ou quatre paroles, & en faisant trois ou quatre gestes de la main, contraint & force deux personnes à se faire enrager mutuellement pendant le reste de leur vie, si par hazard, ou par bonheur, leurs humeurs ne simpathisent point.

N'ai-je pas raison de dire, sage & savant Abukibak, que l'on voit à Paris les mê-

mêmes extravagances qu'à Peckin? Les cérémonies sont également bizarres: l'on y regarde de même les femmes, comme des marchandises qu'on prend sur la bonne foi du vendeur. En vérité, je ne puis revenir de mon étonnement, lorsque je fais réflexion à la conduite de la plus grande partie des hommes. Ils crient sans cesse contre leur sort, ils se plaignent de leur état, & ils font tout ce qu'ils peuvent pour se rendre plus malheureux. Il semble qu'ils prennent plaisir à s'aveugler eux-mêmes, & à augmenter tous leurs maux. La raison qu'ils ont reçue du Ciel, est un présent qui leur devient inutile, ils n'en font aucun usage, pas même dans les choses les plus essentielles. Et ce qu'il y a de plus surprenant, ainsi que je te l'ai déjà dit, sage & savant Abukibak, c'est que les peuples les plus polis & les plus spirituels donnent dans les plus grands travers, & qu'on trouve dans toutes les parties du Monde, chez les Nations les plus civilisées, des coutumes qui heurtent directement le bon sens, le bien de la Société, & la tranquillité des Particuliers.

JE te salue, en *Jabamiah*, & par *Jabamiah*.

LETTRE VINGT-ET-UNIEME.

Le Silphe Oromasis, *au sage Cabaliste* Abukibak.

JE passai il y a quelque tems en Hollande, sage & savant Abukibak, & à peine y fus-je descendu dans ce beau chemin qui conduit de la Haye à la Mer, & qui forme en même tems une des plus magnifiques promenades du monde, que j'y vis arriver deux avanturiers, trainés dans une chaise d'assez médiocre apparence, & suivis du Doïen de tous les valets de l'Univers. Les voiant parler avec beaucoup de feu & de vivacité, je fus curieux d'écouter leurs discours; je les suivis jusques dans un petit cabaret borgne de Scheveling, où ils rongerent quelques poissons secs, & bûrent quelques verres de brandevin. Dès les premiers mots qu'ils lâcherent, je compris aisément que c'étoient deux de ces misérables Auteurs, faits par la misère & par la folie, beaucoup plus que par la nature & par les Muses, & que la liberté de la presse, aussi bien que l'avidité des Libraires, font si excessivement foisonner en Hollande.

„ Il

„ Il faut avoüer, dit l'un d'eux, que „ je ſuis bien malheureux. J'ai fait tout „ ce que j'ai pû pour que le Public goutât „ mes Ouvrages, & je n'ai rien avancé. „ Mes Livres ſervent d'amuſement dans „ les antichambres à tous les laquais ; „ leurs maîtres ont été aſſez complaiſans „ pour les acheter, mais non pas pour les „ lire. Il eſt vrai que je m'y étois pris „ de manière à attraper les plus fins ; car „ lorſqu'on expoſa en vente mes *Anecdotes* „ *Littéraires & Galantes*, on les débitoit „ comme ſi elles avoient été compoſées „ par l'Auteur des *Lettres Juives*. Cela „ leur donna de la vogue au commence„ ment; mais elle ne dura que jusqu'à ce „ qu'un certain nombre de perſonnes, „ comme ſi elles ſe fuſſent donné le mot, „ dirent par-tout que mon Ouvrage étoit „ pitoiable, & le traiterent de vraie rap„ ſodie. Les Faiſeurs de chanſons, l'Au„ teur des *Lettres Juives* *, les Journa„ liſtes †, m'accablerent tout à la fois.

„ Il

* Voyez l'*Epître Dédicatoire*, & la *Préface* du VI. Volume.

† La plûpart de ces *Anecdotes* ne roulent que ſur le compte des Moines & des Médecins, les premiers n'y entrant que pour des affaires de galanterie, & les autres, à l'exception d'un ſeul, n'y faiſant qu'une aſſez ſotte figure Comme c'eſt le même Auteur qui a écrit les *Lettres* & les *Réponſes*, qui ſont toutes au nombre égal de dix-huit dans ce Volume, on y voit auſſi le

même

„ Il faut que j'avoüe que j'ai penſé deve- „ nir fou d'eſſuier tant de nazardes. Je „ ne crois pas que jamais Auteur ait été „ auſſi rudement berné; & depuis feu Co- „ tin d'illuſtre mémoire, on n'a pas vû „ qu'aucun Ecrivain ait eſſuié rien de pa- „ reil à ce qui m'eſt arrivé. Ce qui me „ fâche le plus, ce n'eſt pas que mes Ou- „ vrages ſoient critiqués, c'eſt de ne pou- „ voir plus les vendre à l'avenir. Il faut „ dorénavant que je me réſolve à mourir „ de faim, ou à me faire cocher d'un „ Fiacre; c'eſt l'unique eſpoir qui me „ reſte. „

Vous *pouſſez les choſes à l'extrême*, répondit l'autre de ces hommes. *Pourquoi vous abandonner au déſeſpoir? N'avez-vous pas encore la reſſource de votre part des* Critiques *des* Lettres Juives? „ Elle va bien- „ tôt finir repliqua le dolent Ecrivain. Le „ Public, le maudit Public, les mépriſe. „ Quoique le Libraire n'en tire que cent „ exemplaires, il ſeroit bien-tôt ruiné s'il „ continuoit. A peine en vend-t-il une „ ving-

même eſprit, le même goût & le même ſtile; & jamais homme, qui ſe répond à lui-même, n'a pris moins de peine pour depaïſer le Lecteur. *C'eſt-là le jugement que les Auteurs de la* Bibliotheque Raiſonnée *ont porté ſur ce miſérable Ouvrage, dans leur Journal pour les Mois de Juillet, Août, & Septembre de l'Année* 1737. *Tom. XIX. part. I. pag.* 201.

„ vingtaine. Or, vous voïez bien que je „ ne dois pas espérer qu'il en poursuive „ encore long-tems l'impression ; il se re- „ pent assez de l'avoir entreprise. „

CE *que vous dites-là*, reprit l'autre homme, *me surprend. Vous croiez que nos* Critiques *vont bien-tôt finir? Vous pensez, Maître Nicolas, que le Libraire est las de nous faire vivre?* „ Ouï, mon pauvre Buscon, s'écria l'Auteur. Nous avons emploié „ en vain tous nos talens & toute notre „ industrie. Il faudra bien-tôt que nous „ ne comptions plus pour vivre sur nos „ Critiques. *Quoi*! dit Buscon, *les injures que nous avons dites dans nos dernières Lettres, ne leur ont point donné de nouvelles forces?* „ Point du tout, repartit Ni- „ colas. Elles ont au contraire révolté „ le Public contre nous, & ce maudit „ Auteur des *Lettres Juives* a si bien sçu „ mettre les rieurs de son côté, qu'il est „ impossible de pouvoir décrier ses Ouvra- „ ges. „

MAIS *comment*, reprit Buscon, *est-il permis que les gens de goût ne sentent pas les beautés qui sont répandues dans nos* Critiques? *Peuvent-ils n'être pas enchantés de cette histoire qui nous a donné tant de peine à inventer, & qui est si vrai-semblable, où nous disons qu'un premier Président mena dans sa maison un homme qui avoit eu dispute avec un Régent du Collège des Jésuites ; qu'il ne put cependant le garantir d'une Lettre de cachet, & qu'aiant fait sauver l'Abbé à Londres*

dres, on l'y assassina quinze jours après? „ Bon! „ répondit Maître Nicolas, on a traité „ tout cela de sottise. On dit qu'il est ab- „ surde de supposer qu'un Régent de Col- „ lège est plûtôt cru, qu'un premier Pré- „ sident. On se moque de ce prétendu „ Président, qui n'a point de nom. On „ dit que rien ne marque plus combien „ nous disons de choses ridicules & ab- „ surdes. L'on ajoute que nous accor- „ dons à un Jésuite assez de pouvoir pour „ rendre inutile le crédit du second Ma- „ gistrat du Roïaume, & pour faire assas- „ siner un homme au milieu de Londres, „ tandis que dans dix de nos *Lettres* nous „ disons en termes exprès que *les Moines* „ *n'ont point de crédit, & qu'on peut se dis-* „ *penser de l'examiner.* On se moque de ces „ contradictions; & l'on prétend que „ pourvû que nous barbouillions du pa- „ pier, nous ne nous embarrassons pas d'é- „ crire les choses les plus impertinentes, „ au nombre desquelles on met ce que „ nous avons dit de Guignard. L'éloge „ que nous avons fait de ce Jésuite, pen- „ du par arrêt du Parlement de Paris „ pour avoir conspiré contre la personne „ d'Henri IV. nous a fait grand tort. Il „ a révolté tout le Public, qui a été in- „ digné de notre hardiesse, & la trai- „ tée d'audace, de folie, & d'imperti- „ nence. „

VOUS *étes seul coupable*, répondit Busçon, *du mal que nous cause cet éloge. Je* vou-

voulois que nous gardassions le silence sur ce maudit Pendu. Hé! plût à Dieu que nous eussions laissé les morts en paix! Nous voilà bien avancés! Pour avoir eu le plaisir de loüer un scélerat, nous serons obligés de mourir de faim. „ Je croiois, repartit Nicolas, que „ cet éloge feroit plaisir aux Réverends „ Peres Jésuites & à leurs partisans, sur- „ tout à ceux qui sont répandus en Hol- „ lande, & qu'ils ne manqueroient pas „ d'acheter nos *Critiques*. J'esperois par- „ là en augmenter le débit.

NE *vous avois-je pas dit*, repliqua Buscon, *que vous seriez trompé dans votre attente; que les Jésuites seroient fâchés de vos loüanges déplacées, & qu'il ne faut jamais parler de corde dans la maison d'un pendu? Morbleu! Pensiez-vous que les gens que vous vouliez flatter, fussent des imbécilles, & qu'ils ne comprissent pas bien qu'en loüant leur Collègue le Réverendissime Pere Guignard, vous ne faisiez que renouveller l'indignation que tous les honnêtes gens ont pour sa mémoire. Vous avez voulu suivre votre tête, & votre ventre en souffrira plus d'une fois. Ce qu'il y a de fâcheux en tout cela, c'est que le mien soit obligé d'essuier le même sort, & que mon estomac soit plus ou moins débile, selon que vous faites plus ou moins de sottises.* „ Ma foi, „ mon cher Buscon, reprit Maître Nico- „ las, si mes bevûes ont décrédité & ren- „ du ridicules nos *Critiques*, les votres „ ont bien produit le même effet. Croiez- „ vous que ces quarante potences que

„ vous avez voulu faire dreſſer pour y „ pendre les Avocats, nous aient fait „ grand bien ? Détrompez-vous. Tout le „ monde a crié fortement contre un ar- „ rêt qui lui a paru bleſſer les loix de „ l'honneur, de la bienſéance, de l'huma- „ nité, & de la liberté de toutes les Na- „ tions. Je ſais, à n'en pas douter, que „ pluſieurs perſonnes, en liſant la *Lettre* „ où vous aviez inſéré cette impertinen- „ ce, ſe ſont récriées pluſieurs fois : *Mau-* „ *dit Auteur de Bibus, mauſſade Barbouilleur* „ *de papier, tu mériterois d'être où tu vou-* „ *drois placer quarante honnêtes gens, qui* „ *n'ont été malheureux que pour avoir été* „ *trop attachés au bien de leur patrie!* „

J'AI *fait*, répondit Buſcon, *la même faute que vous. Je voulois, en inſultant les Avocats, flatter les Jéſuites. J'eſperois que par leur crédit nos* Critiques *auroient plus de cours. Pouvois-je prévoir que tout s'accorderoit à nous nuire. Cette diable d'hiſtoire, que vous êtes allé fourrer dans la* Lettre *d'un Jéſuite qui fit aſſaſſiner un homme à Londres, a rendu inutiles tous nos projets. Au lieu de loüer* Guignard, *vous euſſiez bien mieux fait de ne point aller inventer un fait auſſi ridicule que celui de ce prétendu aſſaſſinat. Vous avez voulu plaire à tout le monde, & tout le monde vous a regardé comme un extravagant ; les honnêtes gens, parce que vous loüiez un criminel de Léze-Majeſté divine & humaine ; & les Jéſuites, parce qu'après les avoir inſultés de la manière du monde la plus grié-*

ve, en les comparant au vieil de la Montagne, & en les traitant d'aſſaſſins, d'impoſteurs, d'ennemis irréconciliables, vous avez cru qu'ils oublieroient aiſément des injures auſſi fortes, en leur donnant des loüanges ridicules. Par ma foi mon cher Maître Nicolas, vous avez fait d'étranges bevûes. Si nos Critiques *ſont huées, ſifflées, mépriſées, baffouées, n'en accuſez que vous. La faute que j'ai faite, en condamnant quarante bonnêtes gens à être pendus, n'étoit point irréparable, ſi vous euſſiez ménagé les Moliniſtes outrés. Ils penſent ainſi que moi, & je ne doute pas qu'ils n'euſſent approuvé ma déciſion, s'ils n'avoient point été piqués contre nos* Critiques. *Mais comment voulez-vous qu'un Ouvrage ait du cours, lorſque tout le monde ſe trouve intéreſſé à le décrier?*

„ JE conviens de ce que vous dites, „ repliqua Maître Nicolas, & je recon- „ nois que j'ai tort. Mais par quel en- „ chantement ce maudit Auteur des *Let-* „ *tres Juives* a-t-il trouvé le ſecret de don- „ ner tant de cours à ſes Ouvrages? Il „ n'épargne perſonne; Janſéniſtes, Moli- „ niſtes, Jéſuites, Proteſtans, Miniſtres, „ Moines, gens d'affaires, Petits-Maî- „ tres, Coquettes, Prélats, tout lui eſt „ égal. „ *Voulez-vous que je vous parle ſincérement?* répondit Buſcon. *L'Auteur des* Lettres Juives *a ſuivi une maxime toute différente de la nôtre. Il blâme le faux & le mauvais par-tout où il l'apperçoit. Mais il* loüe

loüe aussi le bon & le beau par-tout où il le decouvre. Une impartialité & une liberté bardie, qui regnent dans ses écrits, leur attirent l'estime des honnêtes gens. D'ailleurs, son stile, sa façon de s'énoncer est bien différente de la nôtre. Nous nous ressentons toujours, mon cher Maître Nicolas, de notre premier metier. Vous écrivez en Vendeur d'orvietan. Vous faites sur des niaiseries un ramas de réflexions inutiles, & quelquefois puériles. Il semble que vous loüiez les vertus de votre beaume, & que vous soiez sur vos anciens tréteaux. Ne croiez pas que je veuille vous faire de la peine, en vous parlant aussi sincérement. Je me rends à moi-même autant de justice. Je sens parfaitement bien que si vous écrivez en Charlatan, les Ouvrages que je fais, paroissent composés par le fameux avanturier Buscon, mon illustre prédécesseur, dont j'ai mérité de porter le nom, par la ressemblance qu'il y a entre sa vie & la mienne. Je nâquis, ainsi que lui, dans un petit village, fils d'un simple Messager. Après que le Curé m'eut montré à lire, j'allai dans la ville la plus prochaine pour apprendre le Latin chez les Jésuites. Mon pere faisoit tout ce qu'il pouvoit pour me faire faire Prêtre: il dépensoit même plus qu'il ne devoit, pour me soutenir dans un état au-dessus de ma naissance. Bien loin de profiter utilement de ses bienfaits, je me livrai à la débauche, j'abandonnai mes Maîtres, & je suivis une troupe de Bohémiens. Je la quittai pour m'engager dans un Régiment d'Infanterie, du-

quel je désertai bientôt. Je courus ensuite dans les païs étrangers. Je pris un nom supposé : je me dis tantôt Baron, tantôt Comte ; tantôt Marquis, suivant que la fantaisie m'en prenoit. Je vécus de ce que put me fournir mon industrie. J'eus le bonheur de faire connoissance avec vous. Une heureuse simpathie lia bientôt nos cœurs. Je devins Auteur dans le même tems que vous vous avisâtes de l'être. Vous publiâtes vos Anecdotes, *que vous disiez être un ramas de vos avantures. Je donnai, comme Baron* *, *de prétendus* Mémoires de ma Vie. *Mes Ouvrages ont eu le même sort que les vôtres, & la fortune sans doute veut que nous reprenions notre premier métier, que je redevienne Bohémien, & que vous vous refassiez Vendeur d'orvietan.*

„ J'AIMEROIS mieux, mon cher Buscon, répondit Maître Nicolas, me jet„ ter dans la rivière, que de remonter „ sur mes maudits tréteaux. Quoi! Après „ m'être vû honoré du grade de Méde„ cin, après avoir été regardé comme un „ Docteur d'importance, je serois obligé „ d'aller encore m'égosiller à crier: *Allons,* „ *Messieurs, encore un paquet. A cinq sols,* „ *à cinq sols. Ce n'est pas cher en vérité.* „ *Mon*

* Ce sont les Mémoires du Baron de Puisieuf. Ce prétendu Baron étoit le fils d'un Muletier.

„ *Mon beaume eſt excellent. Son Alteſſe en a* „ *acheté, tout le Chapitre s'en eſt pourvû,* „ *toute la ville s'en eſt fournie, & tous en* „ *ſont contens, très contens, plus que contens.* „ Comment! je ſerois encore forcé de dé- „ biter gravement au coin de toutes les „ rues ces ridicules phraſes! Ah! je fré- „ mis en les prononçant. Non, non: mou- „ rons, cher ami. Il vaut mieux mou- „ rir, & ſauver ma gloire. „

JE *trouve aſſez étrange*, repliqua Buſcon, *que vous aiez pris une ſi mortelle averſion pour votre ancienne profeſſion. Entre nous ſoit dit, elle étoit pour vous beaucoup plus lucrative, que celle que vous exercez aujourd'hui: car, il y a bien peu de gens qui veuillent vous faire appeller lorſqu'ils ſont malades. Vous êtes un vrai Médecin* ad honores. *Ma foi, ſi j'étois à votre place, j'aimerois mieux un peu moins de gloire, & un peu plus de profit. Mais vous auriez dû prévoir ce qui vous arrive, & puiſque vous vouliez continuer votre profeſſion de Médecin, vous ne deviez point vous aller fourrer dans la cervelle de compoſer des Livres. Je ſuis aſſûré que les* Journaliſtes *& l'Auteur des* Lettres Juives *vous auroient laiſſé tuer en paix autant de gens que vous auriez voulu. Ils ne vous avoient jamais fait aucun reproche ſur ceux que vous avez expédiés aſſez promptement.* Ah! s'écria dou- „ loureuſement Maître Nicolas, ſi j'avois „ prévû ce qui eſt arrivé . . . . Mais je „ me flattois . . . . La vanité d'être re- „ gar-

„ gardé comme un Ecrivain célebre . . . . *J'entends*, interrompit Buſcon, & *je vois que le Chanſonneur n'a pas tort*, *lorſqu'il a dit que* vous vous croiez bon pour la ſeringue & la plume. *Vous vous êtes trompé. Quel remède y-a-t-il aux choſes qui ſont faites? Il faut prendre patience. J'en reviens toujours à l'expédient de reprendre votre ancien métier. Vous avez eu le ſoin d'en conſerver les habits qui vous ſont néceſſaires. Il ſembloit que vous prévoïez ce qui arriveroit. Vous n'avez jamais voulu faire la dépenſe d'un juſte-au-corps modeſte, tel qu'il convient à un Médecin d'en porter. Si c'eſt un* Jean-Farine *qui vous manque, vous n'avez qu'à parler. Je ſuis à votre ſervice.*

„ ALLONS, répondit Maître Nicolas, „ réver ailleurs à ce que nous ferons, „ & dans les *Critiques* * que nous donne- „ rons encore, tâchons d'emploier tout „ ce que nous pourrons, pour ramener „ à nous l'ingrat & injuſte Public. „

A CES mots, ſage & ſavant Abukibak, les deux avanturiers reprirent le chemin de la Haye; & moi, je revolai dans les airs, & continuai ma route.

JE te ſalue, en *Jabamiah*, & par *Jabamiah*.

* Elles ont été trouvées ſi pitoiables, que le Libraire a été obligé de diſcontinuer avant la fin du troiſième Volume.

LETTRE VINGT-DEUXIEME.

Le Cabaliſte Abukibak, *au ſtudieux* ben Kiber.

JE répons exactement à la Lettre que tu m'as écrite, ſtudieux ben Kiber, & je me flatte de diſſiper entiérement tes doutes & tes ſoupçons ſur la réalité de la pierre Philoſophale. Je conviens, ainſi que le dit l'Auteur que tu as cité, qu'il eſt un grand nombre d'avanturiers, qui, uſurpant le nom de Philoſophe, tâchent par mille fourberies de tromper ceux qui ſont aſſez crédules pour ajouter foi à leurs diſcours. Mais parce qu'il ſe trouve des impoſteurs qui abuſent d'un titre qui ne leur convient point, il eſt ridicule de conclure que tous les Alchimiſtes ſont des menteurs. Ceux-mêmes, qui paroiſſent les plus contraires à la recherche de la tranſmutation des métaux, n'ôſent nier qu'il ſoit impoſſible d'y parvenir. Le Phyſicien, dont tu m'as parlé dans ta dernière Lettre, convient *qu'on ne peut pas abſolument nier que quelque Artiſte par une méthode particulière ne ſoit venu à bout de faire de l'or, ou que quelqu'un ne trouve le*

moïen

moïen d'en faire dans la ſuite *. Ces paroles auroient dû te faire appercevoir combien peu ſont fondés dans leur ſentiment ceux qui combattent la recherche de la pierre Philoſophale, puiſqu'ils nient la poſſibilité d'une choſe, de l'exiſtence de laquelle ils conviennent. Je ne penſe pas qu'on puiſſe voir rien de plus abſurde, ni de plus contraire à la juſteſſe du raiſonnement qu'une pareille conduite.

CONTINUE donc, mon cher ben Kiber, des études auſſi agréables qu'utiles, & ſois aſſûré que je t'aſſiſterai toujours de mes avis & de mes conſeils. Juſques ici tu as agi très prudemment en ſuivant les préceptes du Roi Geber, & du ſage Raimond Lule, mais tu dois ſur-tout méditer ſur ce paſſage d'Hermès, où tout le grand ſecret eſt entiérement contenu. *La terre*, dit-il, *eſt ſa nourrice, & il aura une force parfaite, ſi l'on peut venir à bout de le réduire lui-même en terre. Sépares donc la terre du feu, & la matière ſubtile de la craſſe & de l'épaiſſe; car c'eſt avec plaiſir qu'elle s'éleve de la Sphère terreſtre à la céleſte, & qu'elle redeſcend enſuite de cette première, & reçoit ainſi une force qui lui eſt communiquée par les influences inférieures & ſupérieures*

* Cours de Chimie, contenant la Manière de faire les Opérations qui ſont en uſage dans la Médecine, par une Méthode facile, par Nicolas Lemery, *pag.* 66.

res *. A ces utiles préceptes d'Hermès je joindrai ce que dit Raimond Lule dans son dernier Testament, en parlant de la matière des Philosophes. *Dans le centre*, écrit-il, *de toutes les choses il est une certaine terre vierge* †. Prens garde, studieux ben Kiber, que c'est cette espèce de terre vierge, de laquelle il faut extraire la divine poudre de projection, en séparant, comme le dit Hermès, *la matière subtile de l'épaisse*. Lorsqu'on est venu à bout de cette première opération, on a bientôt conduit la grande Oeuvre à sa fin: il ne reste plus qu'à *faire pénetrer ce metal parfait dans le sein de sa mere* §, afin qu'il acquiére une entière perfection, & qu'il la communique aux autres parties avec lesquelles il s'incorpo-

* *Nutrix ejus terra est, vis ejus integra est si versa fuerit in terram. Separabis terram ab igne, subtile à spisso. Suaviter cum magno ingenio ascendit a terra in cœlum, iterumque descendit in terram, & recipit vim superiorum & inferiorum.* Hermes *in* Tabul. *pag.* 107.

† *In centro omnium rerum inest quædam terra virgo.* Raimond Lul. *apud* de Planis, Philos. Transm. pag. 45.

§ *Oportet ut metallum intret in utero matris ex quâ factum fuit, ut ibi novam naturam priori perfectiorem accipiat, quod totum est secretum nostrum, & hoc Regeneratio vocatur.* Magni Philosophi Arcani Revelator, sive prætiosissimi Arcani Arcanorum & Philosophorum Magisterii verissima ac purissima Revelatio, *pag.* 32.

pore; en ſorte qu'il les régénere de nouveau.

TACHEZ donc, ſtudieux ben Kiber, d'extraire avec ſoin cette terre vierge, que vous trouverez dans le cinquième Element, connu aux Alchimiſtes, & qui eſt composé des autres quatre Elemens; car ſans elle ce ſeroit en vain que vous eſpereriez de parvenir à votre but. Pluſieurs, dit un ſavant Philoſophe Alchimiſte, ont tâché de réduire de l'or en liqueur, & d'en extraire un eſprit, non ſeulement propre à guérir toutes les maladies humaines, mais encore à diſſoudre & à changer les métaux, en le mettant en mouvement & en action par le moïen de l'eau forte, de l'eau régale, des eſprits de ſel, & des huiles de tartre. C'eſt en vain qu'ils ont travaillé, parce que toutes ces diſſolutions ne ſont point naturelles, & que les diſſolvans de cette nature ne conviennent point aux métaux, mais au ſel; en ſorte que l'or & les autres minéraux ſe vitrifient, perdent leur forme, & ſe détruiſent entiérement. Ainſi, il eſt impoſſible que par des opérations auſſi vicieuſes on puiſſe jamais parvenir à la perfection de l'Oeuvre. Or, quoique les Philoſophes diſent qu'il faut donner une nouvelle forme aux métaux, ils n'entendent point cependant par les termes de deſtruction & de privation de la forme, une deſtruction totale de l'eſſence de ces métaux, parce qu'alors il s'enſuit une rui-

 ne

ne totale de l'eſpèce, & que les vrais Alchimiſtes connoiſſent parfaitement qu'il ſeroit impoſſible, ſi la forme métallique étoit entiérement détruite, de pouvoir la rappeller. Il faut donc entendre par les termes de privation de forme, une eſpèce de changement, ou plûtôt d'enſéveliſſement de la première figure des métaux, qui leur en fait acquérir dans la ſuite une beaucoup plus parfaite; & cette eſpèce de réſurrection ne peut être opérée que par le moïen de la putréfaction *.

Tu

* *Multi conati ſunt conficere aurum, & in ſpiritum reducere, tum ad humanam naturam curandam, quam ad metalla, mediantibus aquis fortibus communibus, aquis regiis, ſpiritibus ſalis, oleis tartareis, & aliis diverſis modis, diſſolvenda; ſed fruſtra laboraverunt, quia hæ diſſolutiones non ſunt naturales, nec diſſolventia hujus naturæ ſunt de ſpecie metallica, ſed potius de ſpecie ſalium, in quibus aurum & alia metalla tandem totam formam amittunt & vitrificantur, & tandem omnino deſtruuntur, qua forma ſalium vitrificantium, natura metallica aliam formam ſumit, & hoc fit ſecundum naturam diſſolventium, & ſic totum opus ſuum deperdunt: nam per hujuſmodi operationes nunquam aurum & cætera metalla in ſpiritum ad opus Philoſophicum idoneum reducuntur, nec in primam materiam ſuam vertuntur. Licet enim Philoſophi dicant metalla ſuâ formâ eſſe privanda ad aliam formam introducendam, hanc tamen deſtructionem ſive privationem formæ Philoſophi non intelligunt eſſe deſtructionem formæ eſſentialis metallorum, quia hos*

TU vois, ſtudieux ben Kiber, que c'eſt avec peu de raiſon que les ennemis des Alchimiſtes prétendent que tous les Livres qu'on a écrits ſur les matières qui concernent la Philoſophie tranſmutatoire, ſont obſcurs, inintelligibles, & ne contiennent que des viſions chimériques. Je ne penſe pas qu'on puiſſe parler plus clairement & avec plus de juſteſſe.

APRÈS que ce même Auteur a prouvé clairement que ce n'eſt point dans la diſſolution de l'or qu'il faut chercher la matière des Philoſophes, il apprend, ainſi que je t'ai déjà dit qu'Hermès, ce grand homme l'a écrit, qu'elle ſe trouve dans le cinquième Element. Il ordonna donc aux Alchimiſtes d'avoir toujours trois choſes préſentes dans l'eſprit, la matière, la forme, & la privation de cette même forme *. Il preſcrit enſuite les moïens de par-

hoc modo fieret ruina totalis ſpeciei, neque mutationem formæ metallicæ in formam alterius ſpeciei dicere voluerunt; ſed ſolum per iſtam privationem formæ, ſepelitionem tamtummodo formæ metallicæ intellexerunt imperfectæ, ad aliam perfectiorem acquirendam, ut ſupra diximus: & hæc ſepelitio formæ fit in revolutione ad principia, quæ ſine putrefactione nullo modo fieri poteſt. Id. *ibid. pag.* 30.

* *Tria apud te repete, ſcilicet materiam ex quatuor Elementis compoſitam, formam hujus compoſitionis, & privationem hujus formæ, quæ eſt reſolutio compoſiti ad ſua principia, & hoc eſt noſtræ Artis initium, quo ritè perpenſo explicationem ſon-*

parvenir à ce changement de figure & d'essence par le secours de la putréfaction. C'est par elle que se fait le renouvellement, & c'est ce qu'ont voulu dire les Philosophes, lorsqu'ils se sont servis des termes de *Résoudre* & *Coaguler* *. C'est dans ces deux mots que sont contenus tous les mystères de l'Art, les Philosophes aiant voulu les cacher sous plusieurs noms différens à ceux qu'ils regardoient comme des profanes. Car, non seulement sous les mots de *Résoudre* & *Coaguler* est compris toute l'opération de

sententiæ Aristotelis invenies, & multorum aliorum cum ipso dicentium. Sciant Alchimistæ metalla transmutari non posse nisi in primam materiam reducantur. Id. *ibid. pag.* 21.

* *Cum ergo in* Solve & Coagula *contineatur quidquid est Arti nostræ necessarium, mihi videtur non esse extra rem sensum aperire horum præstantissimorum verborum, & altitudinem explorare, ad impediendum ne multi laborantes, qui sunt in tempestate nostri Oceani metallici, periclitentur & ob ignorantiam istorum verborum perdantur. Philosophi operationem variis nominibus vocarunt, ut celaretur iis qui introitum non habent ad hoc divinum arcanum, & ut id suis propriis alumnis aperirent, se ad hæc duo Verba a celeberrimis inventa restrinxerunt, sub quibus non solum significaverunt tam operationem necessariam, sed etiam materiam quâ utendum docent, quæ materia est ignis & aqua, scilicet sulphur & mercurius, fixum & volatile, dissolvens & coagulans, solubile & coagulabile, agens & patiens.* Id. *ibid. pag.* 26.

de la putréfaction; mais encore la matière dont il faut se servir. C'est le feu & l'eau c'est-à-dire le souphre & le mercure du cinquième Element, le fixe ou le volatil, le dissoluble ou le coagulable, l'agent ou le patient, toutes ces expressions étant synonimes, & signifiant la même chose.

ELOIGNE donc, cher ben Kibèr, de ton esprit tous les soupçons que tu pourrois avoir sur la réalité de la transmutation des métaux, & sois certain qu'en suivant les préceptes des Sages, & en t'appliquant avec attention à l'étude de la *Science des Sciences*, tu parviendras enfin au but de tes desirs. Si tu veux connoître évidemment que tu ne cherches qu'à obtenir ce que Dieu a accordé à plusieurs personnes, écoute ce que dit le sage Cabaliste David de Planis-Campi *. *Le grand Hermès, tant de fois appellé* trois fois Grand *par ses successeurs, eût-il eu tant de peine pour nous rendre possesseurs de cet Art, s'il ne l'eût reconnu honnête & vertueux? Pithagore, surnommé de Plutarque* l'Enchanteur, *l'eût-il enseigné publiquement, s'il n'eût été licite, honnête, & vertueux, les obscures sentences duquel, ou de ses disciples, nous avons encore aujourd'hui, sous le titre de* Turbe des Philosophes?

* L'Ouverture de l'Ecole de Philosophie transmutatoire métallique, &c. par David de Planis-Campi, *Préf. pag.* 2. & 3.

phes? *D'ailleurs, Ariſtote, par la Lettre qu'il écrit à Alexandre le Grand, nous fait voir l'honnêteté de cet Art, puiſqu'il ſémond un grand Roi, tel que celui-là, à la recherche d'icelui. Davantage, qu'il ſoit licite & honnête, David, Salomon & Eſdras en rendent témoignage: le premier au Pſeaume XI.* Les paroles de Dieu ſont paroles nettes, pures comme argent, examiné par le feu, & purgé de la terre ſept fois; *le ſecond, en l'Eccléſiaſtique, Chap. XXXVIII.* Le Tout-Puiſſant a créé la Médecine de la terre, & l'homme prudent ne la mépriſera point, *& le troiſième, Livre IV. Chap. VIII.* Interroges la Terre, & elle repondra que Dieu donne beaucoup de terre pour faire des pots; mais il donnera un petit de poudre pour faire de l'or.

APRÈS que des perſonnages d'une auſſi grande ſageſſe que ces anciens Iſraélites, ont aſſûré la réalité de la pierre Philoſophale, n'eſt-il pas ridicule que certains eſprits préſomptueux qui ſe donnent le nom de *Phyſicien*, veuillent faire paſſer l'Art des Chimiſtes pour une chimère, qui conduit ordinairement ceux qui la cherchent à l'Hôpital? Et n'eſt-il pas encore fort plaiſant que des gens, qui ne connoiſſent des opérations de la Nature, que ce qu'ils en ont appris par quelques expériences, veuillent qu'on préfere leurs ſentimens à ceux des Prophetes? David & Eſdras nous aſſûrent de la réalité de la pier-

pierre Philoſophale. Locke, Descartes, Gaſſendi, Fontenelle en nieront la poſſibilité. Je demande pour leſquels de ces Auteurs un homme de bon ſens doit opter. Il faut être fou, ou héretique pour préferer l'opinion des hommes ordinaires à celle des hommes éclairés de l'Eſprit de Dieu.

MAIS, dit-on, *on voit pluſieurs Alchimiſtes qui meurent miſérables, & qui reconnoiſſent trop tard pour leur malheur, qu'ils ont été la duppe de leur crédulité. Penote, qui avoit cultivé la Chimie pendant toute ſa vie, mourut à l'Hôpital d'Yverdun en Suiſſe.* N'eſt-il pas abſurde de vouloir juger de l'utilité d'une ſcience par les actions de quelques perſonnes qui ont travaillé vainement pour l'acquerir? Cela eſt auſſi ridicule que ſi l'on diſoit que l'éloquence eſt un art impertinent & qui conduit à l'Hôpital, parce que Cotin prêchoit d'une manière riſible, & que plus d'un mauvais Avocat eſt mort de miſère. Ces gens-là n'étoient pas des orateurs: ils en avoient ſeulement emprunté le nom. Les Chimiſtes, qui ſont dans le cas de Penote, ſont des Cotins dans l'étude de la Philoſophie tranſmutatoire.

IL n'eſt aucune choſe, quelque utile qu'elle ſoit, dont on ne puiſſe mal uſer. La Morale même, ſi néceſſaire à former les mœurs des hommes, peut devenir nuiſible à quelques perſonnes qui abuſent des règles les plus ſages, & pouſſent les choſes à l'excès, ſoit par ignorance, ſoit par un tempérammment trop ardent.

UN homme, frappé des vertus des Philoſophes anciens, réſolut de les imiter, & de réünir dans lui toutes celles qu'ils avoient eues. Il abandonna ſa maiſon, ſa femme & ſes enfans, pour aller habiter dans un tonneau, à l'exemple de Diogene. Il s'affligeoit de tous les malheurs publics & particuliers, ainſi qu'Héraclite. Il ſermonoit les gens qu'il rencontroit ſur les grands chemins ou ailleurs, comme Bias. Chacun le regardoit comme un fou; mais ſa conduite, quelque bizarre qu'elle fût, n'aiant rien qui bleſſât la tranquillité publique, on le laiſſoit faire en paix toutes ſes extravagances. Par malheur pour lui, il voulut imiter Socrate, & même le ſurpaſſer. Il crut qu'il devoit faire aux Saints une guerre auſſi cruelle, que celle que le Philoſophe Grec avoit faite aux Dieux du Paganiſme. Il commença par débiter des maximes, qui en Italie euſſent ſenti beaucoup le fagot. Des diſcours, il paſſa enſuite aux actions. Un jour il ſauta ſur un Prêtre qui promenoit dans les rues un petit Saint de bronze, très joli, & fort bien doré. Il le lui arracha des mains, lui en donna un coup qui lui caſſa deux dents, & fit des proüeſſes avec ce Saint, comparables à celles qu'exécuta ta Samson armé de la machoire d'un âne. Il mit en fuite la procession. Cependant les modernes Philistins, s'étant un peu rassûrés, revinrent à la charge, saisirent le Philosophe, & le conduisirent en prison. Il n'en sortit que pour être conduit aux Petites-Maisons.

JE demande aux ennemis des Alchimistes ce qu'ils penseroient, si je tirois des raisons de cette Histoire, pour en conclure que l'étude de la Philosophie & de la Morale conduit aux Petites-Maisons?

JE te salue, studieux ben Kiber, & t'exhorte à continuer tes recherches.

****

LETTRE VINGT-TROISIEME.

Ben Kiber, *au sage Cabaliste* Abukibak.

DEPUIS plusieurs jours, sage & savant Abukibak, je suis dans un état qui ne me laisse plus assez de tranquillité pour m'appliquer à la recherche de la pierre Philosophale. Mes fourneaux sont éteints, mes cornues, mes minéraux, mes récipiens, tout est en desordre & pêle-mêle, à peine me connois-je moi-même. Je suis devenu amoureux, & amoureux d'une beauté qui traite de folies & d'imaginations creu-

creuſes tous les myſtères de l'Art. Pendant quelque tems j'ai voulu réſiſter à ma paſſion, j'ai fait ce que j'ai pû pour l'étouffer, je me ſuis dit cent fois quelle gloire m'attendoit, ſi je pouvois parvenir au but des ſages Philoſophes! Je me ſuis repréſenté qu'après m'être perfectionné dans les Sciences & dans l'étude de la ſageſſe, je pourrois un jour avoir le bonheur de m'unir avec quelque belle Silphide. Toutes mes réflexions ont été inutiles, & la Beauté terreſtre l'a emporté ſur l'eſperance d'être heureux avec une aërienne. Laſſé d'être ſans ceſſe occupé à combattre les mouvemens dont j'étois agité, j'ai ſuivi mon inclination, & je vais me marier dans peu à la belle Lucinde; c'eſt ainſi qu'on appelle l'aimable maitreſſe qui m'a donné des fers. Mais, quel que ſoit mon eſclavage, il me paroît ſi doux, que je ne voudrois point recouvrer la liberté, quand on me l'offriroit.

Il faut d'ailleurs que je t'avoüe, ſage & ſavant Abukibak, que je ne ſaurois me perſuader entiérement l'exiſtence des peuples élementaires. Dans ce doute je ſuis bien aiſe d'aller au plus certain, & de n'attendre pas davantage pour prendre une femme. Peut-être, après avoir paſſé ma jeuneſſe à ſoufler & à attiſer mes fourneaux, lorſque je penſerois que je vais bientôt être uni à quelque Silphide ou Salamandre, je reconnoîtrois trop tard que toutes ces belles Dames n'ont jamais exiſté que dans

dans les cerveaux échauffés de quelques Cabaliſtes. Ce qui me le perſuaderoit, c'eſt que je ne ſaurois comprendre pourquoi Dieu a inſpiré à tous les hommes un amour naturel & inné pour les femmes, s'il eſt vrai qu'il ait prétendu qu'ils ne puſſent les aimer légitimement, & qu'il ait réprouvé les unions qu'ils contractent avec elles.

NE ſemble-t-il pas qu'il eſt abſurde de penſer que Dieu pouſſe & incite les hommes à une choſe, & qu'il n'agit de la ſorte que pour leur faire commettre des crimes? Prens garde, mon cher Abukibak, que les Cabaliſtes font Dieu auteur du Péché, & qu'ils ſont *Archi-Janséniſtes* ſur l'article de leur défenſe d'épouſer des femmes. Un grand homme, fameux Docteur, excellent Médecin, étoit bien éloigné d'adopter ce ſentiment. *Dieu*, dit-il, *a inſpiré aux hommes une ardeur & un empreſſement violent pour la joüiſſance des femmes. Il a attaché à cette action un plaiſir vif & ſéduiſant, pour que l'indécence qui s'y rencontre, venant à les en dégouter, la génération humaine ne périclitât pas* *.

C'EST

* *Deus in animalibus in coïtu admirabilem ac inſeparabilem delectationem exhibuit, ne forte coïtûs abominatione deſtrueretur generatio; per vim namque generativam ſpecies divino & immortali eſſe participant in quantum poſſunt.* Iſaac, VI. Viatici, *fol.* XXX.

C'EST-LA, ſage & ſavant Abukibak, un langage bien différent de celui des Cabaliſtes; mais une choſe qui te ſurprendra, & que je m'étonne que tu ignores, c'eſt qu'il s'en eſt trouvé parmi eux qui ont parlé de la même manière. Averroès, ce grand & illuſtre Cabaliſte, ce Philoſophe ſi éclairé, s'eſt expliqué d'une façon auſſi préciſe. *La Bonté divine*, dit-il, *pour ſuppléer à la deſtruction des créatures, dont le même individu ne peut pas être toujours conſervé leur a accordé le moïen de ſe perpétuer, en multipliant leur eſpèce* *.

VOILA, ſage & ſavant Abukibak, une déciſion bien préciſe. Dira-t-on qu'Averroès ne regardoit pas les hommes & les femmes comme une même eſpèce? Ce ſeroit-là une impertinence, qui ne mériteroit point de réponſe, & qu'on réfuteroit aiſément par l'autorité d'un autre Cabaliſte, qui a penſé de la même façon qu'Averroès. C'eſt le ſavant Avicenne. *Les femmes*, dit-il, *ſont plus ſenſibles aux plaiſirs de l'amour que les hommes. Elles en reſſentent plus vivement les atteintes, parce que la Nature a voulu, qu'outre leurs ſenſations particulières, elles par-*

* *Solicitudo divina, cum non potuerit facere ſecundum individuum animal permanere, miſerta eſt, dando ei virtutem quâ poſſet permanere in ſpecie.* Averroès, Tract. II. de Anima, *Comment.* XXXV.

participassent à celles des hommes *. On peut les comparer à de belles fleurs que la rosée vivifie, nourrit, & rafraîchit.

C'EST de cette rosée que les Poëtes ont voulu parler, lorsqu'ils ont dit que Jupiter se métamorphosa en pluïe d'or pour séduire Danaé. On deshonore le beau sexe, en expliquant le sens de cette fable du côté de l'avarice. On doit au contraire donner à l'amour de la rosée ce qu'on attribue à celui des richesses. Quelle apparence y a-t-il que Danaé, qui étoit renfermée dans une tour, se fût laissé séduire par l'appas de l'or? A quoi serviroient tous les trésors du Perou à une personne qui n'en sauroit faire usage? Cette pluïe, dont parlent les Poëtes, n'est appellée *pluïe d'or* que par l'allusion qu'ils en ont faite avec la poudre de projection des Chimistes, dont quelques grains changent en métal précieux une masse considérable de cuivre ou de leton, & opérent les mystères de la pierre Philosophale. Tout de même, cette rosée, dite *pluïe d'or* par les Poëtes, vivifie, multiplie, conserve l'espèce humaine. Deux ou

* *Multiplicatur delectatio mulierum in coitu super delectationem virorum, propter eaque ipsæ delectantur ex motu spermatis viri in ore matricis earum descendentis, & propter motum qui accidit matrici, & propter fricationem.* Avicenna, XXI. Fen. *Cap. II.*

ou trois goutes suffisent pour produire les plus grands Miracles, & font des effets aussi surprenans que les grains de la poudre de projection. Il y parut par ce qu'il arriva à la belle Danaé, & je ne m'étonne pas, si lorsqu'elle eut connu toute la vertu de cette rosée, elle ouvrit les fenêtres de sa tour pour la laisser entrer en plus grande abondance.

PUISQU'IL est évident, sage & savant abukibak, que Dieu a inspiré aux hommes le penchant qu'ils ont pour les femmes; que les plus grands Philosophes, que plusieurs Cabalistes même, conviennent que nous sommes portés au mariage par une force secrete qui nous entraine comme malgré nous, pourquoi irois-je tenter de violenter la Nature, & pourquoi sous la vaine esperance d'une union imaginaire avec quelque Silphide, passerois-je mes jours à combattre sans cesse les mouvemens de mon cœur? Je regarde les Cabalistes comme ces insensés qui se font Moines, & qui pensent qu'en s'habillant d'une manière ridicule & en marmottant quelques Antiennes, ils trouveront le secret de se dépouiller de leurs passions. Que leur arrive-t-il? Ils sont toute leur vie la victime de leur folie, ils passent leurs jours dans une contrainte infinie, & il leur arrive ordinairement qu'après s'être bien tourmentés, ou qu'ils succombent à leur foiblesse & perdent le fruit de tant de contraintes, ou qu'en qu'en mourant ils n'emportent que le frêle avantage d'avoir ſçu ſupporter un eſclavage, dont les peines ſurpaſſent celles des Forçats. La Divinité ne leur ſait nul gré de leurs peines & de leurs ſoins. La plus petite vertu civile & utile au bien public lui étoit plus agréable qu'une chaſteté ſtérile, inutile à l'Etat, & pernicieuſe au bien des Etats.

S'IL étoit vrai, ſage Abukibak, que Dieu eût voulu que les hommes, pour ſe rendre plus dignes de ſa miſéricorde, mépriſaſſent les femmes & fuiſſent le mariage, auroit-il ſoumis à tant de maladies ceux qui les évitent? Les maux, auxquels ils ſont ſujets, ne ſont-ils pas des preuves évidentes que dès ce Monde il les punit de dédaigner les aimables compagnes qu'il leur a données? Je ne ſais ſi tu as jamais fait attention aux incommodités qui procédent ordinairement d'une trop grande chaſteté. Elles ſont très dangereuſes & en fort grand nombre. „ Si une trop gran- „ de continence, écrit un fameux Méde- „ cin *, empêche l'évacuation des hu- „ meurs,

* *Si ſuperfluitas aggregata in corpore ex ſpermate non egreditur per coitum, coarctatur in corpore, & generantur ex ea ægritudines. Male quidem eſt, quia coarctatione ſeminis generantur ex eo vapores mali, qui aſcendunt ad cor, & cerebrum, & ſtomachum, & corrumpunt ſanitatem illorum membrorum, & generant ægritudinem; & for-*

„ meurs, elles s'arrêtent dans le corps, & „ y causent plusieurs maladies. Elles don- „ nent des vapeurs, elles occasionnent des „ maux de tête, des douleurs d'estomac, „ & des foiblesses de cœur. Elles affoi- „ blissent tous les membres, & jettent le „ corps dans une espèce de langueur. El- „ les causent enfin autant de ravage qu'un „ venin subtil. Celui d'une vipere ne fait „ pas un plus grand mal ; car il arrive „ quelquefois à plusieurs, & sur-tout aux „ veufs & aux veuves, qu'ils meurent „ subitement par une trop grande réplé- „ tion, &c. „

En vérité, sage Abukibak, quelque respect que j'aie pour les sentimens des Cabalistes, je suis résolu de ne point me mettre dans le risque de mourir de mort subite. Je suis fort le serviteur des Silphides & des Salamandres ; mais en attendant qu'il plaise à ces Dames aëriennes de se rendre visibles, s'il est vrai qu'il y en ait, je ne veux point attraper quelque mal d'estomac, quelque douleur de tête, ou

fortassis ex eo est aliquid simile veneno viperino, sicut accidit ei qui consuevit coitum, & dimittit eum longo tempore, ex debilitate appetitus cibi, & pigritiâ à motibus, à generatione humoris melancholici. Et fortasse corrumpitur & exsiccatur ex eo quod est simile virtuti veneni, sicut illud quod accidit viduis ex suffocatione matricis, & multis virorum qui moriuntur ex eo subito. Hali Rodoan. Tertio Tegni, *Commentar. XXXI.*

ou quelque langueur dans mes membres. Il me ſemble toujours que je ne ſerai pas à tems d'arrêter les effets de ce venin auſſi pernicieux que celui d'une vipere ; & ſi j'étois le maître, je finirois dès demain mon mariage avec la belle Lucinde. Lorſque j'aurai formé cet heureux lien, je croirai alors ma ſanté à l'abri de tous les maux, qu'il me ſemble voir fondre à chaque inſtant ſur ma tête.

NE te figures pas cependant, ſage & ſavant Abukibak, qu'en prenant une femme, je tombe dans un autre excès, & que voulant éviter des maladies dangereuſes, je m'en procure d'autres cent fois plus pernicieuſes. Je n'ignore pas qu'il faut uſer de tous les biens avec modération, & que les plaiſirs de l'himen ſont auſſi nuiſibles, lorſqu'ils ſont pouſſés à l'extrême, qu'ils ſont utiles & profitables, quand on les prend avec poids & meſure. Je ſuis bien éloigné de penſer comme ce Moine, qui diſoit que plus le jeu d'amour étoit réïteré, & plus il éclairciſſoit la vûe. Un pareil diſcours ne peut trouver croiance que chez quelque Cordelier à larges épaules. Mais un Philoſophe, un homme ſage & retenu, profite de l'avis du grand Avicenne, qui dit en termes précis que l'ivrognerie & les careſſes des gens mariés, trop ſouvent réïterées, ſont très nuiſibles aux yeux *. Je ſuis du ſentiment de cet illuſtre

* *Multiplicatio coitus eſt nocibilior res oculo, & ſimi-*

lustre Savant, & j'ai vû plus d'un Allemand à qui le vin avoit troublé la vûe, & plus d'un Turc qui ne se l'étoit pas éclaircie à badiner trop souvent dans son serrail. Il faut, sage Abukibak, de la modération dans toutes les choses: je le sais; & voulant éviter *Caribde*, je ne me jetterai point sur *Scilla*. Je suivrai donc exactement les maximes du grand Galien, qui nous apprend que les excès dans les plaisirs du mariage entrainent ordinairement après eux la goute, & quelquefois des maladies mortelles *.

A ces premières instructions ce grand Docteur en a joint d'autres aussi utiles, & qui sont sur-tout très nécessaires aux gens de Lettres. *Après le travail*, dit-il, *il faut boire & manger. Après avoir bû & mangé, il faut dormir. Après avoir dormi, il faut remplir les fonctions du mariage* †. Horace, sans être Médecin, avoit pensé à peu près la même chose avant Galien. Il croioit que

similiter multiplicatio ebrietatis. Avicenna III. Tertii, *Cap. V.*

* *Coitus est fortis causa in generandâ podagrâ. Simus itaque hac in re temperati, ne podagras, & alias supra dictas incurramus infirmitates, aut mortem ipsam, sicut aliqui (quos novimus) interiere.* Galenus, VI. Aphorismorum, *Comment.* *XXX.*

† *Post labores sequi debent cibi & potus, deinde somni, postea vero venerea.* Galen. II. de Regimine Sanitatis.

que la bonne chere étoit essentielle à l'accomplissement des plaisirs de l'amour. Il faut pourtant que cette bonne chere ne soit point excessive, & qu'elle ne nous cause point une pesanteur & une réplétion capable de nous donner plusieurs maladies. Car, selon un fameux Docteur, rien n'est si dangereux pour un homme marié, que de s'approcher de son épouse lorsqu'il est gris, ou qu'il a trop mangé. Cela est pour le moins aussi nuisible, que l'abstinence totale des plaisirs de l'Himen. Malheur, malheur aux gens, qui, après avoir bû outre mesure, voudront s'aviser de travailler à faire des enfans! Ils leur feront les oreilles larges & longues, le nez de travers, la bouche tortue, les yeux louches: ils fabriqueront enfin des figures, telles qu'en feroit un sculpteur ivre, qui pourroit à peine soutenir son marteau & diriger son compas. Mais ils seront eux-mêmes punis très sévérement. Il leur viendra des douleurs dans les cuisses & dans les jambes, leur teint jaunira, ils seront opilés: l'asthme, l'hydropisie, un tremblement, & une foiblesse dans les nerfs, & cent autres maux les accableront *; & il vau-

* *Si cibo homo repletus, aut potu, coitu utatur, debilitas fit corpori, enervatio nervis, dolor in genibus, aliarumque continuationum ac viscerum opilatio, generanturque exinde humores grossi, ...* *calor*

vaudroit mieux pour eux qu'ils n'eussent jamais sçu qu'il y eut de femmes au Monde.

On peut dire, sage Abukibak, que les Médecins ont fait à quiconque accompliroit les fonctions du mariage après avoir trop bû, les mêmes menaces que le Grand-Prêtre de Thebes fait à Oedipe.

Aujourd'hui votre Arrét vous sera prononcé,
Tremblez Bûveurs de Vin , *votre regne*
est passé:
Une invisible Main suspend sur votre tête,
La gravelle, *la* toux, *à fondre déjà prêtes,*
Bientôt, de tant de maux vous-même épouvanté,
Vous maudirez le lit *où vous êtes monté* *.

Etant donc convaincu, sage Abukibak, des précautions qu'il faut prendre dans les caresses que je ferai à ma chere Lucinde, si je suis assez heureux pour pouvoir m'unir avec elle par des nœuds éternels, j'espere que je vivrai très-heureux ; & que profitant des conseils des grands Philosophes qui nous ont laissé des préceptes si utiles pour le mariage & pour la santé des gens ma-

calor naturalis dissolvitur., tenebratur visus, oculi fiunt concavi. Hali V. Theoricæ. *Cap. XXXVI.*

* Oedipe, *Tragédie de* Voltaire, *Acte* 3. *Scene IV.*

mariés, je joüirai d'une tranquillité parfaite.

PARDONNE-moi, savant Abukibak, si je renonce entiérement à l'espoir d'épouser une Silphide. Outre que je suis très incertain de l'existence des peuples élementaires, depuis que j'ai lû les Livres de certains Philosophes modernes, qui traitent toutes ces Dames aëriennes comme des êtres chimériques, l'amour que j'ai pour Lucinde & la crainte des maux qui sont réservés à ceux qui méprisent les femmes & qui les dédaignent, m'ont entiérement déterminé à me marier. Je m'étonne même comment tu n'as pas toi-même pris ce parti; car je ne doute point que la plûpart des incommodités que tu as, ne soient les suites de ta trop grande chasteté. Le meilleur *Recipe*, que tu peus t'ordonner, seroit une prise de mariage avec quelque jeune Beauté. Tu veux sans doute te conserver absolument pour quelque Silphide; mais je crains bien qu'en attendant l'accomplissement de ce glorieux himen, tes maladies n'augmentent considérablement.

JE te salue.

LETTRE VINGT-QUATRIEME.

Ben Kiber, *au sage Cabaliste* Abukibak.

TU veux me persuader, sage & savant Abukibak, que les Auteurs qui ont écrit sur l'art de faire l'or, se sont expliqués d'une manière intelligible, & qu'il n'est besoin pour les entendre que d'un peu d'attention. Je t'avoüerai sincérement que plus je lis leurs Ouvrages, & plus je suis persuadé du contraire; je crois même qu'ils sont toujours également obscurs, & qu'on ne sauroit les comprendre dans les endroits où ils paroissent les plus clairs. J'ôserois avancer qu'ils ne s'entendent peut-être pas eux-mêmes, & qu'ils cherchent seulement à préoccuper l'esprit de leurs Lecteurs par quelques faux brillans, qui dans le fond ne servent pas davantage à éclairer l'esprit, que les ténèbres les plus profondes.

QUI pourroit comprendre ce qu'Hermès, ce Philosophe que tu vantes si fort, a voulu dire par ces mots: * *Ce qui est*

* *Quod est inferius, est sicut id quod est superius; & quod est superius, est sicut id quod est in-*

eſt en bas eſt comme ce qui eſt en haut, & ce qui eſt en haut eſt comme ce qui eſt en bas, pour perpétuer les miracles d'une choſe unique? Quel eſt l'eſprit aſſez pénétrant pour deviner un énigme pareil? Eſt-ce être téméraire que de ſoupçonner que celui qui le propoſa aux autres, n'en connoiſſoit pas mieux qu'eux l'explication?

LE ſecond Philoſophe Chimiſte, dont tu cites la clarté, la préciſion, & que tu prétends découvrir clairement tout le myſtère de l'Art, en preſcrivant les moïens d'opérer le renouvellement de la matière par le ſecours de la putréfication, & en développant les termes ſi eſſentiels de *Réſoudre* & *Coaguler*, ce Philoſophe, dis-je, ne fait qu'amuſer ſes Lecteurs par un verbiage inutile & qui ne les inſtruit de rien. Ce renouvellement, ſi aiſé & expliqué ſi clairement, eſt inintelligible: après avoir bien lû & bien médité, on na pas la moindre notion de la manière dont il doit s'opérer. Les prétendus préceptes du Chimiſte ne ſont que des mots qui paroiſſent ſignifier quelque choſe, & qui au fond ne donnent aucune idée & n'apprennent rien. Tout ſon Livre a le même défaut: il dit des choſes qu'on n'entend point, il promet toujours de les éclaircir; & lorſqu'on croit qu'il va les expliquer, on eſt fort ſur-

inferius, ad perpetuanda miracula rei unius. Hermès *in Tabul. Smaragdinis, pag.* 93.

ſurpris qu'il les rend encore plus obſcures & plus inintelligibles. Par exemple, après avoir aſſûré que tout le ſecret de l'Art eſt renfermé dans les mots *Réſoudre* & *Coaguler*, il paroît vouloir apprendre les moïens les plus courts pour s'en ſervir efficacement. Voici le long verbiage qu'il fait à ce ſujet, & qui ne ſert qu'à augmenter l'embarras des Lecteurs. „ Ces termes, „ dit-il, * ne ſont point aſſez clairs, il „ faut

* *Sed nondum ſatis hæc verba ſunt conſiderata, de operatione quia ſunt maxime momentoſa; nam proprie diſſolutio, ſicut dixi, ſeparationem ſignificat: ita ut intelligendum ſit quid ſeparari debeat & quo modo fieri oporteat. Multæ autem ſeparationes ſunt faciendæ, his comprehenſæ vocabulis. Separanda enim eſt ſubſtantia a cortice, & craſſum a ſubtili &c. ut ait Hermes; & hoc fit abſque manuum interpoſitione, quia natura hanc ſeparationem facit igne mediante, materiis in ſuo proprio vaſe incluſis, & hoc fit virtute aquæ noſtræ heterogeneum ſeparantis, & homogeneum illico unientis: pari ratione hæc unio, quæ fit ex partibus homogeneis, eſt congelatio. Præterea, cum vere diſſolutio ſit ſeparatio, etiam ſeparanda ſunt elementa unita poſt eorum congelationem, unde ſequitur reunio quæ eſt vere coagulatio, & animæ corporis conjunctio ad nativitatem noſtri elixiris. Hermes, magnus ille heros Philoſophiæ naturalis, ut ſcientiæ alumnis modum procedendi aperiret, oſtendit noſtram artem orbis creationi eſſe ſimilem, dicens in ſua* Tabula Smaragdina *mundum ſic fuiſſe creatum, ipſos ad contemplationem compoſitionis chaos*

„ faut les mettre dans un plus grand „ jour, à cause de leur grande conséquence & des vérités importantes qu'ils „ expriment. La dissolution, ainsi que je „ l'ai déjà remarqué, marque & dénote „ la séparation; de sorte qu'il faut savoir „ ce que l'on doit séparer, & comment il „ faut s'y prendre pour en venir à bout. „ Car il y a plusieurs sortes de séparations „ qui sont toutes comprises dans ces mots: „ Il faut séparer la substance de l'écorce, „ & la matière crasse de la subtile; c'est „ ainsi que l'ordonne le grand Hermès. „ Or, toutes ces séparations doivent être „ faites sans le secours des mains, parce „ que la nature les opére elle seule par le „ secours du feu, les matières étant renfermées dans leur propre vase. Cela „ arrive par la vertu de notre eau, qui „ sépare les parties hétérogenes, & rassemble & réunit les homogenes. La „ con-

chaos & elementorum separationis in principio mundi remittens, quibus separatis, ac ordine secundum eorum qualitates collocatis, eorum reunio in terra fuit causa generationis omnis individui. Sic elementa specifica, materiam nostram metallicam componentia, a massa ita separari debent & simul modeste reuniri, ut actionibus suis activis & passivis nostrum elixir generetur, ex quibus concordia Philosophorum notanda est. Magni Philosophorum arcani revelator, sive prætiossimi arcani arcanorum à Philosophorum Magisterii verissima ac purissima revelatio &c. *pag.* 24. 25. 26.

„ congélation, ou la coagulation ſe fait
„ par l'union de ces parties homogenes.
„ Au reſte, comme la diſſolution eſt la
„ même choſe que la ſéparation, il eſt
„ auſſi néceſſaire de ſéparer les élemens
„ après leur congélation. D'où il s'enſuit
„ une réunion qui eſt la véritable, la par-
„ faite congélation, l'union du corps &
„ de l'ame qui donne la naiſſance à notre
„ Elixir. Hermès, ce héros, ce grand
„ Philoſophe, ce ſage ſcrutateur des myſ-
„ tères les plus cachés de la nature, pour
„ apprendre aux jeunes Chimiſtes la ma-
„ nière de ſe conduire dans leur opéra-
„ tion, leur montre que notre Art eſt
„ ſemblable à la création du Monde. C'eſt
„ dans ſa *Table des Emeraudes* qu'il leur
„ apprend qu'ils ne ſauroient faire aſſez
„ d'attention à la manière dont les Elemens
„ furent ſéparés, lorſque le chaos fut dé-
„ brouillé par la main toute puiſſante du
„ Créateur; car leur ſéparation aiant été
„ faite ſelon l'ordre de leurs qualités,
„ leur réunion ſur la terre fut la cauſe de
„ toutes les différentes génerations, &
„ produiſit tous les individus. Il en eſt
„ de même dans l'opération de la grande
„ Oeuvre : les élemens ſpécifiques qui
„ compoſent la matière métallique, doi-
„ vent être ſéparés de la maſſe, où ils ſe
„ trouvent comme dans un cahos, &
„ réunis enſuite avec prudence; en ſorte
„ que notre Elixir ſoit produit par leurs
„ actions paſſives & actives. „

APRE'S

APRE'S avoir lû tout ce pompeux galimatias, n'eſt-on pas, ſage & ſavant Abukibak, beaucoup moins éclairé que lorſqu'on ſavoit ſeulement que le ſecret de faire de l'or étoit compris dans les mots de *Diſſoudre* & *Coaguler.* Le grand Hermès, dont le Chimiſte fait mention, me paroît un auſſi mauvais Phyſicien que lui. Il me ſemble qu'il parle d'une manière auſſi claire & auſſi préciſe que plaide Petit-Jean dans la comédie; l'un & l'autre remontent *avant la naiſſance du Monde.* Ne ſera-t-il pas permis de dire au Philoſophe, *paſſons au Déluge*, & laiſſons-là le chaos. Quel eſt l'heureux génie qui puiſſe ſe flatter de comprendre quelque choſe à ces *ſéparations qui forment une réunion, & ces réunions qui opérent des ſéparations*, qui ſont encore à leur tour *une ſeconde réunion*? Eſt-il permis que des gens veuillent ſe caſſer la tête à pénétrer des choſes, que celui qui les a écrites n'entendoit pas sans doute lui-même?

NE trouves donc pas mauvais, ſage & ſavant Abukibak, que je me récrie ſur l'obſcurité des ſectateurs d'Hermès & des autres Philoſophes qui ont écrit ſur l'art de faire de l'or. Celui dont je viens de rapporter un paſſage, prend cependant le titre pompeux de *décelateur du grand ſecret* des Philoſophes. Si c'eſt ainſi que les Chimiſtes décelent les ſecrets de l'école, de long-tems ils ne mettront perſonne en

état

état de devenir indiſcret. Compoſer un Livre pour y repeter ſans ceſſe dans des expreſſions différentes que pour faire de l'or „ il faut *Diſſoudre* & *Coaguler*; que la „ diſſolution * n'eſt que la ſéparation, & „ la congélation que la réunion; qu'il faut „ conſidérer attentivement ces deux cho- „ ſes; que pluſieurs n'y font pas attention; „ qu'ils les oublient aiſément, & ne pen- „ ſent point à des mots qui renferment „ tout le ſecret de l'Art, faire un Livre, „ dis-je, pour n'y mettre que de pareilles „ choſes, c'eſt écrire auſſi inutilement, „ que ſi l'on rempliſſoit deux mains de „ papier de tous les mots les plus bizarres qui s'offriroient à l'imagination, & que l'on aſſûrât enſuite que dans ces mots l'art de voler dans les airs y eſt clairement expliqué, & qu'il eſt ſeulement néceſſaire pour s'y perfectionner, de les avoir toujours préſens à l'eſprit, & de méditer ſans ceſſe ſur les préceptes qu'ils contiennent. Qu'ar-

* *Sub his duobus verbis tamen totum operis myſterium comprehenditur. Multi hæc verba ſæpe legunt inconſiderate & cum primum pronuntiata, memoria ſubito elabi permittunt: licet enim non multum contineant locum in pagina in qua ſcribuntur, tamen ſunt maximi momenti.* Magni Philoſophorum arcani revelator, ſive prætioſiſſimi arcani arcanorum & Philoſophorum Magiſterii veriſſima revelatio &c. *pag.* 28.

Qu'arriveroit-il de cela ? que ceux qui ſeroient aſſez bons pour croire des contes auſſi ridicules, s'abuſeroient, perdroient leur tems. La même choſe, ſelon moi, arrive aux chercheurs de la pierre Philoſophale. Ils ont encore un ſort plus triſte, ſe ruinant toujours, & mourant très ſouvent à l'Hôpital.

PARDONNES-moi, ſage & ſavant Abukibak, la liberté avec laquelle je parle ; mais je ſuis fermement perſuadé qu'il n'y a perſonne qui ait le ſecret de faire de l'or, & que tous ceux qui ont écrit qu'ils l'avoient poſſedé, en ont impoſé au Public. Avant de finir ma Lettre, ſouffres que je te diſe encore un mot ſur ce cinquième Element dont les Chimiſtes parlent tant, & que les Cabaliſtes font intervenir dans toutes leurs opérations. Qu'eſt-ce donc que cet Element? une choſe dont nous n'avons aucune connoiſſance, aucune notion. J'aimerois encore mieux regarder comme un être réel le vuide des Epicuriens, que cette ſubſtance imaginaire: du moins je conçois le vuide des Atomiſtes, je vois qu'il peut être poſſible, & l'idée que j'ai de ſa poſſibilité m'eſt une preuve certaine qu'il peut exiſter, n'y aiant aucune * impoſſibilité à l'exiſtence d'une cho-

* *Vacuum poſſible eſt, ex ſolo examine idearum deducitur. Omne enim quod clare concipimus exiſtere poſſe, poſſibile eſt.* Phyſices Elementa Mathe-

chose, lorsque je conçois évidemment qu'elle peut être; mais je n'apperçois aucune chose qui puisse me donner aucune idée de la possibilité de l'existence de ce cinquième Element. Est-ce une matière différente de celle que je connois ? Cela ne se peut point; car toute matière doit avoir de l'étendue, & dès qu'elle en a, je ne puis, quelque subtile ou quelque épaisse qu'elle soit, quelque molle ou quelque dure, quelque fluide ou quelque condensée, la ranger que dans un des quatre Elemens. Les Chimistes ont puisé leur cinquième dans les Ouvrages d'Aristote; mais ils auroient dû y prendre de meilleures choses. Peut-être qu'ils ont eu leurs vûes, & que voulant que tout fût également chimérique dans leurs recherches, ils ont cru devoir les fonder sur un être imaginaire. Quoi qu'il en soit, ils se sont exposés à essuier les mêmes reproches que Bacon * fait à Aristote, en se

thematic. &c. *Auctore* Jacobo 's Gravesande *Lib. I. Cap. III. pag.* 4.

* *Aristotelis temeritas & cavillatio nobis peperit Cœlum phantasticum, ex quinta essentia, expertæ mutationis, experti etiam coloris. Atque misso in præsenti sermone de quatuor Elementis, quæ quinta essentia illa supponit; erat certe magnæ cujusdam fiduciæ, cognationem inter elementaria quæ vocant, & cœlestia prorsus dirimere, cum duo ex Elementis, aer videlicet & ignis, cum stellis & æthere tam bene conveniant; nisi quod moris erat illi viro*

ſe moquant de ſon cinquième Element. Cet habile Anglois reproche au Philoſophe Grec que dans cette occaſion, ainſi que dans pluſieurs autres, il abuſoit de ſon génie, & cherchoit à établir des choſes obſcures & inintelligibles.

JE te ſalue, ſage & ſavant Abukibak. Porte-toi bien, & pardonne-moi ma franchiſe & ma ſincérité.

LETTRE VINGT-CINQUIEME.

Ben Kiber, *au ſage Cabaliſte* Abukibak.

DEPUIS que j'ai renoncé à l'étude des Sciences ſecretes, ſage & ſavant Abukibak, je m'amuſe à la lecture des meilleurs Livres qui paroiſſent. Quoique je ne ſois plus occupé des recherches de la pierre Philoſophale, tes leçons ſont toujours gravées dans mon cœur. Je regarde l'oiſiveté comme le plus grand des vices, j'eſpere que tu me ſauras quelque gré d'emploier mon tems à des choſes auſſi

viro ingenio abuti, & ſibi ipſi negotium faceſſere, & obſcuriora malle. Bacon. *Deſcript. Globi Intellect. Cap.* 7. *pag.* 618.

aussi utiles qu'agréables. Tu me pardonneras sans doute d'avoir abandonné la Chimie en faveur de mes nouvelles occupations. Tu m'as dit plusieurs fois qu'en matière de Science il falloit pour réüssir, s'appliquer à celles pour lesquelles on avoit le plus de goût, & tu t'es sans doute apperçu depuis quelque tems que j'étois très dégouté des recherches Chimiques & des méditations Cabalistiques. Au reste, je ne veux point blâmer ton goût, en loüant le mien. Je souhaite au contraire que tu réüssisses dans toutes les opérations que tu entreprendras.

N'AIANT rien de nouveau à t'écrire, je crois que tu ne trouveras pas mauvais que je te parle d'un excellent Livre, que j'ai lû depuis quelques jours. Il est intitulé *Histoire Critique de Manichée & du Manichéïsme* *. L'Auteur a examiné les Dogmes & la Vie de cet Héréſiarque, selon ce qu'en ont dit les Grecs & les Latins, les Syriens & les Persans. Il compare les sentimens de ces différens Auteurs, & en habile Critique il fait voir à ses Lecteurs combien de faussetés on a répandues dans l'Histoire de Manichée, & combien de sentimens on lui a attribués, auxquels il ne pensa jamais. Cet illustre Ecrivain n'appuie ses opinions que sur des raisons claires & évidentes. Il rejette tous les faits qui sont

* *Ce Livre est de Mr.* de Beausobre.

ſont oppoſés au bon ſens & contraires à la lumière naturelle, de quelque autorité qu'ils ſoient appuïés, & quelque force que ſemble devoir leur donner la Tradition. Il ſuit exactement la maxime de Séneque, qui mépriſoit avec raiſon les Auteurs qui ne s'appuioient que ſur la Tradition, ſemblables en cela aux Gladiateurs vaincus, qui, ne pouvant plus ſe défendre par leurs propres armes, avoient recours à la miſéricorde du Peuple Romain*. De même ces Auteurs n'ont d'autre appui que celui de l'ancienneté de l'erreur qu'ils ſoutiennent.

IL n'eſt rien de ſi juſte & de ſi ſenſé que les réflexions que fait à ce ſujet Monſieur de Beauſobre, en relevant une faute de Tillemont. *Prévenu*, dit-il †, *en faveur des Hiſtoriens Eccléſiaſtiques & des Peres, il a ſuppoſé avec trop de confiance qu'ils ont été fidèles & exacts, & n'a fait pour l'ordinaire que recueillir ce qu'ils ont dit, & en compoſer ſes Mémoires.* „ Il auroit pû néanmoins s'appercevoir aiſément qu'en matière d'hérétiques & d'héreſies, l'eſprit général de l'Antiquité a été conſ„ tam-

* *Non faciam quod victi ſolent, ut provocent ad populum: noſtris incipiemus armis confligere.* Seneca, Epiſt. CXVII. *pag.* 456.

† Hiſt. Critiq. de Manichée, *Diſcours Prélim. pag.* 2.

„ tamment d'admettre ſans examen „ tout ce que la renommée publioit „ à leur deſavantage, quelque fabuleux „ qu'il fût; de groſſir, d'exagérer les ab- „ ſurdités de leurs opinions; de leur en „ imputer qu'ils n'ont jamais eues; de met- „ tre au rang des articles de leur foi „ toutes les conſéquences qui pouvoient „ réſulter de leurs principes; en un mot „ de charger d'une infinité de traits étran- „ gers & monſtrueux, les tableaux qu'ils „ nous tracent de la perſonne des héréti- „ ques, de leur doctrine & de leurs mœurs. „ J'excuſe néanmoins M. de Tillemont. „ Né & élevé dans l'Egliſe Catholique- „ Romaine, qui ne trouve de défenſe & „ de reſſource que dans la Tradition, il „ a craint de donner atteinte à un fonde- „ ment qu'on ne peut ébranler, ſans rui- „ ner tout l'édifice qu'il ſoutient. J'a- „ voüe que je me ſuis toujours ſenti une „ extrême averſion pour cette méthode „ de l'Antiquité. 1. Premiérement, elle „ eſt contraire à l'équité naturelle, à la- „ quelle tous les hommes ſont obligés, „ qui doit être inviolable au Chrétien, „ & encore plus à l'Evêque, au Miniſtre „ de l'Evangile. Le Sophiſte & le Docteur „ Chrétien ſont des perſonnages, qui doi- „ vent être auſſi oppoſés que le ſont le „ menſonge & la vérité. 2. Secondement, „ cette méthode ne flétrit pas ſeulement „ ceux qui la ſuivent, elle deshonore la „ Re-

„ Religion même qu'ils professent. 3. En
„ troisième lieu, elle inspire aux Ortho-
„ doxes qui lisent les Histoires des hére-
„ tiques, je ne dirai pas de l'aversion pour
„ leurs erreurs, elle est juste; mais une
„ haine pour leurs personnes, qui étouffe
„ dans le cœur de ces mêmes Orthodoxes
„ tous les sentimens de compassion, de
„ charité, & d'humanité même, & les con-
„ vertit en de cruels persécuteurs. 4. En-
„ fin, bien loin que cette méthode rame-
„ ne les héretiques à la Communion de
„ l'Eglise, elle les en éloigne infiniment.
„ Comment rentreroient-ils dans le sein
„ d'une Société qui les calomnie, qui les
„ outrage, qui les hait, qui les persécu-
„ te, & qui, pour autoriser ses persécu-
„ tions, leur impute des erreurs qu'ils
„ n'ont point, & des pratiques qu'ils ab-
„ horrent? Je ne vois pas que St. Augus-
„ tin ait converti beaucoup de Mani-
„ chéens, ni de Donatistes. Il auroit peut-
„ être mieux réüssi, s'il s'y étoit pris au-
„ trement. „

APRES que ce savant Ecrivain a établi sur des principes si certains la nécessité de l'impartialité qu'un Historien doit conserver, & qu'un faux zèle de Religion n'autorise jamais à violer, puisque la vérité doit rougir qu'on la défende par le mensonge, & qu'elle n'a point besoin d'un indigne secours qui ne sert qu'à lui nuire; après, dis-je, que ce savant Ecrivain a établi & montré évidemment que l'honneur & la probité ne permettent jamais d'avoir recours à l'imposture, il suit exactement ces vertueux principes, & n'étant plus arrêté, ni par un servile respect pour les anciens Auteurs Ecclésiastiques, ni par le joug d'une fausse Tradition, il montre clairement que la seule piéce dans laquelle tous les anciens Peres ont puisé ce qu'ils ont dit de Manichée, est supposée par un imposteur. Il fait voir plus clair que le jour, que les *actes de la dispute d'Archélaüs, & de l'Hérésiarque Manès* ont été écrits par un homme qui a voulu donner un Roman pour une Histoire. Il fait plus que de prouver que ces actes sont faux, il démontre encore qu'il n'y eut jamais aucune dispute à Cascar entre un Evêque & cet Hérésiarque. Parmi les raisons décisives qu'il en donne, il en tire une d'une absurdité dont les actes d'Archélaüs font mention, qui découvre la fraude de l'imposteur qui les a écrits, & qui suppose que cette dispute entre l'Evêque & l'Hérésiarque fut décidée par des Juges Païens. Voici les sages & ingénieuses réflexions que fait sur cela Monsieur de Beausobre.

„ LES Juges prononcerent, dit-il, * en „ faveur d'Archélaüs, au moins les actes „ le

* Hist. du Manichéïsme, *Livre I. Chap. IX. pag.* 108.

„ le disent ; & si cela est vrai, ils donne-
„ rent un exemple de justice & de géné-
„ rosité, qu'on auroit bien de la peine à
„ trouver parmi les Chrétiens. Car étant
„ Païens, pouvoient-ils condamner Ma-
„ nès, sans condamner leur propre Reli-
„ gion ? Si cet Hérésiarque honore le So-
„ leil, comme Archélaüs le lui reproche,
„ les Païens ne le faisoient-ils pas, sur-
„ tout dans la Mésopotamie ? S'il croit
„ deux principes, Dieu & la matière, que
„ croit-il là-dessus que n'aient cru tous les
„ Philosophes Païens ? N'est-ce pas à cet-
„ te matière qu'ils ont attribué, comme
„ lui, la cause des imperfections des maux
„ qui sont dans le monde ? Manichée re-
„ jette le Vieux Testament & l'inspiration
„ des Prophètes : or, des Païens ne pou-
„ voient ajuger la victoire à Archélaüs qui
„ maintenoit l'inspiration de ces Prophè-
„ tes, sans avoüer que leurs Dieux étoient
„ des Démons, que leurs images & leurs
„ statues étoient des Idoles, & qu'ils é-
„ toient eux-mêmes des insensés, des ido-
„ latres, & des impies ? Certainement on
„ ne pouvoit mieux choisir, & je ne sais
„ si dans le reste de la terre il eût trouvé
„ quatre Savans Païens, assez généreux
„ pour rendre justice à la foi Orthodoxe
„ aux dépens de leur Philosophie, de leur
„ Religion, & de leurs Dieux. Il est vrai
„ qu'un aussi beau desintéressement donne
„ quelque soupçon au Lecteur, & je veux
„ bien lui avoüer que je n'en suis pas ex-

 „ emt.

„ emt. Ces Juges Païens m'ont bien la „ mine d'être des perſonnages inventés „ pour embellir, ou l'Hiſtoire, ou le Ro-„ man de la diſpute de Caſcar. „

MONSIEUR de Beauſobre ne ſe contente pas d'ôter tout crédit à la ſeule piéce, où tous les anciens Auteurs Eccléſiaſtiques avoient puiſé comme à l'envi les uns des autres bien des opinions chimériques qu'ils ont prêtées à Manichée, il découvre le faux, l'abſurde & le ridicule qui s'y trouvent, & fait ſentir avec beaucoup de fineſſe que bien loin que ces actes ſervent à noircir & à flétrir la mémoire de Manichée, ils ſont très propres à deshonorer la mémoire de l'Evêque Archélaüs, parce que celui qui les a ſuppotés, ſe laiſſant emporter à ſa paſſion & au faux zèle d'injurier les héretiques, a placé dans la bouche d'un Evêque les invectives les plus groſſières, & lui prête les expreſſions les plus meſſéantes. „ Il y a des endroits, „ dit Mr. de Beauſobre *, où Archélaüs „ maltraite beaucoup ſon adverſaire; il y „ en a même où il le menace indirecte-„ ment d'une mort prochaine. Mais cet „ homme garde un ſang froid & une mo-„ dération, que je lui aurois enviée, ſi j'a-„ vois été en la place d'Archélaüs. *Vous* „ *me dites des injures très-offenſantes*, lui ré-„ pondit-il. *Je n'ai pourtant rien avancé* „ *tou-*

* Là-même, *pag.* 107.

„ *touchant Dieu & son Christ qui soit indi-*
„ *gne ni de l'un ni de l'autre. Mais il con-*
„ *vient aux Apôtres d'être toujours patiens,*
„ *& d'endurer tous les outrages qu'on leur*
„ *fait. Voulez-vous me persécuter? Je suis*
„ *prêt à le souffrir. Voulez-vous me livrer au*
„ *supplice? Je ne reculerai pas Voulez-vous*
„ *me tuer de vos propres mains? Je ne crains*
„ *pas la mort. Car j'ai appris du Seigneur*
„ *à ne craindre que celui qui peut jetter le*
„ *corps & l'ame dans la Gébenne du feu.* Cet
„ endroit est une preuve qu'Eusebe a fait
„ de Manichée un portrait fort peu res-
„ semblant, lorsqu'il a dit que cet hom-
„ me *étoit farouche & intraitable de son na-*
„ *turel, barbare dans ses actions & dans ses*
„ *discours.* Il y a de l'imposture dans Mani-
„ chée: peut-être n'est-ce que du fanatis-
„ me; mais le personnage qu'il fait, est
„ plus beau que celui d'un Evêque qui
„ grince les dents, & qui rugit comme un
„ lion à l'aspect d'un héretique. „

LA fausse Histoire de Manichée & de ses dogmes étant détruite de fond en comble, & ne devant plus trouver d'autre croiance que celle qu'on donne à un misérable Roman, Mr. de Beausobre a cherché de nouvelles routes pour découvrir la vérité. Il a fouillé dans tous les Auteurs, soit Grecs, Latins, Syriens, ou Persans: il a pris ce qu'il a trouvé dans les uns & dans les autres de plus raisonnable, & il a fait une Histoire qu'on peut regarder comme un chef-d'œuvre. Les matières qu'il traitoit, étant par elles-mêmes assez seches & assez stériles, il a sû les égaïer par le tour qu'il leur a donné, & par les épisodes qu'il a tirées & fait naître à propos de son sujet principal, & qui sont aussi amusantes qu'instructives. Il a développé avec beaucoup de netteté & de précision les erreurs monstrueuses de Manichée en grand maître, & il en a montré le faux. Mais conservant toujours cette vertueuse impartialité, dont avec raison il fait tant de cas, il a rejetté toutes les fausses opinions qu'on a imputées à l'Héréfiarque dont il faisoit l'Histoire. Séparant d'une main équitable le mensonge du vrai, il a repris avec beaucoup d'esprit ceux qui avoient agi autrement. Il a ôsé avancer de ces vérités mâles, qui font le partage des grands courages, & qui ne trouvent des défenseurs que parmi les plus illustres Savans. Il n'a point tremblé de heurter des Auteurs, auxquels on donne les respectables titres de *Divins*, de *Saints*, & de *grands Saints*. Dès qu'il a trouvé quelque faute dans un Historien, quelque marque de partialité, quelque pieuse imposture, il a déchiré le voile de la superstition, sous lequel l'erreur croioit être en sûreté & comme dans un zyle sacré. On ne peut rien voir de plus fort & de plus sensé que la Critique qu'il fait d'une pieuse imposture de St. Léon.

„ CYRILLE de Jerusalem, dit-il *, semble

* Là-même, *Livr. I. Chap. II. pag.* 258.

„ ble un peu mieux fondé, quand il accu-
„ ſe Manès d'avoir blaſphemé en ſe di-
„ ſant le St. Eſprit ; au moins l'accuſation
„ eſt-elle plus ſpécieuſe, & Léon I. auroit
„ bien fait de le copier, plûtôt que d'é-
„ tendre & de paraphraſer avec une liber-
„ té inexcuſable ſes paroles. *Les Mani-*
„ *chéens*, dit-il, *adorent Manichée leur Maî-*
„ *tre; en ſorte qu'il n'a été autre choſe que le*
„ *St. Eſprit même, qui, par le miniſtère d'u-*
„ *ne langue & d'une voix corporelle, condui-*
„ *ſoit ſes diſciples dans la vérité.* Si tout ce-
„ la étoit vrai, notre Héréſiarque auroit
„ porté l'orgueil & le blaſphême au plus
„ haut dégré. Mais ſi Léon n'eſt pas plus
„ fidèle dans ſon récit, qu'il eſt juſte dans
„ ſon raiſonnement, on nous diſpenſera
„ bien d'y ajouter foi. Car, pour réfu-
„ ter en un mot les ſuperbes prétentions
„ de Manichée, l'Evêque de Rome alle-
„ gue à ſon peuple qu'il eſt venu de cette
„ partie du Monde, qui ne peut recevoir
„ l'Eſprit de vérité. Voilà le Saint Eſprit
„ bien borné, & les Peuples d'Orient bien
„ diſgraciés ! Je n'aurois pas cru qu'un
„ Evêque, à qui l'on donne le fameux
„ titre de *grand*, eût pû dire un ſi im-
„ pertinent mot dans un Sermon que l'on
„ a fait paſſer à la Poſtérité. Avoit-il
„ donc oublié que les premiers d'en-
„ tre les Gentils qui vinrent adorer le
„ Meſſie, étoient des Mages, des Philo-
„ ſophes Perſans, & pour ainſi dire les
„ an-

„ ancêtres de Manichée? Avoit-il oublié „ ce qu'il a dit lui-même dans un autre „ endroit : c'eſt que les Mages ne con- „ nurent par l'apparition de l'Etoile que „ le Chriſt étoit né en Judée, que par „ une inſpiration divine? „

MANICHÉE n'a pas été le ſeul que Mr. de Beauſobre ait juſtifié de bien de crimes imaginaires. Il a eu la même équité pour pluſieurs grands hommes, qui avoient été la victime de la haine que l'on porte ordinairement à tous ceux qu'on nomme hérétiques, & qui ſouvent ne méritent point du tout ce titre odieux. On va juſqu'à leur imputer les fautes du deſtin, & à vouloir les rendre reſponſables des caprices de la fortune. On leur reproche la baſſeſſe de leur naiſſance & les fautes de leurs parens; & lorſqu'on n'a rien à leur dire de perſonnel, pour ne pas perdre l'occaſion de les injurier, on invente mille contes ridicules. Tels ſont ceux de l'eſclavage de Manichée & de la ſervitude de Philoxene, que Mr. de Beauſobre rejette avec beaucoup de raiſon & de vraiſemblance.

„ TOUS nos Ecrivains, dit-il *, n'ont „ eu garde d'omettre dans celle de notre „ Héréſiarque ce qu'Archélaüs a dit de „ ſa ſervitude. Il y a beaucoup d'appa- „ ren-

* Là-même, *Livre I. Chap. I. pag.* 68.

„ rence qu'elle eſt fabuleuſe ; car les „ Grecs emploient indifféremment le faux „ & le vrai, dès qu'il s'agit de flétrir la „ mémoire des héretiques. On en a une „ bonne preuve dans la perſonne du céle- „ bre Xenaïas, plus connu par les Grecs „ ſous le nom de Philoxene. Il fut Au- „ teur d'une verſion Syriaque du Nouveau „ Teſtament, & l'un des plus illuſtres & „ de plus ſavans Evêques qu'aient eus les „ Monophyſites. Théodore le Lecteur, „ & après lui le II. Concile de Nicée ont „ eu l'impudence de lui reprocher d'avoir „ été un Eſclave fugitif, qui avoit uſurpé „ le Sacerdoce ſans avoir été ni baptizé, „ ni ordonné ; & cela, parce qu'il s'oppo- „ ſoit à l'introduction des images dans les „ Temples & à leur culte. Mr. Aſſeman „ ſoutient que ce ſont de pures calomnies „ de la part des Grecs. Qui ſait ſi la ſer- „ vitude de Manichée n'en eſt pas une „ autre ? Ou plûtôt, peut-on preſque en „ douter, quand on voit que les Orientaux „ gardent un profond ſilence là-deſſus ? Il „ faut même que cela ſoit faux, s'il eſt „ vrai, comme le dit Shariſtani, qu'il ſor- „ toit d'une famille de Mages. „

IL faudroit, ſage & ſavant Abukibak, une diſſertation beaucoup plus grande que ne le permet la briéveté d'une Lettre, pour te donner une idée de toutes les beautés qui ſont répandues dans l'*Hiſtoire Critique de Manichée*, & pour te parler de toutes les excellentes choſes qu'elle con- tient.

tient. C'est assez de ce que je t'ai rapporté pour exciter ta curiosité, & tu ne saurois mieux faire que de lire entiérement cet excellent Ouvrage.

JE te salue, en *Jabamiah*, & par *Jabamiah*.

LETTRE VINGT-SIXIEME.

Ben Kiber, *au sage Cabaliste* Abukibak.

L'HISTOIRE Critique de Manichée & du Manichéisme dont je te parlai dans ma dernière Lettre, contient de si belles choses, sage & savant Abukibak, & renferme des faits si curieux & si intéressans, que je crois t'obliger en mettant encore sous tes yeux quelques-uns des plus excellens endroits qui m'ont frappé. Je choisirai ceux qui marquent le mieux le caractère de ce Livre, & qui sont les plus propres à te donner une idée juste de la sagesse, de la science & de l'esprit qui y regnent.

TU as dû déjà t'appercevoir que la seule vérité étant le guide de Mr. de Beausobre, il ne se laisse point éblouïr ni à l'ancienneté des traditions fabuleuses, ni à l'autorité des Ecrivains, quand il apperçoit clairement qu'ils ont imposé à la Posté-

Postérité, ou par ignorance, ou par un faux zèle de Religion. Tu seras encore plus persuadé de la candeur, de la probité & des vastes connoissances de ce savant Ecrivain, lorsque tu auras vû la manière également forte, profonde & éloquente, dont il releve une fourbe pieuse de Saint Augustin, qui, mieux instruit qu'un autre des sentimens des Manichéens sur la personne & le ministère de leur Patriarche Manichée, affectoit cependant mal à propos d'être dans un doute qui leur étoit très desavantageux. Il s'agissoit de savoir si les Manichéens croioient que leur maître eût été le Paraclet: or, il est certain que bien qu'ils lui attribuassent la perfection de la science de Dieu, ils ne doutoient point cependant qu'il ne fût un homme & un simple homme. Voions comment Mr. de Beausobre démontre évidemment la vérité de ce fait, & releve la feinte & l'artifice de St. Augustin.

„ MANICHE'E * dit ce savant Historien, reconnoissant d'un côté que le St. „ Esprit est une personne divine, & de „ l'autre que la Divinité ne se peut jamais unir avec la chair, il est contradic- „ toire qu'ils aient cru, ou que Manichée „ fût

* *Histoire Critiq. de Manich. & du Manichéisme, par Mr.* de Beausobre, *Tom. I. pag.* 265.

„ fût le St. Esprit, ou que le St. Esprit „ n'ait été qu'une seule personne avec lui. „ Des gens, qui soutenoient que l'Incar- „ nation du Fils de Dieu est absurde, im- „ possible, injurieuse à la Divinité, pou- „ voient-ils croire l'Incarnation du St. „ Esprit, qui, selon eux, est la troisième „ Majesté, ou la troisième Personne di- „ vine.

„ CETTE preuve, qui est à mon gré „ une démonstration évidente & confirmée „ par les déclarations réïterées de l'Héré- „ siarque, s'il avoit prétendu être le Pa- „ raclet ou le St. Esprit, il se seroit qua- „ lifié de la sorte dans ses Lettres. Pour- „ quoi auroit-il dissimulé à ses disciples ce „ qu'il vouloit faire croire à toute la „ terre ? Cependant il ne prend jamais „ d'autre titre que celui d'Apôtre de J. „ Christ. St. Augustin * témoigne en pro- „ pres termes qu'il commençoit toutes ses „ Lettres par ces mots, *Manichée, Apôtre de* „ *J. Christ.* C'est en effet de la sorte „ qu'il se qualifie dans sa fameuse † Epître „ du fondement, dans celle qu'il a écrite „ à Menoch, sa fille spirituelle, dans cel- „ le

* *Omnes tamen ejus Epistolæ ita exordiuntur,* Manichæus, Apostolus J. Christi. *Aug. cont. Faust. L.* 13. 4.

† *Manichæus, Apostolus J. Christi, providentia Dei Patris,* Aug. *cont. Ep. fund. Cap.* 5.

„ le qu'il écrivit à Marcel lorſqu'il voulut „ aller à Caſcar, & que j'ai rapportée „ dans la première partie. Ses dévots, ſes „ parfaits ne lui donnoient point d'autre „ titre que celui-là. Victor de Vite raconte* „ qu'il ſe trouva parmi les Manichéens „ d'Afrique qu'Hunneric punit du der- „ nier ſupplice, un de leurs Moines, nom- „ mé *Clementianus*, qui avoit écrit ſur ſa „ cuiſſe *Manichée*, *Diſciple de J. Chriſt*. „ C'eſt donc la ſeule qualité que l'Héré- „ ſiarque s'étoit arrogée, le ſeul éloge „ que ſes ſectateurs lui donnoient.

„ JE n'aime pas à voir tant d'obſtina- „ tion à repeter & à défendre des men- „ ſonges évidens. On lit dans tous les „ modernes que Manichée avoit l'impu- „ dence de ſe dire le Chriſt, & il paroît „ par tout ce qui nous reſte de monu- „ mens qu'il ſe qualifioit Apôtre de J. „ Chriſt. J. Chriſt & ſes Apôtres peu- „ vent-ils être la même perſonne? On „ lit dans tous les modernes que Mani- „ chée s'eſt dit le St. Eſprit, pendant qu'on „ a des preuves inconteſtables du con- „ traire, des preuves atteſtées par ſes pro- „ pres accuſateurs. Il ne faut que lire la „ Lettre qu'il a écrite à Marcel, & qu'on „ nous

* *De quibus repertus eſt unus, nomine* Clementianus, *Monachus* illorum, *qui ſcriptum habebat in fœmore*, Manichæus, Diſcipulus Chriſti Jeſu. *Vict. Vit.* de Perſ. Vandal. *L.* 2. *pag.* 21.

„ nous a conſervée dans les actes d'Archélaüs. Il la commence par ſouhaiter à „ Marcel la grace & la miſéricorde de „ Dieu * *de la part de notre Seigneur & de* „ *notre Sauveur J. Chriſt.* Ce langage con- „ vient-il à un homme qui croit & qui „ publie qu'il eſt le St. Eſprit? J. Chriſt „ eſt-il le ſeigneur du St. Eſprit, qui eſt „ une Perſonne divine auſſi bien que lui, „ qui eſt une même Divinité avec lui? „ J. Chriſt eſt-il le ſauveur du St. Eſprit? „ Cet Eſprit divin fut-il jamais ſujet au „ peché & à la condamnation?

QUEL étoit donc le ſentiment des Ma- „ nichéens ſur la perſonne & ſur le mi- „ niſtère de leur Patriarche? Je reponds „ qu'à l'égard de ſa perſonne, ils l'ont „ cru un homme & un ſimple homme; „ mais un très grand Saint: auſſi le quali- „ fioient-ils ordinairement *notre bienheureux* „ *Pere*, comme les Moines qualifient les „ Inſtituteurs de leurs Ordres. Et qu'à „ l'égard de ſon miniſtère, ils l'ont cru „ un Apôtre de J. Chriſt, ſupérieur par „ ſes lumières aux premiers Apôtres, „ parce que le St. Eſprit lui avoit révelé „ des vérités, que le Seigneur n'avoit pas „ jugé à propos de confier à ſes Diſciples. „ En un mot, ils l'ont cru un Prophète, „ éclairé immédiatement du St. Eſprit, „ qui

* Παρ' αὐτοῦ τοῦ Σωτῆρος ἡμῶν, καὶ Κυρίου Ἰησοῦ Χριστοῦ *Act. pag.* 6. *Epiph.* ub. ſup. n. v.

„ qui a résidé en lui, & qui a parlé par „ sa bouche. Et St. Augustin lui-même, „ sortant tout fraîchement du Manichéïsme, & écrivant à son ami Honorat qui „ étoit encore Manichéen, n'en a ôsé di- „ re davantage *. Vous savez, lui dit- „ il, que les Manichéens, voulant mettre „ au nombre des Apôtres Manichée leur „ maître, disent que le St. Esprit est venu „ à nous par lui. Ils n'en vouloient donc „ pas faire un Dieu qu'ils adorassent, com- „ me le dit le Pape Léon I. ils n'en vou- „ loient faire qu'un Apôtre. Ils ne pré- „ tendoient pas non plus qu'il fût le St. „ Esprit; mais seulement que le St. Esprit „ est venu à nous par lui. Ailleurs, St. „ Augustin, interrogeant nos héretiques „ & leur demandant comment ils savoient „ que le Fils de Dieu n'est pas né d'une „ Vierge, il leur met dans la bouche cet- „ te reponse †, *c'est par le St. Esprit qui* „ *étoit dans Manichée.*

„ NOUS avons une formule d'abjura- „ tion, que les Latins faisoient lire & sous- „ crire dans le sixième siécle à tous ceux „ qui étoient suspects de Manichéïsme. On „ les

* *Nosti enim quod auctoris sui Manichæi personam in Apostolorum numerum inducere volentes, dicunt Spiritum Sanctum per eum ad nos venisse.* Aug. de *Util. Cred. Cap.* 3.

† *Hoc sciebat Spiritus Sanctus, qui erat in Manichæo.* Aug. *cont. Faust. L.* 7. 2.

„ les y obligeoit d'anathématiser, non „ *quiconque croit que Manichée est le Pa-* „ *raclet*, mais * *quiconque croit que l'Esprit* „ *Paraclet est venu dans Manichée*; & „ dans la suite † *Anathème à quiconque croit* „ *que Manès ou Manichée a eu le Saint Es-* „ *prit*, & encore ‡ Anathème à *quiconque* „ *croit que l'Esprit Paraclet est venu par* „ *lui*: la vérité est donc que Manichée a „ été frappé du même fanatisme que „ Montan, qui ne prétendoit pas être „ le Paraclet; mais le Ministre du Para- „ clet, & que les Manichéens n'ont point „ eu de leur Prophète d'autre opinion „ que celle que Tertullien § avoit de „ Montan, comme je l'ai déjà remarqué.

„ Après des déclarations si formelles „ & si précises, je ne comprends pas com- „ ment St. Augustin peut avoir été dans „ l'incertitude sur l'idée que les Mani- „ chéens

* *Quicunque adventum Spiritus Paracleti .... in Mane venisse credit.* Voyez la piéce intitulée, *Prosperi ex Manichæo conversi .... fidei Catholicæ professio.* Elle a été publiée par Mr. Muratori, & inserée par Mr. Fabricius dans le 2. vol. des Oeuvres d'Hippolyte, *pag.* 802.

† *Qui credit Manem, sive Manichæum, Sanctum habuisse Paracletum.* Ibid. pag. 203.

‡ *Qui in eum Spiritum Paracletum venisse credit.* Ibid.

§ *Hoc unum significat Tertullianus, Paracletum Spiritum Sanctum per Montanum multa docuisse.* Petau. *Dogm. Theol. de Incarn.* L. 1. Cap. 14. No. 5.

„ chéens avoient de la personne de leur „ maître. Il assûre dans ses Livres * contre Fauste, que la promesse de J. Christ „ a fourni aux Manichéens un prétexte „ de dire, ou que Manichée a été le Paraclet, ou que le Paraclet a été dans „ Manichée. Ces deux propositions sont „ aussi différentes que celles-ci: Le Paraclet a été dans St. Pierre, ou St Pierre „ a été le Paraclet; & ce qui revient à „ la même chose, St. Pierre a été le St. „ Esprit, ou le St. Esprit a été dans St. „ Pierre. Or, comment est-ce que St. Augustin, après neuf ans de Manichéïsme, „ pouvoit être en doute si nos hérétiques „ croioient leur maître une personne divine, ou un homme divinement inspiré? „ Peut-on s'imaginer que ce Pere ignorât „ quelle étoit leur véritable créance sur „ un article, qui étoit la base de leur hérésie? Un habile homme sera-t-il Chrétien „ neuf ans, sans savoir ce que les Chrétiens „ pensent de la personne de J. Christ? S'ils „ le croient un simple homme, qui n'est „ Fils de Dieu que par les dons miraculeux que le St. Esprit lui a conferés, „ ou s'ils le croient une personne divine, „ qui a revêtu la nature humaine. Je ne „ sau-

* *Cum enim Christus promiserit suis missurum se Paracletum, per hanc promissionis occasionem, hunc Paracletum dicentes esse Manichæum, vel in Manichæo.* August. *cont. Faust. L.* 13. 17.

„ ſaurois me tirer d'une queſtion ſi embarraſſante que par une ſolution qui me „ fait de la peine ; c'eſt qu'en changeant „ de parti, les hommes changent d'idées. „ Ils ne voient plus les mêmes choſes du „ même œil. On diroit qu'il en eſt de „ leur eſprit comme de nos yeux, leur „ eſprit ne diſcerne plus les erreurs du „ parti qu'ils ont quitté, à meſure qu'ils „ s'en éloignent. Tant que St. Auguſtin „ a été Manichéen, il n'a regardé Manichée que comme un Apôtre de J. C. „ éclairé extraordinairement des lumières „ du St. Eſprit. Pouvoit-il en avoir une „ autre idée, lui, qui dans ce tems-là n'avoit pû ſe perſuader que J. C. fût autre „ choſe qu'un ſimple homme? Pouvoit-il „ alors mettre au-deſſus de J. C. Manichée, qui ne prenoit que la qualité de „ ſon diſciple? Mais ce que ce Pere auroit regardé comme un menſonge quand „ il étoit Manichéen, lui parut un problême quand il ne le fut plus. Il commença de douter alors ſi les Manichéens „ diſoient que leur Prophète a été le Paraclet, ou que le Paraclet a été en lui. „ Ces variations ne ſont pas loüables, „ mais malheureuſement elles ne ſont que „ trop communes. Bien loin de déroger „ au mérite d'un Auteur qui réfute des hérétiques, elles ne ſervent qu'à lui donner du relief; & ſi quelqu'un ôſe les

„ re-

„ relever, il y a des Communions où il „ ſera traité comme fauteur d'héreti- „ ques. „

N'AJOUTONS rien, ſage & ſavant Abukibak, aux reflexions de Monſieur de Beauſobre : que pourrions-nous dire qui approchât de l'évidence de ces preuves, de la clarté de ſes objections, & de la force de ſes reproches? Contentons-nous ſeulement de plaindre la foibleſſe des hommes, & conſidérons, en voiant la partialité de St. Auguſtin, un des plus grands génies qu'ait produit l'Univers, combien il eſt dangereux de ſe ſéduire ſoi-même, & de s'aveugler dans ſa propre cauſe. Quel exemple pour tous les Savans, & ſur-tout pour les Théologiens, que la faute de ce Pere de l'Egliſe! Les admirateurs outrés des anciens Docteurs auront beau tenter de l'excuſer, foible reſſource pour diminuer un crime, que celui de nier qu'on l'ait commis, lorſque l'évidence & la raiſon parlent contre le coupable.

J'EMPLOIERAI le reſte de cette Lettre, ſage Abukibak, à ce que nous apprend Mr. de Beauſobre des particularités de la mort de Manichée. Il releve pluſieurs pieuſes fauſſetés de St. Epiphane, qui partent du même principe que le doute affecté de St. Auguſtin. „ Le Roi, dit-il, „ * informé du lieu où Manès s'étoit re- „ tiré,

* *Hiſt. de Manichée & du Manichéiſme*, Tom. I, pag. 125.

„ tiré, le fit prendre & conduire dans sa „ Capitale, & commanda qu'il fût écorché. Les termes de la rélation * ne signifient pas nécessairement qu'il fut écorché vif. Abulpharage dit même † que ce ne fut qu'après sa mort. Sa chair fut donnée aux oiseaux de proie, on fit apprêter sa peau; & après l'avoir remplie d'air, *comme un soufflet*, on la pendit à la porte de la ville. J'ai quelques observations à faire sur cette Histoire.

Je remarque d'abord que selon la coutume, St. Epiphane l'a ornée de quelques circonstances nouvelles. Je dis premiérement que *Manès fut écorché avec la pointe d'un roseau.* Cela n'est d'aucune conséquence, mais on ne le trouve ni dans les actes, ni dans aucun ancien Auteur que je sache.

Il dit ensuite que sa *peau fut remplie de paille.* Je trouve à la verité la même chose dans Abulpharage, qui ne parle néanmoins ni de son écorchement, ni de cette circonstance, que comme d'un bruit, *fertur.* Il y a bien de l'apparence qu'il a copié dans cet endroit St. Epiphane; car il entendoit fort bien la Langue Grecque. Quoi qu'il en soit, Photius, qui avoit vû le Grec de la rélation d'Archélaüs,

* *Jussit eum ante portam civitatis excoriatum suspendi.* Act. Archel. *pag.* 100.

† *Manetis interfecti pellem detractam.* Abulph.

laüs, témoigne que la peau de l'Héréſiarque fut remplie * d'air ou de vent, comme un ſoufflet. En effet c'eſt d'air, & non de paille, qu'on rempliſſoit la peau des malheureux que l'on faiſoit écorcher. Lorſque l'Empereur Valérien fut mort, Sapor commanda qu'on l'écorchât, qu'on apprêtât ſa peau pour la conſerver, & qu'on la remplît d'air. C'eſt un monument que les Perſans affectoient de montrer aux Ambaſſadeurs des Romains. Au reſte, s'il en faut croire les légendes Grecques †, l'Apôtre St. Barthélemi eut le ſort de Manichée, auſſi bien qu'un certain ‡ Moine Studite.

EN-

* Αὐτὸ δὲ τὸ δέρμα, θυλάκου τρόπον, πληρώσαντες πνεύματος. *Cont. Manich. L.* I. *p. m.* 54.

† Voyez les Notes de Combeſis ſur Nicetas de Paphlagonie, *p.* 446. On peut voir les fragmens de l'Hiſtoire Apoſtolique, publiés par *Prétorius.* C'eſt-là qu'on dit que St. Barthélemi portoit le palladium blanc, qu'il alloit orné de joyaux & de pierreries, qu'il fut enfin écorché par les impies, *ab impiis decoriatus eſt ad modum follis.* On voit ſa ſtatue dans la grande Egliſe de Milan, où il eſt repréſenté portant ſa peau. Voyez les Remarques de *Fabricius* ſur le Livre VIII. de l'Hiſtoire Apoſtolique d'Abdias, *Cod. Apocryph. N. Teſt. tom. pag.* 686.

‡ On l'appelle *Studite*, parce qu'il étoit Moine du célebre Monaſtère nommé *Studium*, du nom du Conſul *Studius* qui l'avoit fondé à Conſtantinople.

ENFIN St. Epiphane assûre mal à propos que les Manichéens * couchoient sur la paille, ou sur des roseaux, en mémoire de ce que leur Patriarche avoit été écorché avec la pointe d'un roseau, & sa peau remplie de paille. C'est une pure imagination de cet Evêque ; écoutons là-dessus St. Augustin † *Constance, riche Citoien de Rome, avoit rassemblé chez lui un grand nombre de Manichéens, pour leur faire observer les préceptes de Manichée. Les uns trouvant ces préceptes trop rudes pour eux, se disperserent chacun de son côté ; mais les autres qui continuoient à les observer, se séparerent du reste des Manichéens, & firent un Schisme, qui fut appellé des Nattariens, parce qu'ils couchoient sur des nattes.* On voit dans ce passage la véritable raison de cette austérité de Manichée; c'étoit une des observances que l'Héréfiarque avoit prescrites.

IL est tems, sage & savant Abukibak, de terminer ma Lettre par les passages que je t'ai rapportés. Tu peus juger de la bonté de l'Histoire Critique de Manichée. Quel bonheur pour toutes les personnes de Lettres & pour tous les honnêtes gens, si l'on avoit chaque siécle deux ou trois Ecri-

* Διὸ καὶ οἱ Μανιχαῖοι καλάμοις τὰς κοίτας ποιοῦνται. Epiph. *pag.* 793.

† Ce fait est rapporté dans les termes de Tillemont, voyez son article XVI. de St. Augustin.

Ecrivains du mérite de Mr. de Beausobre! Mais rien n'est si rare qu'un grand Historien. Pour un de Thou on trouve trente Maimbourgs, & pour un Rapin Thoiras cinquante Peres d'Orleans. L'Histoire moderne est corrompue par de lâches imposteurs, l'ancienne même est en proie à la plume des ignorans & des fourbes. Quelle pitoiable & énorme compilation n'ont pas faite les Jesuites Catrou & Rouillé! Encore prendroit-on patience, si ces misérables Ecrivains avoient pour les bons le respect qu'ils méritent; mais ils se déchainent contre eux avec une impudence inoüie. Les mausades Journalistes de Trevoux ont ôsé outrager de la manière la plus cruelle & la plus messéante Mr. de Beausobre dans leur infame libelle diffamatoire, & ce même Jesuite Rouillé qui travaille à ce prétendu Journal, oubliant son impertinente Histoire Romaine, s'est érigé en juge d'un Ouvrage qu'il n'étoit pas capable d'entendre.

PORTE-toi bien, sage Abukibak, je te salue.

LETTRE VINGT-SEPTIEME.

Ben Kiber, *au ſage Cabaliſte* Abukibak.

LES anciens Peres de l'Egliſe ſe ſont appliqués à montrer l'incertitude qui regnoit dans les Ouvrages des Philoſophes, ils les ont examinés en Critiques ſévères. Il faut convenir qu'ils ont réuſſi dans leur entrepriſe, & qu'ils ont prouvé par les raiſons les plus évidentes & les plus fortes que l'on ne pouvoit faire aucun fondement ſur tous les raiſonnemens Philoſophiques, qui n'étoient ordinairement que des conjectures, ſoutenues comme des vérités par les uns, & regardées comme de fauſſes ſuppoſitions par les autres.

C'EST dans l'oppoſition des ſentimens des Philoſophes que les anciens Théologiens ont puiſé leurs principaux argumens, ils leur ont reproché leurs contradictions & le peu de convenance qu'il y avoit entre leurs opinions.

LA vérité doit être ſimple, facile à connoître, elle ne peut point être directement oppoſée à elle-même; il eſt donc inu-

inutile de la chercher dans les Ouvrages des Philoſophes, qui ne donnent que leurs idées, & ne s'embarraſſent guères d'examiner ſi celles de leurs Confreres s'accordent avec les leurs.

LORSQU'ON lit Platon, Ariſtote, Lucrece, Deſcartes, Locke, Malebranche, Newton, on ne voit par-tout que des gens qui ſe condamnent mutuellement les uns les autres, qui prétendent tous avoir raiſon, qui traitent d'aveugles & d'ignorans ceux qui ne penſent point comme eux. Que doit faire un homme ſans préjugés, en voiant toutes ces contrariétés? Se flattera-t-il de pouvoir démêler le vrai au milieu de tant d'incertitudes? Il eſt impoſſible qu'il ne gemiſſe de la foibleſſe de l'eſprit humain, & qu'il ne regarde comme des diſputes curieuſes toutes ces controverſes Philoſophiques. Hermias avoit bien raiſon de dire, en parlant des Philoſophes anciens „ qu'ils fatiguoient l'eſprit * en „ l'ac-

* Εἰ δὲ ἀντισπῶσι τὴν ψυχὴν, καὶ ἀνθέλκουσιν ἄλλως εἰς ὄλλην, ἕτερος δὲ εἰς ἑτέραν οὐσίαν, ὕλην δὲ ἐξ ὕλης μεταβάλλουσιν ὁμολογῶ γὰρ ἄχθεσθαι τῇ παλιρροίᾳ τῶν πραγμάτων νῦν μὲν ἀθάνατός εἰμι καὶ γέγηθα νῦν δ' αὖ θνητὸς γίνομαι καὶ δακρύω ἄρτι δὲ εἰς ἀτόμους διαλύομαι, ὕδωρ γίνομαι, καὶ ἀὴρ γίνομαι, πῦρ γίνομαι. Εἶτα μετ' ὀλίγον οὔτε ἀὴρ, οὔτε πῦρ, θηρίον με ποιεῖ, ἰχθύν με ποιεῖ. Πάλαι οὖν ἀδελφοὺς ἔχω δελφῖνας, ἐπὰν δὲ ἐμαυτὸν ἴδω φοβοῦμαι τὸ σῶμα, καὶ οὐκ οἶδα ὅπως αὐτὸ καλέσω, ἄνθρωπον, ἢ κύνα, ἢ λύκον, ἢ ταῦρον, ἢ ὄρνιν, ἢ ὄφιν, ἢ δράκοντα, ἢ χίμαιραν. εἰς πάντα γὰρ τὰ θηρία ὑπὸ τῶν φιλοσοφούντων μεταβάλλομαι, χερσαῖα, ἔνυδρα, πτηνὰ, πολύμορφα, ἄγρια, τιθασσὰ, ἄφωνα, εὔφωνα, ἄλογα, λογικὰ νήχομαι,

„ l'accablant de tant de différentes opi-
„ nions, & qu'il étoit impoſſible qu'un
„ homme n'en fût point ennuié en liſant
„ leurs Ouvrages. Tantôt il doit ſe réjoüir
„ de ce qu'il eſt immortel, peu après il
„ faut qu'il s'afflige de ce qu'il ne l'eſt
„ point. Il s'étonne de voir qu'il eſt tour
„ à tour compoſé de feu, d'air. Il eſt
„ métamorphoſé en bête, changé en poiſ-
„ ſon, il a pour freres tous les dauphins. Il
„ eſt toujours dans le doute s'il eſt réel-
„ lement au nombre des humains, ou s'il
„ n'eſt

χομαι, ἵπταμαι, πέτομαι, ἕρπω, θέω, καθίζω ἐςι δὲ ὁ Εμπε-δοκλῆς, κ̀ θάμνον με ποιεῖ. *Verum illi animum divellunt, atque in diverſas partes trahunt, alius in aliam naturam, alius in aliam eſſentiam, materiam ex materia mutantem. Fateor enim me crebram rerum converſionem moleſte ferre. Nunc immortalis ſum, & gaudeo; nunc contra mortalis fio, & ploro; mox in individua corpora ſolvor, aqua fio, fio aer, fio ignis; paulo poſt nec aerem, nec ignem, ſed feram me facit, piſcem me facit, itaque viciſſim fratres habeo delphinos? Cum vero me intueor, corpus pertimeſco, & neſcio quo nomine id vocem, hominem ne, an canem, an lupum, an taurum, an canem, an ſerpentem, an draconem, an chymeram. In cunctas enim beſtias, ab illis ſapientiæ ſtudioſis commutor, terreſtres, aquatiles, volucres multiformes, agreſtes, cicures, mutas, vocales, brutas, ratione munitas. Nato, volo, ſublimis in aere feror, ſerpo, curro, ſedeo. Offert ſe ſe* Empedocles, *& arbuſtum me facit.* Hermiæ *Irriſio Gentilium Philoſophorum*, pag. 176.

„ n'eſt point dans celui des oiſeaux, des „ reptiles. Tantôt il lui ſemble de nager, „ peu de tems après de voler; mais ce „ qui eſt plus extraordinaire que cela, „ c'eſt qu'il eſt tout à coup changé en ar- „ briſſeau par Empedocle. Cette métamor- „ phoſe eſt bien plus fâcheuſe que toutes „ celles de Pythagore. „

St. Juſtin * a fait les mêmes réflexions qu'Hermias, il ſe plaint également de leurs diverſes opinions. „ Comment, dit-il, veu- „ lent-ils que nous croions ce qu'ils nous „ diſent des cauſes des phénomenes & des „ ſecrets de la nature, puiſqu'ils ne diſpu- „ tent pas ſeulement à ce ſujet, mais qu'ils „ ne ſont pas même d'accord ſur la natu- „ re de la Divinité? „

Les différentes opinions des Philoſophes ſur l'eſſence divine les ont expoſés à mille reproches. Les Peres ont fait valoir cet- te ignorance de la connoiſſance du pre- mier

* Οὐ τῷ μὲν οὖν περὶ τῶν ἐν οὐρανοῖς πρὸς ἀλλήλους διαφέρονται πραγμάτων ὥστε εἰδέναι προσήκει, ὅτι οἱ μηδὲ τὰ παρ' ὑμῖν ἐνταῦθα γνῶναι δυνηθέντες, ἀλλὰ καὶ περὶ τούτων πρὸς ἀλλήλους διενεχθέντες, οὐκ ἀξιόπιστοι φανήσονται περὶ τῶν ἐν οὐρανοῖς διαγόμενοι. *Ad hunc nimirum illi modum de rebus cœleſtibus inter ſe diſſident. Itaque ſcire convenit qui noſtra hæc in terris cognoſcere nequeunt, quin etiam de iis inter ſe contendunt, non idoneos eos eſſe, ut de cœleſtibus verba facientes, fidem mereantur.* S. Juſt. Mart. *ad Græcos Cohortatio pag.* 7.

mier des Etres, comme une des raiſons les plus eſſentielles de ſe défier de la vérité de tous les ſentimens qu'ils ſoutenoient avec le plus de confiance. En effet, qu'elle croiance peut-on accorder à des gens qui ſe trompent ſur le premier, le plus grand & le plus eſſentiel de tous les points, duquel découle la connoiſſance de tous les autres. Celui qui n'a aucune idée claire & diſtincte de la Divinité, ne peut qu'errer en parlant de la création de l'Univers, des cauſes qui entretiennent l'ordre de ce même Univers. Enfin il eſt évident qu'on ne peut rien dire de raiſonnable ſur la nature des créatures, ſi l'on n'a une idée juſte de celle du Créateur: or, c'eſt ce qui a manqué à tous les Philoſophes anciens, & qui malgré la Révelation n'a point été le partage de tous les modernes. Quant aux premiers, il n'eſt aucune fable, quelque abſurde qu'elle ſoit, qui n'ait été adoptée par quelqu'un d'eux. On les a inſulté ſur la diverſité & la bizarrerie de leurs opinions au ſujet de la Divinité.

„ LES uns, dit Théophile *, font le mon-
„ de

* Κὶ οἱ μὲν ἀγέννητον αὐτὸν κὶ ἰδίαν φύσιν φάσκοντες, ἐκ ἀκόλεθα εἶπον τοῖς γεννητὸν αὐτὸν δογματίσασιν· εἰκασμῷ γὰρ ταῦτα, κὶ ἀνθρωπίνῃ ἐννοίᾳ ἐφθέγξαντο, κὶ ἐ κατ' ἀλήθειαν. Ἕτεροι δ' αὖ εἶπον πρόνοιαν εἶναι, κὶ τὰ τέτων δόγματα ἀνέλυσαν. Ἄρατος μὲν ἐν φησίν.

Ἐκ

„ de éternel, les autres veulent qu'il ait „ été engendré. Les premiers nient la „ Pro-

Ἐκ Διὸς ἀρχώμεθα, τὸν οὐδέποτ' ἄνδρες ἐῶμεν
Ἄρρητον· μεσταὶ δὲ Διὸς πᾶσαι μὲν ἀγυιαί,
Πᾶσαι δ' ἀνθρώπων ἀγοραί, μεστὴ δὲ θάλασσα,
Καὶ λιμένες· πάντῃ δὲ Διὸς κεχρήμεθα πάντες.
Τοῦ γὰρ καὶ γένος ἐσμέν· ὁ δ' ἤπιος ἀνθρώποισι
Δεξιὰ σημαίνει, λαοὺς δ' ἐπὶ ἔργον ἐγείρει,
Μιμνήσκων βιότοιο, λέγει δ' ὅτε βῶλος ἀρίστη
Βουσί τε καὶ μακέλῃσι, λέγει δ' ὅτε δεξιαὶ ὧραι,
Καὶ φυτὰ γυρῶσαι, καὶ σπέρματα πάντα βαλέσθαι.

Τίνι οὖν πιστεύσωμεν πότερον Ἀράτῳ τῷ δὲ ἢ Σοφοκλεῖ λέγοντι προνοία δὲ ἐστιν οὐδενὸς, εἰκῇ ἐκρατεῖτο ζῆν ὅπως δύναιτό τις. Ὅμηρος δὲ πάλιν τούτῳ οὐ συνᾴδει λέγει γὰρ Ζεὺς δ' ἀρετὴν ἄνδρεσσιν ὀφείλει τε μινύθει τε καὶ Σιμωνίδης, οὔ τις ἄνευ θεῶν ἀρετὰν λάβεν, οὐ πόλις οὐ βροτος, οὐ Θεὸς ὁ παμμήτις.

Illi qui mundum ingenitum, & peculiarem quandam dixere naturam, nequaquam consentiunt cum iis qui mundum genitum esse proponunt; nam sequuti rerum similitudines & mentem humanam, nec ipsam veritatem, hujuscemodi sententias protulere. Sunt qui Providentiam agnoscunt, ut alii horum dogmata subruerunt. Aratus *ait.*

Ex Jove incipiamus, hunc nequaquam sinamus, ô viri,
Inexplicatum! Plenæ sunt Jovis omnes plateæ,
Omnium etiam hominum fora, plenum est & mare,
Pleni sunt & portus, ubique Jove fruimur omnes;
Hujus enim genus sumus. Ipse benignus hominibus,
Dextera nunciat, Populos ad opus excitat,

 Fa-

„ Providence, les ſeconds l'admettent, & „ prétendent, ainſi qu'Aratus, qu'il y ait „ un Eſprit répandu dans toutes les par- „ ties de l'Univers, qui non ſeulement les „ vivifie, mais qui préſide à leur conſer- „ vation & qui dirige leurs mouvemens. „ Sophocle vient à ſon tour, & condam- „ nant ce ſentiment, s'écrie qu'il n'y a „ aucune Providence, & que le ſeul ha- „ zard eſt la cauſe de tous les évenemens. „ Homere n'eſt point de l'opinion de So- „ phocle, il veut que Jupiter prenne ſoin „ des mortels. Simonide dit que c'eſt „ par le ſecours des Dieux que les hom- „ mes peuvent être vertueux. „

QUOIQUE l'opinion de ceux qui admettent une Providence, ſoit beaucoup plus

Faciens eos meminiſſe vitæ, dicit præterea quando gleba optima
Bubus & ligonibus. Indicat quoque quando dextræ ſint boræ,
Ut plantæ virides flectantur & tranſplantentur, quando omnia ſunt ſpargenda ſemina.

Cui igitur fidem dabimus? Arato, *an* Sophocli, *qui clamat: Nullius eſt providentia, ſed caſu quodam, ut quilibet poteſt, vivitur? Huic præterea* Homerus *non concinit, inquit enim: Jupiter virtutem viris auget minuitque. Similiter &* Simonides *ait: Nemo abſque Diis virtutem accepit, non urbs, non prudens Deus.* S. P. N. Theophil. *ad Autolycum, Lib. 2. pag. 86.*

plus raiſonnable que celle des autres, elle eſt encore mêlée des fables les plus ridicules, & directement contraire à la véritable idée de la Divinité. Eſt-il rien de ſi abſurde que de la multiplier & de la diviſer en pluſieurs Dieux différens, ainſi qu'ont fait Homere, tous les Poëtes, & les Philoſophes qui l'ont ſuivi?

ON peut établir comme un fait conſtant, que tous les Anciens, même ceux qui paroiſſoient s'être le moins écartés des notions de la nature divine, n'en ont eu aucune véritable connoiſſance, & que ce qu'ils en ont dit de vrai a été mêlé de tant d'erreurs groſſières, qu'il ne mérite pas qu'on y faſſe aucune attention. Les „ Poëtes & les Philoſophes, dit Athénagore *, qui dans le choix des opinions „ ont

* Ποιηταὶ μὲν γὰρ καὶ φιλόσοφοι, ὡς καὶ τοῖς ἄλλοις ἐπέβαλον, στοχαστικῶς κινηθέντες μὲν, κατὰ συμπάθειαν τῆς παρὰ τοῦ Θεοῦ πνοῆς, ὑπὸ τῆς αὐτὸς αὑτοῦ ψυχῆς ἕκαστος ζητῆσαι, εἰ δυνατὸς εὑρεῖν καὶ νοῆσαι τὴν ἀλήθειαν τοσοῦτον δὲ δυνηθέντες ὅσον περινοῆσαι οὐχ εὕρηνται ὂν οὐ παρὰ Θεοῦ περὶ Θεοῦ ἀξιώσαντες μαθεῖν, ἀλλὰ παρ' αὑτοῦ ἕκαστος, διὸ καὶ ἄλλος ἄλλως ἐδογμάτισεν αὐτῶν καὶ περὶ Θεοῦ καὶ περὶ ὕλης καὶ περὶ εἰδῶν καὶ περὶ κόσμου, ἡμεῖς δὲ ὧν νοοῦμεν καὶ πεπιστεύκαμεν, ἔχομεν προφήτας μάρτυρας, οἳ πνεύματι ἐνθέῳ ἐκπεφωνήκασι καὶ περὶ τοῦ Θεοῦ καὶ περὶ τῶν τοῦ Θεοῦ εἴποιτε δ' ἂν καὶ ὑμεῖς, συνέσει καὶ τῇ περὶ τὸ ὄντως θεῖον εὐσεβείᾳ τοὺς ἄλλους προὔχοντες, ὡς ἔστιν ἄλογον, παραλιπόντας πιστεύειν τῷ παρὰ τοῦ Θεοῦ πνεύματι, ὡς ὄργανα κεκινηκότι τὰ τῶν προφητῶν στόματα προσέχειν δόξαις ἀνθρωπίναις. *Etenim Poetæ & Philoſophi, qui probabiles quaſdam & ſuo conſentaneas ingenio rationes, ut aliis quoque in rebus indagandis, ſequi ſe oportere putabant, impulſi quidem*

„ ont adopté celles qui leur paroiſſoient „ les plus vraies, ont tous été dans l'er- „ reur. Ils ſentoient par une impreſſion „ naturelle qu'ils devoient chercher à con- „ noître la Divinité; mais ſe livrant avec „ trop de confiance à leur imagination, ils „ ſe ſont trompés dans leurs recherches, „ parce qu'ils n'ont point examiné la na- „ ture de la Divinité dans elle-même. Ils „ l'ont cherchée en eux, où elle ne réſi- „ de point : de-là ſont venues toutes les „ différentes opinions & ces diſputes ſur „ l'eſſence divine, ſur la matière, ſur la „ forme, ſur le Monde. Les Chrétiens „ n'ont

dem divinitus primum ut hoc aggrederentur, ſua quiſque & propria intelligentiæ vi Deum inquirere, tanquam inventuri, nimia de ſe fiducia conati ſunt. Non tamen illum, cujus vis adeo immenſa patet, vel reperire, vel animo & cogitatione complecti potuere; merito quidem, quod Dei notitiam non ab ipſo peterent Deo, ſed intra ſe quiſque eam diſquireret. Hinc adeo factum eſt, ut alii aliter pronuntiarint de Deo, de materia, de formis, de mundo. At nos ſententiæ fideique noſtræ teſtes habemus Prophetas, qui Spiritu divino de Deo ac rebus divinis diſſeruerunt. Hic veſtrum (Imperatores) judicium, & veſtram erga verum Numen pietatem, quibus pleroſque excelletis, appellamus: Æquumne & hominis ratione dignum ſit, ut fides Spiritui divino, qui Prophetarum ora tanquam inſtrumenta permovit, abrogata, humanis perſuaſionibus adhibeatur? Athenagoræ *Legatio pro Chriſtianis, pag.* 7.

„ n'ont point donné dans ces erreurs, „ parce qu'ils avoient dans les Prophétes „ & dans les Livres ſacrés des guides cer- „ tains. „

PRENS garde, ſage & ſavant Abukibak, que c'eſt dans la Révelation qu'Athénagore fait conſiſter la certitude des connoiſſances des Chrétiens: ainſi tous les Philoſophes, privés du ſecours de cette Révelation, ne pouvoient jamais avoir aucune connoiſſance claire & diſtincte des matières qu'ils agitoient ſur des ſujets, que la ſeule capacité humaine ne peut éclaircir. Cependant il n'y avoit rien qui pût balancer les déciſions orgueilleuſes des Philoſophes. Ils parloient ſur l'eſſence de Dieu avec autant d'aſſûrance, que les modernes ſur les ſecrets les plus cachés & les plus obſcurs de la nature. On eût dit, à voir la confiance avec laquelle ils s'énonçoient, que le Ciel avoit pris le ſoin de les inſtruire, & qu'ils étoient bien plus éclairés que tout le reſte des hommes. St. Juſtin ſe moque de l'orgueil avec lequel Ariſtote réfuta les dogmes de ſon maître Platon. „ Ce Philoſophe, dit-il, comme s'il eût examiné „ & connu * beaucoup mieux la nature „ di-

* Ὁ γοῦν Ἀριστοτέλης, ὡς ἀκριβέστερον Πλάτωνος τὰ ἐν οὐρανοῖς ἑωρακὼς, οὐχ ὡς περὶ Πλάτων ἐν τῇ πυρώδει οὐσίᾳ τὸν Θεὸν εἶναι λέγει, οὕτω καὶ αὐτὸς ἔφη, ἀλλ' ἐν τῷ αἰθέρι πέμπτῳ στοιχείῳ εἶναι αὐτὸν ἀπεφήνατο, καὶ περὶ τούτου πιστεύεσθαι ἑαυτὸν διὰ δοκιμότητα φράσεως ἀξιῶν, οὐδὲ τὴν τοῦ Εὐρίπου φύσιν τοῦ ἐν Χαλκίδι γνῶναι δυνηθεὶς διὰ πολλὴν ἀδοξίαν καὶ αἰσχύνην λυπηθεὶς, μετέστη

„ divine, condamne tout ce qu'en a écrit „ Platon, qui croioit qu'elle étoit d'une „ matière ignée. Il veut au contraire „ qu'elle soit formée par la matière éthe- „ rée du cinquième Element. Ce qu'il y a de „ particulier, c'est qu'il prétend qu'on l'en „ croie sur sa parole. N'est-il pas extraor- „ dinaire qu'un homme, qui n'a pû décou- „ vrir la raison du flux & du reflux de l'Eu- „ ripe, & qui est mort de chagrin à cause de „ cela, exige qu'on le croie sur sa simple „ parole & qu'on reçoive l'opinion la plus „ fausse, uniquement parce qu'il dit qu'el- „ le est véritable? „

A combien de Philosophes modernes, sage & savant Abukibak, ne pourroit-on pas appliquer ce que dit St. Justin? Ils sentent dans bien des choses le peu d'étendue de leurs connoissances, & cependant ils décident hardiment sur les plus difficiles.

LA présomption a été de tout tems le foible des Savans, & sur-tout des Philosophes:

μετέχει τοῦ βίου. Aristoteles *certe, haud aliter quam si penitus diligentiusque* Platone, *illa contemplatus esset, non sicuti* Plato *in ignea essentia Deum esse, ita & ipse dixit; verum in æthereo quinto Elemento illum esse pronuntiavit. Atque de his ille fidem sibi per orationis vim & pondus adstruit, cum neque Euripi chacidici naturam cognoscere posset, unde propter ingens probrum & pudorem in mœrorem conjectus, morte vitam commutavit.* S. Just. *ad Græcos Cohortatio, pag.* 34.

ſophes : on leur reproche aujourd'hui ce vice, & on le leur a reproché autrefois. St. Baſile * ſe moque du titre faſtueux de *Sages* qu'ils s'attribuoient, & ne leur reproche pas moins leur diviſion que les autres Peres de l'Egliſe. „ Ils ſont ſi aveugles, dit ce Saint, par leur vanité & „ par les ténèbres obſcures dont ils ſont „ offusqués, que quoiqu'ils aſſûrent tous „ également qu'ils ſont les plus ſages des „ hommes, ils ſont aſſez inſenſés pour dire, les uns, que le ciel a exiſté de tout „ tems avec Dieu, les autres, qu'il eſt Dieu „ lui-même, qu'il a exiſté pendant toute „ l'éternité antérieure, qu'il n'aura point „ de fin, & qu'il préſide à tous les êtres & „ gou-

* Ἀλλὰ τοσοῦτον ἐματαιώθησαν ἐν τοῖς διαλογισμοῖς αὐτῶν, καὶ ἐσκοτίσθη ἡ ἀσύνετος αὐτῶν καρδία, καὶ φάσκοντες εἶναι σοφοὶ ἐμωράνθησαν, ὥστε οἱ μὲν συνυπάρχειν ἐξ ἀϊδίου τῷ Θεῷ τὸν οὐρανὸν ἀπεφήναντο. Οἱ δὲ αὐτὸν εἶναι Θεὸν ἄναρχον καὶ ἀτελεύτητον, καὶ τῆς τῶν κατὰ μέρος οἰκονομίας αἴτιον. *Sed quid eouſque vanitatis provecti ſunt, ſuiſmet cogitationibus, tanta caligine ignorationis obſcuratum eſt inſipiens cor eorum, ut cum ſe deprædicarent maxime omnium eſſe ſapientes, eo ſtultitiæ evaſerint, ut pars iſtiuſmodi Philoſophantium aſſeruerit una cum Deo ab æterno cœlum extitiſſe, alii cœlum ipſum eſſe Deum pronuntiarunt, quare nec cœpiſſe aliquando, nec ullo deſtiturum aut intercipiendum fini; ac proinde eundem profeſſi ſunt ſingularum quarumque partium univerſi adminiſtratorem eſſe!* S. Baſil. *Homelia prima, pag.* 8. *Tom. I.*

„ gouverne toutes les parties de cet Uni-
„ vers.

On ne peut nier, sage & savant Abukibak, que les anciens Peres n'aient porté de terribles coups aux Philosophes, & qu'ils n'aient montré le peu de cas qu'on devoit faire de cette Philosophie, que tant de gens regardoient avec un profond respect. Mais quil me soit permis de dire qu'en agissant de même, ces mêmes Peres ont prêté des armes aux Pyrrhoniens. Nous convenons avec vous, auroient pû leur dire ces Philosophes, que toutes les opinions des Dogmatiques n'ont aucune certitude, que leur contrariété est une preuve de leur évidence: nous vous accordons tout ce que vous dites; mais s'ils sont incertains sur les principales difficultés Philosophiques, si l'un d'eux condamne ce que l'autre approuve, si ce sont-là des raisons pour leur refuser notre croiance, nous ne devons pas ajouter plus de foi à ce que vous nous dites, car vous n'êtes pas moins opposés. Entre vous autres Docteurs vous disputez également sur toutes les matières les plus essentielles: vos opinions sur la nature de Dieu, sur celle de l'ame, sur l'esprit, sur la matière, sont totalement contraires; or, vous n'êtes donc point croiables par vos propres principes, & les mêmes raisons par lesquelles vous condamnez les Philosophes, vous condamnent à votre tour.

Je ne doute pas que les Peres, à qui l'on eût

eût tenu un pareil discours, n'eussent été bien embarrassés : il ne leur eût resté que la ressource de repondre qu'ils étoient d'un accord unanime ; mais cette ressource auroit été très mauvaise, & leurs adversaires la leur eussent bientôt enlevée. Ouï, sage Abukibak, je crois qu'il est très aisé de prouver que tous les Peres ont été aussi opposés entre eux sur les plus grandes questions de la Métaphysique & de la Physique, que les Philosophes, quoiqu'ils prétendissent qu'ils ne pouvoient se tromper, aiant dans les Livres sacrés des guides assûrés. Il faut cependant qu'ils se soient abusés, puisqu'ils ont tous expliqué différemment les faits qu'ils puisoient dans les Ecritures : ils ont plûtôt songé à les faire servir à autoriser leurs idées, qu'ils ne se sont appliqués à les conformer à leur véritable sens. Ce n'est pas dans des questions purement de Physique qu'ils sont tombés dans les excès qu'ils reprochoient aux Philosophes, c'est dans celles qu'on regarde aujourd'hui comme les plus essentielles à la Religion. Les uns ont raisonné très mal sur l'essence divine, les autres ont parlé encore plus mal de la nature de l'ame. Enfin je te prouverai, sage & savant Abukibak, que jusqu'au cinquième siécle tous les Peres ont été très opposés les uns aux autres ; & ce qu'il y a de plus extraordinaire, c'est qu'il n'y en a aucun d'eux, s'il vivoit aujourd'hui, qui ne fût déclaré héretique, & qui pis est, brulé par l'Inquisition, s'il étoit en Espagne ou en Italie. La plus petite erreur qu'ils ont soutenue, est cent fois plus considérable que celle qui fit pendre Savanarole, si tant est qu'il fut pendu pour en avoir soutenu. Puisque Galitée fut mis à quatre-vingts ans dans les prisons de l'Inquisition pour avoir prétendu que la terre tournoit autour du soleil, que feroit cette Inquisition aux Peres, dont les uns ont rendu Dieu matériel, les autres l'ame mortelle? Plusieurs ont fait coucher les Anges avec des femmes, & ont attribué à cela leur exil du Paradis. Enfin il n'est aucune folie, aucune impertinence qui n'ait été soutenue par quelque Pere; c'est ce que je te montrerai dans ma première Lettre. On peut dire d'eux, sans leur faire injustice, ce qu'un Ancien a dit des Philosophes ses contemporains. *Nihil tam absurdum dici potest, quod non dicatur ab aliquo Philosophorum.*

VOILA, sage & savant Abukibak, des preuves bien évidentes de la foiblesse de l'esprit humain. Quel est le mortel, qui pourra se flatter de connoître la vérité & de marcher d'un pas ferme dans la bonne voïe, lorsqu'il verra que les Docteurs les plus célèbres sont tombés dans les erreurs les plus grossières, & ont prétendu autoriser ces erreurs par les Ecritures! Tel est le caractère des Dogmatiques, ils ramenent tout à leurs opinions; & quelque absurdes qu'elles soient, ils n'en prétendent pas moins

moins qu'elles leur ſont pour ainſi dire révelées. C'eſt une choſe bien triſte que l'abus, que preſque tous les Théologiens font des Ecritures ; ce Livre, donné pour le bonheur du genre humain, devient, par l'uſage qu'en font ceux qui veulent l'expliquer, pernicieux à la tranquillité publique. Ce ſont les différentes explications de Jerôme, de Luther, de Calvin, de Quenel, &c. qui ont troublé & qui troublent encore toute l'Europe.

QUEL eſt le ſort des hommes, ſage Abukibak! L'incertitude eſt ſi fort leur partage, il leur eſt ſi impoſſible d'être jamais aſſûrés de rien par leurs propres lumières, que dès qu'ils veulent en faire uſage dans l'explication des vérités qui leur ſont révelées, ils embrouillent ces vérités, ils les obſcurciſſent, ils les rendent le ſujet fatal de mille diſputes criminelles. Ho ! quel triomphe pour les Pyrrhoniens, & qu'ils auroient pû jetter les Peres dans un grand embarras, s'ils avoient connu leurs Ouvrages, auſſi bien que ceux d'aujourd'hui connoiſſent les Livres des Théologiens modernes!

IL eſt tems de finir ma Lettre. Je m'acquitterai dans la première que je t'écrirai, de l'obligation que je me ſuis impoſée dans celle-ci.

JE te ſalue, ſage Abukibak.

LET-

LETTRE VINGT-HUITIEME.

Ben Kiber, *au sage Cabaliste* Abukibak.

JE n'ai point oublié, sage & savant Abukibak, que je me suis engagé de prouver que les Peres de l'Eglise ont été aussi divisés dans leur opinion que les anciens Philosophes, & qu'ils ont eû des idées aussi absurdes sur la nature de Dieu & sur celle de l'ame. J'emprunterai pour quelque moment le caractère d'un Pyrrhonien, & j'attaquerai ces Docteurs avec les mêmes armes, dont ils auroient cru me combattre. „ Vous ne méritez point, „ leur dis-je d'abord, qu'on ajoute foi „ à vos discours, parce que vous prétendez soutenir les mêmes vérités, & vos „ sentimens sont entiérement opposés: l'un „ condamne ce que l'autre approuve; „ accordez-vous avant de vouloir condamner les opinions des autres. Ce n'est „ point assez pour être cru, que de dire „ que vous avez raison; il faut prouver „ que vous êtes véritablement fondés dans „ vos principes, qu'ils sont clairs, évidens. Mais comment ôseriez-vous parler de même, puisque vous êtes contrarié par vos Confreres? D'ailleurs, „ quand

„ quand vous conviendriez tous de la vé-
„ rité de certains ſentimens, il ne s'en-
„ ſuivroit pas de là que je duſſe les rece-
„ voir, ſi je n'en étois point perſuadé &
„ ſi je voiois qu'ils fuſſent combattus par
„ de fortes objections. Mais je n'ai pas
„ beſoin de recourir à une diſcuſſion gé-
„ nérale de vos principes, il me ſuffit de
„ faire voir que vous avez tort de mé-
„ priſer les Philoſophes à cauſe de leur
„ diviſion, puiſque celle qui regne par-
„ mi vous, n'eſt pas moins grande que la
„ leur.

„ COMMENÇONS d'abord d'examiner
„ quels ſont vos ſentimens ſur la Divini-
„ té. Les uns la font étendue & corpo-
„ relle; les autres veulent, ainſi que les
„ Stoïciens, qu'elle ſoit répandue dans
„ l'Univers, & qu'elle ſoit l'ame de tou-
„ tes ſes parties. Les autres prétendent
„ qu'elle enferme en elle-même tous les
„ êtres, & qu'elle les enveloppe dans ſon
„ étendue; d'autres enfin diſent que la Di-
„ vinité eſt un Eſprit infini, dénué entié-
„ rement de tout ce qui appartient à la
„ nature corporelle. Parmi tous ces ſen-
„ timens, dites-moi, je vous prie, quel
„ eſt le véritable? Vous repondrez ſans
„ doute que c'eſt celui que vous ſoutenez.
„ Puiſque vous ne voulez pas que je croie
„ un Philoſophe parce qu'il eſt condamné
„ par ſes Confreres, pourquoi voulez-vous
„ que je reçoive votre opinion, rejettée
„ par tant d'autres Docteurs? Suppoſons

„ qe

„ que vous soiez du sentiment d'Augustin,
„ & que vous souteniez avec lui que la
„ Divinité est un Etre spirituel, entiére-
„ ment exemt de tout ce qui appartient
„ au corps, voici sept à huit Docteurs
„ qui vous ont précédé, & qui vous con-
„ damnent tous.

„ ORIGENE * s'offre le premier, qui
„ dit que la nature de Dieu nous est in-
„ connue, que nous ignorons s'il n'a point
„ un corps, & s'il n'est point sujet à une
„ forme déterminée.

„ TERTULIEN † vient ensuite, & pré-
„ tend qu'il est impossible que Dieu ne
„ soit point corporel, puisque tout Es-
„ prit

* *Quæ cum ita sint, hæc tamen scribit Origenes* in Proem. Librorum περὶ ἀρχῶν : *Deus quoque quomodo intelligi debeat inquirendum est, corporeus, an secundum aliquem habitum deformatus, an alterius naturæ quam corpora sunt, quod utique in prædicatione nostra manifeste non designatur.* Huet Orig. *in Sacr. Scriptur. Comment. de Deo, Tom. I. Lib. 2. pag.* 10.

† *Inde est quod Deum corporalem esse absque dubitatione decrevit Tertullianus, cum alibi* advers. praxeam Cap. 7. *Quis enim negabit, inquit, Deum corpus esse, etsi spiritus est? Spiritus enim corpus sui generis in sua effigie, sed & invisibilia illa quæcunque sunt habent apud Deum & suum corpus, & suam formam, per quæ soli Deo visibilia sunt; quanto magis quod ex ipsius substantia missum est, sine substantia non erit?* Id. *ibid.*

„ prit eſt corps, & que ce qui n'eſt point
„ corps n'eſt rien. Il faut que l'opinion
„ de Tertulien fût très commune de ſon
„ tems, & qu'elle paſſât même pour Or-
„ thodoxe, puiſqu' Auguſtin * votre
„ Chef, lui, dont vous ſuivez les ſenti-
„ mens, nous apprend que ce ne fut point
„ à cauſe de ce ſentiment que Tertulien
„ fut condamné comme héretique, mais
„ parce qu'il deſapprouvoit les ſecondes
„ nôces. Pendant plus de trois ſiécles bien
„ des Peres ont cru Dieu † matériel, com-
„ ment donc pouvez-vous reprocher aux
„ Philoſophes anciens ce ſentiment, ſou-
„ tenu par vos prédéceſſeurs ?

„ TATIEN a adopté le ſyſtême des Stoï-
„ ciens, il différe d'Origene & de Tertu-
„ lien, autant que Zénon différe d'Ariſto-
„ te.

* *Tertulianus ergo, ſicut ejus ſcripta indicant, animam dicit immortalem quidem, ſed eam corpus eſſe contendit, neque hanc tantum, ſed ipſum etiam Deum corporeum eſſe dicit, licet non effigiatum; neque tamen hinc hæreticus creditur factus.* Auguſt. *Lib. de hæreſib.* Paulo poſt: *non ergo ideo Tertulianus factus hæreticus, ſed quia tranſiens ad Cataphrygas, quos ante deſtruxerat, cæpit etiam ſecundas nuptias contra Apoſtolicam Doctrinam tanquam ſtupra damnare, & poſtmodum etiam ab ipſis diviſus, ſua conventicula propagavit.* Aug. *Lib. de hæreſib.*

† Voyez *les Mémoires Secrets de la Répub. des Lettres, Lettre cinquième.*

„ te. Selon ce Théologien *, il y a un „ Esprit universel répandu, qui vivifie les „ étoiles, les Anges, la terre, les hom„ mes & les bêtes. Cet Esprit est diffé„ rent, selon les modifications qu'il anime, „ quoiqu'il soit unique & toujours le mê„ me. Voilà l'opinion de l'ame du Mon„ de, soutenue par les Stoïciens, & re„ gardée comme la Divinité.

- - - - *Deum*

* Ἔστιν οὖν πνεῦμα ἐν φωστῆρσι, πνεῦμα ἐν ἀγγέλοις, πνεῦμα ἐν φυτοῖς καὶ ὕδασι, πνεῦμα ἐν ἀνθρώποις, πνεῦμα ἐν ζώοις ἓν δὲ ὑπάρχον καὶ ταὐτὸν, διαφορὰς ἐν αὐτῷ κέκτηται, ταῦτα δὲ ἡμῶν λεγόντων, οὐκ ἀπὸ γλώττης, οὐδὲ ἀπὸ τῶν εἰκότων ἐννοιῶν συντάξεώς τινος σοφιστικῆς, θειοτέρας δέ τινος ἐκφωνήσεως λόγοις κατακεχρημένων, οἱ βουλόμενοι μανθάνειν σπεύσατε καὶ οἱ τὸν Σκύθην Ἀνάχαρσιν μὴ ἀποσκορακίζοντες, καὶ νῦν μὴ ἀξιοπαθήσητε παρὰ τοῖς βαρβαρικῇ νομοθεσίᾳ παρακολουθοῦσι παιδεύεσθαι χωρήσατε τοῖς δόγμασιν ἡμῶν, κἂν ὡς τῇ κατὰ Βαβυλωνίους προγνωστικῇ κατακούσατε λεγόντων ἡμῶν κἂν ὡς δρυὸς μαντευομένης. *Spiritus igitur inest stellis, Angelis, stirpibus, aquis, hominibus, animalibus; & quamvis unus ac idem sit, differentias tamen in se habet. Hæc quidem cum a nobis dicantur, non summis, ut aiunt, labris, neque probabilibus rationibus, aut Sophistico sermonis apparatu, sed ex divinis eloquiis proferantur, qui discere vultis, festinate; & qui Anacharsin Scytham non rejicitis, nunc etiam non indignemini instrui ab illis qui barbaram disciplinam sequuntur. Recipite dogmata nostra, & saltem nos dicentes audite, ut divinationem secundum Babylonios, vel saltem ut quercum vaticinantem auditis.* Tatiani Assyrii *Oratio ad Græcos &c. pag.* 152.

Deum namque ire per omnes
Terrasque, tractusque maris, cœlumque profondum;
Hinc pecudes, armenta, viros, genus omne ferarum
Quem sibi tenues nascentem arcessere vitas.
Virg. *Georg. Lib. I.*

„ LES Stoïciens ne se sont pas expli-
„ qués, comme on le peut voir par ces
„ vers, dans d'autres termes que ceux
„ qu'emploie Tatien. Ce qu'il y a de sin-
„ gulier, c'est que ce Docteur, en éta-
„ bliſſant un système si contraire à la na-
„ ture divine, qui l'aſſujettit à tous les dé-
„ fauts de la matière, qui la ravale, & la
„ range au rang des bêtes les plus im-
„ mondes, qui enfin, pour me servir des
„ termes d'Augustin * votre Chef, veut
„ qu'il n'y ait aucune de ses parties qui ne
„ soit souillée de quelque crime, tous
„ ceux des hommes étant ceux de la Di-
„ vini-

* *Non video quidem si totus mundus est Deus, quomodo bestias ab ejus partibus separent? Sed obluctari quid opus est? de ipso rationali animante, id est homine, quid infelicius credi potest, quam partem Dei fieri lascivas, iniquas, impias, atque omnino damnabiles quis ferre possit, nisi qui prorsus insaniat?* August. *de Civit. Dei, Lib. IV. Cap. XIII. pag.* 433.

„ vinité dont ils ſont des portions ; ce „ qu'il y a de plus ſingulier, dis-je, c'eſt „ que Tatien exige qu'on le croie comme „ un Prophéte. Cela vaut bien le *Magiſter dixit* de Pythagore, ſi fort condamné.

„ THE'OPHILE * a ſoutenu une opinion

* Εἰ γὰρ τῷ ἡλίῳ ἐλαχίστῳ ὄντι στοιχείῳ οὐ δύναται, ἄνθρωπος ἀτενίσαι, διὰ τὴν ὑπερβάλλουσαν θέρμην καὶ δύναμιν πῶς οὐχὶ μᾶλλον τῇ τοῦ Θεοῦ δόξῃ ἀνεκφράστῳ οὔσῃ, ἄνθρωπος θνητὸς οὐ δύναται ἀντωπῆσαι ὃν τρόπον γὰρ ῥοὰ ἔχουσα φλοιὸν τὸν περιέχοντα αὐτὴν, ἔνδον ἔχει μονὰς καὶ θήκας πολλὰς διαχωριζομένας διὰ ὑμένων καὶ πολλοὺς κόκκους ἔχει τοὺς ἐν αὐτῇ κατοικοῦντας οὕτως ἡ πᾶσα κτίσις περιέχεται ὑπὸ πνεύματος Θεοῦ, καὶ τὸ πνεῦμα τὸ περιέχον σὺν τῇ κλίσει περιέχεται ὑπὸ χειρὸς Θεοῦ ὥσπερ οὖν ὁ κόκκος τῆς ῥοᾶς ἔνδον κατοικῶν οὐ δύναται ὁρᾶν τὰ ἔξω τοῦ λέπους αὐτὸς ὢν ἔνδον οὕτως οὐδὲ ἄνθρωπος ἐμπεριεχόμενος μετὰ πάσης τῆς κλίσεως ὑπὸ χειρὸς Θεοῦ, οὐ δύναται θεωρεῖν τὸν Θεόν. *Nam ſi in ſolem, quod ſane minimum eſt Elementum, homo oculos intendere nequit propter caloris & potentiæ excellentiam ; multo minus gloriam Dei, quæ ineffabilis eſt homini, homo mortalis contueri poteſt. Quemadmodum malum punicum cortice velatur qui interiora continet, habet & manſiones loculoſque complures pellibus interceptos & diſtinctos, qui plurima grana inter ſe ſe complectuntur ; ſic univerſa natura a Dei continetur Spiritu. Spiritus qui univerſam naturam conſertam tenet, a Dei manu continetur. Quemadmodum granum mali punici, quod cortice exteriore includitur, cortices exteriores cernere haud poteſt, ſic nemo mortalium, qui tenentur manu Dei cum univerſi natura.* J. P. N. Theophili *ad Autolycum*, *Lib. I. pag.* 72.

„ nion différente de celle de Tatien; mais „ elle admet également dans Dieu une „ étendue corporelle. Il veut que les „ hommes ne puiſſent pas voir la Divini- „ té, non pas à cauſe qu'elle eſt abſolu- „ ment immatérielle, mais à cauſe de ſa „ ſplendeur, de même qu'ils ne peuvent „ fixer la vûe ſur le ſoleil, qui eſt, dit- „ il, un Element bien au-deſſous de celui „ qui compoſe la Divinité. Selon lui, „ Dieu enveloppe tous les êtres de la „ même manière qu'une ſeule écorce cou- „ vre toutes les différentes parties d'une „ orange qui ſont diviſées par pluſieurs „ pellicules, & qui contient pluſieurs grai- „ nes. Voilà par ce ſyſtême Dieu éten- „ du, ſujet à la diviſion ; & quand mê- „ me il ſeroit vrai, comme il ne l'eſt pas, „ que par le terme d'*Eſprit*, *Spiritus* *, „ Théophile eût entendu une ſubſtance „ entiérement privée de tout ce qui ap- „ partient à la matière, il s'enſuivroit „ toujours une ridiculité étonnante; qui „ eſt de faire un Eſprit étendu. Votre „ Chef

* Le mot d'*Eſprit* doit ſi peu être pris chez les Anciens pour un Etre incorporel & purement ſpirituel, que ceux qui n'ont admis aucune Divinité, s'en ſont ſervi pluſieurs fois. Lucrece emploie très ſouvent le terme *Spiritus*: Voyez les *Mémoires Secrets de la République des Lettres*; *Lettre cinquième*.

„ Chef Auguſtin condamne en termes for„ mels cette opinion.

„ VENONS à Arnobe, il croit combat„ tre fortement les Philoſophes, & tout „ ce qu'il dit va directement à détruire „ ce que les Peres ont établi : on croi„ roit que ſon deſſein eſt de fournir des „ armes à ſes adverſaires ; il ſe recrie ſur ce „ que les Païens ſe figuroient qu'il y avoit „ des Dieux bons, & d'autres mauvais *. „ Il eſt inutile, dit-il, de ſonger à flechir „ par

* *Nam quod dici a vobis accipimus eſſe quoſdam ex Diis bonos, alios autem malos & ad nocendi libidinem promptiores, illiſque ut proſint, his vero ne noceant, ſacrorum ſolemnia miniſtrari; quoniam iſtud ratione dicatur, intelligere confitemur non poſſe. Nam Deos benigniſſimos dicere, leneſque habere naturas, & ſanctum & religioſum, & verum eſt : malos autem & lævos nequaquam ſumendum eſt auribus : . . . . . . Quid enim mite eſt placidumque natura, ab nocendi procul eſt uſu & cogitatione diſcretum . . . . . . Neque enim in dulcedinem vertere amaritudo ſe poteſt, aut ariditas in humorem, calor ignis in frigores, aut quod rei cuicumque contrarium eſt, id quod ſibi contrarium eſt in ſuam ſumere atque immutare naturam . . . . . Ita nihil prodeſt promoveri velle per hoſtias Deos lævos, cum ſive illud feceris, ſive contra feceris, agant ſuam naturam, & ad ea quæ facti ſunt ingenitis legibus &* QUADAM NECESSITATE *ducantur.* Arnob. *Diſput. adverſ. Gentes. Lib.* 7. *pag.* 136.

„ par des ſacrifices la Divinité ; car ſon „ eſſence ne lui permet point de faire le „ mal. Sur ce principe il condamne toutes „ offrandes qu'on fait à Dieu, il les tour- „ ne en ridicule, & il ne ſonge pas que „ Dieu même, ſelon tous les autres Doc- „ teurs, & qui plus eſt, ſelon les livres „ fondamentaux du Chriſtianiſme, a or- „ donné les ſacrifices, & qu'ils ont ſervi „ très ſouvent à appaiſer ſa colère. Il ne „ s'agit pas ici de faire la diſtinction des „ ſacrifices faits au vrai Dieu, ou aux „ faux; car Arnobe établit * comme un „ principe général, qu'il eſt ridicule d'ho- „ norer la Divinité en aſſommant des bœufs „ & en égorgeant des moutons.

„ LA manière dont Lactance réfute la „ pluralité des Dieux & la différence de „ leur ſexe ne vaut guères mieux que „ celle, dont ſe ſert Arnobe pour condam- „ ner les ſacrifices. Il n'avoit qu'à dire „ que Dieu étant un Eſprit pur & ſimple, „ il

* *Eſto concedatur* INFELICISSIMAS *pecudes non ſine aliquo Religionis officio Divorum apud Templa mactari . . . . . . Sed ſi magnificum videtur atque amplum jugulare Diis tauros, ſi illibata, ſi ſolida concremari animantium viſcera, quid ſibi reliqua hæc volunt magorum cohærentia diſciplinis, quæ in ſacrorum reconditis legibus pontificalia reſtituere myſteria & rebus inſeruere divinis?* Id. *ibid.*

„ il ne pouvoit avoir de ſexe ; mais comme il ne regardoit point les Eſprits „ comme des êtres entiérement incorporels, & qu'il entendoit par ce mot une „ ſubſtance déliée, ſubtile, inviſible, ignée, „ ainſi que l'étoit le *Spiritus* * des Stoïciens, il a recours à l'éternité de Dieu, „ afin de montrer qu'il n'a pas beſoin de „ femme pour engendrer. Puiſque †, „ dit-il, il naît des animaux de certaines

* Je renvoie encore les Lecteurs à la *cinquième Lettre* des *Mémoires de la République*, pour ne point repeter ici ce que j'ai dit dans cet Ouvrage.

† *Quid opus eſt altero ſexu, cum ſucceſſione non egeant qui futuri ſunt ſemper? nam profecto in hominibus ceteriſque animantibus diverſitas ſexus, & coitus, & generatio nullam habet aliam rationem, niſi ut omnia genera viventium, quando ſunt conditione mortalitatis obitura, mutua poſſint ſucceſſione ſervari. Deo autem qui eſt ſempiternus, neque alter ſexus, neque ſucceſſio neceſſaria eſt. Dicet aliquis ut habeat vel miniſtros, vel in quos ipſe poſſit dominari, quid igitur ſexu opus eſt femineo, cum Deus, qui eſt omnipotens, ſine uſu & opera feminæ poſſit filios procreare? Nam ſi quibuſdam minutis animalibus id præſtitit, ut ſibi e foliis natos & ſuavibus herbis ore legant, cur exiſtimet aliquis ipſum Deum, niſi ex permixtione ſexus alterius non poſſe generare? Illos igitur, quos imperiti & inſipientes tanquam Deos & nuncupant*

„ taines feuilles d'arbre, qui eſt-ce qui „ peut douter que Dieu ne puiſſe pro„ duire des hommes ſans le ſecours d'une „ femme? Cette comparaiſon eſt pitoia„ ble, & ne fait rien au ſujet dont il s'a„ git; car un Epicurien auroit repondu „ que ces feuilles produiſoient des ani„ maux, parce qu'elles en contenoient la „ ſemence, & que l'ordre étant toujours „ obſervé dans les choſes, il falloit auſſi „ qu'un homme ne pût être produit que „ par les règles ordinaires. Un mot eût „ mieux réfuté les Païens que tout ce „ long diſcours; mais ce que nous enten„ dons aujourd'hui par la ſpiritualité n'étoit „ point connu de Lactance, & n'a com„ mencé à l'être que près d'un ſiécle après „ lui, quoiqu'il vécût du tems de Conſ„ tantin. En général tous les premiers „ Peres n'ont guères mieux réfuté les „ Païens qu'Arnobe & Lactance. Ils les „ accabloient, il eſt vrai, quelquefois; „ mais enſuite ils leur fourniſſoient de „ nouveaux moïens de défendre leur cau„ ſe. Par exemple, les Peres condam„ noient toute ſorte d'Idolatrie: elle avoit „ été introduite ſelon eux, par le Diable, „ voici Juſtin Martyr qui en fait Dieu „ l'au-

cupant & adorant, nemo eſt tam inconſideratus, qui non intelligat fuiſſe mortales. Lactant. *de falſa Religione, Lib. I. Cap. 9. pag.* 28.

„ l'auteur, & qui veut qu'il eût donné aux „ * Gentils le ſoleil, la lune, afin de „ les adorer, & pour que de l'adoration „ de ces aſtres ils puſſent s'élever à celle „ de la Divinité; c'eſt-à-dire ſelon ce Pe- „ re, que Dieu étoit la cauſe efficiente & „ déterminative de l'Idolatrie, & qu'il „ n'avoit d'autre moïen pour amener les „ hommes à ſa connoiſſance, que de les „ faire idolatrer.

QUELQUE abſurde que ſoit cette opi- „ nion, Clément d'Alexandrie l'a adoptée „ †. Il a encore ſoutenu que Dieu étoit „ corporel; ainſi ſelon ce Pere, la Divi- „ nité étoit double, puiſque tout ce qui „ eſt corps a des parties, & que tout ce „ qui a des parties, peut être diviſé.

„ JE ne finirois jamais, ſi je rapportois „ ici toutes les contrariétés qui ſe trou- „ vent dans tous les Peres ſur la nature „ des attributs & les qualités de la Divi- „ nité. Convenez qu'ils avoient grand „ tort d'inſulter les Philoſophes ſur leur „ diviſion, & qu'ils s'expoſoient à la ré- „ tortion d'un argument qu'ils faiſoient „ ſon-

* Τὸν μὲν ἥλιον ὁ Θεὸς ἐδεδώκει πρότερον εἰς τὸ προσκυνεῖν αὐτὸν ὡς γέγραπται. Juſtinus Martyr, *Dialogo cum Triphone*, *pag.* 134. Vide *&* *eundem Dialogum. pag.* 213.

† Ἔδωκεν δὲ τὸν ἥλιον καὶ τὴν σελήνην καὶ τὰ ἄστρα εἰς θρησκείαν, ἵνα μὴ τελέως ἄθεοι γενόμενοι τελέως καὶ διαφθαρῶσι. Clémens, *Stromat. Lib.* 6.

„ ſonner ſi haut. Paſſons maintenant à „ leurs ſentimens ſur l'eſſence de l'ame, „ & nous verrons qu'ils n'étoient pas moins „ diviſés ſur ce ſecond article.

ORIGENE croioit que les ames hu„ maines avoient exiſté avant la Création „ du Monde; mais qu'aiant péché, elles „ avoient mérité d'être renfermées dans „ diverſes priſons, ſelon la diverſité de „ leurs crimes, les unes dans des aſtres, „ les autres dans des corps humains. Au„ guſtin * ſe moque de cette opinion. „ Eſt-il rien, dit-il, de ſi impertinent que „ de prétendre que s'il n'y a qu'un ſoleil „ dans le Monde, cela ne vient pas de la „ ſa-

* *Quid autem ſtultius dici poteſt quam per iſtum ſolem, ut in uno Mundo unus eſſet, non decori pulchritudinis, vel etiam ſaluti rerum corporalium conſuluiſſe artificem Deum, ſed hoc potius eveniſſe, quia una anima ſic peccaverat, ut tali corpore mereretur includi? Ac per hoc ſi contigiſſet ut non una, ſed duæ, imo non duæ, ſed decem vel centum ſimiliter æqualiterque peccaſſent, centum ſoles haberet hic Mundus? Quod ut non fieret, non opificis proviſione mirabili ad rerum corporalium ſalutem decoremque conſultum eſt, ſed contigit potius tanta unius animæ progreſſione peccantis, ut ſola corpus tale mereretur. Non plane animarum, de quibus neſciunt, quid loquantur, ſed eorum ipſorum qui talia ſapiunt multum longe a veritate, & merito eſt coercenda progreſſio.* St. Aug. *de Civit. Dei, Lib. XI. Cap.* 23. *Tom.* 7. *pag.* 290.

„ sagesse de Dieu, qui l'a voulu ainsi pour „ la beauté & pour l'utilité de l'Univers, „ mais parce qu'il est arrivé qu'une ame „ a commis un péché qui méritoit qu'on „ l'enfermât dans un tel corps ; de sorte „ que s'il fût arrivé que non pas une ame, „ mais cent, eussent commis le même pé- „ ché, il y auroit cent soleils dans le „ Monde? Ceux qui soutiennent une pa- „ reille opinion, montrent bien qu'ils „ n'ont aucune connoissance de la nature „ de l'ame.

„ TERTULIEN tâche d'établir par „ plusieurs raisons qu'il est absolument né- „ cessaire que l'ame soit matérielle ; il „ prétend appuier son opinion par l'Ecri- „ ture. Si l'ame n'étoit point corps, dit- „ il, * l'image de l'ame ne pourroit pren- „ dre

* *Si enim non haberet anima corpus, non caperet imago animæ imaginem corporis, nec mentiretur de corporalibus membris Scriptura si non erant. Quid est autem illud quod ad inferna transfertur post divortium corporis? quod detinetur? quod in diem Judicii reservatur? ad quod Christus moriendo descendit, puto ad animas Patriarcharum. Sed quamobrem, si nihil anima sub terris? nihil enim si non corpus; incorporalitas enim ab omni genere custodiæ libera est, immunis a pœna & fovela, per quod enim punitur & fovetur, hoc erit corpus, dicam de isto plenius & opportunius. Igitur si quid tormenti sive solatii anima percepit in carcere seu diversorio inferum, in igne, vel in sinu Abrahæ, probata*

„ dre l'image du corps. D'ailleurs, quel-
„ le eſt la ſubſtance, qui après la mort
„ deſcend aux Enfers, qui y demeure juſ-
„ qu'au jour du Jugement, ſi ce n'eſt un
„ corps? Car tout ce qui n'eſt point cor-
„ porel, eſt exemt de captivité, & ne
„ peut ſouffrir aucune peine. Si l'ame exiſte
„ donc après la mort, elle doit être ſen-
„ ſible: ſoit qu'elle ſoit dans le ſéjour des
„ ſupplices, ou dans le ſein d'Abraham,
„ il faut toujours qu'elle ſoit corporelle,
„ ce qui n'eſt point corps n'étant ſuſcep-
„ tible, ni de la douleur, ni du plaiſir. Un
„ Epicurien qui voudroit prouver la maté-
„ rialité de l'ame, raiſonneroit de même
„ que ce Pere de l'Egliſe.

„ ARNOBE ne s'eſt pas contenté de
„ faire l'ame corporelle, il a voulu qu'elle
„ fût mortelle de ſa nature, & qu'elle ne
„ ſubſiſtât que par un miracle renouvellé
„ du Créateur. Selon ce principe, il éta-
„ blit que les ames des Damnés ſeront
„ un jour * anéanties par le feu. Quel
„ eſt

bata erit corporalitas animæ, incorporalitas enim nihil patitur, non habens per quod pati poſſit: aut ſi habet, hoc erit corpus, in quantum enim omne corporale paſſible eſt, in tantum quod paſſibile eſt, corpus eſt. Tertul. *Lib. de anima, Cap.* 7. *Tom.* 3. *pag.* 740.

* *Et quis erit tam brutus & rerum conſequentia neſciens, qui animis incorruptibilibus credat aut tenebras tortureas poſſe aliquid nocere, aut igneos fluvios*

„ eſt, dit-il, celui qui eſt aſſez imbécille, „ & qui raiſonne aſſez peu conſéquem- „ ment, pour croire que les ames ſont „ incorruptibles & incorporelles? Si cela „ eſt, comment eſt-ce qu'elles peuvent être „ ſoumiſes aux peines de l'Enfer? Car „ tout ce qui n'eſt point étendu, n'eſt „ point ſujet aux loix de la diſſolution, & „ quoiqu'il ſoit au milieu des flammes, il „ ne peut être outragé, & doit demeurer „ dans ſon entier. D'ailleurs, une choſe „ ſans extenſion ne peut être ſenſible à la „ douleur. Dans un autre endroit le mê- „ me Docteur s'explique encore plus clai- „ rement. Eſt-il quelqu'un, dit-il, * qui „ ne voie que ce qui eſt immortel, que „ ce qui eſt ſimple, ne peut être ſuſcep- „ tible de peine, & que tout ce qui eſt „ ſujet à la douleur doit être privé de „ l'immortalité? Lucrece parle de même „ qu'Ar-

fluvios, aut cœnoſis gurgitibus paludes, aut rotarum volubilium circumactus? Quod enim contiguum non eſt, & ab legibus diſſolutionis amotum eſt, licet omnibus ambiatur flammis furentium fluminum, illibatum neceſſe eſt permaneat & intactum, neque ullum ſenſum mortiferæ paſſionis aſſumere. Arnob. *Lib.* 2. *adverſ. Gent. pag.* 190.

* *Quis autem hominum non videt quod ſit immortale, quod ſimplex, nullum poſſe dolorem admittere, quod autem ſentiat dolorem, immortalitatem habere non poſſe?* Id. *ibid. pag.* 113.

„ qu'Arnobe, l'Epicurien & le Pere de „ l'Eglise sont parfaitement d'accord. „ N'est-ce pas, dit le dernier *, une er- „ reur grossière de vouloir associer l'a- „ vantage de l'immortalité avec la bassesse „ d'une nature corruptible. Il faut que „ tout ce qui est immortel soit capable de „ se soutenir d'une manière inviolable con- „ tre les coups qu'il reçoit, & qu'il soit „ tellement inaccessible à la pénetration, „ que rien ne puisse le pénetrer. L'exis- „ tence éternelle d'une chose dépend de „ ce qu'elle est hors de l'atteinte des im- „ pressions.

„ LACTANCE † est moins décisif qu'O- „ rige-

* *Desipere est; quid enim diversius esse putandum est,*
Aut magis inter se disjunctum discrepitansque,
Quam mortale quod est, immortali atque perenni
Junctum, in concilio sævas tolerare procellas;
. . . .
Præterea quæcumque manent æterna necesse est,
Aut quia sunt solido cum corpore, respuere ictus,
Nec penetrare pati sibi quidnam quod queat arctas,
Dissociare intus partes.

Lucret. *de rer. nat. Lib.* 3.

† *Mentis quoque rationem incomprehensibilem esse qui*

„ rigene, Arnobe & Tertulien. Il avoüe „ qu'il ne connoît rien à la nature de l'a„ me, & qui plus eſt, il prétend que tout „ ce qu'on en dit, n'a aucune ſûreté, & „ ſelon lui, ſur cette queſtion un homme „ ſage ne doit rien décider. Voilà un Pe„ re Pyrrhonien ſur la nature de l'ame; & „ qui ne le ſeroit pas, en conſidérant tous „ les ſentimens oppoſés des Théologiens „ anciens?

„ IRENE'E veut que l'ame * ait des „ yeux, une langue, des doigts, enfin tous „ les autres membres des hommes, qu'el„ le ſoit la reſſemblance d'un corps, & „ non point un corps. Que ſignifie ce ga„ limatias? Qu'eſt-ce qu'une choſe qui a „ les membres d'un corps, & qui n'eſt pas „ corps? Cela eſt auſſi inintelligible que les „ myſ-

qui neſciat, niſi qui omnino illam non habet, cum ipſa mens quo loco ſit, aut cujuſmodi neſciatur? Varia ergo a Philoſophis de natura ejus ac loco diſputata ſunt; at ego non diſſimulabo quid ipſe ſentiam, non quia ſic eſſe adfirmem (quod eſt inſipientis in re dubia facere) ſed ut expoſita rei difficultate, intelligas quanta ſit divinorum operum magnitudo. Lactant. *de officio Dei ad Demetrianum Cap.* 16.

* *Ergone non dicam vera conſtantius? & habet (anima) oculum & habet linguam, & habet digitum, & habet cætera ſimilia corporis membra, & hæc tota eſt corporis ſimilitudo, & non corpus.* Iren. *Lib.* 2. *cap.* 63.

„ myſtères Pythagoriciens. Le même Irénée, contre les ſentimens d'un nombre „ infini d'autres Peres *, veut encore que „ les ames des Juſtes ne joüiſſent point de „ la gloire céleſte; il ſoutient qu'en ſortant du corps, elles deſcendent dans un „ lieu inviſible, où elles attendent un certain jour marqué pour leur réſurrection. „ Preſque tous les autres Peres nient l'exiſtence de ce magazin, où Irénée loge „ un ſi grand nombre d'ames.

„ CLE'MENT d'Alexandrie, qui a cru „ Dieu & les ames corporelles, les a auſſi „ renfermées dans un lieu ſouterrain, & y „ a fait deſcendre † Jeſus-Chriſt pour y „ prêcher les ames des Juifs, & les Apôtres ‡ pour faire quelques ſermons à „ celles des Païens, qui avoient vécu ſelon la loi de nature.

„ AMBROISE a été d'un autre ſentiment: ſelon lui §, toutes les ames, „ mê-

* *Manifeſtum eſt, quia & diſcipulorum Chriſti, propter quos & hæc operatus eſt Dominus, animæ abibunt in inviſibilem locum, definitum eis a Deo, & ibi uſque ad reſurrectionem commorabuntur.* ibid.

† Φᾶσιν σῶμα εἶν͂ θεὸν οἱ Στωϊκοὶ, ϗ πνεῦμα κατ' ὀσίαν, ὥσπερ ἀμέλει ϗ τὴν ψυχήν· αὐτικρὺς πάντα ταῦτα εὑρήσεις ἐν ταῖς γραφαῖς. Clemens, *Strom. Lib. V. pag.* 282.

‡ Id. *Strom. Lib. VI. pag.* 320.

§ *Omnes oportet per ignem probari quicumque ad Paradiſum redire deſiderant. &c. . . . . Omnes opor-*

„ même celles des Apôtres, doivent paſ-
„ ſer par le feu avant d'aller en Paradis.
„ Le même Docteur veut qu'il y ait deux
„ différentes réſurrections *, contre l'o-
„ pinion de preſque tous les Peres : les
„ ames qui ſeront plus coupables que les
„ autres, reſſuſciteront plus tard, & bru-
„ leront pendant l'eſpace de tems qu'il y
„ aura entre la première & la dernière ré-
„ ſurrection.

TOUTES ces opinions ſont condamnées
„ formellement par d'autres Peres ; mais
„ que dirons-nous d'Auguſtin votre Chef,
„ votre Patriarche ? Si nous conſultons
„ pluſieurs Docteurs anciens & modernes,
„ ils nieront ce qu'il dit de l'état des
„ ames des Enfans morts ſans Batême, qu'il
„ ſoutient être damnées, traitant † de
„ chimère les prétendus Lymbes. Ecou-
„ tons-le lui-même, & il nous apprendra
„ en-

oportet tranſire per flammas, ſive Joannes Evangeliſta ſit, ſive ille ſit Petrus. Ambros. *in Pſ.* 118. *Serm.* 5. *&* 20.

* *Qui non veniunt ad primam reſurrectionem, ſed ad ſecundam reſervantur, iſti urentur, donec impleant tempus inter primam & ſecundam reſurrectionem.* Ambros. *in Pſ.* 1.

† *Nec eſt ullus medius locus, ut poſſit eſſe, niſi cum diabolo, qui non eſt cum Chriſto.* Auguſt. *Lib. de peccatis & peccatorum remiſſione, Cap. VIII.* Remarquez en paſſant que voilà le Purgatoire auſſi formellement condamné que les Lymbes.

„ encore que le Livre * qu'il a écrit ſur „ l'immortalité de l'ame, eſt ſi obſcur & „ ſi peu intelligible, qu'il a peine à com- „ prendre ce qu'il a voulu dire; c'eſt-là „ une marque bien évidente qu'il étoit „ bien inſtruit des matières dont il par- „ loit.

„ APRE's avoir examiné les contra- „ dictions des Peres ſur l'eſſence de Dieu, „ & ſur les qualités de l'ame humaine, „ voions celles qu'on trouve dans leurs „ Ecrits ſur la nature des Eſprits. Il s'offre „ d'abord une foule de Docteurs, qui ſou- „ tiennent que les Anges & les Démons ſont „ corporels. Juſtin †, Lactance, Baſile, „ Auguſtin, pluſieurs autres, comme Théo- „ phile, Tatien, Clément d'Alexandrie, par- „ mi leſquels il faut de nouveau placer „ Juſtin & Lactance, ne ſe contentent pas „ de faire les Anges corporels; ils les ren- „ dent amoureux, & prétendent que ceux „ qui

* *Scripſi Librum de immortalitate animæ . . . . ſed neſcio quomodo me invito exiit in manus hominum, & inter mea opuſcula nominatur, qui primo ratiocinationum contortione atque brevitate ſic obſcurus eſt, ut fatiget cum legitur, etiam intentionem meam, vixque intelligatur a me ipſo.* Auguſt. *Retract. Lib. I. Cap. 5. Tom. I. pag. 7.*

† Voyez les paſſages originaux de tous ces Peres dans une Lettre où il s'agit de la nature des Anges. Cherchez *Ange* à la Table des Matières.

„ qui ont été transformés en Démons, ne „ ſont déchus de leur premier état que „ parce qu'ils avoient connu charnelle- „ ment des femmes. Athénagore * nous „ ex-

* Τοῦτο γὰρ ἡ τῶν ἀγγέλων σύστασις τῷ Θεῷ ἐπὶ προνοίᾳ γέγονε τοῖς ὑπ' αὐτοῦ διακεκοσμημένοις, ἵνα τὴν μὲν παντελικὴν καὶ γενικὴν ὁ Θεὸς τῶν ὅλων πρόνοιαν τὴν δὲ ἐπὶ μέρους, οἱ ἐπ' αὐτῶν ταχθέντες ἄγγελοι ὡς δὴ καὶ ἐπὶ τῶν ἀνθρώπων, αὐθαίρετον καὶ τὴν ἀρετὴν καὶ τὴν κακίαν ἐχόντων, ἐπεὶ οὐκ ἂν οὔτ' ἐτιμᾶτε τοὺς ἀγαθοὺς, οὔτ' ἐκολάζετε, τοὺς πονηροὺς, εἰ μὴ ἐπ' αὐτοῖς ἦν καὶ ἡ κακία καὶ ἡ ἀρετὴ καὶ οἱ μὲν, σπουδαῖοι περὶ ἃ πιστεύονται ὑφ' ὑμῶν, οἱ δὲ, ἄπιστοι εὑρίσκονται, καὶ τὸ μετὰ τοὺς ἀγγέλους ἐν ὁμοίῳ καθέστηκεν, οἱ μὲν γὰρ ἄλλοι αὐθαίρετοι, δὴ, οἷοι γεγόνασιν ὑπὸ τοῦ Θεοῦ, ἔμειναν, ἐφ' οἷς αὐτοὺς ἐποίησεν καὶ διέταξεν ὁ Θεὸς οἱ δὲ ἐνύβρισαν καὶ τῇ τῆς οὐσίας ὑποστάσει καὶ τῇ ἀρχῇ οὗτός τε ὁ τῆς ὕλης καὶ τῶν ἐν αὐτῇ εἰδῶν ἄρχων, καὶ ἕτεροι τῶν περὶ τὸ πρῶτον τοῦτο στερέωμα, ἴστε δὲ μηδὲν ἡμᾶς ἀμάρτυρον λέγειν, ἃ δὲ τοῖς προφήταις ἐκπεφώνηται, μηνύειν ἐκεῖνοι μὲν εἰς ἐπιθυμίαν πεσόντες παρθένων, καὶ ἥττους σαρκὸς εὑρεθέντες οὗτος δὲ ἀμελήσας, καὶ πονηρὸς περὶ τὴν τῶν πεπιστευμένων γενόμενος διοίκησιν ἐκ μὲν οὖν τῶν περὶ τὰς παρθένους ἐχόντων, οἱ καλούμενοι ἐγεννήθησαν γίγαντες εἰ δὲ τις ἐκ μέρους εἴρηται περὶ τῶν γιγάντων καὶ ποιηταῖς λόγος, μὴ θαυμάσητε, τῆς κοσμικῆς σοφίας, ὅσον ἀλήθεια πιθανοῦ διαφέρει, διαλλαττουσῶν, καὶ τῆς μὲν, οὔσης ἐπουρανίου τῆς δὲ ἐπιγείου. *Idcirco enim Angelos creavit, ut rebus a ſe digeſtis providerent. Quamvis enim ipſe univerſali ſua & communi providentia univerſis proſpiciat, particularem tamen rerum ſingularum, quæ cuique fuerint commiſſæ, Angelis impoſuit. Cæterum, ut hominibus arbitrii libertas circa virtutes & vitia data eſt, (neque enim vos vel honore bonos, vel pœna malos efficeretis, niſi ſponte conſultoque alteri boni, alteri mali eſſent:) & alii bona fide res ſibi creditas procurant, alii improbi perſidique deprehenduntur: ſic etiam circa Angelos res ſe habet. Alii enim ultro tales manſerunt,*

„ explique fort au long cette opinion, „ qu'il ſuivoit lui-même! Dieu, dit-il, „ créa les Anges pour qu'ils euſſent ſoin „ de gouverner les choſes, dont il leur con- „ fieroit la conduite. Car, quoiqu'il con- „ duiſe tout par ſa divine Providence, il „ avoit cependant départi à chaque Ange „ ſon diſtrict particulier; il leur donna auſ- „ ſi le libre arbitre, ainſi qu'aux hommes. „ Les uns reſterent purs comme ils avoient „ été créés; les autres ne remplirent point „ leur état, & s'acquitterent fort mal de „ leurs fonctions. Pluſieurs ſe laiſſerent ſé- „ duire par l'amour des femmes, & engen- „ dre-

ſerunt, quales a Deo facti erant, & in munere ſuo fideles ſe præbuerunt; alii & res ſibi concreditas proterve contumelioſeque tractarunt, & præter omne officii ſui ac dignitatis decorem ſe geſſerunt: hic, inquam, materiæ ejuſque formarum conſtitutus princeps, & alii ex illis qui circa primum mundi firmamentum erant, neque vero hic comminiſcimur quicquam, ſed ea quæ tradiderunt Prophetæ exponimus. Itaque a ſtatu ſuo defecerunt, alii quidem amoribus capti virginum, & libidine carnis accenſi: ipſe vero princeps, tum negligentia, tum improbitate circa procurationem ſibi concreditam. Ex amatoribus igitur virginum gigantes, ut vocant, nati ſunt: (quorum ſi Poetæ etiam aliqua ex parte hiſtoriam prodiderunt, non eſt quod miremini, quum divina & cæleſtis ſapientia tantum a terreſtri & humana abſit, quantum ab ipſa veritate veriſimilitudo. Athenagoræ *Legatio pro Chriſtianis, pag.* 27.

„ drerent les Géans, dont les Poëtes ont „ parlé dans leurs Ouvrages. S'il n'en ont „ pas dit tout ce qui en étoit, on ne doit „ point s'en étonner, les connoissances de la „ sagesse divine étant aussi au-dessus de la „ science du monde, que la vérité l'est „ de la vraisemblance.

„ ATHE'NAGORE ne manque pas d'au„ toriser par les Prophètes & par l'Ecri„ ture toute cette doctrine ; & qui ne „ croiroit, à voir la certitude dont il l'é„ tablit, qu'elle est universellement re„ çue ? Cependant, voici Cyrille d'Ale„ xandrie qui a pour lui les Peres posté„ rieurs, qui traite tout cela de fables & „ de contes ridicules. Julien avoit mis „ dans un Livre qu'il avoit écrit contre „ les Chrétiens, ce qu'on disoit de l'a„ mour des Anges : ce Pere soutient qu'il „ est absurde & outrageant à la nature des „ Anges, de croire une semblable histoi„ re, & de penser qu'ils aient pû être „ sensibles à de sales voluptés. Il attri„ bue * à deux causes la naissance de cet„ te

* *Quoniam autem strenuus Julianus etiam Angelorum meminit, & ad eam illos dicit pervenisse intemperantiam, quod & nescio quomodo mulierum formositate capti, & corporum concupiscentiis & voluptatibus præter ipsorum naturam dediti fuerint. Ostendamus quod & in hoc longe a scopo aberraverit, & scio me usurum sermonibus maxime periculosis, prolata semel in medium narratione, jam nihil offendat etiam ipsorum sanctorum Angelorum naturæ*

„ te fable: la première, à une faute que
„ les Interprêtes des Écritures avoient
„ com-

turæ patrocinari, calumnias ferenti : maxime quod est auditoribus non est sine damno, audire etiam ipsos sanctos Angelos corporum formositatibus offici & liquefieri, hoc est oblectari tam prophanis & absurdis voluptatibus. An non verisimile multos inde turbari, & contemnentes meliora deliciarumque amorem deligere, dum considerant quod difficile & arduum ipsis sit carnalibus voluptatibus omnino obluctari, & crediderunt etiam ipsos Angelos sanctos affectiones sequi. Igitur quod ignoraverit virtutem Scriptorum, absque labore demonstrabimus. Scripsit itaque divinus noster Moyses; Et factum est quando cœperunt homines multi fieri super terram, & filiæ natæ sunt eis. Videntes autem filii Dei filias hominum quod pulchræ essent, acceperunt sibi uxores. De omnibus quas elegerant, & genuerunt, *inquit*, gigantes. *Etenim & aliunde ipse adscriptum affirmavit*, Angeli Dei, *quamvis ipsa verior Scriptura & contextus habeat* Filii Dei. *Sciendum autem quod post evulgatam interpretationem Septuaginta, istud ipsum alii Interpretantes dixerunt, pro* Filii Dei, Filii potentium. *Unde quis eorum quæ scripta sunt, scopus sit, dicere tentabo. Nam duo fuerunt filii Adæ*, Cain *&* Abel, *sed* Abel *quidem quum adhuc careret pueris, a malitia* Cain *graviter afflictus defunctus est; occisus enim est juxta fidem Sanctarum Scripturarum. Unde ex* Cain *propagatum est genus, & usque ad* Lamech, *qui erat homicida; confitebatur enim virum occidi in vulnus mihi, & adolescentem in cicatricem mihi, & peperit* Eva Seth, *ex quo fuit* Enoc. *Hic cœpit invocare Nomen Domi-*

 ni

„ commiſe, en mettant les *Anges* de *Dieu*, „ pour les *Enfans de Dieu*, & dans un au- „ tre endroit les *Enfans des Puiſſans*, pour „ *les Enfans de Dieu.* La ſeconde cauſe de „ cette fable, c'eſt qu'on a pris les en- „ fans de Noé, qui ſont ceux qui ſont „ appellés *fils de Dieu*, pour des Anges, „ ces enfans aiant épouſé des filles des- „ cendantes de Caïn, qui, à cauſe de l'ho- „ micide de leur pere, étoient appellées „ *Filles des hommes.*

„ VOILA le ſyſtême de Cyrille ſur „ les Anges; il eſt à coup ſûr auſſi diffé- „ rent de celui des autres Peres, que les „ opinions de Démocrite ſont oppoſées à „ celles d'Ariſtote. Dans un autre endroit, „ le même Docteur dit qu'il eſt contraire „ * à la raiſon de ſuppoſer que les An- „ ges

ni Dei, nam quoniam ſumma virtute præditus erat, merito laudabatur, & vocabulo Dei *ab his qui tunc erant, honoratus eſt.* Div. Cyrilli Alexandrini Epiſcopi *&c. Lib.* 9. *Tom.* 2. *pag.* 206. *Edit. Baſileæ, apud Joanem Hervagium, anno* M. D. XLVI. Je me ſers d'une Edition purement Latine, n'aiant point celle où le texte Grec ſe trouve.

* *Furoris enim penitus plenum eſt Angelos (qui natura incorporei ſunt) rudiore uti alimento putare, patrocinioque indigere cibi, quemadmodum animata hæc terreſtria corpora. Patet enim quia ſpiritus ſunt, naturaque intellectus, ſpirituali quoque illos ac intellectuali frui alimento.* Id. *in Evang. Joan. Lib.* 4. *Cap. X. Tom. I. pag.* 198.

„ ges puiſſent manger, & qu'étant exemts „ de corps, & d'une nature purement „ ſpirituelle, ils ne prennent qu'une nour- „ riture intellectuelle. C'eſt-là une ſe- „ conde oppoſition avec cette foule de „ Peres, au nombre deſquels eſt Auguſtin „ * votre Chef, qui veulent que les An- „ ges & les Démons aient des corps.

„ DANS preſque toutes les autres ma- „ tières les Peres ne ſont pas plus d'ac- „ cord entre eux, que ſur les trois points „ que nous venons d'examiner, qui ſont „ les fondemens de toute la Philoſophie. „ Parcourons encore quelques-uns de „ leurs ſentimens.

„ AUGUSTIN, dont vous ſuivez la „ doctrine, prétend que pour faire de „ bonnes œuvres, il faut non ſeulement „ que notre volonté ſoit mûe par une „ grace divine ; mais il prétend même „ que ſans cette grace, les bonnes actions „ mêmes ſe † tournent en péché. Il ad- „ met

* Conſultez encore la Table des Matières au mot *Ange*, elle indiquera la Lettre où ſe trouvent les paſſages de St. Auguſtin & des autres Peres.

† *Attamen mors peccatorum peſſima illorum, inquam, quos antequam faceres cœlum & terram ſecundum abyſſum judiciorum tuorum occultorum, præſciviſti ad mortem æternam . . . . . . ut ſi etiam uſque ad cœlos aſcenderint, & caput eorum nubes*

„ met la prédeſtination * dans toute ſon „ étendue. Chryſoſtôme eſt d'une opinion „ contraire †: ſelon lui, Dieu ne prévient „ point la volonté humaine, il ne donne „ ſa grace & le moïen de faire ſon ſalut, „ que lorſque les bonnes œuvres ont dé„ jà précédé. Qui croirai-je de ces deux „ Pe-

nubes tetigerit, & inter ſidera cæli collocaverint, nidum ſuum quaſi ſterquilinium in fine perdentur. Aug. *Lib. Soliloq. Cap. XXVII. num.* 4. Cet Ouvrage n'eſt peut-être pas de St. Auguſtin. Les Benedictins de St. Maur ſont de ce ſentiment; mais dans bien des endroits de ſes Ouvrages il dit la même choſe. Le paſſage qui ſuit eſt auſſi fort.

* *Nimiæ vanitatis & cæcitatis ſunt, ſi etiam his conſideratis nondum dignantur exclamare nobiſcum. O altitudo divitiarum ſapientiæ & ſcientiæ Dei! quam inſcrutabilia ſunt judicia ejus & inveſtigabiles viæ ejus! Non itaque miſericordiæ gratuitæ Dei pertinaciſſima adverſentur inſania . . . . . . nec de inſcrutabilibus judiciis ejus audeant judicare cur enim in una eadem cauſa ſuper alium veniat miſericordia ejus, ſuper alium maneat ira ejus.* Id. *ad Sixtum Epiſt.* 194. *Tom.* 2. *pag.* 725. *Edit. Paris.* 1679. *oper. & ſtud. Monachorum Ordinis Sti. Benedicti e Congregatione Sti. Mauri.* J'avertis les Lecteurs que je me ſers toujours de cette Edition.

† Ἐντεῦθεν παιδευόμεθα ὅτι οὐ φθάνει τὰς βουλὰς ἡμῶν ὁ θεὸς ταῖς δωρεαῖς, ἀλλ' ὅτ' αὐ ἡμεῖς ἀρξώμεθα ὅτ' αὐ τὸ θέλειν παράσχωμεν, τότε αὐτὸς πολλὰς δίδωσιν ἡμῖν τῆς σωτηρίας ἀφορμάς Chriſoſtom. *in Joan. Homil. XVI.*

„ Peres? Ils ont chacun un grand nombre de Partiſans. Je ne puis me ranger parmi les uns, que les autres ne me condamnent.

„ VOICI une nouvelle oppoſition entre ces deux Peres bien plus conſidérable. Nous avons vû qu'Auguſtin condamne les enfans * morts ſans Batême, au feu éternel, rejettant les Lymbes. Chriſoſtôme desapprouve également ces deux opinions: il prétend que quoiqu'on baptiſe les enfans, ils ſont † exemts de péchés; il place dans les Cieux ceux qui meurent ſans Batême.

„ NOUS allons encore voir Auguſtin oppoſé à Jérôme. Ce dernier ‡ borne les connoiſſances de la Providence divine: il ſoutient qu'il eſt abſurde de croire que Dieu ſait combien il y a de moucherons ſur la terre. Auguſtin dit § au contraire que tout eſt connu à Dieu, „ qu'il

* *In regnum Cœlorum, non accepto regenerationis lavacro, parvulus nullus intrabit.* Auguſt. *ad Sixtum. Epiſtol.* 194. *tom.* 2. *pag.* 728.

† Διὰ τοῦτο καὶ τὰ παιδία βαπτίζομεν καὶ τὰ ἁμαρτήματα οὐκ ἔχοντα. Chriſoſt. *Homil. ad Neophyt.*

‡ *Abſurdum eſt ad hoc Dei deducere majeſtatem, ut ſciat per momenta ſingula quot naſcuntur culices, quotne moriantur.* Hieronim. *Comment in Habac. Cap.* I.

§ *Et tamen providentia Dei, cui noſtri capilli nume-*

„ qu'il ſait le nombre de nos cheveux, „ qu'il ne tombe pas un ſeul moineau à „ terre, que ce ne ſoit par ſon ordre & ſa „ volonté. Laquelle de ces deux opinions „ adopterai-je? Suivrai-je celle de Jérôme? „ Auguſtin me traitera d'héretique. Prendrai-je la ſienne? Jérôme me nommera un „ *flateur ſtupide*; c'eſt le nom qu'il donne à „ ceux qui la croient: il les appelle *fatuos adulatores*. Mais voici encore le „ même Jérôme, qui porte la défenſe des ſecondes nôces auſſi loin que Tertulien, „ & qui eſt preſque regardé comme héretique par d'autres * Peres ſur cet article. Quel parti prendrai-je encore dans „ cette nouvelle diſpute?

„ Je ſuis dans un embarras mortel; je „ ne puis faire un pas que je ne ſois arrêté „ par quelque nouvelle diviſion. Jérôme „ me dit que l'Eſprit Saint peut mentir officieuſement, Auguſtin le nie. Cette „ queſtion eſt agitée entre eux deux avec „ toute l'aigreur & l'indécence poſſible; „ les injures groſſières, les invectives ſont „ emploiées de part & d'autre: jamais „ Ariſto-

numerati ſunt, ſine cujus voluntate non cadit paſſer in terram, &c. Auguſt. *Epiſt.* 194. *ad Sixtum.*

* *Hieronimus durior fuit bigamis, ita ut niſi lenius agatur, vix poſſimus illum a reprebenſorum criminationibus liberare.* Concil. *Tom. I. pag.* 490.

„ Ariſtote ne traita avec tant de mépris „ ſon ancien maître Platon, ni les Philo-„ ſophes qui l'avoient précédé, que Jéró-„ me, votre Chef Auguſtin.

„ CE n'eſt donc pas ſeulement dans l'in-„ certitude qu'on trouve de la reſſemblan-„ ce entre les Peres & les Philoſophes ; „ mais encore dans la manière indécente „ de critiquer. Je vais plus loin, & je „ ſoutiens que dans les matières de Mo-„ rale les Peres ont été non ſeulement di-„ viſés, mais qu'ils ont adopté les erreurs „ les plus groſſières des différentes Sectes „ Philoſophiques. Parmi un nombre d'e-„ xemples que je pourrois citer, je me „ contenterai d'en rapporter deux bien „ déciſifs. Baſile veut que tous les péchés „ ſoient égaux, & qu'au * jour du Juge-„ ment Dieu les puniſſe d'un même ſup-„ plice ; c'eſt-là un des principaux do-„ gmes des Stoïciens. Pécher, dit Cice-„ ron, † c'eſt outrepaſſer la ligne qui „ diſtingue le bien du mal : le mal eſt „ donc de la paſſer ; que ce ſoit de beau-„ coup

* Baſil. *regul. & breviar. Interrogat.* 233. & 293.

† *Siquidem eſt peccare, tanquam tranſilire lineas ; quod cum feceris, culpa commiſſa eſt : quam longe progrediare, cum ſemel tranſieris, ad augendam culpam nihil pertinet.* Cicer. *parad.* 3. *Cap. I.*

„ coup ou de peu, le péché n'en eſt ni „ plus ni moins grand. Il eſt étonnant „ qu'un Pere ait pû adopter une opinion „ auſſi viſiblement fauſſe, & dont les „ Païens ſe ſont moqués eux-mêmes, ſen- „ tant combien elle étoit pernicieuſe à la „ Société. La raiſon ne veut pas, dit Ho- „ race *, qu'un homme qui prend un chou „ dans un jardin, ſoit auſſi coupable qu'un „ autre qui vole pendant la nuit dans un „ Temple. Il eſt néceſſaire d'établir des „ règles qui impoſent des punitions con- „ formes aux crimes, & l'on ne doit point „ foüetter juſqu'au ſang un homme, qui „ ne mérite que deux ou trois coups de „ bâton. Il me paroît que le Poëte dans „ cette occaſion raiſonne plus ſenſément „ que le Philoſophe & que le Pere de „ l'Egliſe.

„ VOIONS encore une autre erreur „ groſſière & monſtrueuſe des Platonici- „ ens, adoptée par un autre Pere. Pla- „ ton, dans ſa République des Lettres, „ vou-

* *Nec vincet ratio hoc, tantundem ut peccet idemque*
Qui teneros caules alieni fregerit horti,
Ut qui nocturnus Divûm ſacra legerit. Adſit
regula, peccatis quæ pœnas irroget æquas,
Ne ſcutica dignum, horribili plectere flagello;
Nam ut ferula cædas meritum majora ſubire
Verbera, cum dicas eſſe pares res.
Horat. *Sat. Lib. I. Sat.* 3.

„ vouloit qu'on établît la pluralité des „ femmes ; Clément Romain approuve „ cette loi, qui détruit de fond en com- „ ble toutes les règles de la pudeur, de „ l'amour conjugal & de la bienséance, „ qui égale le genre humain aux brutes, „ sous le vain prétexte de l'utilité publi- „ que, comme si ce qui est honteux & „ deshonnête pouvoit jamais être véri- „ tablement utile. Loin de condamner „ une opinion aussi blâmable que celle de „ Platon, Clément dit que le plus sage „ des Grecs avoit eu raison de prétendre „ que toutes les choses devoient être „ communes entre les amis, & que les „ femmes étoient sans doute * comprises „ dans la communauté des biens. Que „ les Pères après cela, crient contre les „ Ciniques, que votre Chef Augustin † „ déclame contre eux, qu'il dise qu'ils „ avoient

* *In omnibus autem sunt sine dubio & conjuges.* Concil. *Tom. I. Can.* Dilectissimis, *quæst. I. caus.* 12.

† *Hoc illi canini Philosophi, hoc est Cynici, non viderunt proferentes contra humanam verecundiam, quid aliud quam caninam, hoc est immundam, impudentemque sententiam? ut scilicet quoniam justum est quod fit in uxore, palam non pudeat id agere, nec in vico aut platea qualibet conjugalem concubitum devitare . . . . . Nam etsi perhibent hoc aliquando gloriabundum fecisse Diogenem, ita putantem Sectam suam nobiliorem futuram, si in he-*

„ avoient moins de pudeur que les chiens, „ qu'ils deshonoroient l'humanité. Voilà „ un Pere qui ſoutient la communauté des „ femmes, & qui veut qu'elles ſoient com„ priſes dans les biens que les amis doi„ vent ſe prêter. Je penſe qu'en voilà „ aſſez, pour prouver évidemment que vos „ Docteurs ont été auſſi diviſés entre eux „ que les Philoſophes. Je vous laiſſe à „ décider à préſent, ſi St. Juſtin * avoit „ bonne grace à dire qu'on découvroit leur „ ignorance en voiant leur diviſion, & „ s'il étoit bien fondé à reprocher † à „ Platon, qu'il avoit aſſûré que l'eſſence de „ Dieu étoit une ſubſtance ignée, comme „ s'il avoit bien été inſtruit de ce qu'il

„ écri-

hominum memoria inſignior ejus impudentia figeretur. Auguſt. *de Civitat. Dei, Lib.* 14. *Cap.* 20. *Tom. I. pag.* 371.

* Εἰ δὲ καὶ τούτους μὴ συμφωνοῦντας ἀλλήλοις εὕροιμεν, ῥᾴδιον οἶμαι καὶ τὴν τούτων ἄγνοιαν γινώσκειν σαφῶς. *Quod ſi & ipſos minus inter ſe conſentire invenerimus, facile eorum quoque ignorationem manifeſtam cognoſcemus.* St. Juſtini Mart. *ad Græcos Cohortatio, pag.* 6.

† Πλάτων μὲν γὰρ, ὡς ἄνωθεν κατεληλυθὼς, καὶ τὰ ἐν οὐρανοῖς ἅπαντα ἀκριβῶς μεμαθηκὼς καὶ ἑωρακὼς τὸν ἀνωτάτω Θεὸν ἐν τῇ πυρώδει οὐσίᾳ εἶναι λέγει. *Etenim Plato, perinde ac ſi cælitus deſcenderit atque ea quæ ſurſum ſunt accurate didicerit ac perviderit, omnia ſummum Deum in ignea eſſentia eſſe dicit.* St. Juſtini Mart. *ad Græcos Cohortatio, pag.* 6.

„ écrivoit, & qu'il fût descendu du Ciel. „ Si ce Grec a avancé des sentimens qui „ ont été contredits par d'autres, à coup „ sûr il n'y a aucun des Peres, dont plu- „ sieurs opinions n'aient eu le même sort. „ Quel choisir dans ce grand nombre, & „ comment deviner les véritables? Quel „ est celui qui a droit de décider absolu- „ ment sur cette matière? Direz-vous „ que les Conciles fixent la croiance, „ qu'on doit leur ajouter foi? Voici un „ Pere, reconnu Saint * par des Conci- „ les, qui les rejette tous sans exception, „ & qui certifie qu'il n'en a jamais vû un, „ dont la fin ait été heureuse. Il veut „ qu'ils ne causent que des discordes, & „ qu'au lieu de remédier aux maux, ils „ les augmentent. L'expérience † justi- „ fie assez le sentiment de ce Pere: les „ Conciles tenus par Cyrille ont été des „ brigandages; ceux qui favorisoient Nes- „ to-

* Εχομχυ ὅτως εἰ δεῖ τ' ἀληθὲς γράφειν ὥστε πάντα σύλλογον φευγειν ἐπισκόπων, ὅτι μηδεμίας συνόδου τέλος εἶδον χρηστὸν, μηδὲ λύσιν κακῶν μᾶλλον ἐχουσαν ἢ προσθήκην. Gregor. Nazian. *Epist. ad Procopium, quæ in Paris. Codice est LV. in Basiliensi XLII.*

† Les Conciles ont été la cause de la séparation de Grecs, celui de Trente acheva le Schisme qui divise aujourd'hui la moitié de l'Europe. S'il n'y eût point eu de Concile, peut-être tout le monde seroit-il d'accord aujourd'hui.

„ torius, n'étoient pas plus animés de „ l'eſprit de paix & d'union. „

Je me figure, ſage & ſavant Abukibak, que ſi les Peres revenoient aujourd'hui, & qu'un Philoſophe leur tint un pareil diſcours, ils ſe départiroient ſans doute de l'argument qu'ils ont emploié ſi ſouvent.

Je te ſalue.

LETTRE VINGT-NEUVIEME.

Aſtaroth, *au ſage Cabaliſte* Abukibak.

JE ne t'ai point écrit depuis quelque tems, ſage & ſavant Abukibak. Il n'étoit arrivé aucun évenement dans nos demeures Infernales, digne de t'être communiqué. Je n'ai même rien de nouveau à t'apprendre aujourd'hui; cependant, pour ne pas tarder davantage à t'écrire, je t'envoie la converſation de deux Hollandois, qui m'a paru aſſez divertiſſante. Le premier eſt venu ici depuis quelques mois, le ſecond y deſcendit il y a trois jours. En arrivant, il reconnut d'abord ſon ancien compatriote, & voici les diſcours qu'ils ſe firent mutuellement.

„ DIA-

„ DIALOGUE ENTRE DEUX
„ HOLLANDOIS.

„ I. HOLLANDOIS.

„ HA ! Vous voilà ! Monſieur V***,
„ Je ſuis charmé de vous rencontrer en
„ arrivant dans ce ſéjour. Le plaiſir de
„ vous voir adoucit le chagrin que j'ai
„ d'être mort ; je m'ennuierai moins dans
„ les Enfers que je n'aurois cru , puiſque
„ je pourrai parler avec vous des affaires
„ de notre ancienne patrie.

„ II. HOLLANDOIS.

„ MA foi ! mon cher Monſieur So***,
„ vous ne pouviez pas manquer de trou-
„ ver dans ce païs des gens de votre con-
„ noiſſance. Le Médecin qui m'y a fait
„ deſcendre aſſez promptement, a fait fai-
„ re à pluſieurs le même voïage. Je ne
„ ſais pourquoi, depuis quelque tems , il
„ eſt plus réſervé ſur l'expédition des paſ-
„ ſeports qu'il accorde à ſes malades. Au-
„ roit-il par hazard, & par bonheur pour
„ la ville de la Haye, changé de demeu-
„ re ? Le Ciel, touché des malheurs de
„ nos anciens compatriotes , les auroit-il
„ délivrés d'un Médecin plus cruel & plus
„ dangereux que la Peſte & la Famine ?

„ On peut dire des villes où il fixe sa de
„ meure,

„ *Que la Mort dévorante habite au milieu*
„ *d'elles.*

„ Vous connoissez sans doute, mon cher
„ Monsieur, l'assassin dont je vous parle?

„ I. HOLLANDOIS.

„ JE suis parfaitement au fait, & je
„ sais quel est l'homme dont vous vous
„ plaignez. Il n'a point changé de de-
„ meure; mais les habitans de la Haye
„ sont devenus plus sages, ou pour mieux
„ dire, plus instruits. De votre tems on
„ ne connoissoit point encore ce prétendu
„ Médecin : depuis quelques mois on a
„ découvert qu'il avoit vendu de l'or-
„ viétan & des petits paquets de poudre
„ pendant toute sa vie. Aujourd'hui il
„ n'a d'autre pratique que quelques Au-
„ teurs ruinés qu'il visite *gratis*, & aux-
„ quels par bonheur pour eux, il ne peut
„ faire prendre aucuns remèdes, parce
„ qu'ils n'ont pas de quoi les païer. Sans
„ cela, il les obligeroit bientôt à prendre
„ la route, par laquelle il vous a envoié
„ dans ces lieux.

„ II. HOLLANDOIS.

„ CE que vous me dites-là me désespe-
„ re.

„ re. Quoi! Je ſuis mort de la main d'un „ Batteleur! Je me doutois bien que les „ maudites poudres qu'il m'avoit fait ava- „ ler, avoient abrégé mes jours. Ne faut- „ il pas que je ſois malheureux d'avoir „ été la dupe de ce maudit Charlatan? Je „ voudrois bien ſavoir, ſi, quand j'ai été „ mort, le Public a connu l'ignorance de „ mon aſſaſſin, & ſi cela a rendu beau- „ coup de gens plus ſages.

„ I. HOLLANDOIS.

„ VOTRE départ ſubit pour ce Monde „ ne laiſſa pas que de faire du bruit dans „ l'autre. Bien des perſonnes dirent hau- „ tement qu'on vous avoit tué par des „ remèdes contraires à votre maladie. Le „ Médecin-Charlatan eut recours à ſes an- „ ciennes maximes, il voulut ſoutenir ſa „ réputation par le même expédient qu'il „ prônoit autrefois les vertus de ſon bau- „ me. Il fit imprimer des billets, qu'il „ débita dans toute la ville, dans leſquels „ il vous accuſoit d'être mort par pure „ malice pour lui faire piéce, & d'avoir „ pris d'autres remèdes que les ſiens.

„ II. HOLLANDOIS.

„ IL en a menti, l'impoſteur, & la „ nuit que je décampai ſi ſubitement, j'a- „ vois encore pris, avant de me coucher,

„ un de ſes remèdes. En vérité je ſou-
„ haiterois de tout mon cœur pouvoir re-
„ tourner dans le Monde pour deux heu-
„ res de tems, afin de deſabuſer le Pu-
„ blic, & empêcher le mal que peuvent
„ faire les prétendus manifeſtes du Sal-
„ timbanque.

„ I. HOLLANDOIS.

„ Ho! ſi ce n'eſt que cela qui vous don-
„ ne envie de retourner dans le Monde,
„ tranquilliſez-vous. Je vous ai déjà dit
„ qu'on a eu ſoin de deſabuſer les habi-
„ tans de la Haye, & vous voïez bien
„ qu'il falloit que cela fût de même, puiſ-
„ que vous vous êtes apperçu que depuis
„ quelque tems vous ne voiez plus que
„ très peu de gens dépêchés dans ce païs
„ par les ordonnances du Médecin Char-
„ latan. Quant à ſes manifeſtes juſtifica-
„ tifs, on les a tournés cruellement en ri-
„ dicule. Voici ce qu'en a dit un certain
„ Chanſonneur.

„ *De ceux, dont ſon ânerie*
„ *A précipité la mort,*
„ *Il ſoutient qu'ils ont eu tort*
„ *De quitter ſi-tôt la vie.*
„ *Je n'en dirai pas le nom,*
„ *Liſez ſon Apologie*, &c.

„ Ce couplet, qui ſe trouve dans une
„ chan-

„ chanſon aſſez jolie, où la vie du Saltimbanque eſt parfaitement décrite, n'a pas peu ſervi à faire ouvrir les yeux à bien des gens. Vous pouvez compter que deux ou trois perſonnes n'ont rien oublié pour garantir les jours des habitans de la Haye. Vous compariez ſeulement le Charlatan qui vous a tué, à la peſte. Je puis appeller d'excellens antidotes les Piéces qui ont fait connoître l'ignorance de votre aſſaſſin, & qui ont appris au Public quelle avoit été ſon ancienne profeſſion.

„ II. HOLLANDOIS.

„ PARDI, je ſais bon gré à ces honnêtes gens qui s'intéreſſent à la conſervation de nos anciens compatriotes, il faut que ce ſoit des perſonnes bien charitables. Je n'aurois pas cru qu'il eût pû ſe trouver parmi les Auteurs des hommes d'un caractère auſſi officieux: ordinairement ces Meſſieurs ne regorgent pas de compaſſion & d'affabilité.

„ I. HOLLANDOIS.

„ CELA ſe peut en général; mais j'ai oüi dire, peu de jours avant ma mort, qu'un certain Aaron Monceca avoit eu aſſez de patience pour ſe laiſſer critiquer

„ à tort & à travers par le Médecin Sal-
„ tinbanque pendant plus de deux mois,
„ ſans vouloir relever les bevûes de ce
„ pitoiable Ecrivain ; uniquement parce
„ qu'il croioit rendre un ſervice conſidé-
„ rable aux Hollandois, & que lorſque
„ l'aſſaſſin faiſoit de mauvais livres, les
„ habitans de la Haye n'avoient rien à
„ craindre de ſes remèdes & de ſes or-
„ donnances. Peut-on pouſſer plus loin
„ la modération, la probité & la ſageſ-
„ ſe ? Vous m'avoüerez qu'il eſt peu d'Au-
„ teurs qui penſent d'une manière auſſi
„ desintéreſſée.

„ II. HOLLANDOIS.

„ JE crois connoître cet Aaron Mon-
„ ceca dont vous me parlez. N'eſt-ce
„ pas l'Auteur des *Lettres Juives*, dont j'ai
„ vû quatre volumes avant de mourir ? Eſt-
„ ce que mon aſſaſſin a ôſé l'attaquer ?
„ cela me paroît incroiable ; car lorſque
„ je vivois, ces *Lettres Juives* étoient
„ très goutées & recherchées avec em-
„ preſſement.

„ I. HOLLANDOIS.

„ ELLES le ſont encore davantage au-
„ jourd'hui. On en a fait un nombre d'E-
„ ditions conſidérables : on les a traduites
„ en Angleterre, inſérées dans des papiers
„ heb-

„ hebdomadaires, on les réimprime actuellement à Londres en volumes; on „ a fait la même chose à Dresde. Les „ Critiques de votre assassin ont eu le „ même sort que vous, elles sont mortes „ subitement. L'on pourroit même dire „ qu'elles n'ont jamais existé; car quoiqu'elles continuent aujourd'hui, elles „ ne sortent point de la boutique du Libraire. En naissant, elles y meurent; „ aussi est-ce bien le plus absurde & le „ plus pitoiable Ouvrage, qu'un cerveau „ fanatique & ignorant ait pû produire. „ Aaron Monceca, dans la *Préface* de son „ sixième Volume, s'est contenté de relever quelques bevûes de son prétendu „ Critique: il en fait voir si clairement „ le ridicule, que l'antique Vendeur d'orviétan, n'aiant pû y répondre un seul „ mot, a pris le parti de se taire; & dans „ une misérable rapsodie, qu'il a intitulée „ *Préface*, il se contente de dire les injures les plus grossières. Ce qu'il y a „ de plaisant, c'est qu'il accuse l'Auteur „ des *Lettres Juives* d'écrire comme un „ *Porte-faix* & comme un *Crocheteur*. On „ m'a dit que ce reproche avoit infiniment diverti Aaron Monceca; d'autant „ plus que cela lui avoit rappellé le jugement que le Vendeur d'orviétan porte „ sur les membres de l'Académie Françoise. Il les appelle *les Quarante* simplement, pour leur donner un nom cava-

„ lier, & qui marque le mépris qu'il en „ fait; ensuite il les traite d'ignorans & „ d'imbécilles. *J'ai une véritable obligation* „ *au prétendu Critique*, a dit Aaron Monceca, *de vouloir bien me regarder comme les* „ *premiers génies du Roïaume. Je ne suis* „ *plus fâché qu'il ait parlé de l'illustre Voltaire, le Rival de Virgile, avec tant de* „ *mépris. Je croiois qu'il n'y avoit que de* „ *l'insolence & de la bêtise dans ses décisions;* „ *je vois par le jugement qu'il porte sur les* „ *plus grands hommes, qu'il y a de la folie* „ *& de l'extravagance. Doit-on s'irriter contre un fou, qui, attaché dans le fond de* „ *sa loge, vomit contre les passans toutes les* „ *grossiéretés que lui fournit son imagination* „ *déréglée?*

„ II. HOLLANDOIS.

„ JE ne saurois approuver l'indifférence & l'insensibilité de l'Auteur des *Lettres Juives*. Quand ce ne seroit que pour „ me venger, & ceux à qui ce maudit „ Charlatan a fait essuier un sort aussi „ triste que le mien, il devroit apprendre au Public quel est l'homme qui a „ voulu l'attaquer. En le démasquant, il „ rendroit un service considérable à plusieurs honnêtes gens, qui donneront „ peut-être dans le même panneau que „ celui où je suis tombé. Que sait-on ce „ qui peut arriver? Peut-être que le Sal-

„ tim-

„ timbanque, ne trouvant plus en Hol-„ lande des gens aſſez dociles pour vou-„ loir ſe laiſſer tuer, ira faire des rava-„ ges conſidérables dans quelque autre „ païs. Malheur aux Nations où il fixe „ ſa demeure! Pour prévenir ces incon-„ véniens, il faudroit qu'Aaron Monceca „ fît par charité ce qu'il ne veut pas fai-„ re pour ſa défenſe. Il eſt à craindre „ d'ailleurs que les invectives & les inju-„ res groſſières qu'on lui dit, ne prévien-„ nent contre lui des gens qui ne le „ connoiſſent pas. Il a déjà aſſez d'enne-„ mis, & lorſque je vivois encore, les „ Moines, & ſur-tout les Réverends Pe-„ res Jéſuites, ne l'épargnoient guères.

„ I. HOLLANDOIS.

„ J'AI entendu dire à quelques perſon-„ nes qu'on lui repréſente toutes ces „ choſes d'une manière très vive, & que „ ſes amis condamnent ſa patience, & la „ taxent de foibleſſe & d'indolence; mais „ il ſe contente de leur repondre: *Meſ-„ ſieurs, le bon ſens s'avilit à ſe juſtifier. „ Convient-il que je perde le tems à illuſtrer „ un faquin? Prenez patience encore quelque „ tems, il reviendra bientôt dans ſa forme „ ordinaire. Vous le verrez au premier jour „ remonter ſur ſes treteaux. Alors, ne ſerai-je „ pas pleinement juſtifié? Quel mal pourra-t-„ il me faire? Je veux même que pour faci-*

„ *liter le débit de ſes critiques, il s'en ſerve* „ *pour envelopper les poudres & les drogues* „ *qu'il vendra : on n'en fera pas un plus grand* „ *cas que des papiers qu'il y joignoit autrefois,* „ *& dans leſquels il vantoit leurs grandes qua-* „ *lités & les admirables cures qu'elles avoient* „ *faites.* Je vois bien que vous n'approu- „ vez point la façon de penſer d'Aaron „ Monceca, & que vous voudriez tou- „ jours qu'il drappât votre aſſaſſin ; mais „ il n'y a pas apparence qu'il vous donne „ cette conſolation. Cependant, on m'a „ dit peu de jours avant de mourir, que „ pour ſatisfaire ſes amis qui le perſécu- „ toient, il a composé une Piéce aſſez „ ſingulière, mais qui n'eſt point écrite „ dans le goût des Satires; on aſſûre que „ c'eſt le meilleur de tous ſes Ouvrages. „ Il y prouve démonſtrativement, & ſe- „ lon la méthode des Géometres, qu'il „ n'eſt pas plus obligé de répondre aux „ invectives de ſon Critique, que ſi el- „ les partoient de la plume de Cartou- „ che, ou de quelqu'un de ſes ſuppôts.

„ II. HOLLANDOIS.

„ CE que vous m'apprenez me paroît „ très intéreſſant; mais vous diſiez que „ cette Piéce n'avoit rien qui tint de la „ Satire, il me ſemble que le parallèle „ n'eſt pas trop flatteur. Je conviens pour- „ tant que d'aſſaſſin à aſſaſſin il n'y a que

„ la

„ la main, & que tuer un homme par une „ ſaignée ordonnée mal-à-propos, ou l'en- „ voier dans ce Monde par un coup de „ piſtolet, c'eſt également lui faire faire „ un voïage fort diſgracieux.

„ I. HOLLANDOIS.

„ VOUS en voulez toujours à l'ignoran- „ ce du Charlatan qui vous a expédié aſ- „ ſez vite. Mais je vous dirai qu'on m'a „ aſſûré que dans la Piéce dont je vous „ parle, il n'eſt point du tout queſtion du „ Critique, entant que Médecin. C'eſt ce „ qui m'a paru fort ſingulier; car je ne „ ſais ſur quoi Aaron Monceca fonde ſon „ ſentiment. Je ſuis au déſeſpoir de „ n'avoir pû lire ſon Ouvrage avant „ d'arriver ici, & je ſouhaiterois bien „ qu'il vint quelqu'un de l'autre Mon- „ de, pour nous en apprendre des nou- „ velles.

„ II. HOLLANDOIS.

„ VOUS m'avez dit que le Charlatan „ viſitoit encore quelques malades, ſoions „ donc aſſûrés qu'il ne tardera pas à con- „ tenter notre envie. N'eût-il qu'un ſeul „ de nos anciens compatriotes entre ſes „ mains, il l'enverra bien-tôt nous tenir „ compagnie. „

JE ſouhaite, ſage & ſavant Abukibak, que

que la converſation de ces Hollandois puiſſe te plaire. Gardes-toi toujours de te livrer à quelque Vendeur d'orviétan érigé en Médecin.

JE te ſalue en *Belzébuth*, & par *Belzébuth*.

LETTRE TRENTIEME.

Le Silphe Oromaſis, *au Cabaliſte* Abukibak.

JE paſſai il y a quelque tems à Amſterdam, ſage & ſavant Abukibak. La curioſité m'engagea d'entrer dans le cabinet d'un homme de Lettres de cette ville: je parcourus tous ſes livres & ſes papiers, je trouvai la Rélation d'un voïage en manuſcrit, qui me parut très amuſante. Je la lûs avec plaiſir, & je crois que tu ne ſeras pas fâché que je t'en faſſe un précis, tel que ma mémoire peut me le fournir.

L'AUTEUR s'embarqua à Toulon pour ſe rendre à Genes; de Genes, il fit voile pour l'Iſle de Corſe; de Corſe il paſſa à Malthe, & de Malthe à l'Argentière. Il fait un détail des choſes les plus particulières & les plus curieuſes qu'il a vûes dans

dans ces païs ; mais comme elles ont été remarquées par plusieurs autres voïageurs, & qu'elles te sont parfaitement connues, je ne m'y arrêterai pas. Peut-être seras-tu bien aise que j'entre dans un détail plus circonstancié sur les faits qui concernent les Isles de la Gréce.

L'AUTEUR trace un portrait vif & délicat des mœurs des habitans de l'Argentière. Tu sais, sage & savant Abukibak, que cette Isle peut être regardée aujourd'hui comme le temple de la volupté. Les Turcs, les Grecs, les Malthois, les François, les Anglois, &c. y rendent leurs hommages à Venus ; & quoique cette Déesse n'y ait point un Temple, ainsi qu'elle en avoit un à Cithere, elle n'y reçoit pas moins d'offrandes. Les équipages des vaisseaux qui abordent dans cette Isle, courent autant de risque que Télemaque dans celle de Cypre. Ils s'en tirent même avec moins de gloire que ce jeune Grec, n'aiant point de Mentor qui les arrache d'un lieu aussi dangereux. C'est une chose assez particulière que toutes les femmes d'un païs, soit qu'elles soient filles, soit qu'elles soient mariées, reçoivent sans façon les étrangers chez elles, & pour une modique somme les introduisent dans leurs lits. Si l'on lisoit dans Hérodote ce qu'on voit aujourd'hui communément dans plusieurs Isles de l'Archipel, on traiteroit cet Historien de menteur.

teur. Plusieurs personnes ont rejetté ce qu'il a dit de la communauté des femmes, observée par les Nasomenes. Pourquoi ne peut-il pas y avoir des hommes qui aient fait, il y a deux mille ans, par les loix & par les maximes, ce que des femmes font aujourd'hui par la coutume & par l'intérêt?

De l'Argentière, l'Auteur alla à Misithra; c'est l'ancienne Lacédémone. Il parle amplement des restes antiques qu'il a vûs dans cette ville. La Peste y faisoit un grand ravage dans le tems qu'il y arriva; ce qui lui donna occasion d'examiner quels étoient les remèdes les plus sûrs contre la Contagion. Il prétend que le meilleur est une boisson, faite avec du jus de citron & d'oseille. Considérés, savant Abukibak, la sagesse de la divine Providence: elle a pris soin de faire produire à tous les païs des plantes & des fruits, propres pour la guérison des maux où l'on y est sujet. Elle a voulu donner aux hommes des moïens aisés & faciles de se garantir & de se guérir des maladies, que les différens climats peuvent leur causer, & leur a fourni des remèdes prochains, pour qu'ils trouvassent un prompt soulagement à leurs maux, sans être obligés d'aller le chercher dans des contrées éloignées. Les Nations ne doivent jamais se plaindre de leurs maux, & envier le sort des autres en ce qui regarde de le partage que l'Etre suprême a fait entre elles. Si elles manquent de certaines choses, elles ont d'autres avantages, & si elles ont quelques biens, dont leurs voisines ne joüissent pas, elles ont aussi des maux qui sont inconnus aux autres.

LES habitans de Misithra prétendent que la Peste est causée par les vapeurs que les tremblemens de terre font exhaler d'un vaste cimetière : mais il n'est rien d'aussi absurde que ce sentiment ; car dans certaines Isles de l'Archipel où les tremblemens sont très rares, & n'arrivent pas quelquefois dans un siécle, la Peste y est cependant toutes les années. En partant de Misithra, l'Auteur se rendit à Constantinople. La Rélation qu'il fait de ce qu'il a vû dans cette ville, est très curieuse ; elle contient tout ce que les voïageurs ont dit de bon & d'utile, sans en avoir le superflu. De Constantinople il alla à Stanchio, la patrie d'Hippocrate, & en qualité de disciple & de sectateur de ce grand homme, il examina & dessina les plantes les plus curieuses que cette Isle produit en abondance. Il semble, sage & savant Abukibak, que la Nature ait voulu donner à Hippocrate tous les moïens & tous les secours pour perfectionner ses connoissances. Peu contente de l'avoir doüé d'un beau génie, elle le fit naître au milieu des plantes les plus rares & les plus spécifiques. De quoi ne vient point à bout

un

un homme d'eſprit, qui peut, quand il le veut, joindre l'expérience à l'étude & à la méditation ?

De Stanchio, l'Auteur paſſa dans l'Iſle de Rhodes, & enſuite dans celle de Chipre. Ce païs, autrefois ſi vanté, où Venus choiſit ſa demeure, où les ris, les jeux & les graces folatroient ſans ceſſe, eſt aujourd'hui la proie des Barbares. Les Turcs qui en ſont les maîtres, ont détruit & renverſé tous les plus précieux reſtes de l'Antiquité; auſſi la Nature ſemble-t-elle vouloir venger l'outrage qu'on a fait à ce que l'Art avoit produit de plus beau. L'air de Chipre eſt aujourd'hui très mauvais & très-mal ſain: autrefois il inſpiroit la tendreſſe, aujourd'hui il donne des fiévres très dangereuſes. L'alternative eſt un peu différente; & quand même il ſeroit vrai que l'amour ſeroit un mal, je le croirois toujours beaucoup plus leger que la fiévre, du moins eſt-il plus aiſé à guérir. Une Belle porte toujours dans ſes yeux la guériſon de ſon amant; elle n'a qu'à vouloir, elle eſt ſûre de finir tous ſes maux. Un Médecin, avec la meilleure volonté, envoie ſouvent ſes malades dans l'autre Monde.

L'Auteur attribue le mauvais air de Chipre à la ſituation de ſon terrein. Il dit que les bords en ſont extrêmement élevés, & que l'Iſle étant faite comme un vaſe, les eaux qui n'ont pas d'iſſues pour

la Suite on trouve.
aux Second Tom. 2. pages.

Imprimé en France
FROC020956220120
23239FR00015B/181/P

9 782329 354491